셜록 홈즈의 여인들 II

아서 코난 도일 지음
김진언 옮김

玄 人

셜록 홈즈의 여인들 Ⅱ

아서 코난 도일

목 차

찰스 오거스터스 밀버턴

Charles Augustus Milverton

지금부터 이야기할 사건이 일어난 것은 몇 년이나 전이었지만, 막상 이야기를 하려니 망설임이 느껴진다. 오랜 세월, 아무리 신중하고 조심스럽게 한다 할지라도 사건을 공개할 수는 없었다. 그러나 지금은 사건의 주요한 관계자들이 인간사회의 법률이 미치지 못하는 곳으로 가버렸기에 표현을 적당히 에둘러서 한다면 누구에게도 상처를 주지 않고 이야기할 수 있을지도 모른다. 이것은 셜록 홈즈와 내 인생에 절대로 두 번 다시 없을 경험의 기록이다. 실제 일어난 사건을 유추할 수 있는 날짜나 그 외의 사실들을 비밀로 한다 해도 독자 여러분께서는 그 점을 용서해주시기 바란다.

홈즈와 나, 두 사람은 평소와 다름없이 저녁의 산책에 나섰다가 6시 무렵 온몸이 얼어붙을 것 같은 추위 속을 되돌아왔다. 홈즈가 램프의 불빛을 크게 했을 때, 그 불빛이 테이블 위의 명함 한

장을 비췄다. 그것을 본 홈즈가 참으로 불쾌하다는 듯한 소리를 내며 그것을 바닥에 집어던졌다. 내가 그것을 집어 읽어보니,

「대리인
　찰스 오거스터스 밀버턴
　햄스테스 애플도어 타워즈」

라고 적혀 있었다.

"누군데?" 내가 물었다.

"런던 최고의 악당이야." 홈즈가 자리에 앉아 난로 쪽으로 발을 뻗으며 대답했다. "명함 뒤에 뭔가 적혀 있나?"

나는 명함을 뒤집어보았다.

"6시 30분에 찾아뵙겠습니다. C. A. M."이라고 읽어주었다.

"흠! 곧 찾아오겠군. 왓슨, 자네는 동물원의 뱀 우리 앞에 서서 독을 담은 채 표독스러운 눈과 간사하고 평평한 얼굴로 미끌미끌 미끄러지듯 움직이고 있는 그 생물을 보면 온몸에 소름이 돋겠지? 밀버턴은 바로 그런 사람이야. 나는 지금까지 50명쯤 되는 살인범을 상대해왔지만 그 가운데서도 가장 흉악한 사람조차 밀버턴만큼의 혐오감을 주지는 않았어. 하지만 녀석과의 거래를 피할 수는 없어. 실제로 녀석은 내 초대로 여기에 오는 거야."

"그렇다면 대체 어떤 사람이지?"

"지금 얘기하기로 하지, 왓슨. 이 사람은 협박자들 중의 왕이라고 할 수 있어. 이 사람이 비밀이나 스캔들을 알아내면 남자는 물론 특히 여자는 절대로 벗어날 수가 없지. 상냥한 얼굴 뒤에는 냉혹한 마음이 숨겨져 있어서 상대방을 쥐어짤 수 있을 때까지 쥐어짜 결국에는 껍데기만 남게 해버리지. 그 방면에서는 천재라

고 할 수 있는데 다른 올바로 된 일을 했어도 틀림없이 성공했을 거야. 녀석의 수법은 이래. 우선 부자나 지위가 높은 사람들의 약점이 될 만한 편지가 있으면 언제나 그 자리에서 비싸게 사들이겠다는 정보를 흘려. 그런 편지는 주인을 배신한 집사나 하녀들뿐만 아니라, 신사인 척해서 사람을 쉽게 믿는 부인의 신뢰와 애정을 손에 넣고 있는 건달들로부터도 사들이고 있어. 사들일 때도 돈을 아끼지 않아서 말이지, 내가 알고 있는 범위에서도 단 2줄짜리 편지를 가져다준 마부에게 700파운드나 지불했는데 그 덕분에 그 귀족 일가는 파멸했어.

팔려고 내놓은 물건은 전부 밀버턴의 손으로 넘어가. 이 런던에는 그의 이름만 들어도 안색이 변할 사람이 몇백 명쯤 있을 거야. 녀석의 마수가 대체 어디로 향할지는 아무도 알 수 없어. 워낙 돈은 있고, 빈틈이 없고, 생활하는 데도 아무런 문제가 없기 때문에 패를 몇 년이고 쥐고 있다가 자신에게 가장 유리할 때 사용하고 있으니. 나는 이 사람을 런던 제일의 악당이라고 했는데 울컥해서 동료를 때려눕히는 불한당과, 이미 모을 만큼 모은 재산을 더욱 불리기 위해서 여유를 가지고 계획적으로 사람의 마음을 괴롭히고 불안하게 하는 사람은 서로 비교도 할 수 없겠지?"

나는 친구가 이처럼 격렬한 감정을 드러내며 이야기하는 것을 들어본 적이 없었다.

"하지만 그 정도라면 법률로 잡을 수 있지도 않나?"

"이론상으로는. 그러나 실제로는 불가능해. 예를 들어서 협박을 받아 자신의 파멸이 눈앞에 닥친 부인이 녀석을 2, 3개월

감옥으로 보낸들 무슨 득이 있겠나? 녀석의 희생자들에게는 반격할 용기가 없어. 만약 밀버턴이 죄 없는 사람을 협박한다면 그를 잡을 수도 있겠지. 하지만 악마처럼 빈틈이 없어. 아니, 소용없는 일이야. 녀석과 싸우려면 다른 방법을 찾아내야 해."

"그렇다면 그런 사람이 여기에는 왜 오는 거지?"

"어떤 고귀한 여성이 어떻게 해야 좋을지 몰라서 내게 사건을 의뢰했기 때문이야. 얼마 전 사교계에 데뷔한 에바 블랙웰이라는 여성이지. 2주일 뒤에 도버코트 백작과 결혼할 거야. 그 악마는 그녀가 경솔하게 쓴 편지를 몇 통인가 가지고 있어. 왓슨, 경솔했다는 것 외에는 아무것도 없는 편지야. 시골의 젊고 가난한 지주에게 쓴 것이지. 하지만 그것만으로도 결혼을 망치기에는 충분해. 거액의 돈을 지불하지 않으면 밀버턴은 편지를 백작에게 보낼 거야. 나는 녀석을 만나서 가능한 한 유리하게 매듭지어 달라는 의뢰를 받았어."

그때 밖의 도로에서 말발굽과 마차의 바퀴 소리가 들려왔다. 내려다보니 말 두 마리가 끄는 훌륭한 마차가 보였는데 말들은 멋진 밤색으로, 윤기가 흐르는 엉덩이를 가로등이 밝게 비추고 있었다. 마부가 문을 열자 부드러운 새끼 양의 모피로 만든 외투를 입은, 조그맣지만 다부진 체구의 남자가 마차에서 내렸다. 1분 뒤, 그는 방으로 들어왔다.

찰스 오거스터스 밀버턴은 50세쯤 되어 보였는데 크고 지적인 머리, 둥글고 통통하고 수염이 없는 얼굴을 한 남자로 영원히 얼어붙은 것 같은 미소를 짓고 있었으며 두 개의 날카로운 회색 눈이 커다란 금테 안경 너머에서 반짝이고 있었다. 그 용모에는

디킨스의 소설에 등장하는 자비로운 피크위크 씨를 떠오르게 하는 부분이 있었으나 얼어붙을 것 같은 미소의 불성실함과 차분하지 못하고 쏘아붙이는 것 같은 눈의 차가운 번뜩임 때문에 그 인상이 지워지고 말았다. 앞으로 나서며 동글동글하고 조그만 손을 내밀어, 전에 찾아왔을 때는 아무도 없어서 참으로 유감이었다고 말했을 때의 목소리는 그의 용모와 마찬가지로 부드럽고 거부감을 주지 않는 것이었다.

홈즈는 내민 손을 무시한 채 굳은 표정으로 그를 보았다. 밀버턴의 미소가 번져갔다. 어깨를 들썩이고 외투를 벗어 아주 정성스럽게 개더니 의자의 등받이에 걸고는 의자에 앉았다.

"이 분은?"하고 밀버턴이 손짓으로 나를 가리키며 말했다. "외부로 새지는 않겠죠? 괜찮겠죠?"

"왓슨 선생은 나의 친구이자 파트너요."

"좋습니다. 저는 단지 당신 의뢰인을 위해서라는 말만 들었기에. 이건 정말 미묘한 문제로……."

"왓슨 선생은 이미 대부분의 얘기를 알고 있소."

"그럼 본론으로 들어가도록 하겠습니다. 당신이 에바 양의 대리인이라고 들었습니다. 당신은 제 조건을 받아들일 권한도 부여받았습니까?"

"어떤 조건이지?"

"7천 파운드입니다."

"그것을 받아들이지 않는다면?"

"아아, 그 말씀을 드리기란 참으로 가슴 아픈 일입니다만, 만약 14일까지 지불하지 않는다면 18일의 결혼은 없을 거라

생각하셔도 될 겁니다." 밉살맞은 미소가 자랑스럽다는 듯 번져 갔다.

홈즈는 잠시 생각에 잠겼다.

"아무래도 당신은,"하고 홈즈가 드디어 입을 열었다. "그렇게 되는 것이 당연한 일이라고 생각하고 있는 듯하군. 물론 나는 편지의 내용을 알고 있소. 내 의뢰인은 내 지시에 따를 거요. 나는 그녀에게 모든 사실을 미래의 남편에게 털어놓고 그의 관대함에 호소하라고 충고할 것이오."

밀버턴이 입안에서 후후하고 웃었다.

"당신은 백작에 대해서 잘 모르는군요."

홈즈의 얼굴에 나타난 당혹스러운 표정을 보니 홈즈도 백작에 대해서 잘 알고 있는 모양이었다.

"편지의 어디에 문제가 있다는 거요?"

"아니, 쾌활한 것입니다. 매우 쾌활한 것입니다."라고 밀버턴이 말했다. "그 아가씨는 매력적인 편지를 씁니다. 하지만 도버코트 백작이 읽는다면 결코 그 사실을 인정하지 않을 겁니다. 어쨌든 당신이 그렇게 생각하지 않는다고 해도, 그것은 그것대로 상관없 습니다. 이건 그저 거래에 지나지 않으니까요. 편지가 백작의 손에 넘어가는 것이 당신의 의뢰인을 위해서 최선이라고 생각하 신다면 그 편지를 되찾기 위해서 거액의 돈을 지불하는 것은 참으로 한심한 짓이니까요." 밀버턴이 자리에서 일어서며 외투를 집었다.

분노와 원통함으로 홈즈의 얼굴이 창백해졌다.

"잠깐만."하고 홈즈가 말했다. "당신은 성격이 너무 급하군.

이처럼 문제가 미묘한 경우에는 스캔들이 일어나지 않도록 가능한 한 노력은 전부 다 해봐야 하니까."

밀버턴이 다시 의자에 앉았다.

"그렇게 생각하시리라 확신했습니다."라고 만족스럽게 말했다.

"하지만,"하고 홈즈가 말을 이었다. "에바 양은 유복하지 않소. 그 사람의 재력으로는 2천 파운드가 한계일 테니 당신이 제시한 금액은 도저히 지불할 수 없을 것이오. 그런 이유로 당신의 요구를 완화하여 지금 내가 말한 금액으로 편지를 돌려줄 수는 없겠소? 그것이 지불할 수 있는 최고 금액이오."

밀버턴의 미소가 번지더니 눈이 유쾌하다는 듯 빛났다.

"그 여성의 재력에 대해서는 당신의 말씀이 맞을 겁니다. 하지만 그와 동시에 그 여성의 결혼은 친구나 친척들이 당사자의 행복을 위해서 노력하는 모습을 보여줄 절호의 기회 아니겠습니까? 모두들 어떤 선물을 하면 좋을지 고민하고 있을 겁니다. 그런 사람들에게 이 조그만 편지 다발이 런던의 어떤 촛대나 버터를 담는 접시보다 더 고마운 선물이라는 사실을 가르쳐주시기 바랍니다."

"너무하는군."하고 홈즈가 말했다.

"아아, 이를 어쩐다지." 밀버턴이 커다란 지갑을 꺼내 거만한 목소리로 말했다. "여성들은 아무런 노력도 하지 말라는 잘못된 조언을 받고 있는 것이 틀림없습니다. 이걸 좀 보시겠습니까?"라며 봉투에 문장이 찍혀 있는 조그만 편지를 내보였다. "이 편지의 주인은……, 아니, 내일 아침까지는 이름을 밝히지 않는 것이

공정한 처사일 겁니다. 어쨌든 그때 이 편지는 그 부인 남편의 손에 있을 겁니다. 이 모두가 다이아몬드를 모조품으로 바꾸기만 하면 1시간 안에 마련할 수 있는 푼돈을 그 부인이 만들려 하지 않았기 때문입니다.

당신도 하원의원의 딸인 마일스 양과 도킹 대령의 갑작스러운 혼약파기를 기억하고 계시겠지요? 결혼식을 이틀 앞두고 모든 것이 파기되었다는 조그만 기사가 『모닝 포스트』에 실렸었지요? 이유가 뭐라고 생각하십니까? 못 믿으시겠지만 1,200파운드만 있었으면 전부 해결될 문제였습니다. 참으로 딱한 얘기 아닙니까? 그런데 당신은 분별없는 사람도 아닌데 의뢰인의 미래와 명예가 위험에 노출되어 있는 줄 알면서도 조건에 대해 불평을 할 줄이야. 놀랐습니다, 홈즈 씨."

"내가 한 말은 사실이오."라고 홈즈가 대답했다. "돈을 마련할 수가 없소. 한 푼의 소득도 없이 그 여성의 장래를 짓밟기보다는 내가 제안한 금액을 받아들이는 편이 현명하지 않겠소?"

"바로 그 점을 착각이라고 하지 않을 수 없습니다, 홈즈 씨. 폭로함으로 해서 간접적으로 커다란 이익을 얻을 수 있습니다. 비슷한 사례가 지금 8건에서 10건 정도 준비되어 있습니다. 제가 본보기로 에바 양의 일을 엄하게 처리했다는 소문이 퍼지면 모두가 제 말을 훨씬 더 잘 알아들을 겁니다. 아시겠습니까?"

홈즈가 의자에서 벌떡 일어났다.

"왓슨, 녀석의 뒤로 돌아가! 녀석을 방에서 내보내서는 안 돼! 자, 그 지갑 안을 좀 보여주실까?"

밀버턴은 쥐새끼처럼 재빠르게 방의 한쪽 구석으로 얼른 달아

나서는 벽을 등지고 섰다.

"아아, 홈즈 씨!" 밀버턴이 웃옷의 앞자락을 뒤집었다. 안쪽 주머니로 커다란 권총의 총구가 보였다. "뭔가 좀 더 세련된 방법을 취할 줄 알았는데. 이런 방법은 너무 낡아서 아무런 도움도 되지 않습니다. 저는 완전 무장을 하고 있을 뿐만 아니라 법률도 제 편이니 망설이지 않고 무기를 쓸 생각입니다. 게다가 편지가 지갑에 있다고 생각하신다면 커다란 착각입니다. 그런 어리석은 짓은 하지 않습니다. 그건 그렇고 오늘 밤에는 한두 사람을 더 만나야 하고 마차로 햄스테드까지 가려면 시간이 꽤 걸리니 이만 실례하도록 하겠습니다."라고 말하며 밀버턴은 앞으로 나서 더니 외투를 집고 한 손에는 권총을 든 채 문 쪽으로 향했다.

나는 의자를 집었으나 홈즈가 머리를 옆으로 흔들었기에 의자를 다시 내려놓았다. 밀버턴은 시익 웃더니 눈을 번뜩이며 인사를 하고는 방 밖으로 나갔다. 잠시 후, 마차 문 닫히는 소리가 들리고 바퀴 소리가 멀어져갔다.

홈즈는 두 손을 바지 주머니에 깊이 찔러 넣고 턱을 가슴에 묻고 빨간 숯불을 바라본 채 난로 곁에 꼼짝도 하지 않고 앉아 있었다. 30분 정도 말이 없었다. 그러다 무슨 결심이라도 한 양 벌떡 일어서더니 침실로 들어갔다. 잠시 후, 염소수염을 기른 세련된 젊은 기술자가 나와서는 거리로 나서기 전에 도자기로 만들어진 파이프에 램프로 불을 붙였다. "잠시 나갔다 오겠네, 왓슨."이라고 말하고 밤의 어둠 속으로 사라져버렸다. 찰스 오거스터스 밀버턴과의 대결이 펼쳐질 줄은 알았지만, 그와의 대결이 이처럼 기묘한 형태를 띠게 될 줄은 꿈에도 생각지 못했다.

머칠 동안 홈즈는 언제나 그 차림으로 외출을 했지만 목적지는 햄스테드이며 거기서 상당한 성과를 올리고 있다는 사실 이외에는, 홈즈가 어떤 일을 하고 있는지 전혀 알 수가 없었다. 하지만 폭풍이 치던 날 밤, 바람이 창문을 미친 듯이 흔들고 있을 때 홈즈는 마침내 마지막 탐험에서 돌아와 변장을 풀고 난로 앞에 앉아 매우 유쾌하다는 듯 입 안에 머금은 것 같은 그 특유의 웃음소리를 올렸다.

"왓슨, 자네는 내가 결혼할 사람이라고는 생각지 않겠지?"

"물론 그렇게는 생각지 않아!"

"내가 약혼했다고 하면 정말 재미있겠지?"

"뭐! 그거 정말 축하하……."

"상대는 밀버턴의 하녀야."

"대체 무슨 소린가, 홈즈?"

"정보를 손에 넣고 싶었어."

"아무리 그래도, 너무 지나친 것 아닌가?"

"달리 방법이 없었어. 한창 주가를 올리고 있는 배관공이라고 떠들고 다녔고 이름은 에스콧. 매일 밤 그녀와 산책을 나가서 수다를 떨었어. 얼마나 따분한 시간이었는지! 하지만 필요한 정보는 전부 손에 넣었어. 지금은 밀버턴의 집 안 구조를 훤히 꿰뚫고 있어."

"하지만 그 아가씨는 어떻게 할 생각이지, 홈즈?"

홈즈는 어깨를 들썩였다.

"어쩔 수 없어, 왓슨. 이처럼 커다란 승부 때에는 모든 수단을 최대한으로 이용하지 않으면 안 돼. 그건 그렇고 내가 등을 돌린 순간 바로 공격해 들어오는 적이 있다는 건 참으로 기쁜 일이야.
오늘은 정말 멋진 밤이야!"

"이런 날씨를 좋아하나?"

"내 목적을 달성하기에 좋으니까. 왓슨, 오늘 밤에 밀버턴의
집으로 잠입할 생각이라네."

나는 숨이 멎는 듯했다. 굳은 결의를 담아 천천히 다짐한 홈즈의
말에서 한기가 느껴졌다. 한밤중에 번뜩인 번개가 황막한 풍경을
한순간 남김없이 비추듯, 곧 내 머릿속에 이와 같은 행위의 결과
발각되어 영광스러웠던 생애를 돌이킬 수 없는 실패와 치욕으로
마감한 채 혐오스러운 밀버턴 앞에 누워 있는 홈즈의 모습이
떠올랐다.

"부탁일세, 홈즈. 다시 한 번 잘 생각해보기 바라네."

"충분히 생각한 뒤에 하는 일이야. 나는 결코 경솔한 행동을
하지 않으며, 또 다른 좋은 방법이 있다면 이처럼 힘들고 위험한
수단을 선택하지는 않았을 거야. 어쨌든 이 문제를 명확하고
공평하게 검토해보기로 하세. 이번 행동이 법적으로는 범죄라
할지라도, 도덕적으로는 올바르다는 사실은 자네도 인정하겠지?
녀석의 집에 잠입하는 건, 녀석의 지갑을 강탈하는 것과 다를
바 없는 일이야. 자네도 그것을 위해서 나를 도와주려 하지 않았는
가?"

나는 잠시 생각에 잠겼다.

"그래." 내가 말했다. "불법적인 목적으로 이용당할 것 같은
물건을 제외하고 아무것도 훔치지 않는다면 도덕적으로는 정당
화되겠지."

"물론이지. 도덕적으로는 올바른 일이니 나는 개인적인 위험만 생각하면 돼. 여성이 필사적으로 도움을 청하는데 명색이 신사라는 사람이 자신의 안전만 생각하고 있을 수는 없는 일 아닌가?"

"그래도 난처한 입장에 처하게 될 거야."

"물론 그것도 위험 중 일부야. 그 외에는 편지를 되찾을 방법이 전혀 없어. 불행한 여성에게는 돈이 없고, 비밀을 털어놓을 만한 가족 역시 없으니까. 내일이 유예기간의 마지막 날이니 오늘밤에 편지를 손에 넣지 못한다면 그 악당은 약속한 대로 그녀를 파멸로 몰아넣을 거야. 그러니 의뢰인을 이대로 그 운명에 맡기거나 이 마지막 방법을 쓸 수밖에 없어. 왓슨, 우리끼리 얘기네만, 이건 밀버턴과 나의 도박과도 같은 결투야. 자네도 알고 있는 것처럼 첫 번째 대결은 녀석의 승리였지만 나는 자존심과 명예를 위해서라도 끝까지 싸울 생각이라네."

"영 마음에 들지 않는군. 하지만 그렇게 할 수밖에 없겠어."라고 내가 말했다. "언제 출발할 생각이지?"

"자네는 오지 않아도 돼."

"그럼 자네도 갈 수 없을 거야."라고 내가 말했다. "내 명예를 걸고 말하겠는데, 이번 모험에 참가시켜주지 않는다면 나는 마차를 타고 경찰서로 곧장 달려가서 자네의 계획을 폭로하겠네. 내가 명예를 걸고 한 말을 지키지 않은 적이 있었나?"

"자네가 도와줘야만 할 일은 없어."

"그걸 누가 알겠나? 어떤 상황이 벌어질지 모르는 일 아닌가? 어쨌든 내 결심은 변하지 않을 거야. 자존심과 명예를 중히 여기는 건 자네만이 아니야."

홈즈는 망설이는 듯한 표정을 짓다가 곧 밝은 얼굴로 내 어깨를 두드렸다.

"알았어, 그럼 그렇게 하기로 하지. 오랫동안 같은 방에서 함께 생활했으니 같은 감방에서 끝을 맞는 것도 즐거운 일이겠지. 이보게 왓슨, 자네니까 하는 말인데 내가 마음만 먹었다면 최고의 범죄자가 되었을 거야. 그런 의미에서 이건 천재일우의 기회야. 이걸 보게!"라고 말하며 홈즈가 서랍에서 조그맣고 세련된 가죽 상자를 꺼내 그것을 열더니 반짝이는 도구들을 펼쳐보였다. "이건 도둑질을 위한 최신식 7가지 도구야. 니켈도금을 한 쇠 지렛대, 끝에 다이아몬드를 박은 유리 자르는 칼, 만능열쇠, 그리고 문명의 진보에 발맞춰 현대식으로 개조한 도구까지. 이걸 봐, 이렇게 편리한 등불도 있다고. 전부가 갖춰져 있어. 자네, 밑창에 고무를 댄 신을 가지고 있나?"

"바닥에 고무를 댄 테니스화가 있다네."

"그거 안성맞춤이군. 복면은?"

"검은 비단으로 2개 만들 수 있을 거야."

"자네는 이쪽으로 선천적인 재능을 타고 난 듯하군. 알겠네. 복면을 만들어주게. 출발하기 전에 차가운 야식을 먹기로 하지. 지금은 9시 반이야. 11시에 처치 가까지 마차를 타고 가기로 하세. 거기서 애플도어 타워즈까지는 걸어서 15분이야. 12시 전에는 일을 시작할 수 있을 거야. 밀버턴은 깊이 잠드는 편인데 매일 밤 10시 반에는 잠자리에 들지. 계획대로만 되면 2시에는 에바 양의 편지를 가지고 여기로 돌아올 수 있을 거야."

홈즈와 나는 연극관람을 마치고 귀가하는 사람처럼 보이기

위해서 정장으로 갈아입고 집을 나섰다. 옥스퍼드 가에서 이륜마차를 잡아타고 햄스테드까지 달려갔다. 목적지에 도착하자 마차에서 내려, 살을 에는 듯한 차가운 바람이 불었기에 외투의 목깃을 세우고 히스가 우거진 황야의 끝자락을 지났다.

"이건 매우 세심한 주의를 필요로 하는 일이야."라고 홈즈가 말했다. "편지 종류는 그 남자 서재의 금고 속에 보관되어 있는데 서재는 침실과 이어져 있어. 하지만 편안한 생활을 하고 있는 건강한 남자가 대부분 그렇듯, 밀버턴도 깊이 잠을 자는 편이야. 내 약혼녀의 이름은 애거서인데 그녀의 말에 의하면 한번 잠에 든 주인을 깨우기란 불가능한 일이라는 것이 하인들 사이에서의 농담이라고 하더군. 그에게는 충실한 비서가 있는데 낮에는 하루 종일 서재에서 한 발자국도 나오지 않아. 우리가 밤에 행동을 하는 것은 그 때문이야.

게다가 밀버턴은 개를 한 마리 키우고 있는데 그 녀석이 정원을 돌아다니고 있어. 나는 지난 이틀 동안 계속해서 밤늦게 애거서를 찾아갔는데 그 때문에 애거서는 내가 자유롭게 드나들 수 있도록 하기 위해서 개를 묶어놓았어. 여기가 그 집이야. 여기서 복면을 하는 편이 좋겠군. 보게 불이 들어온 창이 하나도 없지? 모든 일이 잘 풀리고 있어."

검은색 비단 복면으로 얼굴을 가려 단숨에 런던 제일의 흉악한 2인조 강도로 변신한 우리는, 정적에 빠져 있는 어두운 건물 쪽으로 다가갔다. 건물 한쪽으로 타일을 바른 베란다인 듯한 것이 뻗어 있었는데 몇 개의 창문과 2개의 문이 늘어서 있었다.

"저기가 그 남자의 침실이야."라고 홈즈가 속삭였다. "이 문으로 들어가면 바로 서재야. 여기로 들어가는 것이 제일 좋겠지만 열쇠로 잠가놓았을 뿐만 아니라 빗장을 질러놓았기 때문에 들어가려면 너무 커다란 소리가 날 거야. 이리로 돌아가세. 거실로 통하는 온실이 있으니."

그 온실의 문도 잠겨 있었으나 홈즈는 유리를 둥글게 자르더니 그 안으로 한 손을 넣어 문을 열었다. 잠시 후, 문을 안쪽에서 잠갔다. 그때부터 우리는 법적으로 범죄자가 된 것이었다. 온실의 후텁지근한 공기와, 이국적 식물의 강한 향기 때문에 숨이 막힐 것만 같았다. 홈즈는 어둠 속에서 내 한쪽 손을 잡은 채 우거진 식물 사이를 재빠르게 빠져나갔다. 홈즈는 어둠 속에서도 눈이 보이는 이상한 능력을 오랜 세월에 걸쳐서 단련해왔다.

홈즈는 한 손으로 내 손을 잡은 채 문을 열었다. 조금 전까지 누군가가 시가를 피우고 있던 듯한 커다란 방에 들어섰다는 사실을 희미하게 알 수 있었다. 홈즈는 더듬거리며 가구 사이를 지나 다시 문 하나를 열고 들어선 뒤 등 뒤에서 문을 닫았다. 내가 손을 뻗어보니 벽에 걸려 있는 몇 벌의 외투가 만져져 복도에 있다는 사실을 알 수 있었다. 그 복도를 따라가더니 홈즈는 오른쪽의 문을 가만히 열었다. 무엇인가가 우리를 향해 뛰어들었기에 깜짝 놀랐으나 고양이라는 사실을 알고 나도 모르게 웃음이 터질 것만 같았다. 그 방에는 난로의 불빛이 타오르고 있었으며 역시 담배 연기가 가득 들어차 있었다. 홈즈는 살금살금 방으로 들어가 내가 들어서기를 기다렸다가 가만히 문을 닫았다. 밀버턴의 서재였다. 방의 반대편에 커튼으로 막아놓은 곳이 그의 침실로 들어가는 입구임에 틀림없었다.

난로의 불은 활활 타오르고 있었으며 방 안은 그 불로 환하게 밝혀져 있었다. 문 가까이에 전등의 스위치가 빛나고 있었으나 설령 안전하다 할지라도 불을 켤 필요는 없었다. 난로 한쪽 옆에는 묵직한 막이 걸려 있어서, 밖이 보이는 창문을 덮고 있었다. 다른 쪽에는 베란다로 나가는 문이 있었다. 책상이 방 한가운데 있었으며 여신 아테네의 대리석 흉상이 그 위에 놓여 있었다. 책장과 벽 사이의 구석에 높다란 녹색 금고가 놓여 있었는데 잘 닦여진 놋쇠 손잡이가 난로의 빛을 받아 반짝이고 있었다.

홈즈는 가만히 방을 가로질러 가서 금고를 보았다. 그런 다음 침실 문 쪽으로 살금살금 다가가 머리를 문에 대고 열심히 귀를 기울였다. 침실에서는 아무런 소리도 들려오지 않았다. 그사이에 나는 도망칠 길을 확보해두는 것이 현명하겠다는 생각이 문득 들어 밖으로 나가는 문을 살펴보았다. 놀랍게도 그 문에는 자물쇠도 걸쇠도 채워져 있지 않았다. 내가 홈즈의 팔을 잡아당기자 홈즈는 복면을 한 얼굴로 그 문 쪽을 바라보았다. 움찔하는 것이 아무래도 나처럼 놀란 모양이었다.

"영 마음에 걸리는데." 홈즈가 내 귀에 입을 대고 조그만 목소리로 말했다. "이유를 모르겠군. 어쨌든 이제는 잠시도 우물쭈물할 시간이 없어."

"내가 할 수 있는 일은 없겠나?"

"그래, 저 문 쪽에 서 있어주게. 누가 오는 기척이 느껴지면 안쪽에서 걸쇠를 걸어줘. 그렇게 하면 들어온 길로 도망칠 수 있으니까. 반대로 이쪽에서 누군가가 다가오면 일이 끝난 경우에는 그 문으로 달아날 수 있을 거고, 일이 아직 끝나지 않은 경우에

는 이 창문의 두꺼운 막 뒤로 숨으면 될 거야. 알았지?"

나는 고개를 끄덕이고 문 옆에 섰다. 처음의 공포감은 사라졌으며 지금은 법의 침해자가 아닌 법의 수호자였던 때에 맛보았던 것보다 훨씬 더 강렬한 열정으로 흥분되어 있었다. 우리 사명의 고원한 목적, 그것은 이타적이고 기사도 정신에 입각한 것이라는 생각, 우리 적의 사악한 성격, 그러한 것들 전부가 이 모험에 도박과도 같은 흥미를 더해주었다. 죄를 짓고 있다는 기분은 없었을 뿐만 아니라, 그 위험에 가슴이 뛰었고 마음은 흥분되었다. 미묘한 수술을 행하려는 외과 의사와도 같은 차분함과 과학적인 정확함으로 도구 상자를 열어 공구를 고르고 있는 홈즈를 나는 감탄의 눈으로 바라보았다.

금고를 여는 것은 홈즈의 커다란 취미 중 하나라는 사실을 알고 있었기에 그 녹색 금속제 괴물, 비유적으로 말하자면 수많은 숙녀들의 명예를 집어삼켜 그 위장 속에 담고 있는 용을 향해 가는 기쁨을 나는 이해할 수 있었다. 야회복의 소매를 걷어 올린 홈즈가—외투는 그 전에 이미 의자 위에 놓았다— 송곳 2개와 지렛대 하나, 만능열쇠 몇 개를 도구상자에서 꺼내어 늘어놓았다. 나는 가운데 문 옆에 서서 만일의 사태에 대비해 양쪽 문을 빈틈없이 감시했다. 하지만 실제로 무슨 일인가가 일어났을 경우 어떻게 하겠다는 명확한 생각은 없었다. 30분쯤, 홈즈는 숙련공처럼 정확하고 정교한 손놀림으로 도구를 이것저것 바꿔가며 혼신의 힘을 기울여 일을 했다.

마침내 짤깍하는 소리가 들리고 커다란 녹색 문이 힘차게 열리더니, 그 안으로 뭉텅뭉텅 묶여서 봉투에 담겨 있고 그 위에

표시를 위한 글이 적혀 있는 서류 뭉치가 엿보였다. 홈즈는 그중 하나를 뽑아 들었으나 난로의 흔들리는 불빛으로는 읽기가 어려웠기에 휴대용 등불을 꺼냈다. 옆방에서 밀버턴이 잠을 자고 있으니 전등을 켜는 것은 위험하기 때문이었다. 홈즈가 갑자기 손놀림을 멈추고 가만히 귀를 기울이고 있다가 서둘러 금고의 문을 닫고 외투를 집고 공구를 주머니에 찔러 넣고 창가의 커튼 뒤로 뛰어들더니 내게도 오라고 몸짓으로 신호를 보냈다.

홈즈를 따라 커튼 뒤로 몸을 숨기고 나서야 그의 예민한 감각에 경보를 울리게 한 것이 무엇인지 깨달았다. 집 안 어딘가에서 소리가 들려오고 있었다. 멀리서 문 닫히는 소리가 들려왔다. 그리고 낮게 중얼거리는, 웅얼거리는 듯한 목소리가 들려오는가 싶더니 규칙적이고 묵직한 발소리가 빠르게 다가왔다. 발소리는 복도를 지나 문이 있는 곳에서 멈추었다. 문이 열렸다. 날카로운 금속음이 들리더니 전등에 불이 들어왔다. 다시 문이 닫히더니 시가의 강한 냄새가 코끝에서까지 맴돌았다. 그리고 우리와 몇 야드(1야드는 약 90㎝) 떨어진 곳을 오가는 발소리가 끊임없이 들려왔다. 마지막으로 의자를 끄는 소리가 들리더니 발소리가 멈추었다. 그리고 열쇠가 자물쇠 안에서 돌아가는 소리가 들리더니 종이 부스럭거리는 소리가 연달아 들려왔다.

그때까지 나는 엿볼 용기가 나지 않았으나 이후부터는 눈앞에 있는 커튼 틈을 살짝 열어 방 안을 엿보았다. 홈즈의 어깨가 내 몸에 닿는 느낌으로 보아 그도 엿보고 있다는 사실을 알 수 있었다. 눈 바로 앞에, 거의 손이 닿을 것 같은 곳에 밀버턴의 넓고 둥근 어깨가 있었다. 그의 행동에 관한 예측은 완전히 빗나간 모양이었다. 침실이 아니라 이 집의 훨씬 안쪽에 있는 흡연실이나 당구장에서 늦게까지 잠을 자지 않고 있었던 것임에 틀림없었다. 우리는 그 방의 창문은 살펴보지 않았었다.

벗겨진 부분이 번쩍번쩍 빛나는 넓고, 백발이 섞인 머리가 바로 눈앞에 있었다. 붉은 가죽으로 덮인 의자에 몸을 깊이 묻고 발을 앞으로 뻗은 채 길고 검은 시가를 입에 비스듬히 물고 있었다. 붉은빛이 감돌고, 검은 벨벳으로 만든 목깃이 달린 군복 같은 상의를 입고 있었다. 한 손에는 법률과 관련된 기다란 서류를 들고 있었는데 입술을 오므려 담배 연기를 둥글게 내뿜으며 천천히 그 서류를 읽고 있었다. 편안한 듯 여유를 부리고 있는 모습을 보니 금방 나갈 것 같지가 않았다.

홈즈가 내 쪽으로 손을 내밀어, 이 상황은 자신의 힘으로 어떻게든 벗어날 수 있으며 전혀 당황하지 않았다고 말하기라도 하듯, 내 팔을 힘껏 쥐었다. 내 위치에서는 금고의 문이 완전히 닫히지 않은 것이 보였기에 밀버턴이 언제 눈치챌지 모른다는 사실을 홈즈도 알고 있는지 걱정이 되었다. 만약 밀버턴의 눈이 경직되어서, 금고의 이상을 깨달았다는 사실이 분명해지면 바로 뛰쳐나가 외투를 그의 머리에 뒤집어씌우고 뒤에서 팔을 꼼짝 못 하게 한 뒤, 나머지는 홈즈에게 맡기겠다고 머릿속으로 생각했다. 그러나 밀버턴은 한 번도 머리를 들지 않았다. 손에 들고 있는 서류에 흥미가 있다는 듯, 멍하니 변호사의 논지를 따라가며 페이지를 넘기고 있었다. 적어도 서류 읽기를 마치고 시가를 다 피우고 나면 방으로 들어갈 것이라고 생각했다. 그러나 그 어느 쪽의 일도 채 끝나기 전에 우리의 생각을 다른 국면으로 바꾸어줄 새로운 사태가 벌어지고 말았다.

나는 밀버턴이 몇 번이고 시계에 신경 쓰는 모습을 보았다. 한 번은 초조한 듯 자리에서 일어났다가 다시 앉았다. 이처럼 묘한 시간에 사람과 만날 약속을 했을 것이라는 생각은, 바깥의 베란다에서 희미한 소리가 들려올 때까지, 내 머릿속에 떠오르지 않았었다. 밀버턴은 서류를 내려놓고 긴장된 자세로 앉아 있었다. 그 소리는 반복해서 들려왔으며 잠시 후, 문을 두드리는 소리가 들려왔다. 밀버턴이 일어나 문을 열었다.

"30분이나 늦었습니다."라고 밀버턴이 무뚝뚝하게 말했다.

이것으로 베란다의 문이 열려 있던 이유와 밀버턴이 밤늦게까지 일어나 있었던 이유를 설명할 수 있었다. 여성용 드레스가 스치는 부드러운 소리. 밀버턴의 얼굴이 우리 쪽으로 향한 순간 커튼의 틈새를 얼른 닫았지만 잠시 후, 다시 한 번 과감하고 주의 깊게 커튼의 틈새를 벌렸다. 밀버턴은 의자에 앉아 있었으며 입에는 여전히 오만하게 시가가 물려 있었다. 그 앞에는 키가 크고 늘씬하며 검은 머리칼을 가진 여성이 전등의 불빛을 가득 받은 채 서 있었다. 베일로 얼굴을 가렸으며 망토에 턱을 깊이 묻고 있었다. 숨결은 빠르고 거칠었으며, 부드러운 몸은 강한 흥분으로 전신이 떨고 있었다.

"이거," 밀버턴이 말했다. "당신 덕분에 잠도 자지 못하고 있었어. 그에 대한 보상은 충분히 해줄 생각이겠지? 다른 시간에 올 수는 없었나?"

그 여자가 머리를 옆으로 흔들었다.

"뭐, 그렇다면 어쩔 수 없는 일이지. 만약 당신이 모시고 있는

백작 부인이 가혹한 주인이라면 지금이 복수를 할 절호의 기회일 거야. 왜 그래? 왜 그렇게 떠는 거야? 괜찮아! 마음을 굳게 먹으라고! 자, 본론으로 들어가 볼까." 밀버턴이 책상서랍에서 지갑을 꺼냈다. "달버트 백작 부인의 명예를 실추시킬 만한 편지를 5통 가지고 있다고 했지? 당신은 그 편지를 팔고 싶어 해. 나는 그 편지를 사고 싶어 하지. 여기까지는 문제없어. 남은 문제는 가격을 결정하는 것뿐이군. 물론 편지를 먼저 살펴봐야겠지. 정말로 쓸 만한 물건이라면……, 아아, 당신이었군요!"

그 여자가 아무 말 없이 베일을 올리고 망토를 턱에서 내렸다. 밀버턴과 마주한 사람은 검은 머리카락의 단정한 얼굴에 코가 오뚝했으며, 눈썹은 검은빛으로 강인했고 그 밑에서 눈동자가 날카롭게 빛나고 있었으며, 얇은 입술을 가진 입은 위험한 미소를 짓고 있었다.

"그래요, 저에요!"라고 그 여자가 말했다. "당신 덕분에 일생을 망친 여자예요."

밀버턴은 웃었으나 그 목소리는 공포로 떨고 있었다. "당신이 너무 고집을 부렸기 때문입니다."라고 그가 말했다. "어째서 제게 그런 극단적인 방법을 쓰게 한 겁니까? 저는 파리 한 마리 죽이지 못합니다. 하지만 누구에게나 일이라는 게 있습니다. 그러니 제가 무엇을 할 수 있었겠습니까? 당신이 지불할 수 있는 범위에서 값을 매겼는데도 당신은 돈을 건네주려 하지 않았습니다."

"그래서 남편에게 편지를 보낸 건가? 남편은 이 세상에 둘도 없을 만큼 훌륭한 신사였고 나 같은 건 구두끈을 묶어드릴 가치조차 없는 사람이었어. 그 남편은 고고한 마음에 상처를 입어 죽음을

택했어. 저 문으로 들어온 마지막 날 밤의 일을 기억하고 있겠지? 나는 당신의 자비를 청했지만 지금 웃으려 하고 있는 것처럼, 그때도 내 앞에서 웃음을 터뜨렸어. 하지만 당신은 겁이 많아서 입술이 부들부들 떨리고 있는 것 같은데. 그래, 여기서 나를 다시 만나게 될 줄은 몰랐겠지. 하지만 당신과 둘이서 대결을 벌이려면 어떻게 해야 하는지를 그날 밤 깨달았어. 자, 찰스 밀버턴, 무슨 할 말이 있나?"

"나를 협박할 생각은 하지 않는 게 좋아."라고 밀버턴이 말했다. "커다란 목소리로 하인을 불러서 당신을 붙잡게 할 테니. 하지만 당신이 화를 내는 것도 당연한 일이지. 그 점을 생각해서 당장 이 방에서 나간다면 아무런 말도 하지 않겠어."

그 부인은 한 손을 가슴에 넣고 얇은 입술에 조금 전처럼 싸늘한 미소를 지으며 서 있었다.

"당신은 내 일생을 엉망으로 만들었지만, 더 이상 다른 사람의 일생을 파멸시키지는 못할 거야. 내 마음을 괴롭힌 것처럼 다른 사람의 마음을 괴롭히지는 못할 테니. 이 세상에서 독충을 제거해 주겠어. 자, 각오는 됐겠지, 어때? 어때? 어때?"

그 부인은 조그만 권총을 꺼내 밀버턴의 가슴에서 2피트(약 60cm)도 떨어지지 않은 곳에 총구를 들이대고 연달아 총을 쏘았다. 밀버턴은 몸을 움츠렸다가 테이블 앞으로 고꾸라지더니 격렬하게 기침을 하며 서류를 움켜쥐었다. 그리고 비틀거리며 일어났으나 권총을 한 발 더 맞고 다시 바닥에 쓰러지고 말았다. "정말이었군."하고 외치더니 꼼짝도 하지 않았다. 그 부인은 그를 가만히 내려다보다가 구두 뒤꿈치로 천장을 바라보고 있는 얼굴을 짓밟

았다. 다시 한 번 바라보았으나 밀버턴은 신음소리조차 올리지 않았으며, 미동도 하지 않았다. 잠시 후, 옷 스치는 소리가 날카롭게 들리고 뜨거운 방 안으로 밤공기가 밀려들더니 복수자가 떠났다.

우리가 말리려 해도 밀버턴을 구할 수는 없었을 테지만, 여자가 꼼짝 못 하고 서 있는 밀버턴의 몸에 몇 발이고 총을 쏘았을 때, 나는 뛰쳐나가려 했었다. 그때 홈즈의 차갑고 억센 손이 내 손목을 잡았다. 홈즈가 그처럼 강하게 말리는 악력의 의미를 나는 잘 이해할 수 있었다. 이것은 우리가 관여할 문제가 아니다, 정의가 사악함을 심판한 것이다, 그리고 우리에게는 잊어서는 안 될 임무와 목표가 있다고 말한 것이었다.

그러나 그 부인이 서둘러 방에서 나가자마자 홈즈는 소리 없이 재빠르게 반대편 문으로 달려갔다. 그리고 문을 잠갔다. 그와 동시에 집안사람들의 목소리가 들리고 황급히 달려오는 발소리가 들렸다. 권총 소리에 집안사람들이 잠에서 깨어난 것이었다. 홈즈는 너무나도 차분한 모습으로 미끄러지듯 금고 앞으로 다가가 양팔에 편지 다발을 끌어안더니 그것을 전부 불 속으로 던져 넣었다. 금고가 텅 빌 때까지 몇 번이고 되풀이했다. 누군가가 밖에서 문의 손잡이를 돌리며 문을 두드렸다. 홈즈는 재빨리 주위를 둘러보았다. 밀버턴에게는 저승사자가 되어버린 편지는 피투성이가 된 채 테이블 위에 놓여 있었다. 홈즈는 그 편지도 활활 타오르고 있는 편지 속으로 던져 넣었다. 그리고 바깥으로 통하는 문에서 열쇠를 빼낸 뒤 내 뒤를 따라서 밖으로 나와 문을 잠갔다.

"이쪽이야, 왓슨. 이쪽으로 가면 정원의 담을 넘을 수 있어."라고 홈즈가 말했다.

경보는 믿을 수 없을 만큼 빨리 전달되었다. 뒤를 돌아보니 커다란 집에 불이 환하게 밝혀져 있었다. 현관문이 열려 있었고 몇몇 사람들이 마찻길로 달려 내려왔다. 정원 안은 사람들로 가득했으며, 그중 한 사람이 우리가 베란다로 나오는 것을 보고 바로 뒤따라오며 여우 사냥꾼이 내는 것 같은 날카로운 소리를 질렀다. 홈즈는 길을 잘 알고 있는 듯, 조그만 숲 사이를 거침없이 달려나갔다. 나도 그의 뒤를 바싹 따라 달렸으며 그 바로 뒤로 추격자들의 선두에 선 사람들이 숨을 헐떡이며 다가오고 있었다.

우리 앞을 높이 6피트(약 183㎝) 정도의 담이 가로막고 있었으나 홈즈는 그 담을 뛰어넘었다. 나도 그 담에 매달렸을 때 내 뒤를 따라오던 남자의 손이 내 발목을 잡았다. 그러나 나는 발로 차서 그에게서 벗어났으며 유리 조각을 박아놓은 담 위로 기어올랐다. 엎드린 채 수풀 속으로 떨어졌으나 홈즈가 바로 나를 일으켜 주었기에 우리는 함께 햄스테드의 널따란 벌판을 달려나갔다. 2마일(약 3.2㎞)쯤 달렸을까? 홈즈가 마침내 멈춰 서더니 가만히 귀를 기울였다. 등 뒤는 완벽한 정적에 잠겨 있었다. 추격을 따돌려 이제는 안심해도 될 모양이었다.

여기에 기록한 체험을 한 이튿날, 아침 식사를 마친 뒤 담배를 피우고 있는데 런던 경찰청의 레스트레이드 경감이 매우 심각한 표정으로 우리의 거실로 안내되어 들어왔다.

"안녕하십니까, 홈즈 씨."라고 경감이 말했다. "안녕하세요.

지금 바쁘십니까?"

"당신의 얘기를 들을 수 없을 만큼 바쁘지는 않아요."

"지금 특별히 맡고 계신 사건이 없으시다면 어젯밤 햄스테드에서 일어난, 매우 기이한 사건에 대한 수사를 도와주실 수 있으시겠습니까?"

"오오!" 홈즈가 말했다. "어떤 사건이죠?"

"살인사건입니다. 참으로 극적이고 이상한 살인입니다. 이런 사건에는 틀림없이 관심이 있으시리라 생각되니 괜찮으시다면 애플도어 타워즈까지 함께 가셔서 의견을 들려주셨으면 합니다. 이건 흔해빠진 살인사건이 아닙니다. 그 밀버턴에게는 꽤 오래전부터 저희도 주목을 하고 있었습니다. 두 분께만 말씀드리겠는데 그는 약간 질이 좋지 않은 악당이었습니다. 협박을 목적으로 사용할 편지 등을 가지고 있다는 소문이 있었습니다. 그 편지류를 범인들이 전부 불태웠습니다. 돈이 될 만한 물건은 하나도 훔치지 않았습니다. 아무래도 범인들은 상당한 지위에 있는 사람들인 듯한데, 비밀이 폭로되는 것을 막으려는 목적이었던 것 같습니다."

"범인들이라니, 여러 명이었단 말인가요?"라고 홈즈가 말했다.

"네, 두 명입니다. 현장에서 거의 잡을 뻔했습니다. 하지만 발자국도 발견했고 인상착의 등의 특징도 알고 있으니 십중팔구는 범인을 잡을 수 있을 겁니다. 한 사람은 매우 민첩했지만 나머지 한 사람은 정원사의 조수에게 일단 잡혔다가 격투 끝에 달아나버리고 말았습니다. 중간 정도의 키에 다부진 체격으로 각진 턱과 굵은 목, 콧수염을 기른 사내였는데 복면을 하고 있었습니다."

"그것 가지고는 알 수 없겠는데."라고 셜록 홈즈가 말했다.

"왓슨의 인상과도 비슷하지 않습니까?"

"그렇군요."라며 경감이 아주 재미있어했다. "왓슨 선생님하고 똑같습니다."

"레스트레이드 경감님, 미안하지만 협력할 수 없어요."라고 홈즈가 말했다. "사실 나는 그 밀버턴이라는 사람을 알고 있는데, 런던에서도 가장 위험한 인물이라 생각하고 있었어요. 세상에는 법률로도 처벌할 수 없는 범죄가 있다고 생각해요. 그러니 어느 정도의 개인적인 복수는 인정하지 않을 수 없어요. 아니, 논쟁을 펼쳐봐야 소용없어요. 나는 이미 결심했어요. 피해자보다는 범인을 더 동정하기에 이번 사건에는 관여하지 않을 생각이에요."

홈즈는 우리가 목격한 비극에 대해서는 한마디도 하지 않았으나, 오전 내내 깊은 생각에 잠겨 있는 모습이었다. 공허한 눈빛과 멍한 태도로 봐서 무엇인가를 열심히 떠올리려 하고 있다는 사실을 알 수 있었다. 점심을 먹다 말고 홈즈가 갑자기 자리에서 벌떡 일어났다. "아아, 왓슨, 생각났어!"라고 외치고, "모자를 쓰게! 나를 따라와!" 홈즈는 전속력으로 베이커 가를 빠져나가 옥스퍼드 가를 지나 마침내 리젠트 가 근처까지 갔다.

그 왼쪽에 당대의 유명한 사람과 미인의 사진이 나란히 걸려 있는 진열창이 있었다. 홈즈의 시선이 그중 한 장의 사진으로 쏟아졌기에 그 시선을 따라가 보니, 궁중에 들어갈 때의 예복을 입고 품위 넘치는 목에 다이아몬드 목걸이를 한, 위엄 있고 기품 가득한 귀부인의 사진이 눈에 들어왔다. 우아하게 곡선을 그리고

있는 코, 특징이 있는 눈썹, 굳게 다문 입, 그 밑으로 조그맣지만 강인하게 보이는 턱. 그리고 그 부인의 남편이 매우 유서 깊은 귀족 중의 귀족이며 정치가라는 설명을 읽고는 나도 모르게 숨이 멎었다. 나의 눈이 홈즈의 눈과 마주치자, 홈즈는 입술에 손가락을 댔다. 그리고 우리는 그 진열창 앞을 떠났다.

금테 코안경
The Golden Pince-Nez

　1894년의 3권에 걸친 두툼한 사건수첩을 꺼내 보니, 가장 재미있을 뿐만 아니라 홈즈의 그 유명하고도 특이한 재능을 가장 잘 보여주는 사건을 고르기가 여간 어렵지 않다. 사건수첩의 페이지를 넘기다 보니 은행가인 크로스비와 관계된 붉은 거머리와 그의 끔찍한 죽음에 관한 사건이 눈에 띈다. 애들턴의 비극과 잉글랜드의 고분에서 발굴한 기묘한 물건에 대한 기록도 눈에 띈다. 유명한 스미스 모티머의 상속에 관한 사건도 같은 해의 일이었고, 길거리의 암살자 휴렛을 추적하여 체포한 것도 이때의 일이었다. 이 사건을 해결한 홈즈는 프랑스 대통령 친필의 감사편지를 받았으며 레지옹 도뇌르 훈장도 받았다. 이 사건들 모두 재미있는 이야기가 될 수 있을 테지만, 욕슬리 고택에서 일어난 사건만큼 특이하고 흥미로운 것도 없으리라 여겨진다. 젊은 윌로비 스미스의 슬픈 죽음에서 시작된 이 사건은 그 후 차례차례로 일어난 일들에 의해서 기이한 범행동기가 밝혀졌다.

11월도 거의 끝나갈 무렵, 폭풍우가 치던 밤이었다. 그날 밤, 홈즈와 나는 말없이 앉아 있었다. 홈즈는 일단 양피지에 썼다가 지워버린 문장을 배율이 높은 렌즈로 해독하고 있었다. 나는 외과수술에 관한 최근의 학술논문을 읽고 있었다. 밖에서는 거친 바람이 베이커 가를 불어가고 있었으며 거센 빗줄기가 창문을 두드리고 있었다. 10제곱마일(16㎞)에 걸쳐 사람의 손길이 닿지 않은 곳이 없는 시가지의 한가운데서 거대한 자연의 힘을 느끼고, 그 힘 앞에서 런던과 같은 도시 따위는 벌판에 흩어져 있는 두더지의 굴과 다를 바 없다는 생각에 잠기는 것은 참으로 야릇한 일이었다. 나는 창가로 걸어가 인적이 끊긴 거리를 바라보았다. 램프의 불빛이 웅덩이진 길과 비에 젖어 빛나는 도로를 점점이 비추고 있었다. 옥스퍼드 가의 한쪽 끝에서 마차 한 대가 흙탕물을 튀기며 달려오고 있었다.

"왓슨, 오늘은 외출할 일이 없어서 다행이야." 홈즈가 렌즈를 한쪽에 놓고 양피지를 말며 말했다. "웅크리고 앉아 있었던 것에 비해서는 꽤 많은 일을 할 수 있었어. 눈이 피곤해지는 일이야. 지금까지 해독한 부분은 15세기 후반 이후에 기록되어 온 웨스터민스터 교회의 기록만큼 재미있지는 않아. 응? 저건 뭐지?"

세차게 불어대는 바람 속으로 말발굽 소리와 포장도로의 가장자리에 부딪히는 마차 바퀴 소리가 들려왔다. 우리는 그 마차를 지켜보고 있었는데, 그것은 우리 집 문 앞에 멈춰 섰다.

"무슨 일일까?"

그 마차에서 남자 하나가 내리는 것을 보고 내가 커다란 목소리로 말했다.

"무슨 일이냐고? 우리에게 볼일이 있는 거야. 그리고 우리는 외투, 목도리, 장화 등 악천후와 싸우기 위해서 사람들이 만들어낸 온갖 도구를 써야 할 일이 생겼다는 뜻이지. 잠깐만, 그런데 마차는 가버리는군. 어쩌면 외출하지 않아도 될지 모르겠어. 우리를 데리러 온 거라면 마차를 돌려보내지는 않았을 테니. 미안하지만 밑으로 내려가서 문을 좀 열어주지 않겠나? 제대로 된 사람들이라면 모두가 잠을 자고 있을 시간이니."

방문자가 현관의 불빛 아래 섰을 때 누구인지 바로 알아볼 수 있었다. 스탠리 홉킨스라는, 장래가 촉망되는 젊은 형사였다. 지금까지 몇 번이고 홈즈가 도와준 적이 있었다.

"계십니까?"

형사가 의욕에 넘치는 목소리로 물었다.

"올라오게. 이런 날 밤에 우리에게 무슨 일인가를 시키려는 것은 고마운 일이 아니지만."

위에서 홈즈가 이렇게 말했다.

형사는 계단을 올라갔다. 젖은 레인코트가 램프의 불빛을 받아 번쩍였다. 나는 형사가 레인코트 벗는 것을 도와주었다. 홈즈는 난로의 불을 일으켰다.

"자, 홉킨스, 이리 와서 발을 녹이게. 여기, 시가가 있어. 왓슨이 이런 날 밤에 잘 어울리는 약, 레몬이 들어간 뜨거운 차를 준비해줄 거야. 이런 폭풍우를 뚫고 온 것을 보니 꽤나 커다란 사건인 듯하군."

"그렇습니다, 홈즈 씨. 오후 내내 정신없이 돌아다녔습니다.

신문의 마지막 판에서 욕슬리의 사건을 읽으셨나요?”

“오늘 15세기 이후의 일에 대해서는 아무것도 보지 못했어.”

“짧은 기사에 오류투성이니 특별히 볼 필요가 있는 것은 아닙니다만. 저는 1초도 낭비하지 않고 움직였습니다. 장소는 켄트주의 채텀에서 7마일(11.2㎞), 철도에서 3마일(4.8㎞) 떨어진 곳입니다. 3시 15분에 전보를 받았고 욕슬리의 고택에는 5시에 도착했으며, 수사를 마치고 막차로 채링 크로스로 돌아와 그 길로 마차를 타고 여기에 온 것입니다.”

“그렇다면 이번 사건에 대해서 분명한 사실은 아직 알지 못한다는 말이로군.”

“전혀 감을 잡지 못했습니다. 제 생각에는 지금까지 다뤘던 사건 중에서 가장 복잡한 것인 듯합니다. 하지만 언뜻 보기에는 누구나 쉽게 알 수 있을 것처럼 단순하기도 합니다. 동기가 무엇인지 감을 잡을 수가 없습니다. 한 남자가 죽었다, 이것은 틀림없는 사실입니다. 하지만 제가 조사한 바에 의하면 그 남자에게 해를 가할 만한 사람은 아무도 없습니다.”

홈즈는 시가에 불을 붙이고 의자에 앉았다.

“좀 더 자세히 들려주게.”

“사실은 매우 명확합니다. 제가 알고 싶은 것은 그 사실이 대체 무엇을 의미하는 걸까 하는 점입니다.

지금까지 밝혀낸 사실을 말씀드리겠습니다. 몇 년 전에 그 시골의 저택을, 욕슬리의 고택을 코람이라는 교수가 사들였습니다. 교수는 몸이 좋지 않아 하루 중 절반은 침대에서 보내고, 나머지 절반은 지팡이를 짚고 고택 안을 산책하거나 정원사가 미는 휠체어로 자신의 토지를 둘러봅니다. 찾아오는 이웃이라고는 두어 명밖에 되지 않지만 그들과는 사이가 좋은 모양입니다. 매우 박식한 사람이라는 평판입니다. 그 집에는 가정부인 마커 부인과 하녀인 수전 탈턴이 살고 있을 뿐입니다. 두 사람 모두 박사가 그곳으로 이사했을 때 함께 왔으며, 성격도 좋은 사람들인 듯했습니다.

교수는 학문에 관한 어떤 책을 쓰고 있는데 1년쯤 전에 비서를 두어야겠다고 생각했던 모양입니다. 시험 삼아 2명을 고용했었는데 그들은 별로 도움이 되지 않았던 모양입니다. 세 번째로 고용한 윌로비 스미스는 이제 막 대학을 졸업한 매우 젊은 사람이었지만 아주 적당한 인물이었습니다. 비서의 일이란, 오전 중에는 교수의 구술을 받아 적고 저녁에는 다음 날의 일을 위해서 참고가 될 책을 찾기도 하고 인용문을 찾아내기도 하는 것이었습니다. 그 윌로비 스미스는 어핑햄 학교에서도, 케임브리지에서도 더할 나위 없이 훌륭한 청년이었습니다. 저도 추천장을 보았는데 예의 바르고 얌전하고 근면한 인물로 흠잡을 데가 없었습니다. 그럼에도 불구하고 오늘 아침, 교수의 서재에서 살해당한 것이라 볼 수밖에 없는 죽음을 맞이했습니다."

바람이 거칠게 불어 창문을 흔들어댔다. 젊은 형사가 순서에 따라 천천히 기묘한 이야기를 해나가는 동안 홈즈와 나는 불 옆에 앉아 그것을 들었다.

"영국 전체를 뒤져봐도 그곳처럼 세상에서 고립되어 있어 바깥세상의 영향을 받지 않는 집도 없을 겁니다. 몇 주일 동안이고 누구 하나 문밖으로 나서는 자가 없을 정도입니다. 교수는 자신의 일에 몰두하여 거기서만 삶의 보람을 느끼는 사람입니다. 스미스 청년도 교수와 매우 비슷해서, 동네에는 아는 사람도 없었던 모양입니다. 정원사인 모티머는 교수의 휠체어를 밀어주기도 하는데 그는 군인 연금을 받고 있습니다. 크림 전쟁에 종군했던 사람으로 선량한 성격입니다. 이 사람은 고택 안이 아니라 정원의 구석에 있는 방 3개짜리 집에서 살고 있습니다. 욕슬리의 고택에 있는 사람은 이들이 전부입니다. 그 집의 문은 런던에서 채텀으로 가는 길에서 100야드(91.44m) 정도 떨어진 곳에 있는데 걸쇠가 하나 있을 뿐이기에 들어가려고 마음만 먹으면 누구라도 들어갈 수 있습니다.

수전 탈턴의 증언은 다음과 같습니다. 이번 사건에 대해서 어떤 확실한 내용을 말할 수 있는 사람은 하녀뿐입니다. 사건이 일어난 것은 오전 중, 11시에서 12시 사이입니다. 수전은 2층의 앞쪽 침실에서 커튼을 달고 있었습니다. 코람 교수는 아직 침대 안에 있었습니다. 날씨가 좋지 않은 날에는 오전에 일어나는 일이 거의 없는 사람입니다. 가정부는 집 안쪽에서 무슨 일인가를 하고 있었습니다. 윌로비 스미스는 자신의 침실에 있었습니다. 그 방을 거실로도 쓰고 있었습니다. 바로 그때 스미스가 복도를 지나 밑에 있는 서재로 내려가는 발소리를 들었습니다. 모습을 본 것은 아니지만 규칙적이고도 빠른 발걸음은 틀림없이 스미스의 것이었다고 합니다.

서재의 문이 닫히는 소리는 듣지 못했지만 1분쯤 지났을 때 바로 밑의 방에서 끔찍한 비명이 들려왔습니다. 실성한 듯한, 갈라지는 듯한 목소리의 비명은 참으로 기묘하고 부자연스러워서 남자의 목소리인지 여자의 목소리인지조차 알 수 없었다고 합니다. 그와 동시에 쿵하고 무엇인가 쓰러지는 듯한 소리가 들렸는데 그 때문에 고택이 흔들릴 정도였으나 이후에는 정적에 잠겼다고 합니다.

하녀는 몸이 얼어붙어 한동안 멍하니 서 있었으나 잠시 후 용기를 내서 밑으로 달려 내려갔습니다. 서재의 문이 닫혀 있었기에 열어보았습니다. 방 안의 바닥에 윌로비 스미스가 기다랗게 누워 있었습니다. 처음에는 아무런 상처도 보이지 않았기에 몸을 일으키려 했으나 그때 목 뒤쪽에서 피가 흐르고 있다는 사실을 깨달았습니다. 상처는 매우 작았지만 깊어서 경동맥에까지 이르러 있었습니다. 사용된 흉기는 스미스 옆의 카펫 위에 있었습니다. 고풍스러운 책상 위 같은데 놓여 있는 봉투를 뜯는 칼로, 손잡이는 상아이며 날이 매우 견고합니다. 교수의 책상 위에 있던 비품 중 하나였습니다.

순간 하녀는 스미스가 이미 죽은 줄 알았으나 물통의 물을 이마에 뿌렸더니 아주 잠깐이나마 눈을 뜨고 중얼거렸다고 합니다.

'선생님……, 그 여자입니다.'

하녀는, 틀림없이 이렇게 말했다고 증언했습니다. 스미스는 필사적으로 무슨 말인가를 더 하려 했으며, 오른손을 들었습니다. 그러다 숨이 끊겨 쓰러지고 말았습니다.

가정부인 마커 부인도 그곳으로 달려왔습니다. 그러나 스미스의 마지막 말을 듣기에는 너무 늦었습니다. 수전을 사체 옆에 남겨두고 가정부는 교수의 방으로 달려갔습니다. 교수는 매우 당황해서 침대 위에 일어나 앉아 있었습니다. 끔찍한 비명과 무엇인가 넘어지는 소리를 듣고 무슨 일인가가 일어났다는 사실을 알고 있었던 것입니다. 마커 부인은 교수가 아직 잠옷을 입고 있었다고 말했는데 실제로 혼자서는 옷을 갈아입을 수 없는 상태로 모티머가 12시에 옷 갈아입는 것을 도와주기로 되어 있었다고 합니다.

교수는 멀리서 들려오는 비명소리를 듣기는 했지만 그 이상은 아무것도 모른다고 증언했습니다. '선생님……, 그 여자입니다.'라는 스미스의 마지막 말에 대해서도 짚이는 데는 없으며 헛소리인 것 같다고 했습니다. 윌로비 스미스에게 적은 단 한 사람도 없었으며 이번 사건의 원인도 전혀 모르겠다고 합니다.

교수는 우선 정원사인 모티머를 그 지역의 경찰서로 달려가게 했습니다. 그로부터 얼마 지나지 않아서 경찰서장이 저를 불렀습니다. 제가 도착할 때까지 어디에도 손을 대지 않았습니다. 집으로 들어가는 길을 누구도 걸어서는 안 된다고 엄하게 명령해 두었습니다. 홈즈 씨, 이건 당신의 이론을 실천할 절호의 기회였습니다. 무엇 하나 부족함이 없었습니다."

"셜록 홈즈 씨가 부족하기는 했지만." 홈즈가 약간은 비꼬는 듯한 웃음을 지었다. "그래서 자네는 어떤 방법을 취했지?"

"홈즈 씨, 우선 이 약도를 봐주시기 바랍니다. 이것을 보시면 서재의 위치와 사건의 여러 가지 점을 대략 아실 수 있을 것이라 생각됩니다. 제 수색에 관한 설명을 이해하는 데도 도움이 될 겁니다."

형사는 내가 여기에 옮겨놓은 약도를 꺼내 홈즈의 무릎 위에

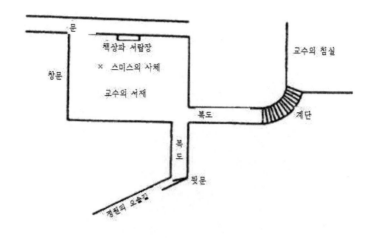

문
책상과 서랍장
× 스미스의 사체
창문
교수의 서재
교수의 침실
복도
계단
복도
뒷문
정원의 오솔길

펼쳤다. 나는 일어나 홈즈의 뒤에 서서 어깨너머로 약도를 보았다.

"물론 이것은 대략적인 그림으로, 절대 놓쳐서는 안 될 부분만 그린 겁니다. 그리지 않은 부분은 나중에 직접 보시기 바랍니다. 첫 번째로, 범인을 외부 사람이라고 생각한다면 그 남자, 혹은 여자는 어디로 들어왔을까요? 틀림없이 정원의 오솔길을 지나 뒷문으로 들어왔을 것이라 여겨집니다. 거기서는 곧바로 서재에 갈 수 있으니. 그 외의 다른 곳으로 들어갔다면 매우 복잡했을 겁니다. 도망칠 때도 같은 길을 지났으리라 생각합니다. 서재에서 빠져나갈 수 있는 나머지 2개의 길 중 하나는 계단에서 내려온 수전과 마주하게 되며 다른 하나는 곧바로 교수의 침실과 연결되어 있으니까요. 그랬기에 저는 곧 정원의 오솔길에 주목했습니다. 그 길에는 요 며칠 내린 비에 젖어서 틀림없이 발자국이 남아 있을 테니까요.

살펴본 결과 범인은 매우 주의 깊고 경험이 많은 자라는 사실을

알 수 있었습니다. 길에는 발자국이 남아 있지 않았습니다. 발자국을 남기지 않기 위해 길 가장자리의 풀 위를 걸은 듯합니다. 분명한 것은 아무것도 발견되지 않았지만 풀이 어지럽게 밟혀 있었으니 그것은 틀림없이 범인의 흔적일 겁니다. 정원사는 물론 누구도 거기에는 들어가지 않았습니다. 그리고 비는 어젯밤부터 내리기 시작했습니다."

"잠깐, 그 오솔길은 어디로 이어져 있지?"

홈즈가 물었다.

"큰길입니다."

"오솔길의 길이는?"

"100야드쯤 됩니다."

"그 길의 문밖으로 나선 곳에서 발자국을 발견했겠지?"

"안타깝게도 그곳에는 타일이 깔려 있습니다."

"그럼 도로는?"

"흥건히 젖어서 발자국투성이입니다."

"그것참 난처하게 됐군. 그렇다면 그 풀 위의 발자국은 들어갈 때 생긴 건가, 나갈 때 생긴 건가?"

"모르겠습니다. 흐릿해서 분명히 알 수 없습니다."

"커다란 발자국인가, 조그만 발자국인가?"

"그것도 확인이 안 됩니다."

홈즈가 답답하다는 듯 커다란 목소리로 말했다.

"그때 이후로 계속해서 거센 비가 내리고 강한 바람이 불었어. 지금 가서 본다고 해도 저 양피지를 해독하는 것보다 더 어려울 거야. 뭐, 어떻게든 되겠지. 그런데 홉킨스, 아무것도 확인할 수 없다는 사실을 안 뒤, 자네는 무엇을 했지?"

"여러 가지 것들을 조사했습니다, 홈즈 씨. 우선 누군가가 그 집에 세심한 주의를 기울이며 침입했다는 사실을 밝혀냈습니다. 다음으로 복도를 살펴보았습니다. 거기에는 코코야자의 섬유로 만든 깔개가 깔려 있어서 발자국은 남아 있지 않았습니다. 그곳을 따라서 저는 서재로 들어갔습니다. 가구는 별로 없는 방이었습니다. 커다란 것이라고는 붙박이 서랍장이 달린 커다란 책상 정도밖에 없습니다. 그 서랍장은 가운데에 조그만 문이 있고 양쪽에 몇 단인가의 서랍이 달려 있습니다. 서랍은 열려 있었으나 문에는 자물쇠가 채워져 있었습니다. 서랍은 언제나 열어두는 듯하니 중요한 물건은 들어 있지 않았을 겁니다. 문 안쪽에는 어떤 중요한 서류가 들어 있는 듯하나 억지로 열려고 한 흔적은 남아 있지 않습니다. 교수는 아무것도 없어지지 않았다고 말했습니다. 범인이 물건을 훔치지는 않았습니다.

다음은 스미스의 사체에 대해서 말씀드리겠습니다. 발견된 것은 서랍장 바로 옆, 이 그림에서도 알 수 있듯이 서랍장의 왼쪽입니다. 상처는 목의 오른쪽에 있었는데 뒤에서 찌른 듯하니 결코 자살은 아닙니다."

"칼 위에 쓰러진 게 아니라면 말이지."

홈즈가 말했다.

"맞습니다. 그 생각도 얼핏 머리를 스치고 지나갔습니다. 하지만 몇 피트나 떨어진 곳에서 나이프를 발견했으니 그것도 불가능합니다. 그리고 스미스의 마지막 말도 있습니다. 거기에 사체가 오른손에 쥐고 있던 중요한 증거물도 있습니다."

스탠리 홉킨스는 주머니에서 종이에 감싼 물건을 꺼냈다. 종이를 풀자 2개의 끊어진 비단 끈이 달려 있는 금테 안경이 나왔다.

"윌로비 스미스는 눈이 좋았다고 하니 이건 범인이 끼고 있던 것이거나, 몸에 지니고 있던 것을 스미스가 움켜쥔 것임에 틀림없습니다."

셜록 홈즈는 안경을 손에 집더니 아주 주의 깊게, 흥미롭다는 듯 살펴보았다. 그리고 자신의 코에 얹어 글자를 읽어보기도 하고, 창가로 가서 거리를 내려다보기도 하고, 벗어서는 밝은 램프의 불빛 아래서 아주 자세히 살펴보기도 했다. 그리고 재미있다는 듯 테이블 앞에 앉아 종이에 몇 줄인가를 쓰더니 그것을 스탠리 홉킨스에게 건네주었다.

"자네에게 해줄 수 있는 것은 이것뿐일세. 틀림없이 도움이 될 거야."

어리둥절하다는 듯 형사가 소리를 내서 읽었다. 그 글은 다음과 같았다.

「지명수배 ─ 품위 있는 말씨에 귀부인인 듯 행동하는 여성. 코에는 살이 아주 많으며 양쪽 눈이 코 쪽으로 쏠려 있음. 이마에 주름이 있으며 사물을 가만히 바라보는 버릇이 있음. 등이 구부정할 것. 지난 몇 개월 사이에 적어도 2번은 안경점을 찾았던 듯. 안경은 도수가 매우 높으며 안경점의 숫자는 한정되어 있으니 그 방면을 조사해 추적하는 것은 어려운 일이 아닐 듯.」

홉킨스는 크게 놀란 듯했다. 그 모습을 보고 홈즈가 웃었다.

나도 역시 웃음을 지었을 것이다.

홈즈가 설명했다.

"내 추리는 매우 간단한 것일세. 안경만큼 추리에 도움이 되는 것도 없을 거야. 이렇게 특이한 안경은 더욱 그렇지. 화사하게 만들어진 것으로 봐서 이건 여성이 쓰던 거야. 물론 스미스가 죽기 전에 한 말도 있고. 이 주인이 품위 있고 훌륭한 차림을 하고 있었다는 사실을 알 수 있는 건, 테가 도금이 아니라 진짜 금이기 때문이야. 이 정도의 안경을 끼는 사람이 다른 점에 있어서는 추레한 차림을 하고 있을 리 없어.

코에 거는 부분이 자네의 코에는 너무 넓다는 사실을 알 수 있겠지? 주인의 코가 아주 넓기 때문이야. 이런 종류의 코는 대체로 짧고 품위가 없어 보이는 경우가 많지만 예외도 아주 많아서 끈질기게 주장을 하면 독단적인 의견이 되기 쉬우니 그만두기로 하지. 내 얼굴은 긴 편인데 그래도 이 안경의 렌즈의 중심에, 아니 그 근처에도 눈이 오지 않아. 그러니 이 여성의 눈은 코의 양쪽 부분으로 상당히 쏠려 있을 거야. 왓슨, 이 렌즈는 도수가 높은 오목렌즈야. 오랫동안 눈이 아주 좋지 않았던 사람은 그러한 사람 특유의 육체적 특징을 가지고 있지 않나? 예를 들어서 이마나 눈썹이나 어깨에."

"맞아, 자네의 말에는 일리가 있어. 하지만 솔직히 말해서 안경점에 2번 갔었다는 말은 이해하지 못하겠어."

홈즈가 안경을 손에 들고 말했다.

"이 안경의 코에 닿는 부분이 코를 눌러서 아팠던지 조그맣고 가는 코르크를 붙여놓았어. 그 한쪽은 아주 조금 색이 변하고 닳았는데 다른 한쪽은 새것이야. 새것은 전에 붙여놓은 것이 떨어져서 다시 붙인 것이겠지. 낡은 것도 붙인 지 2, 3개월밖에 안 지난 듯해. 양쪽 모두 같은 코르크야. 그래서 이 여성이 같은 안경점에 2번 갔을 거라고 추론한 거야."

"정말 훌륭합니다!" 홉킨스가 진심으로 감탄한 듯 외쳤다. "저는 그런 증거를 이미 손에 넣었으면서도 깨닫지 못했었습니다. 물론 런던의 안경점을 뒤져봐야겠다고는 생각하고 있었지만."

"물론 그랬겠지. 그건 그렇고 사건에 대한 다른 이야기는 없나?"

"없습니다, 홈즈 씨. 이것으로 저만큼, 아니 그 이상으로 사건에 대해서 잘 아셨으리라 생각합니다. 그 부근의 길이나 역에서 낯선 사람을 본 목격자는 없는지 탐문을 하게 했습니다. 그 결과 그런 사람은 본 목격자는 없다는 대답이었습니다. 제가 가장 고민하는 것은 이 사건의 목적이 과연 무엇이었을까 하는 점입니다. 동기를 전혀 찾을 수가 없습니다."

"거기에 대해서는 나도 알 수가 없군. 어쨌든 내일 우리가 현장으로 갔으면 하는 거겠지?"

"괜찮으시다면 부탁드리겠습니다. 채링 크로스 역에서 아침 6시에 채텀으로 가는 기차가 있습니다. 그걸 타면 8시나 9시쯤에 욕슬리의 고택에 도착할 수 있습니다."

"그렇다면 그 기차를 타고 가기로 하지. 자네가 다루고 있는 이번 사건에는 틀림없이 흥미로운 부분이 있어. 기꺼이 수사하도록 하지. 아아, 벌써 1시가 다 됐네. 두어 시간 자두는 게 좋을 거야. 난로 앞 소파에서 자도록 하게. 출발 전에 알코올램프로 커피를 끓여주기로 하지."

이튿날 폭풍우는 떠났으나 여행을 하기 좋은 아침은 아니었다. 따뜻함이라고는 느껴지지 않는 겨울의 태양이 템스 강변의 쓸쓸한 습지와 똑바로 뻗은 수면 위로 떠오르는 것이 보였다. 그 광경을 보자 우리가 이 일을 처음으로 시작했을 무렵, 안다만 섬의 원주민을 추적하던 때의 일이 떠올랐다.

길고 지루한 기차 여행 끝에 우리는 채텀에서 몇 마일 떨어진 조그만 역에 도착했다. 그곳 여관에서 마차를 준비해주는 동안 우리는 서둘러 아침 식사를 했다. 욕슬리의 고택에 도착했을 때는 일을 시작할 준비가 되어 있었다. 정원의 문이 있는 곳에서 순경이 우리를 맞았다.

"아아, 윌슨. 무슨 정보라도 있나?"

홉킨스가 말을 걸었다.

"아무것도 없습니다."

"낯선 사람을 보았다는 목격자도 없는가?"

"없습니다. 일부러 역까지 가보았습니다만, 어제는 낯선 사람이 내리지도 않았고 타지도 않았다고 역무원들이 자신을 가지고 말했습니다."

"여관들도 전부 찾아가 봤겠지?"

"수상한 사람은 아무도 없었습니다."

"채텀까지는 걸어갈 수 있는 거리야. 누군가가 몰래 채텀에 묵거나 기차에 오를지도 모를 일이야. 앞으로도 잘 감시해주게. 홈즈 씨, 여기가 어제 말씀드린 오솔길입니다. 어제 여기에는 아무런 발자국도 없었습니다."

"풀 위의 발자국은 어디에 찍혀 있었지?"

"이쪽입니다. 오솔길과 화단 사이의 이 좁은 풀 위입니다. 지금은 잘 보이지 않지만 어제 제 눈에는 분명하게 보였습니다."

"아아, 그렇군. 누군가가 이곳을 지났단 말이지?" 홈즈가 풀 앞에 웅크리고 앉아 살펴보며 말했다. "그 여성은 매우 신중하게 걸은 듯하군. 틀림없어. 한쪽 발을 잘못 내딛으면 오솔길에 발자국이 남고, 반대쪽을 잘못 내딛으면 화단에 더 선명하게 발자국이 남았을 테니."

"맞습니다. 아주 냉정한 여성이었던 듯합니다."

홈즈의 얼굴에 고집스러운 표정이 떠올랐다.

"자네는 그 여성이 이 길로 돌아갔다고 생각하는 건가?"

"그렇습니다. 다른 길은 없습니다."

"좁은 풀 위를 말이지?"

"맞습니다, 홈즈 씨."

"정말 대단한 솜씨로군, 대단해. 자, 오솔길은 이것으로 된 듯하네. 앞으로 가보기로 하지. 이 정원의 문은 언제나 열려 있었다고 했지? 그렇다면 들어오는 데 별 어려움은 없었겠군. 살인을 저지를 마음은 없었던 모양이야. 그럴 생각이었다면 책상 위의 나이프 같은 걸 쓰지 않고, 미리 흉기를 준비해왔을 테니까. 그 여성은 이 복도를 지났어, 이 코코야자 깔개에 발자국도 남기지 않고. 그리고 서재로 들어갔어. 얼마나 오래 서재에 있었을까. 판단할 만한 재료가 없군."

"몇 분 동안에 지나지 않았을 겁니다. 가정부인 마커 부인이 그보다 조금 앞서서, 15분쯤 전이라고 합니다만, 서재를 정리했다고 합니다. 말씀드리기를 잊고 있었습니다만."

"그렇다면 그것으로 서재에 머물 수 있었을 시간은 알 수 있겠군. 그 여성은 이 방으로 들어왔어. 그렇다면 무엇을 했을까? 책상 쪽으로 갔어. 무엇을 위해서? 서랍에 있던 물건을 찾기 위해서는 아니었어. 그 여성이 훔칠 만큼 가치가 있는 물건이 있었다면 열쇠로 채워놓았을 테니. 이 서랍장 안의 물건을 노렸던 거겠지. 응? 이 표면의 긁힌 자국은 뭐지? 왓슨, 성냥불을 좀 켜주겠나? 왜 이 얘기를 해주지 않은 건가, 홉킨스?"

홈즈가 살펴본 자국은 열쇠 구멍 오른쪽의 놋쇠 부분을 따라서 약 4인치(10.16㎝) 정도 나 있었다. 그 부분의 니스가 벗겨져 있었던 것이다.

"저도 알고 있었습니다, 홈즈 씨. 하지만 열쇠 구멍 옆의 흠집은 아주 흔한 것 아닙니까?"

"이 흠집은 얼마 전에 생긴 거야. 아주 최근에. 흠집 부분의 놋쇠가 반짝이는 걸 보게. 오래된 흠집은 표면과 같은 색을 띠는 법이야. 내 돋보기로 잘 살펴보게. 흠집 양쪽으로 밭이랑처럼 니스가 올라와 있지? 마커 부인은 어디 있나?"

슬픈 표정의 중년 부인이 들어왔다.

"어제 아침에 이 서랍장을 닦으셨나요?"

"닦았습니다."

"그때 이 흠집을 보셨나요?"

"아니요, 보지 못했습니다."

"그랬겠죠. 닦았다면 이 니스 부스러기도 떨어져 나갔을 테니까요. 이 서랍장의 열쇠는 누가 가지고 있나요?"

"선생님께서 시곗줄에 달아가지고 다니십니다."

"평범한 열쇠인가요?"

"아니요, 처브에서 만든 자물쇠입니다."

"고마워요, 마커 부인. 이젠 됐어요. 어떻게 된 일인지 조금은 알겠네요. 그 여성은 방에 들어와서 서랍장이 있는 곳으로 왔어. 그리고는 문을 열었던지, 혹은 열려고 했어. 그런데 바로 그때 월로비 스미스가 서재에 들어온 거야. 서둘러 열쇠를 빼려다 이 문에 흠집을 남겼어. 스미스가 여성을 붙들었지. 여성이 근처의 물건을 집었는데 그게 우연히도 이 나이프였어. 스미스의 손을 뿌리치려다 찌르고 만 거야. 그 일격은 치명상이었어. 스미스는 쓰러졌고 여성은 달아났지. 목표로 했던 물건을 가져갔는지 어땠는지는 모르겠지만.

수전은 어디에 있지? 수전 씨, 당신이 비명을 들은 이후, 누군가가 이 문으로 달아나는 것이 가능했을까요?"

"아니요, 불가능했을 거예요. 복도에 누가 있었다면 계단을 내려오기 전에 위에서도 보였을 테니까요. 그리고 문은 열리지도 않았어요. 열렸다면 소리가 들렸을 거예요."

"이 문은 이것으로 됐어. 그 여성은 들어온 곳으로 나간 것이 틀림없어. 다른 쪽 문은 교수의 방하고만 연결되어 있겠지? 밖으로는 나갈 수 없겠지?"

"그렇습니다."

"그럼, 그쪽으로 가서 교수님을 만나보기로 하지. 앗, 홉킨스! 이건 중요한 문제야, 정말 중요해. 이 복도, 교수의 방으로 가는 복도에도 코코야자로 만든 깔개가 깔려 있지 않나?"

"맞습니다. 그게 어쨌다는 말씀이신지?"

"이 사건과 관계가 있다고 생각지 않나? 아니 됐어, 너무 집착해서도 안 되겠지. 내 실수야. 그래도 뭔가 좀 걸리는군. 같이 가서 나를 교수님께 소개시켜주게."

우리는 복도를 지났다. 그 복도도 정원으로 통하는 복도와 같은 길이였다. 복도 끝에 짧은 계단이 있고 그곳을 오르면 방으로 들어가는 입구가 있었다. 홉킨스는 노크를 한 뒤, 우리를 교수의 방으로 안내했다. 아주 넓은 방이었다. 헤아릴 수 없을 정도로 많은 책들이 놓여 있었다. 책은 책장에서 넘쳐나 구석에 쌓여 있기도 했고 책 바구니 아래에 겹쳐져 있기도 했다. 침대가 방의 한가운데 놓여 있었다. 그 침대 위에 몇 개의 베개에 기댄 집주인이 있었다.

그처럼 특이한 인물은 흔히 볼 수 없을 것이다. 독수리처럼 생긴 야윈 얼굴이었다. 수북하게 밑으로 처진 눈썹 밑의 움푹 파인 곳에 찌를 듯 날카롭고 검은 눈동자가 묻혀 있었다. 머리카락과 수염 모두 새하였다. 단 입 주위의 수염만은 묘하게 노란색으로 물들어 있었다. 헝클어진 하얀 수염 속으로 시가의 불빛이 보였다. 방에서는 담배 냄새가 독하게 났다. 교수가 악수를 하기 위해 홈즈에게 손을 내밀었을 때, 그 손이 니코틴으로 노랗게 물든 것이 보였다.

"담배를 피우시겠소, 홈즈 씨?" 묘하게 위엄이 있는 말투로 말을 골라가며 교수가 말했다. "담배를 태우시오. 당신도 피우도록 하세요. 맛이 아주 좋은 담배에요. 알렉산드리아의 이오니데스라는 회사에 특별히 주문해서 만든 거라오. 한 번에 1,000개비씩

보내주는데 딱하게도 나는 2주일마다 주문을 해야 하오. 몸에는 좋지 않지. 참으로 좋지 않지만 노인에게는 달리 즐거움도 없으니. 담배와 일, 남은 즐거움이라고는 그것뿐이라오."

홈즈는 담배에 불을 붙인 뒤 빠르게 방 안을 둘러보았다.

"담배와 일, 그러나 지금은 담배밖에 없소." 노인이 한탄했다. "아아, 일을 계속할 수 없게 됐소. 이런 일이 일어날 줄은 꿈에도 생각지 못했소. 정말 훌륭한 청년이었는데! 불과 몇 개월 만에 훌륭한 조수가 되어주었소. 그런데 홈즈 씨, 이번 사건을 어떻게 생각하나요?"

"아직은 생각이 정리되지 않았습니다."

"우리 같은 사람은 전혀 짐작도 할 수 없으니 이번 사건을 잘 해결해주었으면 고맙겠소. 나처럼 병든 몸의 책벌레에게 이와 같은 타격은 견디기 어려운 것이오. 무엇인가를 생각할 힘마저 빠져버린 듯한 느낌이오. 하지만 당신은 활동적인 사람이오. 사무적인 사람이오. 이번 사건도 당신에게는 매일 해야 하는 당연한 업무에 지나지 않소. 어떠한 경우에라도 평정심을 유지할 수 있을 것이오. 당신이 와주셨다는 것은 참으로 다행스러운 일이오."

노교수가 이야기하는 동안 홈즈는 방 안의 한쪽 끝을 서성였다. 홈즈가 매우 빠른 속도로 담배를 피우고 있다는 사실을 나는 깨달았다. 이 집의 주인이 좋아하는, 다른 곳에서는 구할 수 없는 담배가 아주 마음에 든 모양이었다.

"정말 뼈아픈 타격이오." 노인이 말을 이었다. "저게 나의 대작이오. 저쪽 사이드 테이블에 놓여 있는 것이. 시리아와 이집트의

콥트파 수도원에서 발견한 기록을 분석한 것이오. 신께서 우리에게 주신 종교의 근본까지를 해명하려는 것이오. 하지만 나는 건강이 좋지 않기 때문에 조수가 없으면 그것을 완성할 수 있을지, 알 수 없는 일이오. 그건 그렇고, 홈즈 씨, 당신은 나 이상으로 담배를 좋아하시는군요!"

홈즈가 미소를 지었다.

"나는 담배에 까다로운 편입니다." 홈즈가 다시 한 개비, 네 번째 담배를 집어 피우던 담배로 불을 붙이며 말했다. "코람 선생님, 이것저것 질문해서 시간을 빼앗을 생각은 없습니다. 사건이 일어났을 때 선생님께서는 침대에 계셨기에 아무것도 모르실 테니 딱 한 가지만 여쭙도록 하겠습니다. 그 가엾은 젊은이가 마지막으로 남긴 말인 '선생님, 그 여자입니다.'라는 말에 대해서 어떻게 생각하십니까?"

교수는 머리를 흔들었다.

"수전은 산골 출신인데 그런 사람들 중에서도 정말 세상물정을 모르는 사람이오. 스미스가 아무런 뜻도 없는 헛소리를 한 것이라고 생각하오. 그것을 이처럼 뜻을 알 수 없는 망령된 말로 잘못 들은 것인 듯하오."

"그렇습니까? 그렇다면 선생님께서는 이번 사건에 대해서 아무런 견해도 가지고 있지 않다는 말씀이신가요?"

"아마도 우연히 일어난 일인 듯하오. 아마도……, 우리끼리 하는 말이오만……, 자살인 듯하오. 그 가엾은 젊은이에게 말 못 할 고민이 있었던 것이 아닐지. 어떤 마음의 고뇌. 우리로서는 결코 이해할 수 없는 고뇌가. 살인보다는 이쪽이 더 있을 법한 얘기라고 생각하오."

"그렇다면 안경은 어떻게 설명할 수 있을까요?"

"아아, 나는 그저 학자에 지나지 않소. 꿈을 좇고 있을 뿐이오. 실생활에 관한 일은 아무것도 모르오. 하지만 애정이라는 것이 때로는 이해할 수 없는 형태로 나타난다는 사실은 잘 알고 있소. 여기, 담배를 더 태우도록 하시오. 이 담배를 이렇게 마음에 들어 하는 분이 또 있다니, 기쁜 일이오. 부채, 장갑, 안경. 한 인간이 자신의 생을 마감할 때 어떤 물건을 사랑의 징표로 삼을지 그건 누구도 알 수 없는 일이오.

여기 계신 신사, 그러니까 형사님께서 풀 위에 찍힌 발자국에 대해서 들려주셨지만 그건 결국 오해일 겁니다. 나이프는 쓰러질 때의 충격으로 멀리 튀어나간 것이라고도 생각할 수 있지 않겠소? 유치한 생각이라고 말씀하실지 모르겠지만 내게는 윌로비 스미스가 자살한 것이라 여겨지오."

홈즈는 교수의 설명에 감탄한 듯했다. 생각에 잠긴 채 담배를 피우며 한동안 여기저기 걸어 다녔다. 그러다 마침내 입을 열었다.

"선생님, 그 서랍장 안에는 무엇이 들어 있나요?"

"도둑이 훔쳐갈 만한 물건은 아무것도 들어 있지 않소. 우리 가족에 관한 기록, 세상을 떠난 아내가 보낸 편지, 대학의 학위증 등이오. 여기에 열쇠가 있소. 열어서 직접 확인해보시오."

홈즈가 열쇠를 받아들었다. 그리고 한동안 열쇠를 바라보더니 교수에게 돌려주었다.

"아니요, 그럴 필요 없겠네요. 봐도 소용없을 듯하니까요. 그보다는 정원으로 나가서 사건 전체를 생각해보고 싶습니다. 선생님

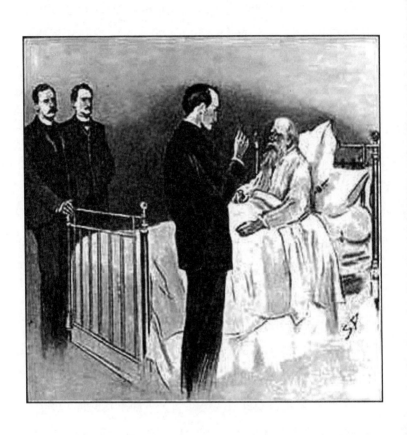

께서 말씀하신 자살설에 대해서도 뭔가 말씀을 드려야겠지요. 코람 선생님, 폐를 끼쳐서 죄송합니다. 점심 식사 후까지는 폐를 끼치지 않겠습니다. 2시에 여기로 다시 와서 그 후의 일에 대해 설명해드리도록 하지요."

홈즈는 이상할 정도로 멍한 표정을 짓고 있었다. 우리는 말없이 정원 여기저기를 둘러보았다.

"무슨 단서라도 있는가?"

내가 참을 수가 없어서 물어보았다.

"내가 피운 담배가 단서가 될지도 몰라. 하지만 내가 완전히 잘못 짚은 걸 수도 있어. 어쨌든 담배가 가르쳐줄 거야."

"뭐라고요, 홈즈 씨. 대체……."

"어쨌든 지켜보게. 곧 알게 될 테니. 착각이라고 해도 크게 손해 볼 건 없어. 물론 만일의 경우에는 안경점을 돌아다녀야 하겠지만, 그보다 빠른 방법이 있어서 그쪽을 택한 것뿐이야. 아아, 마커 부인이 왔군. 5분 정도, 사건 해결에 도움이 될 만한 이야기를 해보도록 하지."

앞서도 이야기한 적이 있으리라 여겨지는데 홈즈는 마음만 먹으면 여성의 마음을 사로잡는 솜씨가 굉장해서, 쉽게 여성과 친해지곤 한다. 5분이라고 말했지만 그 절반도 지나지 않아서 가정부의 마음을 사로잡아 마치 몇 년이나 알고 지냈던 사람처럼 이야기를 나누고 있었다.

"네, 말씀하신 대로에요, 홈즈 씨. 선생님께서는 담배를 아주 많이 피우세요. 하루 종일, 때로는 밤새도록 담배를 태우세요. 아침에 방에 들어가면 런던의 안개라고 말씀하실 정도예요. 그

가엾은 스미스 씨도 담배를 피우기는 했지만 선생님 정도는 아니었어요. 몸에는 어떨지 모르겠어요. 좋은 건지, 나쁜 건지 전 알 수가 없어요."

"아무래도 식욕은 떨어지겠죠."

라고 홈즈가 말했다.

"글쎄, 그건 잘 모르겠네요."

"선생님은 아무것도 안 드시지 않나요?"

"그게 일정하지가 않아요. 다음에 담배 때문이라고 말씀드려볼 게요."

"내기를 해도 좋은데, 선생님께서는 오늘 아침을 드시지 않으셨어요. 게다가 저렇게 담배를 태우시니 점심도 안 드실 거고요."

"당신이 졌네요. 아침에는 식사를 아주 많이 하셨어요. 그렇게 많이 드신 적도 없었어요. 게다가 점심에는 커다란 커틀릿을 준비해달라고 하셨어요. 정말 놀랐어요. 어제 그 방에 들어가서 스미스 씨가 바닥에 쓰러져 있는 것을 본 이후, 저는 음식을 보기만 해도 역겨우니까요. 세상에는 여러 종류의 사람들이 있는 법인가 봐요. 선생님께서는 그런 일로 식욕을 잃거나 하시지는 않으시나 봐요."

우리는 오전 내내 정원을 돌아다니며 시간을 보냈다. 스탠리 홉킨스는 마을에 가고 없었다. 어제 오전에 채텀 가에서 아이들이 낯선 여성을 보았다는 소문을 확인하러 간 것이었다. 내 친구는 평소의 기운을 잃은 것처럼 보였다. 그처럼 마음이 내키지 않는 다는 듯한 태도로 사건을 대하는 모습은 한 번도 본 적이 없었다.

홉킨스가 아이들을 찾아내서 틀림없이 그 여성이 홈즈가 말한 것과 같은 특징을 가지고 있었으며, 안경을 끼고 있었다는 소식을 가지고 돌아왔는데도 별다른 흥미를 보이지 않았다. 우리의 점심 식사를 거들어주던 수전이, 사실 스미스는 어제 아침에 산책을 나갔다가 사건이 일어나기 30분쯤 전에 돌아왔다고 묻지도 않은 사실을 가르쳐주었을 때 더 커다란 관심을 보였다. 수전의 이야기가 어떤 의미를 지니고 있는지 내게는 전혀 알 수조차 없었지만, 홈즈가 머릿속에서 그리고 있는 사건의 전체적인 모습에는 꼭 들어맞는다는 사실을 분명히 알 수 있었다. 홈즈가 갑자기 의자에서 일어나 시계를 힐끗 바라보았다.

"여러분, 2시가 되었네요. 선생님과 함께 사건을 매듭짓도록 합시다."

노인은 점심 식사를 막 마친 참이었다. 음식이 하나도 남아 있지 않은 것을 보니 가정부의 말대로 교수의 식욕은 정말 대단한 것인 듯했다. 교수가 그 하얀 갈기와 번뜩이는 눈을 우리에게 돌렸는데 참으로 섬뜩한 모습이었다. 결코 입에서 떼지 않는 담배를 입에 물고 있었다. 말끔하게 옷을 갈아입고 불 옆의 팔걸이 의자에 앉아 있었다.

"홈즈 씨, 이번 사건의 수수께끼를 푸셨나요?"

이렇게 말하며 교수는 테이블 위에 놓여 있던 커다란 담배 상자를 홈즈 쪽으로 밀어주었다. 그런데 홈즈도 동시에 손을 내밀었기에 담배 상자가 테이블에서 떨어지고 말았다. 1분이나 2분 동안 우리는 모두 무릎을 꿇고 엉뚱한 곳에까지 흩어진 담배를 주워 모았다. 일어섰을 때 홈즈의 두 눈이 빛나고 뺨이 발그레하게 물들어 있다는 사실을 깨달았다. 그것은 결정적인 순간에만 볼 수 있는 것이다.

"수수께끼는 풀렸습니다."

홈즈가 말했다.

스탠리 홉킨스와 나는 놀라서 눈을 둥그렇게 떴다. 노교수의 야윈 얼굴에 냉소와도 같은 것이 번졌다.

"그것참 대단하군요! 정원에서 풀었소?"

"아니, 여기서요."

"여기서! 언제?"

"바로 지금."

"아마 농담을 하고 계신 모양이오, 홈즈 씨. 농담을 하기에는 사건이 약간 심각하지 않소?"

"선생님, 나는 내 설을 철저하게 검증해보았습니다. 그리고 틀림없다고 확신하고 있어요. 당신의 동기가 무엇인지, 이 기묘한 사건에서 어떤 역할을 맡고 있는지 그건 아직 몰라요. 곧 당신의 입을 통해서 직접 들을 수 있으리라 여겨져요. 그럼 당신을 위해서 사건을 설명하도록 하지요. 그걸 들으면 내가 아직 모르는 점이 무엇인지 아실 수 있을 거예요.

어제 한 여성이 당신의 서재에 들어갔어요. 당신의 서랍장 속에 있는 어떤 서류를 가져갈 생각으로 찾아온 거예요. 자신의 열쇠를 가지고 있었죠. 왜냐하면 당신의 열쇠를 살펴볼 기회가 있었는데 서랍장의 니스에 흠집을 냈기 때문에 열쇠에도 색이 변한 부분이 있어야 했지만 거기서는 찾아볼 수가 없었으니까요. 따라서 당신은 방조범이 아니에요. 여러 가지 정황으로 봤을 때 그 여성은 당신 몰래 무엇인가를 훔치러 온 거예요."

교수가 입술 사이로 연기를 내뿜었다.

"정말 재미있고 또 도움이 되는 이야기로군. 더 덧붙일 내용은 없소? 그 여자에 대해서 거기까지 알아냈으니 어떻게 되었는지도 알고 있겠지요?"

"알고 있어요. 우선 그 여성은 당신의 비서에게 잡히고 말았어요. 그리고 달아나기 위해서 비서를 찔렀어요. 그 결과를 나는 불행한 사건이라고 생각하고 싶어요. 왜냐하면 그 여자에게 이런 범죄를 저지를 생각은 없었다고 믿기 때문이에요. 누군가를 죽일 마음으로 온 사람이 흉기를 안 가지고 올 리가 없어요. 자기가 한 행동이 두려워서 서둘러 그 자리를 떠났어요.

그 여자에게는 불행한 일이지만, 몸싸움을 하는 동안 안경을 잃어버리고 말았어요. 여자는 근시가 매우 심하기 때문에 안경이 없으면 아무것도 못 해요. 여자는 복도를 달렸어요. 들어왔을 때와 같은 복도를 달리고 있는 것이라 착각했어요. 양쪽 모두에 코코야자로 만든 깔개가 깔려 있었으니까요. 길을 잘못 들었다는 사실을 깨달았을 때는 너무 늦었고, 퇴로도 차단당한 상태였어요. 여자는 어떻게 했을까요? 되돌아갈 수는 없었어요. 거기에 그대로 서 있을 수도 없었죠. 앞으로 나갈 수밖에 없었어요. 그래서 앞으로 나갔죠. 짧은 계단을 올라 문을 열고 이 방으로 들어왔어요."

노인은 멍하니 입을 벌린 채 홈즈를 가만히 바라보았다. 노인의 얼굴에는 놀라움과 두려움의 표정이 어려 있었다. 힘겹게 어깨를 들썩이더니 비웃는 듯한 소리로 말했다.

"정말 훌륭하오, 홈즈 씨. 하지만 당신의 훌륭한 설에는 한 가지 결점이 있소. 바로 내가 이 방에 있었고 그날은 여기서 한 발짝도 나가지 않았다는 점이오."

"코람 선생님, 그 사실은 잘 알고 있습니다."

"그럼 저 침대에 누워 있었고 그 여자가 이 방으로 들어왔는데도 내가 깨닫지 못했다고 말씀하실 생각이시오?"

"그렇게 말할 생각은 없어요. 선생님께서는 그 사실을 알고 계셨어요. 선생님은 여자와 이야기를 나눴어요. 누군지도 알았어요. 그리고 도망치는 걸 도왔어요."

교수는 다시 한 번 갈라지는 목소리로 웃었다. 그리고 자리에서 일어섰는데 그 눈이 불꽃처럼 타오르고 있었다.

"당신은 정신이 이상한 듯하오! 도무지 알아들을 수 없는 얘기를 하고 있소. 내가 여자의 도망을 도왔다고? 그렇다면 지금 어디에 있단 말이오?"

"저기에 있어요."

홈즈가 방 구석에 있는 높다란 책장을 가리켰다.

노인은 팔을 높이 들었다. 위엄 가득한 얼굴이 굳어가는 것을 나는 보았다. 그리고 의자 위로 쓰러졌다. 그와 동시에 홈즈가 가리킨 책장이 경첩을 중심으로 빙글 돌더니 한 여성이 방 안으로 뛰어들었다.

"말씀하신 대로에요." 여자가 외국어 발음이 섞인 묘한 억양으로 말했다. "말씀하신 대로에요. 여기 나왔어요."

벽 사이의 비밀 장소에서 먼지를 뒤집어쓴 여자가 거미줄을 늘어뜨린 채 나왔다. 그 얼굴은 먼지로 얼룩져 있었으나 그렇지 않다 해도 미인이라고는 할 수 없는 여자였다. 왜냐하면 홈즈가

말했던 것과 같은 얼굴을 하고 있었을 뿐만 아니라 길고 고집스러워 보이는 턱을 가지고 있었기 때문이었다. 안 그래도 눈이 좋지 않은데 어두운 곳에 있다가 밝은 곳으로 나왔기에 현기증이 나는 사람처럼 멈춰 선 채로 우리가 어디에 있는지, 누구인지 보기 위해 눈을 깜빡이고 있었다. 매우 불리한 입장에 있었지만 여자의 태도에서는 어딘가 기품이 느껴졌다. 의지가 강해 보이는 턱, 시선을 내리깔거나 하지 않는 당당한 태도를 보니 존경과 예찬의 마음을 품지 않을 수 없었다.

스탠리 홉킨스가 여자의 팔을 잡으며 체포하겠다고 말했으나 여자는 조용히 뿌리쳤다. 그 태도에는 홉킨스가 따르지 않을 수 없는 위엄이 묻어 있었다. 굳은 표정으로 의자에 앉아 있던 노인이 충혈된 눈으로 여자를 바라보았다.

"숨거나 달아나지는 않을 거예요. 숨어 있던 곳에서 여러분의 얘기를 다 들었어요. 당신이 진실을 밝혀냈다는 사실은 이미 알고 있어요. 전부 얘기하기로 하죠. 그 청년을 살해한 건 저예요. 당신, 그래요, 그것이 사고였다고 말씀하신 분, 당신이 정확히 말씀하셨어요. 손에 쥐었을 때는 나이프인 줄도 몰랐어요. 도망치기 위해서 책상 위의 물건을 닥치는 대로 집어 청년을 찌른 것뿐이니. 이것이 진상이에요."

"저도 그렇게 생각합니다. 하지만 결코 좋은 일을 한 건 아니에요."

홈즈가 말했다.

여자의 얼굴빛이 바뀌었다. 얼굴이 검은 먼지로 얼룩져 있었기에 한층 더 무시무시한 표정이 되었다. 여자가 침대 한쪽에 앉더니

말을 이었다.

"이젠 시간이 얼마 남지 않았지만 모든 사실을 말씀드리도록 하지요. 저는 저 사람의 아내예요. 저 사람은 영국 사람이 아니에요. 러시아 사람이에요. 이름은 밝히지 않겠어요."

그제야 비로소 노인이 몸을 움직였다.

"무슨 소리를 하는 거야, 안나! 무슨 소리를 하려는 거야!"

여자가 소름이 돋을 정도로 경멸하는 듯한 시선을 던졌다.

"세르게이, 당신은 왜 이처럼 보잘것없는 생활에 집착하는 거죠? 이런 생활은 수많은 사람을 괴롭힐 뿐, 누구 하나 구할 수 없어요. 당신 자신도 마찬가지예요. 하지만 신이 심판하시는 날이 올 때까지 이 노인을 살해할 생각은 없어요. 이 저주받은 집의 문턱을 넘는 순간부터 저는 그렇게 결심했어요. 그렇지만 모든 사실은 말해두어야겠네요. 그렇게 하지 않으면 너무 늦을 테니. 여러분, 저는 저 사람의 아내라고 말했어요. 결혼했을 때 저 사람은 50세, 저는 아무것도 모르는 스무 살 신부였어요. 결혼한 곳은 러시아의 한 마을에 있는 대학이었어요. 그 장소는 말씀드리지 않겠어요."

"무슨 소리를 하려는 거야, 안나!"

노인이 다시 말했으나 이번에는 목소리가 작았다.

"저희는 세상을 바꾸려 했어요. 혁명가예요. 니힐리스트죠. 저 사람과 저, 그리고 동료들이 더 있었어요. 그때 좋지 않은 일이 일어났어요. 경찰이 살해당해 많은 사람들이 체포되었지만 증거가 없었어요. 자신이 살아남기 위해, 그리고 거액의 상금에 눈이 어두워져서 제 남편이 자신의 아내와 동료들을 팔았어요.

물론 저희는 남편의 제보로 붙잡히고 말았죠. 교수대로 보내진 사람도 있었고 시베리아로 보내진 사람도 있었어요. 저도 시베리아로 보내진 사람 중 하나였으나 종신형은 아니었어요. 남편은 부정한 수단으로 얻은 돈을 가지고 영국으로 와서 조용히 살아가고 있었던 거예요. 물론 동지들에게 자신이 살고 있는 곳이 알려지면 단 일주일도 평온하게는 지낼 수 없으며, 정의의 심판을 받아야한다는 사실은 잘 알고 있었을 테지만."

노인이 떨리는 손을 뻗어 담배를 집었다.

"이제 목숨은 당신 손에 달렸소. 당신은 내게 언제나 다정했지."

"그것뿐만이 아니에요. 더욱 좋지 않은 짓도 했어요. 저희 조직에 제 마음의 친구가 있었어요. 고귀하고 이기적이지 않고 애정이 넘치는 사람이었죠. 남편과는 정반대되는 사람이에요. 그리고 폭력을 싫어했어요. 만약 그 일이 해서는 안 될 일이었다면 저희 전원이 유죄일 테지만 그 사람만은 아니었어요. 폭력은 쓰지 말라고 언제나 설득하는 편지를 보냈어요. 그 편지만 있으면 무죄를 증명할 수 있을 거예요.

제 일기만 있어도 역시 그럴 테고요. 일기에 매일 그에 대한 제 감정과 저희 두 사람의 생각을 적었으니. 하지만 남편이 그것을 보고는 일기와 편지 모두를 앗아갔어요. 그리고 두 가지 모두를 감추더니 그 청년의 목숨을 빼앗겠다고 소리 질렀어요. 목숨만은 건졌지만 알렉스는 죄인이 되어 시베리아로 보내졌어요. 그리고 지금까지도 암염(巖鹽)을 캐고 있어요. 생각해보세요. 얼마나 나쁜 사람인지, 얼마나! 지금, 지금, 이 순간에도 당신 따위는 그 이름을 입에 담을 가치조차 없는 알렉스가 노예 같은 생활을 하고 있어요. 당신의 목숨은 내 손안에 있어요. 하지만 죽이지는 않겠어요."

"당신은 언제나 고귀한 여성이었소, 안나."

노인이 담배를 피우며 말했다.

여자는 자리에서 일어났으나 조그맣고 고통스러운 소리를 올리더니 다시 쓰러져버리고 말았다.

"얘기를 마쳐야겠지요. 형기를 마친 저는 스스로 일기와 편지를 되찾아야겠다고 생각했어요. 그것을 러시아 정부에 보내면 친구를 도울 수 있으니까요. 남편이 영국으로 왔다는 사실은 알고 있었어요. 몇 개월 동안 수소문해서 남편이 사는 곳을 알아냈어요. 일기를 아직 가지고 있으리라는 사실은 알고 있었어요. 시베리아에 있을 때 한 번 편지를 받았는데, 그 안에서 저를 책망하는 내용에 일기에서 인용한 글이 있었기 때문이에요. 집착심이 강한 남편의 성격으로 봐서 스스로 일기를 건네줄 리는 없을 것이라 확신하고 있었어요.

그래서 저 스스로 되찾아오기로 했죠. 한 사립탐정소로 가서 탐정을 한 명 고용했어요. 여기에 온 두 번째 비서예요. 세르게이, 서둘러 그만둔 사람이에요. 그 탐정이 서류가 서랍장에 있다는 사실을 알고 열쇠를 복사해줬어요. 하지만 그 이상은 무슨 일이 있어도 할 수 없다고 말했어요. 집의 평면도를 건네주며 비서는 오후가 되면 2층에서 일을 하니 서재에는 아무도 없다고 가르쳐주었어요. 결국은 용기를 내서 제가 직접 일기를 가지러 온 거예요. 저는 순조롭게 일을 처리했죠. 하지만 대가가 너무 컸어요.

막 일기를 찾아서 열쇠로 문을 잠그려는 순간 그 청년이 저를 붙들었어요. 저는 그날 오전에 이미 그 청년을 보았어요. 길에서 만났는데 남편 밑에서 일하는 사람인 줄도 모르고 코람 교수의 집이 어디냐고 물었죠."

"맞아요, 말씀하신 대로에요. 집으로 돌아온 비서는 길에서 마주친 여자에 대해서 교수에게 이야기했어요. 그리고 가쁜 숨을 내쉬며 그 여자라고 말하려 했던 거예요. 조금 전에 얘기를 나눴던 여자라고."

하고 홈즈가 말했다.

"얘기를 계속하게 해주세요." 여자가 명령하는 듯한 투로 말했다. 그리고 괴롭다는 듯 얼굴을 찌푸렸다. "청년이 쓰러진 뒤 저는 서둘러 서재에서 뛰어나왔지만 입구를 잘못 찾아서 남편의 방으로 와버리고 말았어요. 남편은 저를 경찰에게 넘기겠다고 말했어요. 만약 그렇게 한다면 남편의 목숨은 제가 쥐는 셈이 된다고 말해주었어요. 저를 법에 맡긴다면, 저는 동지들에게 남편을 맡길 수도 있으니까요. 제가 살아남기 위해서가 아니었어요. 그저 목적을 달성하고 싶었을 뿐이에요.

제가 한 그 말을 실행에 옮길 것이며, 자신의 목숨은 제 손에 달렸다는 사실을 남편도 알고 있었어요. 그 외에는 어떤 이유도 없었지만, 남편은 저를 숨겨주었어요. 남편은 저 비밀 장소로 저를 밀어 넣었어요. 저것은 옛날부터 있었는데 남편만이 알고 있던 장소에요. 남편은 자신의 방에서 식사를 했기에 그 일부를 제게 줄 수 있었어요. 경찰이 이 집을 떠나면 밤을 틈타서 빠져나가 두 번 다시 돌아오지 않겠다고 약속했어요. 그런데 어떻게 알았는지는 모르겠지만 당신이 우리의 계획을 꿰뚫어 보았어요."

여자가 드레스의 품속에서 조그만 꾸러미를 꺼냈다.

"마지막으로 말씀드리죠. 알렉스를 구할 수 있는 물건이 여기에 있어요. 당신의 명예와 정의감에 호소하겠어요. 이것을 맡길게요. 러시아 대사관에 건네주셨으면 해요. 아아, 제 임무는 끝났어요. 그러니……."

"막아야 돼!"

홈즈가 외쳤다. 그리고 방의 한쪽 끝에서 반대쪽 끝으로 달려가 여자의 손에서 조그만 약병을 빼앗았다.

"이미 늦었어요." 여자가 침대 위에 다시 쓰러지며 말했다. "소용없어요. 비밀 장소에서 나오기 전에 독을 먹었어요. 머리가 어지럽네요. 곧 죽을 거예요. 부탁한 꾸러미, 부디 잊지 마세요."

"단순하지만 여러 가지 배울 점이 있는 사건이었어." 홈즈가 런던으로 돌아오는 열차 안에서 말했다. "이번 사건은 처음부터 안경이 중요한 단서였어. 죽기 직전의 청년이 안경을 쥐고 있지 않았다면 해결하지 못했을 거야. 렌즈의 두께로 봐서 안경이 없으면, 안경의 주인은 장님과 다를 바 없어서 아무것도 할 수 없으리라는 점은 너무나도 분명했어. 여자가 단 한 걸음도 헛디디지 않고 좁은 풀 위를 걸었다고 홉킨스가 말했을 때 내가 굉장한 기술이라고 말했던 걸 기억하고 있겠지? 절대로 있을 수 없는 일이라고 생각했기 때문이야. 그럴 리는 없겠지만, 다른 안경을 하나 더 가지고 있었다면 모를까.

따라서 그 여자가 그 집 어딘가에 있을 것이라고 진지하게 생각하지 않을 수 없었지. 두 개의 복도가 비슷한 것을 보고

길을 잘못 든 것이라고 생각했어. 그러니 교수의 방으로 들어간 건 틀림없는 사실이었지. 나는 이 가설을 뒷받침할 만한 증거를 찾기 위해 주의를 기울였어. 어디 숨을 만한 곳은 없는지 방 안을 자세히 살펴봤어. 바닥의 깔개는 잘린 곳 없이 바닥에 완전히 고정되어 있는 것처럼 보였어. 그래서 바닥에서는 문 찾기를 포기했지. 책 뒤에 비밀 장소가 있다 해도 이상할 건 하나도 없지. 잘 아는 것처럼 오래된 서재에서는 그런 장치를 흔히 찾아볼 수 있으니까.

다른 곳의 바닥에는 전부 책이 쌓여 있는데 책장 앞에만 쌓여 있지 않다는 사실을 깨달았어. 그래서 거기가 문일지도 모르겠다고 생각했지. 문으로 보이는 점은 어디에도 없었지만 마침 바닥의 깔개가 회갈색이었기에 확인해보기에는 안성맞춤이었어. 나는 그 훌륭한 담배를 마구 피우며 그 미심쩍은 책장 앞에 재를 떨어뜨려 놓았지. 간단한 방법이지만 놀랄 만한 성과가 있었어. 그리고 밑으로 내려가서 내가 왜 그런 말을 했는지 자네는 몰랐겠지만 왓슨, 자네와 둘이 있을 때 코람 교수가 많은 양의 식사를 한다는 사실을 확인했어. 그 방에 또 한 사람이 있다면 당연히 식사량이 늘었겠지. 그런 다음 다시 침실로 올라가서 일부러 담배 상자를 엎고 바닥을 가만히 살펴봤어. 그렇게 해서 우리가 없는 동안 비밀 장소에서 여자가 나왔다는 사실을 담뱃재로 분명히 알 수 있었어.

자, 홉킨스, 채링 크로스 역에 도착했네. 사건이 잘 해결된 걸 축하하네. 자네는 본서로 돌아가야겠지? 왓슨, 우리는 러시아 대사관으로 마차를 몰아 가세."

세 박공의 집
The Three Gables

나는 지금까지 헤아릴 수도 없이 많은 사건을 셜록 홈즈와 함께 다루어왔다. 하지만 지금부터 이야기할 '세 박공의 집' 사건만큼 갑자기 일어나 멋지게 막을 내린 사건도 없으리라 여겨진다.

당시 나는 일이 바빠서 한동안 홈즈를 만나지 못했기에 어느 방면에서 활동을 하고 있는지 전혀 알지 못했다. 게다가 그날 아침의 홈즈는 나와 굉장히 이야기를 나누고 싶었던 모양이었다. 찾아간 나를 난로 옆의 낡고 낮은 팔걸이의자에 앉히더니 파이프를 피우며 난로를 끼고 맞은편 의자에 편안히 앉았다. 그리고 막 이야기를 시작하려던 순간 손님이 찾아온 것이었다.

미친 황소가 뛰어들었다는 말이 그때 받은 인상을 가장 잘 표현한 것이리라. 문이 갑자기, 획 열렸는가 싶더니 하늘을 찌를 것처럼 커다란 흑인이 불쑥 들어왔다.

만약 그 흑인이 평온한 얼굴을 하고 있었다면 틀림없이 우스운 남자가 들어왔다고 생각했을 것이다. 그 흑인 남자는 화려한 회색 체크무늬 옷에 붉은빛이 감도는 오렌지색 넥타이가 휘날리는 어울리지 않는 차림을 하고 있었기 때문이었다. 그리고 그 흑인은 낮은 코에 커다란 얼굴을 내밀듯 하여 보기 싫은 표정으로 우리를 번갈아 바라보았다.

흑인이 물었다.

"어느 쪽이 홈즈 씨지?"

홈즈가 나른한 듯한 미소를 지으며 파이프를 들어 보였다.

"아아, 당신이요?"

이렇게 말하며 흑인은 별로 느낌이 좋지 않은 걸음걸이로 성큼성큼 테이블을 돌아 홈즈 곁으로 다가갔다.

"홈즈 씨, 타인의 일에 참견하지 말았으면 좋겠소. 타인의 일은 타인에게 맡겨두시오."

홈즈가 말했다.

"기껏 여기까지 왔는데 거기서 그만두지 말고 좀 더 이야기를 해보게. 꽤나 재미있군."

흑인이 눈을 부릅떴다.

"뭐라고! 재미있다고? 홈즈, 내가 당신 몸을 조이면 더는 재미있다는 소리 하지 못할 거야. 당신 같은 사람은 이번이 처음이 아니라고. 그 녀석들은 내가 몸을 조이자 별로 재미있는 것 같은 얼굴은 하지 않았어. 이건 어때 홈즈, 맛을 한번 보고 싶은가?"

흑인이 울퉁불퉁하고 커다란 주먹을 홈즈의 코앞으로 불쑥 내밀었다.

홈즈는 일부러 아주 신기하다는 듯 그 주먹을 빤히 바라보았다.

"자네의 주먹은 태어날 때부터 이랬나? 아니면 점점 이렇게 된 건가?"

홈즈가 조금도 겁을 먹지 않은 모습을 보였기 때문인지, 내가 난로의 부지깽이를 서둘러 집을 때 난 조그만 소리를 들은 것인지, 흑인은 얼마간 얌전한 태도를 취했다.

"어쨌든 할 말은 하고 가야겠어. 내 친구 중에 해로와 관계가 있는 사람이 있어. 이렇게 말하면 무슨 소린지 알겠지? 그 사람이 당신에게 방해를 받고 싶지 않다고 하더군. 무슨 말인지 알았어? 너는 경찰이 아니야. 나도 마찬가지야. 만약 네가 참견을 하면 내가 상대를 해주겠어. 잘 기억해둬."

그러자 홈즈가 마침내 입을 열었다.

"전부터 너를 한번 만나보고 싶었어. 의자에 앉으라고는 하지 않겠어. 네 냄새가 역겨우니까. 어쨌든 너는 프로 권투선수인 스티브 딕시가 맞지?"

"맞아, 내가 바로 스티브 딕시야, 홈즈. 그러니 내게 시건방 떨고 싶을 땐 그 이름을 머릿속에 잘 기억해두라고."

하지만 홈즈는 상대방의 혐오스러운 입가를 보며 대수롭지 않다는 듯 말했다.

"잘 기억해두어야 할 건 너야. 홀번 바 앞에서 젊은 퍼킨스를 살해한 건……, 응? 돌아갈 생각은 아니겠지?"

흑인은 갑자기 얼굴빛이 변하더니 뒷걸음질을 쳤다.

"그런 얘기 듣고 싶지 않아. 내가 그 퍼킨스를 어쨌다는 말이지? 그 풋내기가 난리를 피웠을 때 난 버밍햄의 블루 링에서 훈련을 하고 있었어."

"그런 얘기는 재판 때 판사에게나 하라고. 나는 네놈과 바니 스톡데일에게 주목하고 있으니."

"제발 부탁이니 쓸데없는 소리 하지 마, 홈즈."

"이제 무슨 말인지 알았겠지? 당장 나가. 필요하면 언제든 잡으러 가줄 테니."

"이보슈, 홈즈 씨. 나는 결코 나쁜 마음이 있어서 찾아온 게 아니라는 점을 알아줬으면 해."

"누구의 부탁으로 왔는지만 말하면 용서해주기로 하지."

"그런 일이라면 숨길 필요도 없소, 홈즈 씨. 지금 당신이 말한 사람의 부탁으로 온 거요."

"흠, 그럼 그 바니는 누구의 명령을 받은 거지?"

"좀 봐주쇼, 홈즈 씨. 나도 잘 모르니까. 그저 바니 형님이 '스티브, 홈즈를 찾아가서 해로의 일에 참견하면 목숨을 부지하지 못할 거라고 협박을 하고 와.'라고만 했을 뿐, 다른 말은 하지 않았으니까. 그 말밖에 듣지 못했수다."

흑인은 이렇게 말하는가 싶더니 홈즈의 말도 듣지 않고 도망치듯 서둘러 밖으로 나가버렸다.

홈즈가 씁쓸한 웃음을 지으며 파이프의 재를 털고 말했다.

"왓슨, 녀석의 곱슬머리를 때리지 않은 건 잘한 일이야. 자네는 부지깽이를 쥐었지만, 저렇게 보여도 저 녀석은 순진한 녀석이니까. 틀림없이 힘은 세. 하지만 머리가 나빠서 그저 허세를 부리는 것뿐이지, 지금 본 것처럼 내가 협박을 하면 바로 당황을 하는 녀석이야. 스펜서 존이라는 갱단의 일원으로 지난번의 사건에서도 한몫한 것 같기에 시간이 나면 캐볼 생각이었어.

바니란 스티브의 형님쯤 되는 놈인데, 스티브에 비하면 녀석은 머리가 약간 돌아가는 놈이지. 그래도 공갈이나 협박을 일삼는 골칫덩어리임에는 변함이 없지만. 내가 알고 싶은 건, 이번 사건의 배경에 어떤 흑막이 있을까 하는 점이야."

"그렇다면 어째서 그런 말로 자네를 협박하러 온 거지?"

"그 해로 월드 사건 때문일 거야. 이런 일을 당하고 나니 오히려 해로 월드 사건을 더 조사하고 싶어지는데. 대수롭지 않은 사건이라고 생각했는데 이렇게 해서까지 나를 협박하려는 것을 보니 틀림없이 뭔가가 있어."

"해로 월드 사건이 뭐지?"

"자네에게도 이야기할 생각이었어. 그런데 그 광대 녀석이 뛰어든 거지. 여기에 메이벌리 미망인의 편지가 있어. 자네도 같이 갈 생각이라면 전보를 보내고 바로 나가기로 하세."

그 편지에는 다음과 같은 내용이 적혀 있었다.

「셜록 홈즈 씨

지금 살고 있는 집에 관한 일로 최근 제 신변에서 묘한 일이 차례로 일어나고 있어 당신께 꼭 좀 상의를 드리고 싶습니다.

내일 오신다면 언제라도 기다리고 있겠습니다. 저희 집은 월드 역에서 금방 걸어올 수 있습니다. 저희 돌아가신 남편 모티머 메이벌리도 꽤 오래전에 당신의 도움을 받은 적이 있었습니다.

메리 메이벌리」

주소는 '해로 월드 세 박공의 집'이라고 되어 있었다.

홈즈가 말했다.

"그렇게 된 거야. 그런데 왓슨, 시간이 괜찮으면 같이 가주지 않겠나?"

월드 역까지는 런던에서 그리 시간이 걸리지 않았다. 역에서 마차를 타고 조금 달리자 목적지인 메이벌리 미망인의 집이, 풀이 무성한 벌판 가운데 서 있었다. 목조에 벽돌을 쌓아 만든 별장처럼 생긴 건물인데 2층의 창 위에 살짝 튀어나온 부분이 세 박공의 집이라는 이름을 간신히 나타내고 있는 것처럼 보였다. 집 뒤에 으슥하고 나무들이 잘 자라지 못한 소나무 숲이 있어서, 집 전체가 을씨년스럽고 초라하게 느껴졌다.

그러나 집 안으로 들어가 보니, 밖에서 보던 것과는 달리 가구 등도 고급스러운 것이었으며, 장식도 훌륭한 것이었다. 게다가 모습을 드러낸 메이벌리 미망인도 품위 있는 노부인으로, 교양이 있어 보였다.

홈즈가 먼저 입을 열었다.

"돌아가신 부군은 지금도 분명히 기억하고 있어요. 물론 그렇게 커다란 문제는 아니었지만. 하지만 제가 일을 맡은 것은 꽤 오래전의 일인데요."

"그럼 아들인 더글러스도 알고 계시겠네요?"

홈즈는 커다란 흥미를 느낀 모양이었다.

"아니, 더글러스 씨가 당신의 아드님인 줄은 몰랐어요. 그랬었군요. 나도 조금은 알고 있지만, 런던에서 그분을 모르는 사람은 없어요. 참으로 훌륭한 분이시니까요. 지금은 어디에 계신가요?"

"세상을 떠났어요, 홈즈 씨. 로마 대사관에 근무하고 있었는데 지난달에 거기서 폐렴으로 세상을 떠났어요."

"아아, 세상에! 삼가 명복을 빕니다. 병이나 죽음과는 전혀 관계가 없는 분처럼 보이셨는데! 정열적인 분으로 모든 면에서 힘차게 살아간다는 느낌을 받았습니다. 도저히 믿을 수가 없습니다."

"그 아이는 너무 건강했어요. 그게 오히려 좋지 않았던 거예요. 아니요, 당신은 쾌활하고 훌륭한 아이로 기억하고 계신 듯하지만, 어느 틈엔가 그 아이는 무뚝뚝하고 까다롭고 혼자만의 생각에 빠져 사는 아이로 변해버렸어요. 어떤 슬픈 일을 당한 것인지, 겨우 1개월 만에 완전히 수척해져서 전혀 다른 사람이 되어버리고 말았어요."

"연애 문제라도 있었던 걸까요?"

"악마에게 씌운 걸지도 모르겠어요. ……어머, 제가 무슨 소리를 하는 건지. 아들의 이야기를 하려고 모신 게 아닌데!"

"왓슨 박사와 함께 어떤 말씀이라도 들어드리도록 하지요."

"요즘에 아주 이상한 일이 벌어지고 있어요. 제가 이 집에 이사를 온 것은 1년쯤 전이었는데 나이도 있고 해서 동네 사람들과는 별로 왕래가 없었어요.

그런데 3일쯤 전에 부동산중개업자라는 사람이 찾아왔어요. 이 집이, 어떤 손님으로부터 알아봐달라고 부탁을 받은 집과 완벽하게 일치하니 양보를 해달라는 것이었어요. 돈은 얼마든지 지불하겠다는 묘한 얘기였어요. 이 근방에는 더 좋은 집들이 여럿 비어 있으니까요. 이상하다는 생각이 들기는 했지만 나쁜 얘기도 아니었기에 그 사람이 매긴 금액보다 500파운드 더 비싸게 불러보았어요.

그랬더니 어땠는지 아세요? 그 가격이어도 상관없으니 양보를 해달라는 것이었어요. 뿐만 아니라 그 중개업자는, 손님이 가구까지 전부 원하시니 그 가격도 말을 해보라고 하더군요. 가구는 전에 살던 집에서 가져온 것도 있고, 보시는 것처럼 아주 질이 좋은 것들이기 때문에 과감하게 비싼 가격을 불러보았더니 그것도 바로 받아들였어요.

저는 예전부터 외국여행을 해보고 싶었어요. 집과 가구가 그 가격에 팔린다면 여행을 하고 나서도 평생 불편함 없이 살아갈 수 있을 거예요. 어제 그분이 계약서를 꾸며가지고 다시 찾아오셨어요. 제게는 이곳 해로에 사는 고문변호사가 계시기에 그분에게 바로 계약서를 보여드렸어요. 그러자 수트로 변호사님께서 이렇게 주의를 주셨어요.

'이건 위험한 서류입니다. 여기에 서명을 하시면 당신은 법률상 집에서 무엇 하나 가지고 나오실 수 없습니다. 물론 신변잡화까지도. 옷과 서류는 물론 무엇 하나 가지고 나올 수 없습니다.'

그래서 밤에 중개업자가 다시 찾아왔을 때 그 사실을 이야기하고, 저는 가구만 팔 생각이라고 말했더니 그 사람은,

'그건 안 됩니다. 전부 파셔야 합니다.'

'옷가지와 보석도요?'

'글쎄요. 개인 소지품은 얼마간 가져가셔도 상관없지만 어쨌든 집 밖으로 가져가시려면 일단 저희에게 보여주셔야 합니다. 이 집을 사려는 분은, 돈에 대해서는 아주 관대하지만 매우 까다로운

성격이어서 한번 하신 말씀은 절대로 거둬들이지 않는 분이십니다. 전부를 사들이든지, 그렇게 할 수 없다면 거래를 하지 않으실 분입니다.'

'그럼 없었던 일로 하겠어요.'
라고 제가 말해서 이번 일은 끝이 나고 말았지만 아무리 생각해봐도 정말 이상한 일이에요. 그래서……."

메이벌리 미망인이 깜짝 놀란 듯 말을 끊었다.

홈즈가 한 손을 들어 메이벌리 미망인의 이야기를 그만두게 한 것이었다. 그리고 홈즈는 성큼성큼 문 쪽으로 걸어가 문을 벌컥 열었다.

홈즈는 그곳에 서 있던 키가 크고 깡마른 여자의 어깨를 잡아 방 안으로 끌고 들어왔다. 여자는 마치 닭장에서 끌려 나오는 닭처럼 새된 소리를 지르며 꼴사납게 몸부림을 쳤다.

"놓으세요! 왜 이러시는 거예요?"

여자가 찢어지는 목소리로 외쳤다.

"어머, 수전, 무슨 일이지?"

"부인, 손님들의 식사를 어떻게 해야 할지 여쭈러 왔는데 이분께서 갑자기 뛰어나오셔서……."

홈즈가 말했다.

"5분 전부터 이 여자의 기척을 느끼고 있었어요. 하지만 이야기가 너무 재미있어서 참고 있었던 거예요. 수전, 당신은 천식에라도 걸린 건가요? 남의 이야기를 엿들을 때는 방해가 될 텐데. 목에서 소리가 나면 상대방이 금방 눈치를 채니."

뾰로통한 표정을 짓고 있던 수전이 깜짝 놀란 듯 홈즈의 얼굴을

바라보았다.

"당신은 대체 누구시죠? 무슨 권리가 있어서 저를 끌고 들어온 거죠?"

"당신이 있는 곳에서 부인께 질문하고 싶은 것이 약간 있어서요. 부인, 당신은 저희에게 편지를 쓰셔서 일을 의뢰할 것이라는 사실을 누군가에게 이야기한 적 있나요?"

"아니요. 누구에게도 말하지 않았어요."

"그럼 편지는 누가 우체통에 넣었나요?"

"수전에게 부탁했어요."

"그러셨겠지요. 이봐, 수전. 메이벌리 미망인이 내게 상의할 생각이라는 사실을, 어떤 방법인지는 몰라도 당신은 누군가에게 연락을 했어. 그게 누구지?"

"아니요. 누구에게도 알리지 않았어요. 연락을 하지도 않았어요."

수전이 완고하게 말했다.

"수전, 잘 들어. 숨을 쉴 때, 색색거리는 사람은 오래 살지 못해. 그런데 거짓말을 하면 죽은 뒤에 천국에 가지 못하지. 지옥에 가게 돼. 누구에게 알렸지?"

"아아, 수전, 당신은 나쁜 여자예요. 사실을 말하세요! 나 생각이 났어요. 당신이 울타리 너머로 누군가와 이야기를 나누고 있는 모습을 봤어요."

수전이 내뱉듯 대답했다.

"누구와 이야기하든 상관없잖아요."

홈즈가 쓴웃음을 지으며 말했다.

"누군지 맞혀볼까? 바니 스톡데일이지?"

"알고 있다면 물을 필요도 없잖아요?"

"맞아. 역시 그랬군. 혹시나 했는데, 이것으로 분명해졌어. 수전, 바니를 뒤에서 조종하고 있는 것이 누군지 가르쳐준다면 10파운드를 주기로 하지."

"당신이 10파운드를 줄 때마다 저쪽에서는 1,000파운드를 준다고."

"흠, 돈이 그렇게 많은 남자란 말인가?"

수전이 히죽 웃었다.

"응, 웃었단 말인가? 그렇다면 돈이 많은 여자라고 다시 말해야 겠군. 여기까지 알았으니 나머지는 식은 죽 먹기지. 얼른 말해서 10파운드라도 버는 게 어떻겠어?"

"됐어! 그 전에 당신이 지옥에 갈 거야!"

"어머, 수전 무슨 말버릇이 그래요!"

"이런 집에서는 당장 나가겠어요. 당신 같은 사람들은 지긋지긋해요. 내일 사람을 보내 짐을 빼겠어요."

수전은 이렇게 말하더니 서둘러 문 쪽으로 갔다.

"그럼 조심해서 가게, 수전. 천식에는 패러고릭의 약이 잘 들어……."

수전이 화를 내며 나가자 홈즈가 갑자기 진지한 표정을 지으며 메이벌리 미망인에게 말했다.

"그 갱단, 꽤나 커다란 계획을 세우고 있는 것 같아요. 정말 물샐 틈 없는 용의주도함이에요. 제가 받은 편지에는 오후 10시의 소인이 찍혀 있었는데도 수전은 바니에게 알리고, 바니는 물주에게 보고를 한 뒤 그의 지령을 받을 만한 여유가 있었어요. 배후의 인물이 남자인지 여자인지……, 내가 남자라고 했더니 수전은 내가 커다란 착각을 하고 있다고 생각해서 히죽 웃었어요. 그러니 아마도 여자일 것 같다는 사실만은 알았어요. 돈이 꽤나 많은 여자일 거예요. 그 여자가 모든 계획을 세우고 있는 거예요. 우선 흑인 프로 권투선수인 스티브를 끌어들여서 다음 날 아침 11시에 저를 협박했어요. 일 처리가 아주 빨라요."

"그렇다면 무엇이 목적일까요?"

"맞아요, 바로 그게 문제에요. 이 집의 전 주인이 누군지 알고 계신가요?"

"퍼거슨이라는 은퇴한 선장이라고 들었어요."

"그 사람에 관한 이상한 소문은 듣지 못하셨나요?"

"네, 아무것도 듣지 못했어요."

"이 집 안에 돈이나 보물 같은 걸 묻은 게 아닐까요? 물론 그럴 경우 대부분의 사람들은 우체국이나 은행을 이용하지요. 하지만 세상에는 특이한 사람들도 있는 법이니까요. 그런 사람들이라도 없으면 세상은 재미없어져요. 어쨌든 처음에는 이 집에 어떤 중요한 물건이 묻혀 있는 게 아닐까 생각했어요. 그리고 그것을 손에 넣고 싶다는 생각에서 이 집을 사들이려는 것은 아닐지…….

하지만 그렇다면 어째서 가구까지 원하는 건지, 그 이유를 알 수 없네요. 혹시 라파엘로나 셰익스피어의 초판본이 당신도 모르는 이 집의 어딘가에 숨겨져 있는 것 아닐까요?"

"아니에요. 이 집의 물건 중에서 귀하고 값비싼 것이라고는 왕관 마크가 새겨진 더비의 다기 세트밖에 없어요."

"그것뿐이라면 이렇게 복잡하게 일을 할 리가 없어요. 그런 물건이라면 무엇이 필요하다고 분명하게 말을 할 테니까요. 다기가 목적이라면 얼마를 줄 테니 자신에게 팔라고 하면 그만이에요. 필요하지도 않은 물건까지 전부 사들일 이유는 없어요. 당신은 깨닫지 못했지만 만약 깨닫는다면 절대로 팔지 않으려 할 무엇인가가 이 집 안에 있는 거예요."

나도 한마디 거들었다.

"저도 그렇게 생각합니다."

"왓슨 박사도 이렇게 말하지 않습니까. 틀림없이 무엇인가가 있는 거예요."

메이벌리 미망인은 고개를 갸우뚱거렸다.

"그렇다면 홈즈 씨, 대체 뭘까요? 전 아무래도 떠오르는 것이 없어요."

"그럼 여러 가지로 추리를 해서 그것을 알아낼 수 있을지 시험해보기로 하죠. 당신은 이 집에 이사 온 지 얼마나 되었죠?"

"2년 가까이 됐어요."

"그것으로 조금 더 분명해졌어요. 그 2년 동안 당신의 물건을 사고 싶어 하는 사람은 한 명도 없었어요. 그런데 지난 삼사일 사이에 그런 사람이 갑자기 나타났어요. 이보게, 왓슨. 자네라면 이 일을 통해서 어떤 결론을 내리겠나?"

그래서 나는 홈즈를 도왔다.

"그건 결국, 상대방이 원하는 물건이 무엇인지는 모르겠지만 틀림없이 최근에 이 집에 들어온 물건이라는 사실을 의미하는 것이라고 생각해. 그 외에는 달리 생각할 길이 없어."

홈즈도 고개를 끄덕였다.

"맞아, 이것으로 새로운 사실을 하나 더 알게 됐어. 그렇다면 최근 이 집에 들어온 물건이 있나요?"

"아니요, 올해는 아무것도 사지 않았어요."

"정말인가요? 이상한데. 알았어요. 그렇다면 좀 더 분명한 사실을 알게 될 때까지 가만히 사태를 지켜보기로 하죠. 그런데 당신의 고문변호사는 믿을 만한 사람인가요?"

"물론이죠. 수트로 씨는 아주 실력이 좋은 분이세요."

"댁에 수전 말고 다른 사람은 없나요?"

"어린 아가씨가 한 명 더 있어요."

"그럼 변호사인 수트로 씨에게 한두 밤 묵어달라고 하세요. 무슨 일이 일어날지도 모르니."

"무슨 위험한 일이라도 생길 거란 말씀이신가요?"

"아직 분명하게는 알 수 없어요. 일어난다고도 말씀드릴 수 없고, 일어나지 않는다고도 말씀드릴 수 없고……. 그만큼 문제가 아직은 분명하지 않아요. 녀석들이 무엇을 노리는 건지 모르겠으니 다른 각도에서 접근해서 본인과 직접 부딪쳐보는 수밖에요. 그 부동산 중개업자의 주소를 알고 계신가요?"

"명함 같은 걸 슬쩍 보였을 뿐이기에……. 하지만 틀림없이 경매와 부동산 감정업, 헤인즈 존슨이라고 적혀 있었어요."

"틀림없이 명부에는 실려 있지 않을 거예요. 만약 그 사람이 정말로 정직한 상인이라면 사무실 등을 감출 필요가 없을 테니까요. 어쨌든 무슨 일이 생기면 바로 연락을 주세요. 사건을 맡은 이상 끝까지 조사할 생각이니 걱정하실 필요 없어요."

현관을 통해 나가려던 홈즈가 잠깐 발걸음을 멈췄다. 홈즈는 그 무엇도 놓치지 않는다. 현관 구석에 트렁크와 상자가 쌓여 있는 모습을 본 것이었다. 하나하나에 라벨이 붙어 있었다.

"밀라노에 루체른이라. 그렇다면 이건 이탈리아에서 온 건가요?"

메이벌리 미망인이 말했다.

"죽은 더글러스의 물건이에요."

"아직 짐을 풀지 않으셨군요. 언제 도착했나요?"

"지난주에 왔어요."

"하지만 당신의 말씀으로는……. 어쩌면 녀석들이 노리는 물건이 이것일지도……. 이 가운데 어떤 중요한 물건이 들어 있을지도 몰라요."

"아니요. 그럴 리가 없어요, 홈즈 씨. 더글러스는 월급 외에 약간의 연금밖에 받지 않았는걸요. 값나가는 물건을 가지고 있을 리 없어요."

홈즈가 잠시 생각에 잠겼다가 메이벌리 미망인에게 말했다.

"더는 우물쭈물할 시간이 없어요. 이 짐들을 당장 2층에 있는 당신의 침실로 옮기세요. 그리고 얼른 짐을 풀어 내용물을 살펴보세요. 내일 다시 와서 그 결과를 듣도록 할게요."

그 집은 엄중하게 감시당하고 있는 듯했다. 오솔길에서 나와 높은 울타리를 돌아서니 그 밑에 남자 하나가 숨어 있었다. 그건 흑인 복서인 스티브였다.

홈즈가 바로 주머니에 한 손을 넣었다.

"홈즈 씨, 권총이라도 찾고 있는 건가요?"

"아니, 냄새를 지우는 향수를 찾고 있는 거야, 스티브."

"당신은 정말 재미있는 사람이에요, 홈즈 씨."

"내가 지켜보고 있으니 그렇게 재미있어할 수만도 없을 텐데. 오늘 아침에 경고했잖아."

"그 일 말입니다만, 홈즈 씨. 그 뒤로 당신의 말을 가만히 생각해봤습니다. 그 퍼킨스에 관한 일은 한 번만 눈감아주시기 바랍니다. 그 대신 제가 할 수 있는 일이라면 무엇이든 거들 테니."

"흠, 그럼 얘기해줄 수 있나? 너희들의 흑막이 누구인지?"

"이걸 어쩐다지. 오늘 아침에도 말하지 않았습니까? 저는 아무것도 모릅니다. 거짓말이 아닙니다. 바니 형님이 시키는 대로 하고 있을 뿐이니."

"알았어. 어쨌든 한 가지 말해두겠는데, 이 집의 부인은 물론 이 집의 물건에는 손가락 하나 대서도 안 돼."

"네, 네, 알겠습니다. 절대 잊지 않겠습니다, 홈즈 씨."

걷기 시작하면서 홈즈가 말했다.

"녀석, 퍼킨스 사건으로 꼬리를 밟혀서 자신의 몸에 무슨 일이 일어날까 완전히 겁을 먹었어. 흑막이 누군지 알고 있었다면, 녀석 단번에 불었을 거야. 스펜서 존 일당이나, 스티브가 그 일원임을 알게 된 것은 커다란 행운이야. 그건 그렇고 왓슨, 이번 사건에 대해서는 랜데일 파이크가 잘 알고 있을 듯하니, 나는 지금부터 녀석을 만나러 가보겠네. 내가 돌아올 때쯤이면 이번 사건도 좀 더 분명해지리라 생각해."

그날은 이것을 마지막으로 홈즈와 만나지 못했다. 그러나 홈즈가 나머지 시간을 어떻게 보냈을지 상상하는 것은 그리 어려운 일이 아니었다. 왜냐하면 랜데일 파이크는 사교계의 스캔들에 관해서는 살아 있는 사전과도 같은 사람이었기 때문이다.

이 신기한 게으름뱅이는 침대에 누워 있을 때를 제외하고는 언제나 세인트 제임스 가에 있는 클럽의 창가에 앉아 런던에서 일어나고 있는 모든 스캔들의 발신국과 수신국 역할을 한다. 소문에 의하면 그는 가십거리를 찾아 헤매는 대중들을 위해 발간되는 삼류 신문에 원고를 넘기고 매주 수천 파운드나 벌어들인다고 한다. 탁해질 대로 탁해진 런던의 밑바닥에서 어떤 소용돌이와도 같은 일이 일어나면 그 사람의 다이얼이 자동적으로, 또 정확하게 그것을 파악해서 표면으로 끌어올리는 것이다. 홈즈는 랜데일에게 은밀히 정보를 제공하는 대신 그에 대한 보답으로 가끔 그에게서 힘을 빌리곤 했다.

이튿날 아침 일찍, 나는 베이커 가에 있는 홈즈의 방으로 갔다. 홈즈의 기분 좋은 듯한 얼굴을 보고 나는 모든 일이 순조롭게 진행되고 있다는 사실을 알 수 있었다. 그런데 거기서 썩 재미있지도 않은 뜻밖의 사실이 기다리고 있을 줄이야. 다음과 같은 전보가 도착한 것이었다.

「바로 와주기 바람. 어젯밤 메이벌리 부인 댁에 도둑이 들었음. 경찰이 수사 중. 수트로」

홈즈가 휙 하고 휘파람을 불었다.

"내가 생각했던 것 이상으로 연극이 빨리 진행되고 있는 모양이군. 어제의 조사로 대부분의 사실을 알아냈기에 그렇게 놀랍지도 않지만. 왓슨, 사건의 배후에는 커다란 원동력이 작용하고 있어. 그건 그렇고 이 수트로라는 사람은 메이벌리 미망인의 변호사인데, 이래서는 전혀 의지가 되지 않는군. 역시 어젯밤 그 집에서 묵어달라고 자네에게 부탁을 할 걸 그랬어. 이렇게 된 이상 해로월드로 다시 갈 수밖에 없겠어."

그곳은 어제와 전혀 다른 모습이었다. 그처럼 조용했던 세 박공의 집 앞에는 한 무리의 구경꾼들이 모여 있었으며, 두 경찰관이 창문과 제라늄 화단을 열심히 살펴보고 있었다. 집으로 들어가니 백발의 노신사가 다가와 자신이 변호사인 수트로라고 말했다.

또 한 사람, 황급히 다가온 붉은 얼굴의 남자는 경감이었는데 홈즈와는 아는 사이인 것처럼 인사를 나누었다.

"아아, 홈즈 씨. 이건 당신의 손을 번거롭게 할 만한 사건이 아닙니다. 단순한 절도니까요. 이곳의 무능한 경찰만으로도 해결할 수 있습니다. 당신 같은 전문가가 나설 만한 일이 아닙니다."

"그야 그렇겠지요. 당신 같은 분이 사건을 맡으셨으니까요. 단순한 절도라고요?"

"그렇습니다. 범인도 알고 있으니 곧 잡아들이겠습니다. 바니 스톡데일의 일당입니다. 그들 중에는 거구의 흑인도 있습니다. 근처를 어슬렁거리다 들켰습니다."

"일을 잘 처리하셨군요. 그런데 놈들이 뭘 가지고 갔나요?"

"뭐, 그렇게 대단한 물건을 훔친 것도 아닙니다. 메이벌리 미망인을 클로로포름으로 잠재워놓고……. 아, 부인께서 오신 모양이네요."

젊은 하녀의 어깨에 의지하여 방으로 들어온 메이벌리 미망인은 창백한 얼굴에 기운이 없었다. 그리고 미안하다는 듯 홈즈에게 말했다.

"저, 당신의 충고대로 하지 않았어요. 말씀대로 했다면 이런 일을 당하지는 않았을 거예요. 네, 수트로 씨를 귀찮게 하는 것 아닐까 싶어서 혼자서 잤어요."

수트로가 말했다.

"저는 오늘 아침에야 부인께 말씀을 들었기에……."

"홈즈 씨가 누군가에게 도움을 청하라고 충고를 해주셨는데 그렇게 하지 않아서 바로 벌을 받은 거예요."

홈즈가 말했다.

"혈색이 아주 안 좋으신데 그래서는 어젯밤의 일도 말씀하시기 어려우실 듯하네요."

경감이 두꺼운 수첩을 두드리며 말했다.

"그건 여기에 전부 적혀 있습니다."

"죄송하지만, 부인께서 너무 피곤하지만 않으시다면……"

"네, 괜찮아요. 그 정도는 이야기할 수 있어요. 아마도 그 수전이 사람들을 안내한 것 같아요. 그러니 집 안 구조는 잘 알고 있었겠지요. 침대에 누워 있을 때 클로로포름을 적신 헝겊으로 입을 막은 것밖에는 기억하지 못해요. 따라서 얼마나 오래 정신을 잃었는지도 모르겠어요. 그런데 정신을 차리고 보니 한 사람이 침대 옆에서 감시를 하고 있고, 다른 한 사람이 아들의 짐에서 무엇인가를 꺼내 일어났어요. 짐은 반쯤 풀어헤쳐서 주위에 어지럽게 널려 있었어요. 저는 벌떡 일어나서 그 남자에게 달려들었어요."

경감이 말했다.

"정말 위험한 행동을 하셨습니다, 부인."

"네. 하지만 그 남자가 바로 뿌리쳤고 다른 한 사람에게 맞아서 다시 정신을 잃었어요. 그때 여기에 있는 메이슨이 소리를 듣고 잠에서 깨어나 창밖에 대고 소리를 질렀어요. 경찰이 바로 와주었지만 그때는 이미 달아난 뒤였어요."

"그런데 무엇을 가져갔나요?"

"전에도 말씀드렸던 것처럼 아들의 트렁크에 귀중한 물건은 아무것도 들어 있지 않았을 거예요. 귀중한 물건은 아닐 겁니다. 그 점만은 틀림없어요."

"뭔가 단서가 될 만한 것은 남기지 않았나요?"

"제가 나쁜 놈에게 달려들었을 때 무엇인가가 찢어졌는지 종이가 한 장 떨어져 있었어요. 구깃구깃해졌지만 아들이 무엇인가를 적어놓은 것이에요."

경감이 말했다.

"그건 별로 중요한 물건이 아닐 겁니다. 범인이 가져가지 않은 걸 보면……."

홈즈는 고개를 끄덕여 보였다.

"그럴지도 모르겠네요. 상식적으로는 그 말이 맞아요. 그래도 그걸 잠깐 봤으면 좋겠는데요."

경감이 수첩 사이에서 접힌 종이를 한 장 꺼내며 자랑스럽다는 듯 말했다.

"이겁니다. 저는 그 어떤 사소한 일도 놓치지 않습니다. 이건 홈즈 씨에게도 충고하고 싶은 말입니다. 제가 25년 동안의 경험을 통해서 배운 교훈이니까요. 지문 같은 것이 반드시 남아 있을 겁니다."

그 종이를 살펴보더니 홈즈가 말했다.

"이게 뭐라고 생각하시나요, 경감님?"

"글쎄, 뭘까요? 이상야릇한 소설의 마지막 부분이 아닐까요?"

"그렇군요. 아무래도 이상야릇한 소설의 마지막 부분 같네요. 위쪽에 번호가 붙어 있어요. 245라고요. 그렇다면 이 앞의 244쪽은 어디에 있는 걸까요?"

"범인이 가져간 거겠지요. 범인 녀석, 그런 걸 가져갔으니 황당했을 겁니다."

"그렇겠네요. 하지만 왜 이런 것을 훔치기 위해서 남의 집에 침입한 걸까요? 이해할 수 없는 일이에요. 경감님 대체 무슨 의미가 있는 걸까요?"

"너무 서둔 나머지 근처에 있던 물건을 닥치는 대로 가져간 것인 듯합니다. 나중에 훔쳐온 물건을 보고 쓴웃음을 지었을 겁니다."

메이벌리 미망인이 고개를 갸웃거리며 말했다.

"어째서 아들의 물건에 손을 댄 걸까요?"

경감이 대답했다.

"그건 말입니다, 아래층에 마음에 드는 물건이 없었기에 2층으로 올라왔다가 저 트렁크를 본 겁니다. 저는 그렇게 생각합니다만, 어떻습니까, 홈즈 씨?"

"글쎄요, 잘 생각해봐야겠네요. 왓슨, 창가로 가보세."

창가로 가더니 홈즈는 그 종이에 적힌 내용을 읽기 시작했다. 글은 중간에서부터 시작되었다.

「……찔리고 맞아서 얼굴은 피투성이가 되었지만 그것조차 남자가 눈을 들어 그 아름다운 얼굴을 보았을 때 받은 마음의 상처에 비하면 아무것도 아니었다. 그 아름다운 얼굴, 자신의 목숨을 바쳐도 상관없다고 생각했던 그 아름다운 얼굴이, 그가 받은 고통과 수치를 차갑게 내려다보고 있는 모습을 보았을 때 받은 마음의 고통에 비하면 아무것도 아니었다.

그녀는 미소를 짓고 있었다. 그렇다, 신이시여. 올려다보는 그의 얼굴을 악마처럼 내려다보며 미소 짓고 있었다. 그 순간 그토록 깊었던 애정이 사라졌을 뿐만 아니라 증오심이 피어올랐다. 남자는 어떤 목적 없이는 살아갈 수 없다. 내 목적이 당신을 품는 것이 아니라면 나는 당신의 파멸을, 나의 완전한 복수를 위해서 살아갈 것이다.」

홈즈는 경감에게 종이를 건네주며 미소 지었다.

"이상한 글이네요. 처음에는 '남자'라고 되어 있는데 나중에 갑자기 '나'로 바뀌었으니. 아마도 이 소설을 쓰는 동안 감정이 이입되어 자신이 작품의 주인공이 된 듯한 기분이 든 것이겠지요."

경감이 종이를 수첩 사이에 끼우며 말했다.

"그렇군요. 어쨌든 중요한 물건은 아닐 겁니다. 아, 벌써 돌아가실 생각이십니까?"

홈즈는 고개를 끄덕였다.

"네, 당신처럼 유능한 경감님께서 사건을 맡으셨으니 제가 참견할 필요도 없을 듯합니다.

그런데 부인. 어제 당신은 외국여행을 하고 싶다고 하셨죠?"

"네, 그렇게 말했어요. 예전부터의 꿈이었으니."

"어디를 가보고 싶으신가요? 카이로인가요, 마데이라인가요? 그도 아니면 리비에라?"

"글쎄요. 돈만 있다면 전 세계를 돌아다니고 싶어요."

"그렇군요. 세계 일주는 멋진 일이죠. 그 꿈이 이루어졌으면 좋겠네요. 그럼 실례하겠습니다. 밤이 오기 전에 편지를 드리게 될지도 모르겠네요."

거실의 창 밑을 지날 때 경감이 우리 쪽을 힐끗 훔쳐보고 있었다. 경감은 빙글빙글 웃으며 고개를 갸웃거리고 있었다.

'머리가 좋은 사람은 어딘가 광기가 느껴진다니까.'

경감의 빙글빙글 웃는 얼굴이 그렇게 말하고 있는 것처럼 느껴졌다.

"자, 왓슨, 이제 얼마 남지 않았어. 선은 서두르라는 말도 있지 않은가? 문제를 단숨에 해결하는 편이 좋겠어. 이번에는 자네도 함께 가주었으면 좋겠네. 상대는 이사도라 클라인이라는 여자니까. 곁에 증인이 있는 편이 안전해."

우리는 마차를 빌렸다. 그리고 그로브너 광장에 위치한 한 집으로 달려갔다. 마차 안에서도 홈즈는 무엇인가를 깊이 생각하는 듯했다. 그러다 갑자기 자세를 바로 하더니 말했다.

"왓슨, 자네도 이제 전부를 알았겠지?"

"미안하지만 전부를 아는 건 아니야. 지금 우리가 사건을 배후에서 조종하고 있는 여자에게로 간다는 사실만은 간신히 알고 있지만."

"바로 그거야. 하지만 이사도라 클라인이라는 이름을 듣고 뭐 떠오른 것 없나? 런던 상류 사교계의 스타야. 굉장한 미인이라는 소문 정도는 들었겠지?

그녀는 순수 스페인 사람으로, 위대한 정복자라 불리는 16세기 중남미 정복자들의 피를 물려받았어. 그 집안사람들은 여러 대에 걸쳐서 브라질 페르남부쿠의 지도자였다고 해. 예전에 설탕왕이라 불리던 클라인 노인과 결혼했는데 곧 그 사람이 죽어서 모든 사람들이 부러워하는 부자가 됨과 동시에 세상에서 가장 아름다운 미망인이라 불리게 되었지.

이후부터 마음 내키는 대로 대담하게 즐기며 살아가고 있어.

이사도라에게는 남자친구가 여럿 있었어. 그 가운데 한 명이, 남자들 사이에서도 호남아로 인정을 받고 있던 런던의 더글러스 메이벌리였어. 그는 사교계에서 흔히 볼 수 있는 천박한 플레이보이가 아니었어. 자신의 모든 것을 바치는 대신 상대에게도 그것을 기대하는 성격이 곧고 자부심 강한 남자였어.

하지만 이사도라는 소설에서 흔히 볼 수 있는 '차가운 미녀'야. 한때의 놀이에 싫증이 나면 그것으로 모든 것이 끝이지. 또한 자신은 싫증이 났는데도 상대방이 포기를 하지 않으면 어떻게 해야 하는지 그녀는 참으로 잘 알고 있어."

"그렇다면 그 소설은 자신의 일을 쓴 것이란 말인가……."

"맞아, 자네도 드디어 눈치를 챈 모양이군. 소문에 의하면 이사도라는 머지않아 젊은 로먼드 공작과 결혼할 예정이라고 하더군. 자신의 아들만큼이나 어린 청년이야. 나이 차이가 심한 것뿐이라면 그나마 눈을 감아줄지도 모르지. 하지만 더글라스와의 문제가 세상에 알려지면 그건 얘기가 좀 달라. 그래서 무슨 일이 있어도…….

아아, 여기가 바로 이사도라 클라인의 저택이야."

그것은 훌륭한 저택들이 늘어서 있는 웨스트엔드 가운데서도 특히 눈에 띄는 훌륭한 저택이었다.

홈즈는 현관에서 하인에게 명함을 건네주었다. 하인은 마치 로봇처럼 아무런 표정의 변화도 없는 기계 같은 동작으로 그것을 받아들더니 안으로 들어갔다. 그리고 곧 다시 나와서 부인은 댁에 안 계시다고 말했다.

홈즈가 싫은 표정도 짓지 않고 말했다.

"그럼 돌아오실 때까지 기다리기로 하지."

순간 하인이 고장 난 로봇처럼 태도를 바꿨다.

"외출을 하셨다는 건, 당신에 대해서만 외출을 하셨다는 의미입니다."

"그거 잘 됐군. 기다리지 않아도 될 것 같으니."

홈즈는 이렇게 말하더니 수첩을 찢어 무엇인가를 써 내려갔다. 그리고 그것을 접으며 하인에게 말했다.

"미안하지만 이것을 부인께 전해주지 않겠나?"

로봇이 안으로 들어가고 난 뒤 내가 물었다.

"뭐라고 썼나?"

"별거 없어. '그럼 경찰에 전부를 얘기할까요?'라고 썼을 뿐이야. 그거면 충분히 안에 들어갈 수 있을 거야."

홈즈의 말은 틀리지 않았다. 게다가 그 효과는 놀라운 것이었다. 1분 뒤 우리는 마치 아라비안 나이트에 나올 것 같은 크고 훌륭한 객실로 안내되었다. 여기저기에 분홍빛 전등이 켜져 있었으나 밝기는 밝지 않았다. 아무리 아름다운 부인이라 할지라도 나이에는 이길 수 없으며, 아무리 자부심 강한 미인이었다 할지라도 이제는 어두운 곳을 택하게 되었구나 하는 생각이 들었다.

우리가 안으로 들어가자 이사도라가 소파에서 일어났다. 키가 크고 어디에도 결점이 없는 것처럼 보이는 그 모습은 틀림없이 여왕과도 같았다.

아름다운 가면 같은 얼굴은 인간이 아니라 조각상에서 떼어낸 것 같았다. 그리고 스페인 사람다운 아름다운 눈으로 쏘아붙이듯 우리를 노려보았다. 그런 다음 종이를 팔락이며 대들 듯이 말했다.

"무슨 일이시죠? 이런 걸 보내다니."

"설명하지 않는 편이 좋을 텐데요. 그런 일을 자세히 설명한다는 건 머리가 좋은 당신에게 오히려 실례가 될 테니까요. 물론 그 좋은 머리도 요즘에는 완전히 이상해진 듯하지만."

이사도라가 눈썹을 치켜뜨며 물었다.

"어디가 이상하다는 거죠?"

"예를 들어서 건달 같은 프로 권투선수를 보내면 내가 겁이라도 먹고 사건에서 손을 뗄 줄 알았나요? 위험을 두려워해서는 이런 일을 계속할 수 없어요. 그렇다면 역시 당신이 되는 셈이네요, 내게 메이벌리 씨에 대해 조사할 마음을 먹게 한 건."

"그건 대체 무슨 말씀이시죠? 아까부터 듣자 하니, 저로서는 알 길이 없는 말씀만 하시네요. 제가 권투선수에게 무슨 부탁을 했다는 거죠?"

홈즈가 따분해서 더 이상 듣고 싶지 않다는 듯 외면을 하며 말했다.

"그런가요? 좋다던 당신의 머리도 이제 끝난 모양이군요. 그럼, 안녕히 계세요."

이사도라가 날카로운 목소리로 말했다.

"잠깐 기다리세요! 어디로 가시려는 거죠?"

"경찰청이죠. 그만 가세, 왓슨."

하지만 우리가 현관까지 가기도 전에 이사도라가 따라 나와 홈즈의 팔을 잡고 말렸다. 이사도라의 태도는 한순간에 차가운 강철에서 부드러운 벨벳으로 180도 바뀌어 있었다.

"이쪽으로 오셔서 앉으세요. 차분하게 얘기를 나누기로 해요.

당신에게라면 모든 사실을 말할 수 있을 거예요. 당신은 신사로서의 감정을 가지고 계신 분이니까요. 전 여자잖아요. 그 정도는 금방 알 수 있어요. 친구에게 이야기하듯 모든 사실을 말씀드릴게요."

홈즈가 쏘아붙이듯 한마디 했다.

"당신의 친구가 될 수 있을지 없을지는 아직 약속할 수 없어요. 비록 경찰은 아니지만, 내 힘이 닿는 한 정의의 편에 서고 싶으니까요. 어쨌든 이야기를 듣고 난 뒤 어떻게 할지를 결정하겠어요."

이사도라가 더할 나위 없이 부드럽게 말했다.

"저 지금, 당신처럼 남자답고 용감한 분을 협박하려 했다는 사실을 진심으로 후회하고 있어요."

"아니요. 당신이 어리석은 짓을 한 건, 나를 협박하려 한 일이 아니에요. 나중에 그것을 빌미로 당신을 협박하거나 배신할지도 모를, 질이 좋지 않은 사람들을 썼다는 점이에요. 질이 좋지 않은 녀석들이 당신의 약점을 잡은 셈이 되니까요."

"아니, 그렇지 않아요! 저 역시 그렇게 어리석지는 않아요. 전부 말씀드린다고 약속했으니 이야기하겠는데 바니 스톡데일과 그의 아내인 수전 외에는 돈이 어디서 나오는지 아는 사람은 아무도 없어요. 그 부부라면 조금도 걱정할 것 없어요. 이번이 처음도 아니고……."

이사도라가 요염하게 싱긋 웃었다.

"그럼 전에도 이미 써서 시험을 마쳤다는 말인가요?"

"네. 그 두 사람은 짖지 않고 달리는 사냥개예요."

"그런 사냥개일수록 주인의 손을 무는 법이에요. 경찰에서 그 사람들을 쫓고 있으니 이번 절도 때문에 곧 잡히게 될 거예요. 그래도 안심할 수 있겠어요?"

"그야 도둑질을 했으니 잡혀도 어쩔 수 없는 일이죠. 하지만 그럴 경우까지도 계산에 넣은 충분한 돈을 그 사냥개들에게 건네주었어요. 제 이름이 새는 일은 없을 거예요."

홈즈가 단호하게 말했다.

"나만 입을 다문다면요."

"어머, 당신은 신사잖아요. 여자의 비밀을 폭로할 분이 아니세요."

홈즈도 그녀의 말을 맞받아쳤다.

"그러려면 우선 원고를 돌려주셔야 할 거예요."

이사도라가 작은 소리로 "호호."하고 웃었다. 그리고 난로 쪽으로 걸어가 부지깽이로 덩어리진 재를 찔러 흩뜨렸다.

"이거, 돌려드릴까요?"

이사도라가 도발하듯 아름답게 미소를 지었다. 그런 이사도라에게는 홈즈도 압도된 모양이었다.

그러나 홈즈는 감정에 휘둘릴 만한 사람이 아니었다. 홈즈가 차갑게 말했다.

"그 재가 되기 전의 물건은 당신의 운명을 결정지을 만한 것이었지요. 당신은 매우 민첩하게 움직인 듯하지만 이번에는 너무 지나쳤어요."

이사도라는 갑자기 태도를 바꾸어 부지깽이를 힘껏 내던졌다. 부지깽이가 요란한 소리를 내며 나뒹굴었다.

"좀 더 이해심이 깊은 분인 줄 알았더니 벽창호가 따로 없네요!

전부 말씀드리도록 할까요?"

"아니요, 필요 없어요. 그 일이라면 내가 말씀드릴 수 있을 정도로 잘 알고 있으니까요."

"하지만 홈즈 씨, 제 입장도 조금은 생각해주세요. 귀족이 되고 싶다는 소박한 소망을 이루기 직전에 그것이 깨져버릴 위기에 처한 여자의 마음도 헤아려주셔야지요. 그런 상황에서 스스로를 지키는 것이 뭐 그렇게 잘못된 일이란 말이죠?"

"몸을 지킨다고 하셨지만 근본을 따져보면 잘못은 당신에게 있어요."

"네, 좋아요. 그건 인정하죠. 그는 귀여운 청년이었어요, 더글러스는. 그러나 저와는 생각이 달랐어요. 더글러스는 결혼할 생각이었어요. 하지만 신분도 낮은 가난뱅이 청년 주제에 나와 결혼을 하려 하다니, 너무 주제넘은 생각 아닌가요? 제게 결혼할 생각이 없다는 사실을 알고 그는 정말이지 집요하게 굴었어요. 그 사람은 저를 독차지할 수 있을 거라 생각한 거겠죠. 어림도 없는 소리에요. 그래서 저는 마침내 진짜 마음을 분명하게 가르쳐준 거예요."

"불한당을 시켜 이 집의 창 아래서 그에게 폭력을 가하도록 했죠."

"전부 알고 계시는군요. 맞아요. 바니가 부하들을 데리고 와서 쫓아내주었어요. 그건 좀 지나친 일이었을지도 몰라요. 하지만 그 사람이 무슨 짓을 했는지 아세요? 그게 신사라 불리는 사람이 할 짓이라고 생각하세요? 그 사람은 우리 사이에 있었던 일을 전부 소설로 썼어요. 물론 저는 나쁜 여자, 자신은 좋은 사람으로 묘사했어요. 그리고 주인공의 이름은 달랐지만 그것을 읽으면 누구나 저라는 사실을 알 수 있었을 거예요. 그런 짓을 해도 된다고 생각하시나요?"

홈즈가 냉정하게 말했다.

"되는지 안 되는지는 모르겠지만, 글을 쓰는 건 본인의 자유에요."

"이탈리아의 공기가 그 사람의 혈관으로 스며들었고 그와 동시에 옛 이탈리아의 잔혹한 정신까지 스며든 것이 틀림없어요. 그 사람은 편지와 함께 저를 괴롭히려고 소설의 원고를 보내왔어요. 그 사람의 편지에 의하면 원고는 2부가 있는데 1부는 제게 보냈고 나머지 1부는 출판사에 보낼 예정이라고 하더군요."

"원고를 출판사에 아직 보내지 않았다는 사실을 어떻게 아셨죠?"

"어느 출판사에 보낼지 저는 알고 있었어요. 그 사람이 소설을 쓴 건 이번이 처음이 아니니까요. 그래서 출판사에 알아봤죠. 그랬더니 이탈리아에서는 아직 아무것도 오지 않았다고 했어요. 그런데 더글러스가 갑자기 세상을 떠났잖아요.

그 원고가 이 세상에 있는 한 저는 안심할 수 없었어요. 그 원고는 다른 유품과 함께 어머니에게로 보내졌을 것임에 틀림없다고 곧 생각했어요. 그래서 저는 갱단에게 일을 명령했죠. 그중 한 명이 하녀로 그 집에 들어가 살면서 상황을 살폈어요. 하지만 저는 더글러스의 어머니에게 도움이 되도록 공정한 방법으로 조용히 그 원고를 손에 넣어야겠다고 생각했고, 또 그대로 행동했어요. 그 집을 가재도구까지 한꺼번에 사들이려 했죠. 상대방이 원하는 가격에 사들이려 했던 거예요.

그런데 그 계획이 엉망이 되어버렸기에 어쩔 수 없이 비상수단을 쓸 수밖에 없었어요. 홈즈 씨, 물론 더글러스 씨에게는 몹쓸 짓을 했어요. 틀림없이 너무 지나쳤을지도 몰라요. 그 일만은 정말로 후회하고 있어요. 하지만 제 행복이 위협을 받고 있는데 다른 방법을 쓸 수 있었을까요?"

　홈즈가 어깨를 들썩이며 말했다.

　"그렇군요. 그렇다면 이번에도 커다란 죄를 그냥 눈감아줄 수밖에 없겠네요. 그런데 탈것과 호텔 모두 최고급만을 이용하며 세계를 일주하려면 돈이 얼마 정도나 들까요?"

　이사도라는 한동안 눈을 동그랗게 뜨고 홈즈의 얼굴을 가만히 바라볼 뿐이었다.

　"5천 파운드쯤 있으면 그럭저럭 다녀올 수 있지 않을까요?"

　"아마 그럴 거예요."

　"좋아요. 그럼 이렇게 해주세요. 5천 파운드짜리 수표를 써서 제게 주세요. 제가 메이벌리 미망인에게 전해줄 테니. 당신에게는 더글러스에 대한 사죄를 위해서 메이벌리 미망인에게 여행을 선물할 의무가 있어요."

　홈즈가 다시 한 번 주의를 주듯 검지를 흔들며 경고했다.

　"이번에는 이렇게 끝났지만 앞으로는 조심하셔야 할 거예요. 날카로운 칼은 상대방에게 상처를 주지만, 자신이 상처를 입는 경우도 있으니까요. 너무 날카로운 칼을 가지고 놀면 언젠가는 당신의 그 아름다운 손에 상처를 입게 될지도 몰라요."

토르 교 사건
The Problem of Thor Bridge

　런던 채링 크로스에 있는 콕스 은행의 금고실 어딘가에 함석으로 만들어진 문서 상자가 보관되어 있다. 상자는 거듭되는 여행으로 닳고 흠집이 생겼지만 그 뚜껑에는 전 인도군 의학박사 존 H. 왓슨이라는 내 이름이 적혀 있을 것이다.

　안에는 서류가 가득 들어 있는데 그 대부분은 친구인 셜록 홈즈가 오랜 세월에 걸쳐서 맡았던 기이한 사건들을 설명한 기록문이다. 이러한 사건들 중 어떤 것은, 내용은 아주 재미있지만 수사는 완전한 실패에 그친 것이다. 따라서 이야기의 결말 부분이 빠져 있기에 이야기를 하고 싶어도 할 수 없는 사건이라고 할 수 있다. 해답이 없는 문제란, 연구가에게는 재미있을지 모르겠지만 편안한 마음으로 즐기려는 독자에게는 불쾌한 것일 뿐이리라.

　그 해결 부분이 없는 이야기 중에는 우산을 가지러 자신의 집으로 돌아갔다가 갑자기 모습을 감춰버린 제임스 필리모어 씨 사건이 있다. 마찬가지로 신기한 것은 '앨리샤 호'라는 조그만

범선에 관한 사건이다. 그 배는 어느 안개 짙은 봄날 아침에 출항한 이후 두 번 다시 모습을 나타내지 않았다. 또한 유명한 저널리스트인 이사도라 페르사노 사건도 잊어서는 안 된다. 그는 눈앞에 놓인 성냥 상자를 가만히 바라보다 머리가 이상해진 상태로 발견되었는데 그 상자에는 지금의 과학으로는 아직 정체를 알 수 없는 이상한 벌레가 한 마리 들어 있었다고 한다.

이처럼 결말이 없는 사건과는 또 다른 이유로 발표할 수 없는 것들도 있다. 가정의 비밀과 깊은 관계가 있기 때문에 그 사건이 활자화될지도 모른다고 생각하는 것만으로도 몇몇 명문가가 시끄러워지는 종류의 것들이다. 나는 그런 비밀들을 폭로하겠다고는 꿈에도 생각지 않고 있으며, 그러한 기록들은 홈즈에게 시간이 있을 때 분류를 해달라고 해서 불에 태워버릴 것이다. 그리고 그런 일들은 이제 와서 말할 필요도 없을 듯하다.

그 외의 사건들도 상당히 많은데 하나하나가 재미있는 것들이다. 그러나 내가 그 기록들을 편집하여 발표하지 않는 것은 충분히 만족할 만큼 이야기할 수 없기에 독자들이 싫증이 나서, 내가 누구보다도 존경하는 홈즈의 평판이 나빠지지 않을까 걱정이 되기 때문이다. 그중 어떤 사건들에는 내 자신이 직접 관여를 했기 때문에 목격자로서 이야기를 기록할 수 있는 사건도 있다. 그러나 다른 사건에서는 내가 현장에 없었거나, 그다지 깊이 관여하지 않았기 때문에 삼인칭으로 이야기할 수밖에 없다. 그러한 기록 가운데서 이번에 할 이야기는 내 자신이 직접 체험을 한 것이다.

그것은 10월의 어느 바람이 심하게 불던 아침의 일이었다.

나는 옷을 입으며 뒤뜰을 바라보고 있었다. 거기에는 플라타너스 한 그루가 정원에 색채를 더하듯 서 있는데 마지막으로 남은 몇 장의 잎들이 한 장, 또 한 장 바람에 떨어지고 있었다. 내 친구 홈즈는 다른 모든 예술가들처럼 주위의 상황에 쉽게 영향을 받는다. 그렇기 때문에 이런 황량한 날에는 틀림없이 우울한 기분에 빠져 있을 것이라 생각하며 아침을 먹기 위해 아래층으로 내려갔다. 그런데 놀랍게도 홈즈는 아침 식사를 거의 마친 상태였으며, 아주 밝고 즐거운 듯한 분위기였다. 그가 이상하게 기분이 좋을 때면 나는 불길한 예감이 든다.

"무슨 사건이 있는 거지, 홈즈?"라고 내가 물었다.

"추리 능력이란 아무래도 전염이 되는 모양이군, 왓슨. 자네는 내게서 전염된 능력으로 내 비밀을 파헤친 셈이야. 맞아, 사건이야. 지난 한 달 동안 평범하고 따분한 날들이 계속되었는데 멈춰 있던 수레바퀴가 다시 돌기 시작하듯 나도 활동을 시작한 거야."

"이번에도 내가 자네를 돕고 싶은데."

"뭐, 그럴 정도의 사건은 아니야. 하지만 우리의 새로운 요리사가 솜씨를 발휘해서 만들어준 그 계란 완숙 2개를 자네가 다 먹고 나면 사건에 관한 얘기를 들려주기로 하지. 그 계란을 삶은 정도는, 어제 현관의 테이블 위에서 본 『패밀리 헤럴드』와 관계가 있는 것 같아. 계란 하나를 삶는 사소한 일에도 시간에 신경을 쓸 만큼의 주의력이 없으면 안 돼. 하지만 그녀가 그 멋진 잡지의 연애소설에 푹 빠져 있을 때는 어쩔 수 없는 일이지."

15분 뒤, 테이블 위가 정리되고 나자 우리는 마주 보고 앉았다. 홈즈가 주머니에서 편지 한 통을 꺼냈다.

"금광왕 닐 깁슨에 대해서 들어본 적은 있나?"라고 그가 말했다.

"미국의 상원의원 말인가?"

"맞아, 예전에는 미국 서부에 있는 어떤 주의 의원이었지만, 어쨌든 지금은 세계 제일의 금광왕으로 더 유명하지."

"응, 알고 있어. 틀림없이 얼마 전부터 영국에서 산다고 들었는데. 그의 이름은 아주 유명하지."

"맞아, 5년쯤 전에 햄프셔의 상당히 넓은 토지를 사들였어. 그렇다면 깁슨 부인의 가슴 아픈 최후에 대해서도 들었겠군."

"물론이지. 지금 생각이 났는데 그의 이름이 널리 알려진 것도 그 때문이야. 하지만 자세한 내용은 거의 몰라."

홈즈가 의자 위에 놓여 있던 몇몇 신문을 집었다.

"설마 이 사건을 내가 맡게 될 줄은 몰랐어. 미리 알았더라면 기사 정도는 스크랩을 해두었을 텐데. 그건 틀림없이 세상을 떠들썩하게 만든 사건이었지만, 까다로운 점은 어디에도 없을 것이라 여겨졌어. 피고의 인품이 아무리 좋다고 해도 아주 명확한 증거가 있다는 점에는 변함이 없으니까. 검시재판에 참석한 배심단의 의견도 그랬고, 경찰재판소의 보고 속에도 그렇게 기록되어 있어. 사건은 지금, 윈체스터의 순회재판에 회부되어 있어.

이건 아무래도 보람을 느낄 수 있을 만한 일이 아닌 것 같아. 나는 사실을 발견할 수는 있지만, 그것을 바꿀 수는 없을 테니까. 전혀 새로운 사실이라도 갑자기 나타나지 않는 한 내 의뢰인에게 희망은 없을 거야."

"자네의 의뢰인이라니?"

"아아, 얘기하기를 잊고 있었군. 아무래도 자네의 버릇이 옳아서 뒤에서부터 이야기하게 된 것 같아. 우선은 이걸 읽어보는 편이 나을 거야."

이렇게 말하며 홈즈가 내게 건네준 것은 굵직하고 멋진 글씨로 쓴 다음과 같은 내용의 편지였다.

「클래리지 호텔에서 10월 3일
셜록 홈즈 귀하

신께서 창조하신 가장 훌륭한 여성이 죽음의 길로 내몰리려 하고 있습니다. 저는 그것을 그냥 지켜보고 있을 수만은 없습니다. 가능한 일은 무엇이든 할 생각입니다. 하지만 저는 사건의 정황을 설명할 수가 없습니다. 설명하겠다고 마음먹기조차 어렵습니다. 그러나 던바 양이 절대로 결백하다는 사실만은 잘 알고 있습니다.

사건에 대해서는 알고 계시리라 믿습니다. 누구나 알고 있을 것입니다. 온 나라 사람들이 사건에 대해서 이야기하고 있으니. 그런데도 그녀를 변호하려는 목소리는 단 한마디도 들리지 않습니다. 이 불공평함에 저는 미쳐버릴 것만 같습니다. 그녀는 그야말로 파리 한 마리 죽이지 못하는 심성을 가진 사람입니다.

이에 내일 아침 11시까지 그쪽으로 찾아가서, 이 어둠에 밝은 빛을 가져다줄 수 있을지 당신과 이야기를 나눠보고 싶습니다. 제 스스로 어떤 유력한 증거를 가지고 있으면서도 스스로는 깨닫지 못하고 있는 것일지도 모릅니다. 어쨌든 당신이 그녀를 구해주시기만 하신다면 제가 알고 있는 모든 것을, 가지고 있는 모든 것을, 저라는 인간 전부를 바쳐 도움을 드리고 싶습니다. 지금까지 당신의 힘을 발휘하신 적이 있으시다면, 지금 이 사건에 그 힘을 전부 기울여주시기 바랍니다.

J. 닐 깁슨」

　"그렇게 된 거야." 홈즈는 이렇게 말하더니 아침 식사 후 피우던 파이프에서 톡톡 재를 털어냈다. 그리고 천천히 담배를 다시 채우면서 이야기를 계속했다.

　"그 신사를 기다리고 있는 거야. 사건의 정황에 대해서, 자네가 이 신문 전부를 읽기에는 시간이 없을 거야. 자네가 이 사건에 지적 흥미를 가지고 있다면 내가 대략적인 이야기를 들려주는 편이 좋겠지.

　이 남자는 재력에 있어서는 세계에서도 손꼽히는 사람이야. 하지만 내가 알고 있는 바에 의하면 아주 난폭하고 도저히 감당할 수 없는 성격인 듯해. 그의 아내가 이번 사건의 희생자가 된 것인데 내가 그녀에 대해서 알고 있는 것은 이미 젊음을 잃은 나이라는 사실 정도야. 그런데 두 아이들의 교육을 위해서 고용한 여성 가정교사가 아주 아름다웠다는 것이 불행의 시작인 듯해. 관계자는 이 세 사람, 그리고 무대는 영국의 유서 깊은 지방 한가운데 있는 널따란 고택이야.

　다음으로 사건에 대해서 살펴보자면, 그 부인이 저택의 건물에서 0.5마일(약 800m) 정도 떨어진 곳에서 죽어 있는 것이 밤늦게 발견됐어. 디너용 드레스를 입고 어깨에는 숄을 걸친 모습이었는데 머리에 권총으로 쏜 총알을 맞어. 부인의 사체 근처에서는 어떤 흉기도 발견되지 않았고 범인을 찾아낼 단서가 될 만한 것도 전혀 나오지 않았어. 알겠나, 왓슨, 부근에서는 어떤 흉기도

발견되지 않았다네. 이게 중요한 점이야. 그리고 범행은 밤늦게 행해진 듯, 사냥터 관리인이 사체를 발견한 것은 11시 무렵이었어. 사체는 경찰과 의사가 살펴본 뒤 저택 안으로 옮겨졌어. 설명이 너무 간단했나? 잘 이해할 수 있겠나?"

"걱정할 것 없어, 잘 이해했어. 그런데 어째서 그 가정교사가 의심을 받고 있는 거지?"

"그건 말이지 사건과 직접적인 연관이 있는 증거가 몇 개 있기 때문이야. 사체에 남은 탄흔과 구경이 완벽하게 일치하는 권총으로, 총알을 딱 한 발 발사한 것이 그녀의 옷장 바닥에서 나왔어."

이렇게 말하더니 홈즈는 눈의 움직임을 한 군데 고정시키고 한 마디씩 끊어서 그 말을 되풀이했다.

"그녀의, 옷장, 바닥에서, 나왔다."

그리고 그대로 입을 다물어버리고 말았다. 아무래도 머릿속에서 여러 가지 생각이 떠오르기 시작한 모양으로, 나는 방해를 하지 않는 편이 좋겠다고 생각했기에 입을 열지 않았다.

갑자기 정신을 차린 사람처럼 홈즈는 다시 평소의 활달한 말투로 돌아와 있었다.

"그래, 왓슨. 권총이 발견됐어. 도저히 벗어날 길이 없는 증거야. 2명의 배심원도 그렇게 생각한 거겠지. 그리고 다음으로 죽은 부인은 짧은 편지를 가지고 있었어. 거기에는 사체가 발견된 그 장소에서 만나자는 약속이 적혀 있었고 가정교사의 서명이 되어 있었어. 어떤가?

게다가 살인 동기까지 있어. 깁슨 의원은 매력적인 인물이야.

만약 부인이 죽는다면 후처가 될 만한 사람은 여러 가지 점으로 미루어봐서, 남편이 이미 눈독을 들이고 있는 그 젊은 여성 이외에는 생각할 수가 없어. 사랑과 돈과 권력, 이 모든 것이 한 중년여성의 목숨에 달려 있었던 셈이야. 불결한 이야기지, 왓슨, 참으로 불결해."

"그렇군."

"게다가 그녀는 자신의 알리바이도 증명하지 못했어. 뿐만 아니라 문제의 시각에 자신이 토르 교—이번 비극이 일어난 무대의 이름일세— 부근에 있었다는 사실을 인정하지 않을 수 없었어. 지나가던 마을사람이 보았기에 없었다고 말할 수도 없었지."

"그건 움직일 수 없는 증거라고 할 수밖에 없군."

"왓슨, 게다가 그 토르 교는 교각 위에 받침을 깔아 만든 다리가 아니라 돌을 쌓아 만든 다리로 폭이 넓고 양쪽에 난간이 달려 있어. 갈대가 우거진 길고 깊은 연못의 가장 좁은 부분에 놓여 있는데 저택의 문에서 현관까지 이어진 마찻길의 일부를 이루고 있어. 그 연못은 토르 연못이라 불리고 있지. 그 다리의 초입에 부인이 쓰러져 있었던 거야. 주요한 사실은 대충 여기까지야. 응? 아무래도 손님이 온 것 같군. 아주 이른 시간이기는 하지만."

급사인 빌리가 문을 열어 손님이 왔음을 알렸다. 그러나 손님의 이름은 우리가 기다리고 있던 사람의 것이 아니었다. 말로 베이츠라는 사람으로 홈즈와 나 모두 처음 만나는 인물이었다. 들어온 것은 매우 마르고 신경질적으로 보이는 남자였다. 겁을 먹은 듯한 눈빛에 머뭇머뭇 망설이는 태도였다. 의사인 내 눈으로 보자면 완전한 신경쇠약에 걸리기 일보 직전이라는 느낌을 주었다.

"아주 흥분하신 모양이네요."라고 홈즈가 말을 꺼냈다. "우선 좀 앉으세요. 11시에 손님이 오기로 되어 있어서 오래 이야기를 나눌 수는 없지만."

"알고 있습니다." 베이츠는 마치 숨이 차기라도 하다는 듯 불쑥 말했다. 그리고 짧은 말을 빠른 어조로 내뱉기 시작했다. "깁슨 씨는 곧 올 겁니다. 그 사람은 저의 고용주입니다. 저는 그의 토지를 관리하는 사람입니다. 홈즈 씨, 녀석은 악마입니다. 극악무도한 사람입니다."

"그거 참 지나친 말씀이시네요, 베이츠 씨."

"시간이 없기에 아무래도 말이 거칠어집니다. 제가 여기에 있다는 사실을 녀석에게는 절대로 알리고 싶지 않습니다. 녀석은 곧 올 겁니다. 하지만 저는 이것보다 더 빨리 올 수 없었던 사정이 있었습니다. 당신과 만날 예정이라는 사실을 녀석의 비서인 퍼거슨 씨에게서 오늘 아침에 막 들었으니까요."

"그렇다면 당신은 그의 토지를 관리하는 분이란 말인가요?"

"이미, 그만두겠다고 통보를 해두었습니다. 앞으로 두 주만 있으면 녀석에게 얽매인 끔찍한 생활에서 벗어날 수 있습니다. 홈즈 씨, 녀석은 피도 눈물도 없는 사람입니다. 주위의 모든 사람들을 그렇게 대합니다. 세상에 대해서 여러 가지 자선사업을 하는 것은 사생활에서 저지르고 있는 죄를 숨기기 위한 것에 지나지 않습니다. 어쨌든 가장 커다란 희생자는 그 부인입니다. 부인을 대하는 태도는 잔혹함 그 자체였습니다! 부인께서 어떻게 돌아가셨는지, 저는 잘 모릅니다. 그러나 부인의 일생을 망쳐놓은 것은 틀림없이 그 사람입니다. 아시리라 생각됩니다만, 부인은 브라질 출신으로 열대에서 자란 분입니다."

"음, 그건 처음 듣는데요."

"태어나기도 열대에서 태어났지만, 성격도 열대의 성격 그대로였습니다. 그야말로 태양과 정열의 딸이라는 느낌이었습니다. 그런 정열에 넘치는 여성에게 어울리는 방법으로 격렬하게 그 남자를 사랑했습니다. 그러나 시간이 흘러 부인의 아름다움이 시들기 시작하면서 그 남자의 마음을 붙잡아둘 만한 것이 점점 사라져가고 말았습니다. 젊었을 때는 굉장한 미인이라고 들었습니다만.

저희는 모두 부인을 좋아해서 동정했으며, 녀석의 부인에 대한 행동을 보고는 녀석을 미워했습니다. 하지만 그는 교활하고 말솜씨가 좋은 남자입니다. 이 말씀만은 꼭 드려야겠다고 생각했던 겁니다. 녀석의 말을 결코 그대로 받아들여서는 안 됩니다. 마음속으로는 틀림없이 다른 생각을 품고 있으니. 저는 이만 가봐야겠습니다. 아니요, 붙잡지 마십시오! 곧 녀석이 올 겁니다."

겁먹은 눈빛으로 시계를 보더니, 이 이상한 손님은 그야말로 날듯이 문으로 달려가 모습을 감춰버리고 말았다.

"이런, 이런!"하고 잠시 말이 없던 홈즈가 입을 열었다. "깁슨 씨도 참으로 충직한 하인을 두었군. 하지만 그의 충고는 꽤나 도움이 될 듯해. 이제는 그가 언제 와도 걱정할 것 없겠어."

정확히 약속 시간이 되자 계단에서 쿵쿵 무거운 발소리가 들리더니 유명한 억만장자가 방 안으로 안내되었다. 그 모습을 잠깐 본 것만으로도 나는 조금 전 관리인이 내보였던 공포심과 미움을 바로 이해할 수 있었다. 뿐만 아니라 직업상의 그의 경쟁자들이 그에게 던졌을 저주의 말까지 알 수 있을 것만 같았다. 만약 내가 조각가여서, 대담하고 뻔뻔한 실업계의 성공자의 상을 만들어달라는 부탁을 받는다면 그 모델로 틀림없이 닐 깁슨 씨를 선택하리라. 키가 크고 말랐으며 거칠게 보이는 그의 모습에서 굶주림과 탐욕이 느껴졌다. 에이브러햄 링컨에서 기품이 느껴지는 부분을 빼고, 야비함을 더한 것 같은 남자라고 말하면 그 느낌이 어느 정도 전달될까? 얼굴은 화강암을 정으로 파놓은 것처럼 뼈만 앙상해서 딱딱하고 냉혹하게 보였으며, 깊은 주름과 몇 번이고 위험을 겪은 듯한 상처가 새겨져 있었다. 그리고 뻣뻣한 눈썹 밑의 차가운 회색 눈으로 우리를 번갈아가며 바라보았다.

그는 홈즈가 나를 소개하자 아주 형식적으로 고개를 살짝 숙였다. 그리고 아주 무례한 태도로 홈즈 곁에 의자를 놓더니 마른 무릎이 홈즈에게 닿을 정도로 가까이에 앉았다.

"무엇보다 먼저 분명히 말씀드리겠소만, 홈즈 씨."라고 깁슨 씨가 이야기를 시작했다. "나는 이번 사건에서 돈 따위는 문제 삼지 않을 것이오. 진상을 밝히는 데 도움이 된다면 돈다발에 불을 붙여 태워도 상관없소. 그 여성은 결백하오. 바로 그렇기 때문에 무슨 수를 써서라도 의심을 풀어주고 싶은 것이오. 당신이 꼭 좀 해결해줬으면 하오. 얼마면 되겠소?"

"내 수사료에는 일정한 기준이 정해져 있어요."라고 홈즈가 차가운 어조로 말했다. "그것을 바꾸는 경우는 없어요. 물론 전혀 받지 않는 경우도 있고요."

"흠. 돈은 아무래도 상관없다면, 명성은 어떻겠소? 당신이 이 문제를 해결한다면 영국은 물론 미국에서도 모든 신문이 당신을 칭찬할 거요. 2개 대륙에서 단번에 유명인이 될 수 있소."

"고마운 말씀입니다만, 깁슨 씨. 나는 특별히 인기를 얻을 필요 따위는 없어요. 이렇게 말씀드리면 놀라실지도 모르겠지만 나는 오히려 이름을 숨긴 채 일을 하고 싶어요. 내가 흥미를 느끼는 것은 돈이나 명예가 아니라 사건이 지닌 의문점 그 자체의 성격이니까요. 아무래도 시간을 낭비하고 있는 것 같네요. 사건의 사실에 대해서 좀 더 이야기를 나누고 싶은데요."

"사건에 대한 대략적인 사실은 신문에서 읽으셨으리라 믿소. 도움이 될 만한 사실을 내가 덧붙일 수 있을지는 나도 잘 모르겠소. 어쨌든 좀 더 자세히 알고 싶은 점이 있으면 무엇이든 말씀해보시오. 그를 위해서 여기에 온 것이니."

"그렇다면 한 가지 묻고 싶은 것이 있는데요."

"무엇이오?"

"당신과 던바 씨는 정확히 어떤 사이였나요?"

이 말을 듣자 금광왕은 갑자기 화가 치밀어 올랐는지 의자에서 반쯤 몸을 일으켰다. 그러다 간신히 마음을 진정시킨 듯, 다시 의자에 앉았다.

"홈즈 씨, 그런 질문을 하는 것도 당신의 권리이자, 직업상의 의무라고 생각하는 거요?"

"그렇게 받아들이셔도 상관없습니다."

"그럼 분명히 말하겠소. 우리 두 사람의 관계는 어디까지나 고용주와 젊은 여성 고용인 사이요. 그녀가 아이들과 함께 있을 때 이외에는 이야기를 나눈 적도 없고 얼굴을 마주한 적도 없소."

홈즈가 의자에서 벌떡 일어났다.

"나는 바쁜 사람이에요, 깁슨 씨. 쓸데없는 이야기로 시간을 허비할 여유도 없고 그런 취미도 없어요. 그만 돌아가 주세요."

이 말을 들은 손님도 자리에서 일어났는데 느릿하고 키가 큰 몸을 홈즈 위로 덮칠 것만 같은 느낌이었다. 짙은 눈썹 밑에는 분노로 번쩍번쩍 빛나는 눈이 있었으며, 혈색이 좋지 않은 뺨이 붉은빛을 띠고 있었다.

"대체 무슨 소리요, 홈즈 씨? 내 사건을 맡을 수 없단 말이오?"

"그렇습니다, 깁슨 씨. 적어도 당신과는 관계하고 싶지 않아요. 조금 전의 내 말을 이해하기는 어렵지 않았을 텐데요."

"잘 알았소. 하지만 뭔가 꿍꿍이가 있는 거 아니요? 가격을 좀 더 매기고 싶다거나, 이번 사건을 맡는 것이 두렵다거나, 어떻소? 그 점을 분명히 들을 권리가 내게는 있소."

"그럴지도 모르겠네요. 그럼 답하도록 하죠. 이번 사건은 매우 복잡해서 수사가 어려울 뿐만 아니라 잘못된 정보 때문에 더욱 까다로워졌습니다."

"내가 거짓말을 했단 말이오?"

"글쎄요, 저는 가능한 한 조심스럽게 말했는데 당신이 그 말을 선택하신다면 굳이 반대하지는 않겠어요."

나는 서둘러 의자에서 일어났다. 억만장자가 도깨비처럼 험상궂은 표정으로 커다란 주먹을 획 치켜들었기 때문이다. 그러나 홈즈는 무료하다는 듯 미소를 지었을 뿐, 손을 뻗어 파이프를 쥐었다.

"조용히 해주세요, 깁슨 씨. 아침 식사 후에는 사소한 논쟁에도 마음이 흐트러지는 법이니까요. 아침 공기 속에서 산책이라도 하며 조금은 냉정하게 생각해보는 게 좋지 않을까요?"

금광왕은 화를 억지로 참고 있는 듯했다. 격한 성격을 가진 사람이라는 말을 들었는데, 아니나 다를까 1분쯤 지나자 격한 분노의 표정에서 사람을 얕잡아보는 듯한 차가운 표정으로 바뀌어 있었다. 자신의 기분을 억누르는 힘만은 꽤나 강한 모양이었다.

"좋소. 당신이 택한 일이오. 일을 처리하는 데에는 당신 나름대로의 생각이 있겠지. 싫다는데 억지로 맡게 하는 건 내게도 불가능한 일이오. 하지만 홈즈 씨, 당신은 오늘 커다란 손해를 보았소. 나는 당신보다 훨씬 더 강한 사람들을 파멸시켜 왔으니. 내 뜻을 거역해서 잘된 사람은 한 명도 없었소."

"그렇게 말하고 떠난 사람들은 아주 많았어요. 하지만 나는 이렇게 틀림없이 살아 있어요."라고 홈즈가 미소를 지으며 말했다. "그럼, 안녕히 가세요, 깁슨 씨. 세상에는 당신이 배워야 할 것들이 아직 많아요."

손님은 거친 태도로 방에서 나갔다. 그러나 홈즈는 멍한 눈빛으로 천장을 바라보며 말없이 파이프를 피울 뿐이었다.

잠시 후, 홈즈가 마침내 입을 열었다.

"왓슨, 자네는 어떻게 생각하나?"

"글쎄. 저 사람은 자신의 앞길에 놓인 장애물은 무엇이든 제거해버리는 사람이야. 그리고 그 관리인 베이츠가 분명히 말한 것이 사실이라면, 부인은 그의 방해물이 되어 있었던 듯해. 이 두 가지 사실을 놓고 생각해보자면 역시……."

"맞아. 나도 그렇게 생각해."

"하지만 그와 가정교사와의 관계는 과연 어땠을까? 자네는 마치 알고 있는 것처럼 이야기를 했네만."

"넘겨짚은 거야. 위협을 해본 것뿐이지. 저렇게 자신의 감정을 억제할 줄 아는 사람인데도 편지는 참으로 정열적이었고 사무적인 것과는 거리가 먼, 형식을 지키지 않은 것이었어. 그 점으로 봐서 저 사람이 죽은 부인보다 피고에게 더 마음을 빼앗겼다는 것은 틀림없는 사실이야. 사건의 진상을 파악하기 위해서는 우선 이 세 사람의 관계를 정확히 알아둘 필요가 있어. 그래서 조금 전처럼 정면공격을 해서 분명히 하려 했던 거야. 하지만 그가 냉정하게 흘려버렸기 때문에 나도 사실은 잘 모르는 상태였지만 확신을 가지고 있는 척해서 속을 떠보려 했던 거야."

"아마도 다시 찾아오겠지?"

"다시 올 거야. 다시 오지 않고는 견딜 수 없을 테니. 그로서는 사건을 이대로 내버려둘 수 없으니까. 보라고! 벨 소리가 들리지 않았나? 역시 맞았어. 발소리가 들려. 아아, 깁슨 씨. 돌아오시는 게 조금 늦는다고 왓슨 박사와 지금 막 이야기하고 있던 참이었어요."

금광왕은 나갈 때보다는 약간 차분해진 듯한 느낌이었다. 원망스럽다는 듯한 눈빛을 보니 자존심에 상처를 받아 치민 분노는 아직 남아 있는 듯했다. 그러나 상식적으로 생각해서, 자신의 목적을 달성하기 위해서는 여기서 한발 물러설 수밖에 없다는 사실을 깨달은 모양이었다.

"홈즈 씨, 가만히 생각해봤는데 나는 아무래도 당신의 말을 오해했던 듯하오. 무슨 일에 관해서든 사실을 알려고 하는 당신의 태도는 합당한 것이며 또 훌륭한 것이오. 하지만 던바 양과 나와의 관계는 이번 사건과 아무런 상관도 없소."

"그것을 결정하는 것은 내가 해야 할 일 아닐까요?"

"그렇소, 그럴지도 모르겠소. 당신은 마치 외과의 같소. 진단을 내리기 전에 모든 증상을 들으려 하고 있소."

"맞아요. 정확한 표현이에요. 그리고 의사를 속이려 하는 환자일수록 자신의 증상을 숨기려 드는 법이죠."

"그야 물론 그렇지만, 여성과의 관계를 물으면 대부분의 남자는 당황하는 법 아니겠소? 설령 그것이 들뜬 마음에서 비롯된 관계가 아니라 할지라도. 대부분의 남자는 마음 한구석에 자신만의 조그만 비밀을 가지고 있어서, 그것을 파헤치려는 것을 용납하지 않는 법이라 생각하오. 게다가 당신은 갑자기 그 비밀을 파헤치려 했소. 하지만 그것도 그녀를 구하기 위한 목적에서 그런 것이니 용서하기로 하겠소. 자, 이것으로 비밀의 장소를 감싸고 있는 말뚝도 쓰러졌으니 당신은 원하는 대로 수사를 할 수 있게 됐소. 무엇이 알고 싶으시오?"

"사실입니다."

금광왕은 생각을 정리하려는 것인지 한동안 입을 다물고 있었다. 주름이 깊게 새겨진 굳은 표정이 더욱 딱딱하고 슬픈 것이 되었다.

"홈즈 씨, 요점만 짚어서 얘기하기로 하겠소."라고 마침내 깁슨 씨가 입을 열었다. "내게는 이야기하기 어려운 점도 있으니 필요 이상으로 자세한 이야기는 할 수가 없소. 나와 아내가 처음으로 만난 것은 브라질에서 금광을 찾고 있을 때였소. 그녀, 마리아 핀투는 마나오스 관리의 딸로 굉장한 미인이었소. 당시의 내가 젊고 혈기왕성한 청년이었기도 했지만, 이제 와서 냉정한 눈으로 되돌아봐도 그녀가 보기 드문 미인이었다는 점은 틀림없는 사실이오. 게다가 정이 많고 직선적인 성격으로, 남국적인 정열과 변덕을 가지고 있었다는 점은 그 이전까지 내가 알고 있던 미국 여성과는 전혀 다른 매력이었소.

결론을 말하자면 나는 그녀를 사랑하게 됐고 결혼을 하게 됐소. 정열은 몇 년 동안이나 계속되었지만, 일단 그것이 식고 난 뒤에 보니 우리 두 사람에게는 공통점이 없다는 사실, 전혀 없다는 사실을 나는 깨닫게 되었소. 내 사랑은 빛이 바래고 말았소. 그녀의 애정도 같이 식어버렸다면 얘기는 훨씬 간단했을 거요. 하지만 여자의 사랑이란 이해할 수 없는 것이오! 아무리 애를 써도 그녀의 마음은 내게서 떠나지 않았소.

나는 그녀를 냉정하게 대했소. 사람들은 잔혹한 처사라고 말했으나, 그녀의 사랑을 식게 하거나 그것을 나에 대한 미움으로 바꿀 수만 있다면 두 사람 모두에게 문제는 훨씬 더 간단해질 것이라고 생각했기에 그렇게 한 것이오. 그러나 아무리 애를 써도 그녀의 마음을 바꿀 수는 없었소. 20년 전에 아마존 강변에서 나를 뜨겁게 사랑했던 때처럼 지금도 이 영국의 숲속에서 나를 뜨겁게 사랑하고 있었던 거요. 내가 무슨 짓을 하든 뜨겁게 사랑하고 있었던 거요.

그때 나타난 것이 그레이스 던바 양이었소. 광고를 보고 응모하여 두 아이의 가정교사가 된 것이오. 아마 신문에서 그녀의 사진을 보았을 것이라 생각되지만, 그녀도 역시 굉장한 미인이라는 소리를 듣는 사람이오. 어쨌든 나도 여성에 대한 점에서는 세상의 다른 남자들과 별반 다르지 않소. 그런 미녀와 한 지붕 아래서 살면서 매일 얼굴을 마주하는데 마음이 강하게 끌리지 않았다고 한다면 거짓말이 될 것이오. 그렇다고 해서 나를 탓할 수 있겠소, 홈즈 씨?"

"연애감정을 품었다고 해서 탓할 마음은 없어요. 하지만 그것을 입 밖에 냈다면 비난을 받아야 할 겁니다. 당신은 고용주로서 그 여성을 지켜야 할 입장에 있지, 그런 말을 해서 난처하게 만들어서는 안 될 테니까요."

"물론 당신 말이 옳소."라고 억만장자가 말했는데, 그 눈에는 홈즈의 책망에 대한 분노가 얼핏 떠올랐다.

"특별히 도덕적인 사람인 척할 생각은 없소. 태어나서 지금까지 갖고 싶은 것이 있으면 언제라도 손을 내밀지 않은 적이 없었으니까. 이번에도 여성의 사랑을 쟁취하겠다는 것 외에는 아무것도 생각하지 않게 되었소. 그 사실을 그녀에게 밝혔소."

"아아, 말씀을 하셨단 말인가요?"

홈즈는 마음이 흔들리면 매우 엄격한 표정을 짓는 사람이다.

"결혼할 수만 있다면 결혼하고 싶지만 내 힘으로는 어떻게 할 수가 없다고 그녀에게 말했소. 돈 따위는 문제 될 것도 없으며, 그녀를 행복하게 해줄 수만 있다면 무슨 일이든 할 생각이라고 말했소."

"그것참 호탕한 말씀이네요."라고 홈즈가 비웃듯 말했다.

"잘 들으시오, 홈즈 씨. 나는 증거에 관한 문제로 여기에 온 것이지, 도덕문제를 이야기하러 온 게 아니오. 당신에게 비난을 들을 이유는 어디에도 없소.”

“내가 이번 사건을 맡으려는 것은 오로지 그 젊은 여성을 위해서예요.”라고 홈즈가 차가운 말투로 단호하게 말했다. “그녀의 용의가 어떤 것이든 당신이 지금 인정한 자신의 죄에 비하자면 그리 대단할 것도 없을 거예요. 당신은 당신과 한 지붕 아래서 살고 있는, 게다가 자신의 몸을 지킬 방법을 갖고 있지 않은 아가씨에게 못할 말을 해서 그녀를 궁지로 몰아넣었어요. 돈으로 매수해서 자신의 죄를 무마시키려 해도, 세상 모든 사람들이 당신의 뜻대로 되는 건 아니에요. 당신과 같은 부자들은 그 점을 잘 알아두어야 해요.”

놀랍게도 이처럼 강한 비난을 들었는데도 금광왕은 차분함을 유지하고 있었다.

“지금은 나도 그렇게 생각하고 있소. 내 생각대로 일이 되지 않았음을 오히려 신께 감사하고 있을 정도요. 그녀는 내 말을 받아들이지 않고 바로 집에서 나가려 했소.”

“왜 나가지 않은 거죠?”

“흠. 무엇보다 먼저 그녀의 수입에 의존해서 살아가는 사람들이 있었기 때문이오. 지금의 일을 그만두어 그 사람들을 어렵게 만들 수 없었기 때문이오. 입장을 난처하게 만드는 말은 두 번 다시 하지 않겠다고 내가 맹세하여 던바 양을 간신히 집에 머물게 할 수 있었던 거요. 나는 진심으로 맹세했소. 나가지 않은 이유가 한 가지 더 있소. 그녀는 자신이 나에 대해서 강한 영향력을 가지고 있다는 사실을 알고 있었소 그녀는 세상의 그 어떤 힘보다도 강하게 나를 움직일 수 있소. 그 힘을 좋은 일에 이용해야겠다고 생각한 거요."

"좋은 일이라면?"

"그녀는 내 일의 내용을 조금은 알고 있었소. 홈즈 씨, 내 일은 참으로 방대한 것이오. 보통 사람은 생각할 수도 없을 만큼 커다란 것이오. 상대방의 목숨까지도 내 뜻대로 할 수 있소. 대부분은 죽이는 쪽이지만. 여기서 상대방이란 한 사람만을 말하는 것이 아니오. 하나의 단체인 경우도 있고, 도시인 경우도 있고, 한 나라 전체가 되는 경우도 있소. 비즈니스란 엄격한 게임과도 같아서 약한 자는 곧 밀려나고 마는 법이오. 나는 전력을 기울여서 이 게임에 임했소. 내 스스로도 결코 나약한 마음을 품지 않았을 뿐만 아니라, 타인이 아무리 울며 매달려도 용서하지 않았소.

하지만 그녀의 생각은 달랐소. 아마도 그녀의 생각이 옳았던 걸 거요. 몇만이나 되는 사람들을 파멸시켜 길거리로 내몰고, 그 희생을 바탕으로 한 사람이 자신에게 필요 이상의 부를 손에 넣는다는 것은 용납할 수 없는 일이라고 그녀는 생각하고 있었으며 내게도 분명히 그렇게 말했소. 그리고 상업보다 훨씬 더 오래 지속되는 자선사업에 돈이 흘러들어가도록 했소. 내가 자신의 말을 듣는다는 사실을 알고 내 일에 영향력을 행사함으로 해서 사회를 위해 일하고 있는 것이라 믿고 있었던 거요. 이렇게 해서 그녀는 우리 집에 머물게 된 것인데, 이번 일이 벌어지고 말았소"

"그 사건에 대해서 뭔가 해명할 만한 단서는 없나요?"

금광왕은 두 손으로 머리를 감싸쥐고, 1분 정도 가만히 생각을 하다 입을 열었다.

"그녀는 매우 불리한 입장에 놓여 있소. 그것은 나도 인정하오. 게다가 여성이 마음속에 품고 있는 생각은 매우 복잡해서 남성의 생각으로는 따라갈 수가 없소. 처음에는 나도 당황을 해서 그녀의 성격과는 어울리지 않는 터무니없는 짓을 한 것이 아닐까 생각했소. 그러나 하나의 가설이 떠올랐소. 틀렸을지도 모르겠지만 그것을 이야기해보겠소.

우리 아내의 질투심이 깊었다는 건 굳이 말할 필요도 없을 것이오. 생활이라는 면에서 내가 아내의 질투심을 살 만한 행동은 하지 않았지만, 정신적인 질투심이라는 것이 있었소. 내 마음과 행동에 대해서 자신조차 가지고 있지 않은 영향력을 영국의 아가씨가 가지고 있다는 사실을 깨닫게 된 것이오. 그것은 좋은 방향으로의 영향력이었으나 그렇다고 해서 질투심이 사라지는 것은 아니오. 아내는 깊은 질투심 때문에 반은 미쳐가고 있었소. 그녀의 몸에는 여전히 아마존의 뜨거운 피가 흐르고 있었던 거요. 던바 양을 죽여야겠다고 생각했을지도 모르오. 어쩌면 권총으로 협박해서 집에서 내쫓으려 했던 걸지도 모르오. 그런데 몸싸움을 벌이던 중 권총이 발사되어 처음 가지고 있던 여자가 맞은 걸지도 모르겠소."

"그 가능성은 나도 생각했었어요."라고 홈즈가 말했다. "계획적인 살인이 아니라면 그것이 유일하게 생각해볼 수 있는 설명일 테니까요."

"하지만 던바 양은 완강히 부정하고 있소."

"그녀가 부정하고 있는 것뿐이니, 절대 있을 수 없는 일이라고는 할 수 없어요. 그런 무시무시한 상황에 놓인 여성은 마음이 어지러워서 손에 있는 권총을 든 채 집으로 달아나버리는 일도 있으니까요. 그리고 자신이 무슨 일을 하고 있는지도 의식하지 못한 채 정신없이 권총을 옷장 안에 집어넣는다. 그런데 그것이 나중에 발견되었고, 이렇게 된 이상 어차피 설명을 해봐야 소용없는 일이라고 생각하여 애초부터 모든 사실을 부정함으로 해서 벗어나려 한다. 이것도 충분히 생각해볼 수 있는 일이에요. 아니면 이러한 설명을 뒤엎을 만한 다른 무엇인가가 있나요?"

"그건 던바 양의 인품이오."

"네, 그렇군요."

홈즈는 이렇게 말하더니 시계를 보았다.

"오늘 안으로 필요한 허가증을 얻어 저녁 기차로 윈체스터에 갈 수 있으리라 생각해요. 그 젊은 여성을 만나 이야기를 들어보면 이번 사건에 대해서 좀 더 도움이 되는 것을 알 수 있을지도 몰라요. 물론 그 후에 내린 내 결론이 당신의 희망과 완전히 일치할 것이라고는 약속드릴 수 없지만."

그러나 관공서에서 수속을 밟는 데 생각 외로 시간이 많이 걸려서 그날 중으로 던바 양이 있는 윈체스터로 가는 것은 포기하지 않을 수 없었다. 그 대신 우리는 햄프셔에 있는 깁슨 씨의 저택인 토르 관으로 향했다. 깁슨 씨 자신은 함께 가지 않았으나 우리는 이번 사건을 처음으로 맡았던 코벤트리 경사의 주소를 그에게서 들었다.

코벤트리 경사는 키가 크고 말랐으며 혈색이 좋지 않은 남자였는데 뭔가 비밀을 숨기고 있는 듯한 느낌이 들었다. 말할 수는 없으나 자신은 좀 더 여러 가지 사실들을 알고 있으며 그러한 사실들을 의심하고 있다고 말하고 싶어 하는 듯했다.

아주 중요한 내용인 것처럼 갑자기 목소리를 낮춰 이야기하는 버릇이 있었으나 들어보면 언제나 대수롭지 않은 것들이었다. 그러나 그런 버릇이 있기는 하지만 속내는 예의 바르고 정직한 사람이라는 사실을 바로 알 수 있었다. 그는 쓸데없이 거들먹거리는 면이 없어서, 자신은 이번 사건에 애를 먹고 있으며 도움은 언제든지 환영한다고 솔직하게 인정했다.

"어쨌든, 홈즈 씨. 런던의 경찰청 사람들보다 당신이 와주신 것이 더 반갑습니다."라고 경사가 말했다. "그 사람들이 관여를 하면, 지방 경찰이 해결을 해도 공은 자기들이 전부 가져가버리고, 또 해결하지 못하면 비난은 전부 우리가 받아야 하니까요. 그런 면에서 당신은 공정하다는 소리를 들었습니다."

"이번 사건에서 내가 겉으로 드러나야 할 필요는 어디에도 없어요." 홈즈가 이렇게 말하자, 이 음울한 경사는 마음이 놓인다는 듯한 표정을 분명히 드러냈다.

"내가 해결했다 해도 내 이름을 밝히라고는 말하지 않을 거예요."

"정말 대범한 분이시네요. 게다가 친구이신 왓슨 박사님도 믿을 만한 분이시고. 그건 그렇고 홈즈 씨, 지금부터 저택으로 안내하겠습니다만, 그 전에 한 가지 묻고 싶은 것이 있습니다. 다른 사람에게는 말하지 않았으면 좋겠는데요……." 참으로 말하기 어려운 일이라는 듯 경사는 가만히 주위를 둘러보았다. "당신은 닐 깁슨 씨 자신이 의심스럽다고는 생각지 않으십니까?"

"그 점은 나도 생각해봤어요."

"던바 양은 아직 만나지 않으셨죠? 그녀는 여러 가지 면에서 훌륭하고, 또 굉장한 미인입니다. 그 남자가 아내를 살해하고 싶어 했다 할지라도 이상할 것은 조금도 없습니다. 게다가 미국인은 저희와 달리 걸핏하면 권총을 꺼내 드니까요. 그건 깁슨의 권총이었습니다."

"그건 틀림없이 확인한 사실인가요?"

"네, 깁슨 씨가 가지고 있던 쌍권총 중 한 자루였습니다."

"쌍권총 중 한 자루라고요? 그럼 나머지 한 자루는 어디로 갔나요?"

"그 사람은 여러 종류의 총을 가지고 있습니다. 그 권총과 쌍을 이루는 것은 발견되지 않았지만 상자는 있었습니다. 틀림없이 두 자루를 넣도록 되어 있습니다."

"쌍권총 중 한 자루라면 나머지 한 자루도 분명히 있을 텐데요."

"저도 그렇게 생각합니다만, 저택에 전부를 늘어놓았으니 살펴보고 싶으시면 그리로 가보십시오."

"나중에 살펴보도록 하지요. 우선은 함께 가셔서 비극의 현장을 보여주세요."

이와 같은 대화는 지역의 경찰서로도 쓰이고 있는 코벤트리 경사의 소박한 집의, 도로에 면한 조그만 방에서 이루어졌다.

집에서 나서니 널따란 벌판이 펼쳐져 있었다. 노란색과 갈색 히스에 빛바랜 양치류들이 섞여 있었다. 바람이 거칠게 부는 그 벌판을 반 마일쯤 걸어가자 토르 영지로 들어가는 문이 나타났다. 그리고 꿩 사냥 금지구역 안의 오솔길을 걸어가자 약간 넓게

트인 공간이 나타났다. 거기서 야트막한 언덕에 서 있는, 튜더 왕조 양식과 조지아 왕조 양식이 섞인 반 목조의 커다란 관이 보였다.

우리 옆에는 갈대가 우거진 기다란 연못이 있었다. 잘록한 한가운데 부분에 돌다리가 걸려 있고 정문으로 이어진 마찻길이 그 다리를 지나고 있었다. 그 양옆은 부풀어 오른 모습의 조그만 연못을 이루고 있었다. 돌다리로 접어드는 곳에서 안내를 맡은 경사가 멈춰 서더니 그곳의 땅바닥을 가리키며 말했다.

"여기가 깁슨 부인의 사체가 발견된 곳입니다. 이 돌은 제가 표시를 위해 놓은 겁니다."

"당신이 오기까지 사체에는 손을 대지 않았나요?"

"네. 바로 저를 부르러 왔으니까요."

"그 명령을 내린 건 누구죠?"

"깁슨 씨 자신입니다. 급한 전갈을 듣고 관에서 다른 사람들과 함께 달려 나와서는 경찰이 올 때까지 어디에도 손을 대서는 안 된다고 가장 먼저 명령을 내렸다고 합니다."

"일을 잘 처리했군요. 그리고 신문에서 읽은 바에 의하면 매우 가까운 거리에서 총이 발사되었다고 하던데요."

"그렇습니다. 아주 가까운 거리였습니다."

"오른쪽 관자놀이 부근이었죠?"

"관자놀이의 바로 뒤쪽 부근이었습니다."

"사체의 상태는 어땠나요?"

"위를 보고 누워 있었습니다. 싸운 흔적은 전혀 없었습니다. 흉기도 없었습니다. 왼쪽 손에 던바 양이 보낸 짧은 편지가 쥐어져

있었습니다."

"쥐어져 있었다고요?"

"네, 손가락을 펴는 데 아주 애를 먹었습니다."

"그건 중요한 점이에요. 죽은 뒤에 거짓 단서를 만들어내기 위해 누군가가 편지를 쥐게 했을 가능성이 사라져 버리니까요. 그랬군요! 그런데 그 편지는 아주 짧은 글이었다고 하던데요. '9시에 토르 교에서 기다리고 있겠습니다. G. 던바'라는 내용이었죠?"

"그렇습니다."

"던바 양은 자신이 쓴 것이라고 인정했나요?"

"네."

"그 점에 관해서는 뭐라고 변명을 하던가요?"

"답변은 순회재판 때에나 들을 수 있을 듯합니다. 아무런 말도 하지 않습니다."

"그건 매우 흥미로운 점이네요. 그 편지의 의미가 참으로 애매하지 않나요?"

"그렇습니까? 주제넘은 얘기처럼 들릴지 모르겠지만, 저는 이번 사건에서 그 점만이 유일하게 분명하다고 생각하는데요."

홈즈는 머리를 옆으로 흔들었다.

"설령 그 편지가 진짜고, 틀림없이 던바 양 본인이 쓴 것이라고 한다면 부인이 건네받은 것은 9시보다 훨씬 전, 아마도 1, 2시간 전이었을 거예요. 그렇다면 부인은 어째서 죽을 때까지 그것을 왼손에 쥐고 있었던 걸까요? 그렇게까지 소중하게 쥐고 있었던 것은 어째서였을까요? 던바 양을 만났을 때 그 편지를 내보일 필요는 없었을 거예요. 이래도 이상하다는 생각이 들지 않나요?"

"그렇군요. 홈즈 씨 말씀대로입니다. 이상하다는 생각이 듭니다."

"여기에 앉아서 잠시 조용히 생각해보고 싶어요."

이렇게 말하더니 홈즈는 돌로 된 난간에 앉았다. 그리고 날카로운 회색 눈으로 여기저기 둘러보다 갑자기 벌떡 일어나더니 주머니에서 돋보기를 꺼내 난간의 돌을 살펴보기 시작했다.

"이건 좀 이상한데."라고 그가 중얼거렸다.

"아아, 그 난간의 흠집은 저도 보았습니다. 누군가 지나가던 사람이 낸 것이 아닐까요?"

다리의 난간은 회색 돌로 만들어져 있었는데 홈즈가 말한 장소만은 6펜스짜리 은화 정도의 크기로 하얗게 변해 있었다. 자세히 살펴보니 무엇인가가 강하게 부딪쳐 돌의 표면이 벗겨져 나간 것이라는 사실을 알 수 있었다.

"이 정도의 흠집을 내려면 굉장히 세게 때려야 할 거예요."

홈즈는 생각에 잠긴 채 이렇게 말하더니 가지고 있던 지팡이로 난간을 세게 두드렸다. 그러나 돌에는 아무런 흠집도 생기지 않았다.

"흠, 역시 아주 세게 때린 거예요. 게다가 이상한 곳을 때렸어요. 이 흠집은 위에서 때린 게 아니라 밑에서 때린 거예요. 보세요, 위에 얹은 돌의 아래쪽 모서리에 흠집이 나 있잖아요."

"하지만 사체가 있던 곳에서 적어도 15피트(약 4.6m)는 떨어져 있습니다."

"맞아요, 틀림없이 15피트는 떨어져 있어요. 그러니 이 흠집은

사건과 관계없을지도 모르겠지만 일단 주의를 할 필요는 있을 거라 생각해요. 여기서 봐야 할 건 다 본 것 같네요. 발자국은 없었다고 했죠?"

"바닥이 철판처럼 단단하니 발자국이 남아 있을 리 없습니다."

"그럼 여기는 이제 됐어요. 다음은 관 안으로 들어가서 아까 말씀하신 총을 보고 싶은데요. 그런 다음 윈체스터로 갈 생각이에요. 수사를 진행하기에 앞서 던바 양을 꼭 만나보고 싶으니까요."

닐 깁슨 씨는 아직 런던에서 돌아오지 않은 상태였다. 대신 오늘 아침에 우리를 찾아왔던 그 신경질적인 베이츠 씨가 맞아주었다. 깁슨 씨가 자신의 파란만장한 인생 속에서 모아두었던 여러 가지 크기와 모양의 총이 나란히 놓여 있었는데 그것을 보여주는 베이츠 씨는 이상할 정도로 즐겁게 보여 약간은 섬뜩함이 느껴질 정도였다.

"그 사람 본인과 그의 수법을 알고 있는 사람이라면 금방 알 수 있는 일이지만, 깁슨 씨는 적이 많은 사람입니다. 언제나 침대 옆의 서랍에 장전을 한 권총을 넣어두고 잡니다. 난폭한 사람이기에 우리 모두 늘 두려워했습니다. 가엾게도 돌아가신 부인 역시 자주 위협을 받았을 겁니다."

"실제로 부인에게 폭력을 쓰는 장면을 목격한 적은 없었나요?"

"네, 없었습니다. 하지만 폭력과 다를 바 없는 심한 말을 퍼붓는 것을 들은 적은 있습니다. 냉혹하고 마음에 상처가 될 만큼 비웃는 듯한 말을 하인들 앞에서도 거침없이 던지곤 했습니다."

잠시 후, 우리는 역으로 향했는데 그 도중에 홈즈가 말했다.

"그 억만장자 나리의 사생활에는 이렇다 할 만한 점이 없는 것 같아. 하지만 왓슨, 참으로 여러 가지 사실들을 알게 됐어. 그중에는 새로운 사실도 있어. 그래도 아직 결론을 내리기에는 이른 것 같아.

베이츠 씨는 주인을 아주 싫어하는 듯한데 그의 말에 의하자면 급한 전갈이 왔을 때 깁슨 씨는 틀림없이 서재에 있었다고 했어. 저녁 식사는 8시 반에 마쳤고 그때까지는 모든 것이 평소와 다를 바 없었어. 급한 전갈이 온 것은 밤도 꽤 깊어서였지만, 비극이 일어난 것은 부인이 손에 쥐고 있던 편지에 적힌 시간 무렵이었을 거야.

또 깁슨 씨는 5시에 런던에서 돌아온 이후 집 밖으로 나갔다는 증거가 어디에도 없어. 한편 던바 양은 다리 부근에서 부인과 만날 약속을 했다고 인정했어. 그런데 변호사의 조언을 들은 이후, 더 이상은 아무런 말도 하지 않는다고 해. 그녀에게 꼭 묻고 싶은 중요한 질문이 있는데, 그녀를 만나기 전까지는 나도 차분해지지 않을 것 같아. 솔직히 말해서 그녀가 상당히 의심스러운 것은 사실이지만, 딱 한 가지 걸리는 점이 있어."

"그게 뭐지?"

"권총이 그녀의 옷장에서 발견되었다는 점이야."

"뭐라고?"라고 내가 외쳤다. "그것이야말로 확고부동한 사실이라고 할 수 있지 않을까?"

"아니, 그렇지 않아, 왓슨. 처음 가벼운 기분으로 신문 기사를 읽었을 때부터 이 점이 마음에 걸렸었어. 이렇게 사건과 깊이 관계를 하다 보니 아무래도 그 점만이 희망을 품을 수 있는 유일한 발판인 듯해. 수사에는 일관성이 무엇보다 중요해. 모순이 있으면 거기에는 뭔가 속임수가 있다고 생각해야 하는 법이야."

"아무래도 이해할 수가 없어."

"그럼 말이지, 왓슨. 가령 자네가 냉정한 계획하에 연적을 제거하기로 마음먹은 여성이라고 생각해보기로 하세. 자네는 계획을 세웠네. 편지도 썼어. 상대방이 찾아왔어. 자네는 흉기를 들고 있어. 목적을 이루었다네. 여기까지는 완벽하게 일을 해치웠어.

그런데 이렇게 솜씨 좋게 범행을 저질렀으면서 흉기를 가까이에 있는 갈대 수풀 속에 던지면 될 것을 그렇게 하지 않았기에 기껏 성공한 일을 망치고 말았다네. 뿐만 아니라 그대로 집으로 가지고 가서 수사가 시작되면 가장 먼저 살펴볼 것이 뻔한 옷장 안에 넣었어. 이런 어리석은 짓을 할 것 같은가? 아무리 관대하게 봐준다 해도 생각 있는 행동이라고는 말할 수 없을 뿐만 아니라, 나도 자네가 그렇게 어리석은 짓을 하리라고는 생각지 않는다네."

"너무 당황해서 그랬을 수도 있지 않나?"

"아니야, 왓슨. 냉정하게 계획한 범죄라면 범죄가 있었다는 사실을 숨길 방법까지 분명히 생각해두었을 거야. 그러니 우리는 지금 중대한 실수를 저지르고 있는 셈이야."

"그렇다면 설명이 필요한 부분이 아주 많은데."

"맞아, 그 설명을 해보기로 하세. 일단 시점을 바꾸면 그때까지 별것 아닌 것처럼 여겨졌던 사실이 오히려 진실로 가는 단서가 되는 법이니까. 예를 들어서 그 권총에 관한 문제가 있어. 던바 양은 전혀 기억이 없다고 말했어. 우리의 새로운 견해에 의하면 그녀가 그렇게 말한 것은, 진실이야. 그렇다면 누군가가 옷장에 일부러 넣어둔 셈이야. 대체 누가? 그녀에게 죄를 뒤집어씌우려는 사람이야. 그 사람이야말로 진범이 아닐까? 어떤가? 이것으로 수사의 확실한 방향이 잡히지 않았나?"

수속이 완벽하지 못했기에 우리는 윈체스터에서 하룻밤을 묵을 수밖에 없었다. 그러나 이튿날 아침에는 이번 사건의 변호를 맡고 있는 유명 변호사 조이스 커밍 씨의 입회하에 문제의 여성과 독방에서 만날 수 있었다.

전부터 들었던 평판으로 그녀가 미인일 것이라고 예상은 하고 있었으나, 실제로 만나보고 받은 인상은 절대로 잊을 수 없을 정도로 강렬한 것이었다. 이 정도로 뛰어난 여성이라면, 그 오만한 억만장자가 자신을 움직일 정도로 강한 힘을 그녀에게서 느낀 것도 당연한 일이라는 생각이 들었다. 또한 뚜렷한 이목구비 속에 어려 있는 감수성 풍부한 표정을 보고 있자니, 설령 그녀가 충동적인 행동을 했다 할지라도 천성적으로 고귀한 성품으로 주위 사람들에게 언제나 좋은 영향을 줄 것이라는 느낌을 받지 않을 수 없었다.

그녀의 머리카락과 눈은 검은 빛이 감도는 갈색이었고 키가 컸다. 기품 넘치는 몸매로 태도도 당당했으나 그 검은 눈빛에는 그물에 걸려 덧없이 몸부림치는 동물의 당황한 듯한, 어찌할 바를 모르겠다는 듯한 표정이 어려 있었다. 그러나 지금은 유명한 홈즈가 도움의 손길을 내밀기 위해 찾아왔다는 사실을 알고는 창백한 뺨에 붉은 기운이 살짝 감돌기 시작했으며, 우리를 바라보는 눈동자 속에도 한 줄기 희망의 빛이 비치기 시작한 것처럼 여겨졌다.

"닐 깁슨 씨로부터 우리 사이에 무슨 일이 있었는지 들으셨겠죠?" 낮지만 약간 동요하는 듯한 느낌의 목소리로 그녀가 물었다.

"들었어요."라고 홈즈가 대답했다. "하지만 그 이야기를 파헤쳐서 괴롭힐 마음은 없어요. 이렇게 직접 만나보니 당신이 깁슨 씨에 대해 가지고 있는 강한 영향력은 물론, 당신과 그의 관계가 결백하다는 점까지도 깁슨 씨의 말 그대로 믿을 수 있겠다는 생각이 드네요. 그런데 법정에서는 왜 모든 사실을 이야기하지 않으신 거죠?"

"이런 의심을 받게 될 줄은 꿈에도 생각지 못했어요. 집안의 좋지 않은 일을 들추지 않아도 가만히 기다리고 있으면 자연스럽게 해결될 것이라 생각하고 있었어요. 그런데 해결되기는커녕 일이 더욱 어려워지고 있다는 사실을 깨달았어요."

"잘 들으세요, 아가씨."라고 말한 홈즈의 말투에는 힘이 담겨 있었다. "이번 사건에 관한 안일한 생각은 버리도록 하세요. 여기 계신 커밍 씨도 같은 말을 하셨을 것이라 생각되지만, 지금 모든 면에 있어서 당신은 상당히 불리한 입장에 서 있어요. 이 상황에서 벗어나고 싶다면 가능한 모든 일을 해야 할 거예요. 당신의 입장이 그렇게 위험한 것만은 아니라고 말하는 것은 간단한 일이지만, 그건 잔혹한 거짓말이라고 할 수 있어요. 그러니 진상을 밝히기 위해서 모든 노력을 기울이셔야 할 거예요."

"아무것도 숨기지 않고 말씀드리겠습니다."

"그럼 당신과 깁슨 씨 부인의 관계가 어땠는지 자세히 들려주세요."

"부인은 저를 미워하셨어요. 그 남국 출신의 정열적인 성격 전부를 쏟아부어 격렬하게 저를 미워했어요. 그녀는 어떤 일도 어설프게는 하지 않는 성격이었기에 자신의 남편에 대한 애정이 강했던 만큼 그것이 그대로 저에 대한 미움이 되어 돌아왔어요.

저와 주인과의 관계를 오해한 면도 있었던 듯해요. 부인을 나쁘게 말할 생각은 없지만 그녀의 애정은 육체적인 의미의 것이었기에 자신의 남편을 제게 이끌리게 한 정신적인, 혹은 영적인 교감은 거의 이해하지 못했어요. 그리고 제가 그 집에 머문 것도 그의 힘을 좋은 방향으로 쓰도록 하기 위해서라는 사실도 이해하지 못했어요.

제가 틀렸다는 사실을 깨달았어요. 제가 불행의 원인이 되는 곳에 언제까지고 남아 있는 것은 옳은 일이 아니니까요. 물론 제가 사라졌다 할지라도 그 집의 불행이 없어지지는 않았을 테지만."

"그렇군요. 그렇다면 그날 밤에 무슨 일이 있었던 거죠? 정확히 말씀해주세요."

"네, 알고 있는 사실 전부를 말씀드리겠지만, 저는 무엇 하나 증명할 수가 없어요. 그리고 몇 가지 중요한 점에 대해서는 설명조차 할 수 없으며, 설명이 될 만한 것도 전혀 떠오르지 않아요."

"사실만을 들려주신다면 설명을 해줄 사람이 어딘가에는 존재할 거예요."

"그럼 제가 그날 밤 토르 교에 간 사실에 대해서 말씀드리겠는데, 그날 아침 저는 부인으로부터 편지를 받았어요. 공부방의 테이블 위에 놓여 있었는데 부인께서 직접 놓으신 걸지도 모르겠어요. 그 편지에는 중요한 이야기가 있으니 저녁 식사 후 토르 교에서 만나고 싶다, 이 사실이 다른 사람에게 알려지기를 원치 않으니 답장은 정원의 해시계 위에 올려놓으라고 적혀 있었어요. 왜 그렇게까지 비밀로 하려는 것인지 알 수 없었지만, 어쨌든 말한 대로 답장을 해서 만나기로 했어요.

또 읽고 난 후에는 편지를 태우라고 적혀 있었기에 공부방의 난로에서 그것을 태웠어요. 그녀는 남편을 아주 무서워했어요. 그녀에 대한 행동이 너무 지나쳤기에 제가 그를 타이른 적도 몇 번인가 있었을 정도였어요. 그래서 이번에도 우리가 만난다는 사실을 남편에게 숨기고 싶기 때문에 이렇게 하는 것이라고 그때는 생각했어요."

"그런데 그녀는 당신의 답장을 꼭 쥐고 있었단 말이지요?"

"네. 돌아가셨을 때 손에 꼭 쥐고 있었다는 말을 듣고는 깜짝 놀랐어요."

"그래서 그다음은 어떻게 하셨나요?"

"저는 약속 장소로 갔어요. 다리까지 갔더니 그녀가 저를 기다리고 있었어요. 그 가엾은 분이 저를 그렇게까지 미워하고 있었을 줄은 그때까지도 분명히는 모르고 있었어요. 그녀는 마치 정신이 이상해진 것처럼, 아니 정말로 이상해진 것이 아닐까 하는 생각이 들었어요. 정신이 이상해진 사람들이 가지고 있는 것처럼 깊이를 알 수 없는 격렬함이었어요. 그렇지 않다면 그렇게 들끓어 오르는 미움을 간직한 채 어떻게 아무렇지도 않다는 듯 매일 얼굴을 마주할 수 있었겠어요.

부인이 그때 어떤 말을 했는지는 말씀드리지 않겠어요. 분노로 가득하고 듣기에도 끔찍한 말로 저를 마구 욕했어요. 저는 아무런 말도 하지 않았어요. 무슨 말을 해야 할지 몰랐어요. 그녀의 얼굴을 보기만 해도 소름이 돋을 정도였어요. 저는 더 이상 참을 수 없어서 귀를 막고 도망을 쳤어요. 그때까지도 그녀는 다리 앞에 서서 상당히 커다란 소리로 제게 소리를 질렀어요."

"나중에 부인의 사체가 발견된 곳인가요?"

"발견된 곳에서 2, 3야드(약 1.8~2.7m) 떨어진 곳이었어요."

"당신이 달아난 직후에 그녀가 죽은 것인 듯한데 당신은 권총소리를 듣지 못했나요?"

"네, 아무런 소리도 들리지 않았어요. 하지만 솔직히 말씀드리자면 끔찍했던 그때의 일 때문에 마음의 동요가 커서 조용한 제 방으로 간신히 뛰어들었을 뿐, 그 외에는 무슨 일이 일어났는지 전혀 기억할 수가 없어요."

"당신의 방으로 돌아갔다고 하셨죠? 이튿날 아침까지 방에서 나온 적이 있었나요?"

"네, 그분이 돌아가셨다는 전갈이 왔을 때, 다른 사람들과 함께 달려나갔어요."

"깁슨 씨를 만났나요?"

"네, 다리에서 돌아온 그와 얼굴을 마주쳤어요. 의사와 경찰을 불러오라고 명령하고 있었어요."

"당신이 보시기에, 그가 당황하고 있었던 것 같나요?"

"깁슨 씨는 정신적으로 강한 자제심을 가진 분이에요. 그분이 감정을 드러내는 일이 있으리라고는 전혀 생각지도 못했어요. 하지만 그를 잘 알고 있는 저는, 그때 아주 걱정스러워하고 있으며

마음에 상처를 받았다는 사실을 알 수 있었어요."

"그럼 가장 중요한 문제로 들어가도록 하겠습니다. 당신의 방에서 발견된 권총 말인데요, 그걸 전에도 본 적이 있었나요?"

"아니요, 전혀 없었어요."

"발견된 건 언제였죠?"

"다음 날, 경찰이 수사를 시작했을 때였어요."

"당신의 옷 속에 있었나요?"

"옷장의 바닥, 드레스의 가장 밑에 있었어요."

"언제부터 거기에 있었는지 짐작되는 부분은 없나요?"

"전날 아침에는 없었어요."

"어떻게 아시죠?"

"그때 옷장을 정리했으니까요."

"그건 결정적이네요. 누군가가 당신에게 죄를 뒤집어씌우기 위해서 방 안으로 들어가 권총을 놓고 간 거예요."

"아마도 그럴 거예요."

"그렇다면 언제 그랬을까요?"

"식사를 할 때나 제가 공부방에서 아이들과 함께 있을 때가 아니면 불가능했을 거예요."

"부인의 편지를 봤을 때로군요?"

"네, 오전에는 내내 공부방에 있었어요."

"고마워요, 던바 양. 그 외에 내가 조사를 하는 데 도움이 될 만한 얘기는 없나요?"

"아무것도 떠오르지 않아요."

"그 다리의 난간에 커다란 충격이 있었던 것 같은 흠집이 있었어요. 사체가 있던 곳의 반대편에 아주 최근에 생긴 듯한 흠집이 있더군요. 이 사실을 설명할 수 있을 만한 일은 아무것도 떠오르지 않나요?"

"단순한 우연의 일치 아닐까요?"

"아니, 신기한 일이에요, 던바 양. 참으로 기묘한 일치에요. 어째서 마침 이런 비극이 일어났을 때, 그것도 그 장소에 흠집이 생겼을까요?"

"하지만 어떻게 해서 그런 흠집이 생겼을까요? 아주 강한 힘이 아니고서는 불가능했을 텐데요."

그에 대해서 홈즈는 아무런 말도 하지 않았다. 그의 창백하고 진지한 얼굴이 갑자기 굳어지더니 어딘가 먼 곳을 바라보는 듯한 표정을 지었다. 그것이야말로 홈즈의 천재적인 두뇌가 정신 없이 활동을 시작했다는 증거였다. 나는 그와의 오랜 사귐을 통해서, 이러한 때야말로 그의 생각이 중대한 국면으로 접어든 것이라는 사실을 알고 있었다. 변호사와 용의자와 나, 세 사람 모두 입을 다물고 숨을 죽인 채 그의 얼굴을 가만히 바라보았다.

그가 갑자기 의자에서 벌떡 일어났다. 신경을 집중시킨 상태에서 당장 행동으로 옮기고 싶다는 마음 때문인지 부르르 몸을 떨었다.

"자, 왓슨, 그만 가기로 하세!"

"왜 그러세요, 홈즈 씨?"

"걱정하실 것 없어요, 아가씨. 커밍 씨, 곧 연락드리도록 하지요. 정의의 도움으로, 영국 전체를 떠들썩하게 만들 만한 사실을 알려드리도록 할게요. 던바 씨, 내일까지는 틀림없이 소식을

가지고 올게요. 그때까지 구름이 걷혀가고 있다는 내 말을 위로 삼아 기다리고 계세요. 구름 사이로 반드시 진실의 빛이 비칠 거라 나는 믿고 있어요."

윈체스터에서 토르까지는 그렇게 긴 여행이 아니었다. 그러나 애가 타서 안절부절못하는 내 마음에는 긴 여행처럼 느껴졌으며, 홈즈에게는 틀림없이 끝도 없는 여행처럼 느껴졌을 것이다. 그는 초조함이 느껴지는지 가만히 앉아 있지 못하고 차 안을 서성이는 가 싶다가도 길고 신경질적인 손가락으로 좌석의 쿠션을 톡톡 두드리곤 했다.

그런데 기차가 목적한 역에 도착할 때쯤 되자 홈즈는 갑자기 내 맞은편 자리에 앉았다. 그때는 일등 차량을 둘이서 독점하고 있었다. 그리고 내 양 무릎에 손을 얹더니 장난스러운 기분이 들 때면 언제나 보이는 짓궂은 눈빛으로 내 눈을 바라보았다.

"왓슨, 자네는 이런 모험에 나설 때면 언제나 무기를 가지고 다니지?"

틀림없는 사실이지만 그것은 그를 위한 일이기도 했다. 왜냐하면 홈즈는 일단 수수께끼 풀이에 열중하기 시작하면 자신의 안전 따위는 조금도 생각하지 않기 때문이다. 덕분에 내 권총이 든든한 아군이 된 적도 한두 번이 아니었다. 나는 그 사실을 그에게 말했다.

"맞아. 그런 면에 있어서 나는 너무 안일한 걸지도 몰라. 어쨌든 권총은 가지고 있겠지?"

나는 뒷주머니에서 권총을 꺼냈다. 총신이 짧고 가지고 다니기

편해서 커다란 도움이 되는 소형 권총이다. 홈즈는 안전장치를 풀고 총알을 빼낸 뒤, 주의 깊게 살펴보았다.

"무겁군……, 상당히 무거워."

"맞아. 튼튼하게 만들어졌으니까."

그는 잠시 권총을 바라보며 생각에 잠겼다.

"그런데 왓슨, 이 권총이 지금 우리가 수사하고 있는 사건과 깊은 관계를 가지고 있는데, 이해할 수 있겠나?"

"농담이겠지, 홈즈."

"아니, 농담이 아니야. 우리끼리 한 가지 실험을 할 거야. 그것이 생각대로만 되면 모든 사실이 분명해질 거야. 그리고 그 실험이 성공을 거둘 수 있을지 어떨지는 이 조그만 무기에 달려 있어. 총알을 하나 빼두겠네. 나머지 다섯 발은 원래대로 끼워놓고 안전장치를 걸겠네. 자! 이것으로 더욱 무거워져서 재현하기에도 더 좋아졌어."

홈즈가 대체 무슨 생각을 하는 건지, 무슨 말을 하는 건지 나로서는 도무지 알 길이 없었다. 그러나 이리저리 머리를 굴리는 동안 기차는 햄프셔의 조그만 역에 도착하고 말았다. 이륜마차에 몸을 싣고 15분쯤 달려 그 듬직한 친구인 경사의 집에 도착했다.

"단서라고요, 홈즈 씨? 뭘 말씀하시는 겁니까?"

"모든 것이 왓슨 박사의 권총에 달려 있어요. 바로 이거예요. 그런데 경사님, 끈이 10야드(약 9m) 정도 있었으면 좋겠는데요."

마을의 상점에서 튼튼한 삼베 끈 한 뭉치를 손에 넣었다.

"필요한 것은 이것이면 충분해요."라고 홈즈가 말했다. "그럼, 가보기로 할까요. 이게 마지막 작업이 됐으면 좋겠네요."

마침 기울기 시작한 햇빛을 받고 있는 완만한 기복의 벌판은, 그야말로 가을의 파노라마라는 느낌을 주었다. 경사는 홈즈가 제정신인지 의심을 품고 있는 듯, 믿을 수 없다는 눈빛으로 탐색하듯 힐끗힐끗 그를 바라보았다. 홈즈의 겉모습은 평소와 다름없이 냉정한 듯 보였지만, 현장에 다가갈수록 마음속으로는 매우 흥분하고 있다는 사실을 나는 알 수 있었다.

"맞아."라고 내 질문에 답하여 홈즈가 입을 열었다. "왓슨, 예전에 내가 실패했던 일들을 잘 기억하고 있겠지? 나는 이런 일에는 본능이 작용하지만 때로는 그 본능에 배신을 당하는 적도 있어. 윈체스터의 독방에서 머릿속에 생각이 떠올랐을 때는 결정적이라고 여겨졌어. 하지만 나처럼 활발하게 작용하는 정신은 하나의 결점을 가지고 있어. 하나의 설명이 떠올라도, 기껏 잡은 단서가 무의미한 것이 되어버릴 것 같은 두 번째 설명을 만들어버리고 만다는 점이지. 그렇기는 하지만, 어쨌든 해볼 수밖에 없어, 왓슨."

홈즈는 걸어가면서 끈의 한쪽 끝을 권총의 손잡이에 단단히 묶었다.

잠시 후, 우리는 비극의 무대에 도착했다. 홈즈는 경사의 지시를 받아가며 사체가 쓰러져 있던 정확한 위치에 주의 깊게 표시를 했다. 그리고 히스와 양치류 수풀 속으로 잎을 헤치며 들어가더니 커다란 돌을 찾아가지고 나왔다. 그 돌을 권총에 묶은 끈의 다른 한쪽 끝에 묶더니 다리의 난간 너머 밑으로 늘어뜨려 돌이 물 조금 위에 위치하도록 했다. 그리고 내 권총을 들고 다리가 시작되는 부근에서 조금 떨어진 비극의 장소에 섰다. 끈은 권총과 다른 한쪽의 묵직한 돌 때문에 팽팽하게 당겨져 있었다.

"잘 보게!"

이렇게 말한 뒤 홈즈는 권총을 머리에 댔다가 갑자기 손을 떼었다. 그러자 돌의 무게 때문에 권총이 휙 날아가 난간에 세게 부딪히더니 끈에 끌려 난간을 넘어 물속으로 텀벙 모습을 감추고 말았다. 홈즈는 바로 달려가 난간 앞에 무릎을 꿇고 앉았는데 기쁘다는 듯 환성을 올리고 자신이 생각했던 대로라고 말했다.

"이보다 더 정확한 실험도 없을 거야. 보게, 왓슨, 자네의 권총이 의문을 풀었어!"

이렇게 말하며 그는 난간의 모서리를 가리켰다. 거기에는 모양과 크기 모두 전의 흠집과 똑같은 두 번째 흠집이 나 있었다.

"오늘 밤에는 마을의 여관에서 묵겠어요."

홈즈가 자리에서 일어나 깜짝 놀란 표정을 짓고 있는 경사의 얼굴을 바라보며 말을 이었다.

"갈고리로 물속을 긁어보면 왓슨의 권총을 쉽게 찾을 수 있을 거예요. 뿐만 아니라 권총에 끈과 추가 달린 것이 한 자루 더 있을 거예요. 그건 복수심에 불타오른 여자가 자살을 타살로 가장해서 죄 없는 여성에게 살인죄를 뒤집어씌우기 위해 사용했던 도구예요. 깁슨 씨에게는 내일 아침에 뵙겠다고 전해주세요. 그러고 난 뒤에 던바 씨의 혐의를 풀기 위한 절차를 밟기로 하죠."

그날 밤, 마을의 여관에서 파이프를 피우며 둘이 앉아 있을 때 홈즈가 사건의 경과에 대해서 설명을 해주었다.

"왓슨, 이번 토르 교 사건을 자네가 기록하고 있는 수첩에 더한다 해도 그것 때문에 내 명성이 높아지는 일은 없을 거야. 이번 사건에서 나는 머리가 잘 돌아가지 않아서, 내 탐정기술의 기본이기도 한 상상력과 현실성의 조화라는 점을 충분히 고려하지 못했으니까.

솔직히 말하겠는데 그 다리의 흠집을 본 것만으로도 진상 해명을 위한 단서는 충분했던 것이라 할 수 있어. 왜 좀 더 빨리 깨닫지 못했는지 내가 생각해도 한심할 정도야. 그 불행한 부인의 심적 움직임이 아주 깊어서 파악하기 어려웠던 것만은 틀림없는 사실이야. 그랬기 때문에 그녀의 계획을 꿰뚫어 보기가 결코 쉽지 않았다는 것도 틀림없는 사실이야. 우리는 여러 가지 모험을 경험해 왔지만 뒤얽힌 애정 문제가 일으킨 사건 중에서 이렇게 보기 드문 사건도 없었을 거야.

그것이 정신적인 것이든 육체적인 것이든 부인에게는 상관없는 일이었고, 단지 던바 양은 연적으로 증오의 대상일 뿐이었어. 부인이 귀찮을 정도로 애정표현을 했기에 남편은 심한 말을 하기도 하고, 가혹하게 대하기도 한 것인데 그녀는 그것이 전부 아무런 죄도 없는 던바 양 때문이라 생각하고 던바 양을 괴롭힌 거야. 우선 그녀는 자살할 결심을 했어. 그런데 이왕 죽을 바에는 던바 양을 끌어들여서, 단숨에 죽는 것보다 훨씬 더 끔찍한 경험을 하게 해주겠다고 생각한 거지.

그녀가 계획을 실행에 옮긴 단계는 분명히 따라갈 수 있지만, 어쨌든 놀랄 정도로 교활한 방법이었어. 던바 양이 범행 장소를 지정한 것처럼 보이도록 하기 위해서 교묘하게 그녀에게도 편지를 쓰게 했어. 그것을 누군가가 봐주었으면 좋겠다는 생각이 너무 간절했기 때문에 죽을 때까지도 손에 쥐고 있었던 것인데, 그건 좀 지나친 일이었어. 그 사실만으로도 나는 좀 더 빨리 의심을 품었어야 했어.

다음으로 그녀는 남편의 권총을 꺼냈어. 그 저택의 주인이 약간의 무기들을 가지고 있다는 사실은 자네도 알고 있겠지? 한 쌍 중에서 하나는 자신의 목적을 위해서 가지고 있었고, 나머지 하나는 그날 아침에 던바 양의 옷장 속에 숨겨놓은 거야. 물론 숨기기 전에 한 발을 쏠 필요가 있었는데, 숲속에서 쏘면 소리를 이상히 여기는 사람도 없었을 거야. 그리고 토르 교로 가서 자살용 권총을 처분할, 그 복잡한 방법을 계획한 거야. 던바 양이 나타나자 이것이 마지막이라는 생각에 마음속 증오를 전부 쏟아낸 뒤, 소리가 들리지 않는 곳까지 던바 양이 달려간 것을 지켜보고 나서 스스로 머리를 쏘아 끔찍한 목적을 달성한 거지.

이것으로 모든 사실을 빈틈없이 연결할 수 있는 고리가 완성됐어. 신문에서는 왜 처음부터 연못 속을 찾아보지 않았냐고 떠들어 댈지 모르겠지만, 나중에 이러쿵저러쿵 얘기하기는 쉬운 법이지. 무엇을 어디서 찾아야 하는지 분명히 알지 못하면, 갈대가 우거진 연못을 뒤지기란 결코 쉬운 일이 아니야.

자, 왓슨. 우리는 훌륭한 여성 한 명과, 무시무시한 남성 한 명을 구한 셈이야. 그 두 사람이 앞으로 힘을 합쳐서 무슨 일인가를 할 가능성이 아주 높아. 그때가 되면 우리가 세상이라는 것을 배우고 있는 '슬픔'이라는 이름의 학교에서, 닐 깁슨 씨가 무엇을 배웠는지 경제계 사람들도 분명히 알 수 있을 거야."

베일을 쓴 하숙인
The Veiled Lodger

셜록 홈즈가 탐정으로서의 놀라운 활약을 펼친 지도 벌써 23년이 지났다. 그 기간의 17년 동안을 나는 홈즈의 친구로서, 조수로서, 그리고 사건의 기록자로서, 여러 가지 난해한 사건에 맞서 홈즈가 그것을 멋지게 해결하는 모습을 보아왔다. 우리 집에는 홈즈의 사건수첩이 산더미처럼 쌓여 있다. 이야기를 써내려갈 소재는 얼마든 있는 셈이다. 문제는 언제나 어떤 사건을 선택하느냐 하는 것이다.

내 방의 책장에는 연보가 나란히 늘어서 있으며, 수많은 서류 상자에는 서류가 가득 들어차 있다. 서류에는 범죄 사건은 물론 빅토리아 왕조 후기의 사교계와 관련해서 일어난 스캔들이 빽빽하게 기록되어 있다. 그런 일을 연구하는 사람에게 내 서류 상자는 마치 보고와도 같을 것이다. 홈즈가 다룬 스캔들에 대해서는, 일가의 명예나 유명한 조상의 이름에 상처가 될 수도 있으니 발표를 하지 말아 달라는 편지를 자주 받았다.

하지만 그런 사람들은 안심하기 바란다. 홈즈는 관계자의 명예를 중히 여기는 사람으로 그 점에 있어서는 참으로 주의 깊고 신중하다. 홈즈는 어떤 사건을 발표해도 좋을까 하는 것에까지 주의를 기울이고 있다. 하물며 사람의 비밀을 악용하는 일 따위는 결코 하지 않는다. 하지만 최근, 이런 서류들을 손에 넣어 처분하려는 계획을 세운 사람에게는 강하게 항의할 생각이다. 그런 짓을 하려 하는 사람의 이름은 잘 알고 있다. 만약 다시 되풀이한다면 정치가와 등대와 훈련받은 가마우지에 관한 사건의 기록을 공표할 생각이라는 사실을 밝혀두겠다. 나는 홈즈의 권한에 입각하여 이렇게 이야기하는 것이다. 내 말의 의미를 이해하는 사람이 적어도 한 명은 있을 것이다.

어쨌든 홈즈의 직관력과 관찰력에 대해서는 지금까지 발표한 이야기들 속에서 자세히 기록해왔다. 하지만 개중에는 홈즈가 자신의 능력을 발휘할 여지가 없었던 사건도 몇 가지 있었다. 해결에 이르기까지 커다란 노력을 기울인 사건도 있는가 하면, 싱겁게 끝나버린 사건도 있었다. 그런데 끔찍한 비극적 성격을 띤 사건 중에는 홈즈가 활약할 기회조차 없이 끝나버린 것들도 많다. 이번에 이야기할 사건도 그런 사건 중 하나다.

그 전에 미리 말해두고 싶은 것이 있다. 이번 사건에서는 사람의 이름과 지명을 약간 바꿨다. 하지만 그 외의 모든 내용은 실제 일어났던 사실 그대로를 기록한 것이다.

이 사건은 1896년 초의 어느 아침에 시작되었다. 나는 홈즈에게서 바로 와달라는 연락을 받고 서둘러 집을 나섰다. 베이커 가에 있는 그의 하숙집으로 가보니 홈즈는 평소와 다름없이 담배 연기가 자욱한 방 안에서 하숙집 여주인 같은 타입의 상냥해 보이는 여자와 마주 앉아 있었다.

"이분은 사우스 브릭스톤 가에 살고 있는 메릴로 부인이셔."

홈즈가 손짓을 해가며 그녀를 소개했다.

"메릴로 부인께서 담배를 피워도 좋다고 허락해주셨어, 왓슨. 담배를 좋아하는 자네에게는 정말 고마운 일 아닌가? 게다가 메릴로 부인께서는 아주 흥미로운 이야기도 가지고 오셨어. 자세한 이야기는 한 여성을 직접 만나서 들을 건데 그 자리에 자네도 있는 편이 좋겠다는 생각이 들었어."

"내가 할 수 있는 일이라면, 뭐든⋯⋯."

"메릴로 부인, 아마 이해하실 수 있으시겠지만 론더 부인을 만날 때 나는 입회자가 한 명 있었으면 좋겠어요. 우리가 가기 전에 그 사실을 론더 부인에게 전해주실 수 있으시겠어요?"

"네, 그야 물론 상관없어요."

메릴로 부인이 상냥하게 말했다. 그리고 뒤이어,

"론더 부인은 무슨 일이 있어도 홈즈 씨를 뵙고 싶어 해요. 그러니 교구 안의 사람들 전부를 데리고 가도 상관없을 거예요."

"그럼 오늘 오후, 이른 시간에 찾아뵙도록 하지요. 그 전에 지금까지의 이야기를 좀 더 분명히 해두도록 하지요. 그렇게 하면 왓슨 박사도 사정을 잘 이해할 수 있을 거예요. 조금 전 하신 말씀에 의하면 그 론더 부인이라는 사람은 7년 동안이나 댁에서 하숙을 해왔지만 딱 한 번밖에 얼굴을 보여준 적이 없다는 거죠?"

"네, 하지만 그런 얼굴은 두 번 다시 보고 싶지 않아요."

"어째서죠? 어딘가를 도려낸 것 같은 얼굴인가요?"

"네, 맞아요. 그 사람의 얼굴은 도저히 사람의 얼굴이라고는 생각되지 않아요. 그렇게밖에 말할 수가 없어요. 당신도 한번 보면 틀림없이 그렇게 생각할 거예요. 한번은 우유 배달부가 2층에서 밖을 내려다보고 있는 론더 부인의 얼굴을 얼핏 보고는 자신도 모르게 우유 통을 엎어 앞뜰을 우유투성이로 만든 적도 있었어요. 어쨌든 그만큼 끔찍한 얼굴이에요.

제가 론더 부인의 얼굴을 보았을 때는, 저도 모르게 놀란 표정을 지어 그 사람에게 실례를 범했는데 그때 부인은 황급히 얼굴을 가리며,

'메릴로 씨, 이제 제가 왜 절대로 베일을 벗지 않는지 그 이유를 아셨겠지요?'

라고 말했어요."

"그렇군요. 그렇다면 론더 부인은 지금까지 어떻게 살아온 사람인가요? 뭔가 알고 계시는 것 없나요?"

"네, 저는 아무것도 몰라요."

"하지만 처음 하숙에 왔을 때는 누군가의 소개가 있지 않았나요? 그도 아니면 신분증명서 같은 것을 보여주지 않았나요?"

"네, 아무것도. 그 대신 현금을 듬뿍 줬어요. 3개월분의 하숙비를 미리 내겠다며 테이블 위에 올려놓았어요. 게다가 조건에 대해서는 아무런 불평도 하지 않았어요. 저처럼 근근이 먹고사는 사람에게 그런 고마운 하숙인을 거절한다는 건 불가능한 일이에

요.”

“어째서 댁을 택한 건지, 그 이유에 대해서는 아무런 말도 하지 않았나요?”

“네. 하지만 저희 집은 큰길에서 안쪽으로 많이 들어와 있기 때문에 다른 집보다는 훨씬 조용하고 차분해요. 게다가 저희 집에 하숙인은 한 사람뿐이고 저도 가족 없이 혼자 살고 있어요. 아마도 론더 부인은 다른 여러 곳을 둘러보았지만 저희 집이 가장 마음에 들었던 것이 아닐까 여겨져요. 부인은 사람들의 눈에 띄지 않는 생활이 하고 싶었고 그를 위해서는 많은 돈을 지불해도 상관없다고 생각했던 것 아닐까요?”

“게다가 언제나 베일을 쓰고 있으며 우연히 얼굴을 한 번 봤을 때 이외에는 절대로 얼굴을 보이지 않는다. 흠! 이거 재미있군, 쉽게 들을 수 있는 이야기는 아니야. 당신이 이유를 알고 싶어 하는 것도 당연한 일이에요.”

“아니요, 그렇지 않아요! 저는 하숙비만 제때 내면 그 사람에게 쓸데없는 참견을 할 생각은 없어요. 거기다 그렇게 조용하고 손이 가지 않는 하숙인은 어디에도 없을 테니까요.”

“그렇다면 뭔가 난처한 일이라도 벌어졌나요?”

“저, 그 사람의 건강이 걱정이에요. 요즘 들어서 점점 수척해지고 쇠약해져 가고 있을 뿐만 아니라 뭔가 무시무시한 걱정거리가 마음속에 있는 것 같아요. 한밤중에 가끔 ‘살인자! 살인자!’라거나 ‘이놈! 이 악마!’하면서 헛소리를 해요. 그것도 집 안 전체가 울릴 정도의 목소리로. 저는 그것을 들을 때마다 온몸이 떨려 와요. 그래서 날이 밝기 무섭게 론더 부인의 방으로 가서,

'무슨 걱정거리라도 있으면 목사님이나 경찰에게라도 이야기
해서 상의를 해보는 게 어떻겠어요? 틀림없이 힘이 되어 줄 거예
요.'

라고 말해봤어요. 그랬더니 부인은,

'부탁이에요. 경찰에는 알리고 싶지 않아요. 게다가 목사님도,
지나버린 일을 되돌릴 수는 없어요. 아아, 하지만 죽기 전에
딱 한 번만이라도 누군가에게 진상을 이야기하면 마음이 아주
편안해질 거예요.'

'그럼 이렇게 하시는 건 어떻겠어요? 경찰이나 목사님이 싫으
시다면 사립탐정에게 부탁을 해보는 거예요. 저 언젠가 셜록
홈즈라는 사람에 대한 이야기를 읽은 적이 있는데……'

그러자 부인은 그 이야기에 관심을 보이기 시작했어요.

'그분이 좋겠어요! 저는 어째서 지금까지 홈즈 씨를 생각하지
못했던 걸까요? 메릴로 씨, 홈즈 씨를 꼭 좀 불러주시지 않으시겠
어요. 혹시 거절을 하면 저는 맹수 조련사인 론더 씨의 아내라고
말해보세요. 그리고 아바스 파르바라는 지명도 말해보세요.'

잠깐만 기다려보세요. 그 부인이 적어준 종이에도 분명히 '아바
스 파르바'라고 되어 있어요. 그리고 그 사람은,

'홈즈 씨가 제가 생각했던 것 같은 분이라면 그 지명을 듣고
반드시 와주실 거예요.'

라고 말했어요."

"그렇군요, 그 지명은 효과가 있네요. 아주 좋아요, 메릴로
부인. 나는 점심 식사 때까지 왓슨과 잠깐 하고 싶은 이야기가
있으니 3시에 브릭스톤에 있는 댁으로 찾아갈게요."

메릴로 부인은 오리처럼 뒤뚱뒤뚱—이렇게 표현할 수밖에 없는 걸음걸이였다— 방에서 나갔다.

부인의 모습이 사라지자마자 홈즈는 방 구석에 산더미처럼 쌓여 있는 비망록을 굉장한 기세로 뒤지기 시작했다. 그리고 2, 3분 동안은 바스락바스락 페이지 넘기는 소리만 들려왔다. 마침내 찾고 있던 것을 발견했는지 홈즈가 만족스럽다는 듯 중얼거렸다. 홈즈는 상당히 흥분한 듯, 비망록이 어지럽게 흩어진 바닥에 그대로 털썩 주저앉아 버렸다. 불상 같은 모습으로 양반다리를 하고 앉아 무릎 위에 찾고 있던 기록을 펼쳐놓고 열중해서 읽고 있었다.

"이 사건에 대해서는 당시에도 신경이 쓰였었어, 왓슨. 여기에 적어놓은 내용이 그 증거야. 고백하자면 결국은 나도 진상을 밝혀내지는 못했지만. 그래도 검시관의 말이 틀렸다는 사실만은 분명히 알 수 있었어. 아바스 파르바의 비극에 대해서 뭐 생각나는 것 없나?"

"아무것도 없어, 홈즈."

"그런가? 당시 자네는 나와 함께 생활을 하고 있었는데. 물론 내 기록도 명확하지는 않아. 내가 가진 자료는 아무것도 없었고, 누구도 내게는 조사를 의뢰하지 않았으니까. 기록을 읽어보겠나?"

"아니, 요점만 얘기해줄 수 없겠나?"

"알겠네. 이야기를 듣다보면 자네도 생각이 날 거야. 론더는 말이지, 그 유명한 론더야. 웜브웰, 생어와 함께 당시 일세를 풍미했던 일류 서커스 흥행사야. 그런데 론더는 엄청난 술꾼이었

어. 그래서 그 비극이 일어났을 무렵에는 그 자신은 물론 그의 서커스단도 인기가 떨어져가고 있었어.

끔찍한 사건이 일어났던 그날 밤, 론더 서커스단은 버크셔의 아바스 파르바라는 마을에서 야영을 하고 있었어. 윔블던으로 가는 도중에 거기서 하룻밤을 묵게 된 거야. 공연을 한 건 아니고 워낙 작은 마을이어서 수지가 맞지 않았던 거겠지. 그런데 그 서커스단에는 북아프리카에서 잡아온 '사하라의 왕'이라는 아주 커다란 사자가 있었어. 그 사자가 론더 서커스단 가운데서도 가장 볼 만한 것이었어. 론더 부부가 우리 안으로 들어가 사자에게 여러 가지 곡예를 시켰지. 이게 그 사진이야. 보면 알 수 있겠지만, 론더는 몸집이 아주 커서 돼지 같은 사람이고, 부인은 굉장한 미인이었어.

검시관의 진술에 의하면 이 사자는 사건이 일어나기 조금 전부터 불안한 모습을 보여 어떤 소동을 일으킬 것 같은 모습이었다고 해. 그런데 흔히 볼 수 있는 일이지만, 사자에 익숙해져 있던 부부는 맹수의 위험성을 심각하게 생각하지 않았어. 그런 사자의 모습에는 전혀 신경도 쓰지 않았다고 하더군. 사자의 먹이는 밤에 론더나 론더 부인이 주기로 되어 있었어. 둘이 같이 가는 적도 있고 둘 중 한 사람만 가는 경우도 있었지만 다른 사람에게는 절대로 먹이를 주지 못하도록 했었다더군. 왜냐하면 사자도 먹이를 주는 사람의 말을 가장 잘 듣기 때문에 그렇게 하면 공연을 할 때도 갑자기 무는 일은 없을 거라고 생각했기 때문이야.

그런데 지금으로부터 7년 전의 어느 날 밤, 그들 둘이서 먹이를 주러 갔는데 끔찍한 일이 벌어지고 말았어. 자세한 사건의 정황은 아직도 분명히 밝혀지지 않았지만."

홈즈가 말을 이었다.

"자정 가까운 시간, 야영지에서 자고 있던 서커스 단원들은 커다란 사자의 포효와 여자의 비명에 눈을 떴어. 동물을 부리는 사람과 다른 단원들이 램프를 들고 텐트에서 뛰쳐나와 현장으로 달려갔어. 거기에는 끔찍하기 짝이 없는 광경이 펼쳐져 있었어. 우리의 문이 열려 있고 우리에서 10야드(약 9m) 정도 떨어진 곳에 론더가 머리 뒷부분이 깨진 채 쓰러져 있었어. 얼굴에는 깊이 파고든 발톱 자국이 남아 있었어. 그리고 문 옆에는 론더 부인이 쓰러져 있었는데 그 위로 사자가 몸을 웅크린 채 으르렁거리고 있었어. 부인의 얼굴은 갈가리 찢겼고 도저히 숨이 붙어 있을 것이라고는 여겨지지 않았어.

물론 사람들 모두 바로 사태를 파악하고 론더 부인을 구하기에 나섰지. 레오나르도라는 힘이 센 곡예사와 그릭스라는 광대가 앞장서서 막대기로 쫓자 사자가 휙 우리 안으로 뛰어들었기에 바로 문을 닫아버렸어. 왜 우리에 자물쇠가 채워져 있지 않았던 건지는 수수께끼였어. 두 사람이 우리 안으로 들어서려는 순간 사자가 뛰쳐나온 것이라는 설이 당시의 추측이었어. 그 외의 증거로 주의를 끌 만한 것이라고는, 주거로도 쓰고 있는 마차까지 론더 부인을 옮길 때 '비겁해요! 비겁해요!'라는 헛소리를 되풀이했다는 것 정도뿐이야.

6개월 뒤, 론더 부인이 마침내 증언을 할 수 있을 만큼 회복되었어. 사고라는 판정은 이미 내려져 있었던 듯하지만 그래도 심문은 철저하게 행해졌어.”

“어떤 다른 가능성이라도 생각해볼 수 있었던 건가?”

“맞아, 왓슨. 한두 가지, 도저히 납득할 수 없는 점이 있었어. 버크셔 경찰의 에드먼즈라는 젊은 형사가 그 문제로 고민을 하다가 나를 찾아왔어. 그래서 나도 이 사건에 관여하게 된 거야. 에드먼즈는 머리가 아주 좋은 사람이야. 후에 인도의 알라하바드로 전근을 가게 되었지만.”

“그 노란 머리에 마른 사람을 말하는 건가?”

“맞아, 그 사람이야. 이제 조금씩 생각이 나는 모양이군.”

“그런데 에드먼즈는 어떤 부분을 납득할 수 없었던 거지?”

“알고 있는 사실들을 조합해서 그 사건을 재구성하려 해보니 아무래도 앞뒤가 맞지 않는다는 거였어. 나도 그렇게 생각했어. 잘 들어보게 왓슨. 사자의 입장에 서서 이번 사건을 다시 한 번 잘 생각해보라고. 사자는 우리에서 뛰쳐나와 자유의 몸이 되었어. 그런 다음 어떻게 했지? 10야드 떨어진 곳에 있던 론더에게로 달려가서 도망치려 하는 론더를 뒤에서부터 공격했어. 발톱 자국이 후두부에 남아 있었으니까. 그냥 그대로 달아났으면 될 텐데 이번에는 우리 곁에 있던 론더 부인에게로 돌아가서 부인을 쓰러뜨리고 얼굴을 물었어.

그렇다면 그 부인의 헛소리는 무엇이었을까? 그건 남편이 그녀를 배신하는 행동을 한 것이라고 해석할 수도 있어. 하지만 가엾은 론더가 어떻게 부인을 도울 수 있었겠나? 뭐가 이상한지 이해할 수 있겠지?”

“이해할 수 있어.”

"그것뿐만이 아니야. 나도 지금 깨달았는데 서커스 단원 중에는 사자의 포효와 여자의 비명에 섞인 남자의 비명도 들었다고 말한 사람이 있었어."

"그야 물론 론더의 비명이었겠지."

"머리가 깨진 사람이 비명을 지를 수 있었을까? 그런데도 그때 남자의 비명을 들었다고 증언한 사람이 분명히 두 명 있었어."

"하지만 그때는 야영지에 있던 사람들 모두가 소란을 피우지 않았을까? 야영지에 있던 다른 사람의 목소리였을지도 모르지 않나? 그리고 조금 전에 말한 헛소리도 설명 가능하다고 생각하는데."

"음, 어떤 설명이지? 참고를 위해 들려주지 않겠나?"

"사자가 우리에서 뛰쳐나왔을 때 론더 부부는 우리에서 10야드 떨어진 곳에 있었어. 론더는 사자가 무서워서 달아나려 했지. 그때 사자가 론더에게 달려들어 공격을 가한 거야. 그 순간 론더 부인은 우리 안으로 달아나 안에서 문을 닫아야겠다고 생각했어. 그렇게 하는 것이 가장 안전하다고 생각한 거겠지. 그런데 우리 옆까지 달려갔을 때 사자가 따라와 공격을 가한 거야. 부인은 갑자기 달아나려 해서 사자를 성나게 한 남편에게 화가 난 거야. 둘이서 사자를 상대했으면 어떻게든 달랠 수 있었을 테니까. 그래서 '비겁해요!'라고 했던 것이라 여겨져."

"훌륭한 추리야! 단, 자네의 추리에는 딱 하나 이치에 맞지 않는 부분이 있어."

"어떤 부분이지?"

"두 사람 모두 우리에서 10야드나 떨어져 있었는데 사자가 어떻게 우리에서 나올 수 있었지?"

"누군가 두 사람에게 원한을 품고 우리의 자물쇠를 풀어놓았던 것 아닐까?"

"그렇다면 평소에는 말을 잘 듣고 우리 안에서 론더 부부와 곡예를 하던 사자가 왜 갑자기 난폭해진 거라 생각하는가?"

"우리의 자물쇠를 풀어놓은 사람이 사자를 화나게 만들기 위해서 무슨 짓을 한 것 아닐까?"

홈즈는 한동안 말없이 생각에 잠겨 있다가 마침내 고개를 끄덕였다.

"자네는 론더가 누군가에게 원한을 산 것이라고 추리했지? 그건 충분히 있을 수 있는 일이야. 론더는 틀림없이 많은 사람들로부터 원한을 사고 있었어. 그는 술을 마시면 도저히 말릴 수 없었다고 에드먼즈 형사도 말하더군. 아주 거칠어져서 아무에게나 시비를 걸고, 온갖 더러운 욕설을 내뱉곤 했어. 메릴로 부인이 말했던 론더 부인의 헛소리 말인데 '악마'란 죽은 남편을 말하는 것일지도 몰라. 론더에게 심하게 당했던 일이 떠올라 헛소리를 한 것일지도 모르지.

어쨌든 사실을 충분히 알지 못하는 일에 대해서는 아무리 생각을 해봐야 소용없는 일이야. 그보다 왓슨, 그 찬장에는 차가운 자고(꿩과의 메추라기 비슷한 새. ― 역주) 요리가 들어 있고, 몽라셰 와인도 있다네. 그것으로 기운을 차린 뒤 론더 부인을 만나러 가기로 하세."

약속 시간이 되었을 때 우리는 마차를 타고 가서 메릴로 부인의 집 앞에 도착해 있었다. 메릴로 부인의 집은 길에서 안쪽으로 들어간 조용한 장소에 있는 아담한 집이었다. 우리가 마차에서 내리자 메릴로 부인이 마중을 나와 주었다. 우리를 론더 부인의 방으로 안내하기 전에 메릴로 부인이 가만히 부탁을 했다. 론더 부인이 자신의 집에서 나갈 만한 행동은 자제를 해주었으면 한다는 것이었다. 부인은 좋은 하숙인을 놓칠까봐 걱정으로 가득한 모양이었다.

그곳은 언제나 문을 닫아놓는 듯 눅눅하고 곰팡내 나는 방이었다. 론더 부인이 거의 외출을 하지 않기 때문이리라. 통풍도 좋지 않아서 왠지 동물을 가둬두는 우리 같다는 느낌이 들었다. 지금까지 동물을 우리에 가둬왔기 때문에 그에 대한 벌로 지금은 그녀 자신이 우리 속의 짐승이 되어버린 것 같다는 생각까지 들었다.

론더 부인은 그 어둑한 방 구석의 부서진 팔걸이의자에 조용히 앉아 있었다. 오랫동안 몸을 움직이지 않은 탓인지 론더 부인의 몸매는 많이 망가져 있었지만 그래도 화려했던 예전의 아름다움이 아직은 어딘가에 남아 있어 전체적으로는 요염한 분위기를 띠고 있었다. 얼굴은 검은색 두꺼운 베일에 완전히 가려져 있었다. 단 베일은 윗입술 부근까지만 내려와 있었기에 아름다운 입술과 우아한 턱선은 그대로 볼 수 있었다. 그것만으로도 론더 부인이 굉장한 미인이었다는 사실을 충분히 짐작할 수 있었다.

"역시 홈즈 씨는 제 이름을 기억하고 계셨군요. 오실 거라 믿었어요."

론더 부인이 아주 맑고 아름다운 목소리로 말했다.

"기억하고 있었어요, 론더 부인. 그런데 내가 그 사건에 흥미를 가지고 있었다는 사실을 어떻게 아셨나요?"

"상처가 나은 뒤 조사를 받을 때 주의 경찰인 에드먼즈 형사님께 들었어요. 그때는 형사님께 정말 미안한 일을 했어요. 지금은 사실을 말씀드리는 편이 나았을 거라고 생각해요."

"어떤 경우에라도 사실을 말하는 것이 옳은 법이에요. 당신은 왜 그렇게 하지 않으셨죠?"

"그 사람의 운명이 제 증언 하나에 달려 있었기 때문이에요. 감쌀 만한 가치는 어디에도 없었지만 저는 그 사람을 파멸시킬 수는 없었어요. 저희는 아주……, 아주 친밀한 사이였어요."

"흠, 그런 말씀을 하시는 것을 보니 지금은 그렇지 않은 모양이군요."

"네, 그 사람은 이미 세상을 떠났어요."

"그렇다면 어째서 경찰에 알리지 않는 거죠?"

"그건 제 증언에 따라서 운명이 바뀔 사람이 한 명 더 있기 때문이에요. 다시 말해서 저 자신이에요. 경찰에 조사를 의뢰하면 제 과거가 세상에 밝혀지고 신문에서도 떠들어댈 거예요. 그건 제가 원하는 일이 아니에요. 전 앞으로 그렇게 오래 살지 못할 거예요. 가능하다면 조용히 살다 가고 싶어요. 하지만 이대로 비밀을 간직한 채 살아간다면 마음이 편하지 않을 거예요. 누군가 저를 이해해주실 만한 분에게 진상을 밝혀서, 제가 죽은 뒤에 모든 사정을 분명히 알 수 있도록 해두고 싶었어요."

"잘 알겠습니다, 론더 부인. 하지만 만약을 위해서 말씀드리지요. 나는 책임을 중히 여기는 사람이에요. 말씀을 듣고 경찰에 알려야겠다는 생각이 든다면 그때는 가만히 있을지 어떨지 알 수 없어요."

"그럴까요? 저는 지금 독서 이외에는 아무것도 할 일이 없기 때문에 꽤나 많은 책을 읽었어요. 홈즈 씨가 다루었던 사건에 관한 이야기도 전부 읽었어요. 덕분에 홈즈 씨의 생각과 성격도 아주 잘 알고 있어요. 당신은 경찰에 알리려 하시지 않을 거예요. 하지만 홈즈 씨가 그래도 경찰에 알려야 한다고 생각하신다면 그것도 어쩔 수 없는 일이겠죠. 전 지금 무슨 일이 있어도 홈즈 씨께 이야기를 하고 싶으니까요. 들어주시기만 해도 제 마음이 편안해질 테니."

"그럼 어서 말씀을 해보세요. 기꺼이 들어드릴 테니."

의자에서 일어선 론더 부인이 책상 서랍을 열어 사진 한 장을 가지고 왔다. 그것은 곡예사의 사진이었다. 당당한 체격. 근육으로 부풀어 오른 널따란 가슴. 그 위로 힘차게 팔짱을 끼고 있는 다부진 팔. 굵은 콧수염. 그리고 자신감에 넘치는 미소를 입가에 머금고 있었다.

"레오나르도에요."

론더 부인이 말했다.

"그 천하장사라던? 증언을 한 사람이죠?"

"네 맞아요. 이 사람은 제 남편인 론더에요."

그것은 인간이라기보다는 돼지나, 아니 오히려 멧돼지를 떠오르게 하는 끔찍한 얼굴의 사내였다. 짐승과도 같은 포악함이 느껴지는 사내였다. 천박한 입가를 보자, 이를 드러낸 채 거품을 물고 미친 듯이 날뛰는 모습이 쉽게 떠올랐다. 또한 작고 음험한 눈은 세계의 모든 것들을 증오심을 가지고 보고 있는 것 같다는 느낌을 주었다. 악한, 난폭자, 사람 같지도 않은 사람, 그 각진 얼굴을 보면 누구나 그렇게 생각할 것이다.

"이 사진을 보면 제 말을 더 잘 이해하실 수 있으실 거예요. 저는 어렸을 때 서커스단에 팔렸어요. 열 살이 되기도 전부터 이미 링 통과하는 재주를 배웠어요. 제가 어른이 되자 론더가 저를 좋아하게 되었어요. 하지만 그런 걸 사랑이라고 할 수 있는 건지. 어쨌든 불행하게도 저는 론더의 아내가 될 수밖에 없었어요. 그날부터 저의 지옥이 시작된 거예요. 론더는 악마처럼 저를 괴롭혔어요. 그가 제게 얼마나 심한 짓을 했는지는 서커스단원 모두가 알고 있었어요. 그는 제가 서커스단원 이외의 사람과 이야기하는 것조차 용납하지 않았어요.

혹시 제가 조금이라도 불평을 하면 저를 끈으로 칭칭 묶어서 승마용 채찍으로 때렸어요. 모두가 저를 불쌍히 여겼어요. 그리고 론더를 미워했어요. 하지만 그들이 어쩔 수 있었겠어요? 모두가 론더를 무서워했어요. 론더는 평소에도 무서운 사람이었어요. 그리고 술을 마시면 사람이라도 죽일 것처럼 난폭해졌어요. 난폭하게 굴기도 하고 동물을 학대하기도 했다는 죄로 몇 번이고 고소를 당했어요. 하지만 론더는 부자였어요. 벌금 정도는 아무것도 아니었죠.

뛰어난 단원들은 하나둘 떠나갔고 서커스단의 인기는 떨어졌어요. 그 사건이 일어났을 무렵에는 저와 레오나르도의 공연만이 서커스단의 인기를 이어가고 있었어요. 아아, 그리고 난쟁이로 광대였던 지미 그릭스도 있었어요. 론더는 서커스를 재미있는 것으로 만들기 위한 노력은 아무것도 하지 않았어요. 하지만 더는 그대로 유지할 수 없게 되었죠.

　그러는 사이에 저는 점점 레오나르도에게 마음이 끌리기 시작했어요. 조금 전에 레오나르도의 사진을 보셨죠? 그 멋진 체격 속에는 비겁한 마음이 숨겨져 있었지만 그때 저는 그 사실을 알지 못했어요. 게다가 남편에 비하면 그는 천사 가브리엘처럼 보였어요. 레오나르도는 저를 불쌍히 여겨 음으로 양으로 저를 도와주었어요. 그러는 사이에 우리 두 사람의 마음속에 사랑이 싹트기 시작했어요. 깊고 깊은, 정열적인 사랑. 동경하고는 있었지만 그런 기회가 내게 찾아올 리 없다고 오래전부터 포기하고 있었던 사랑이었어요.

　남편은 저희 사이를 의심하고 있었지만 레오나르도만은 무서워하고 있었어요. 론더라는 사람은 난폭하기도 했지만 한편으로는 겁쟁이의 모습도 가지고 있었어요. 그에 대한 화풀이로 론더는 전보다 더 저를 괴롭히게 됐어요. 어느 날 밤, 제 비명을 듣고 레오나르도가 저희 마차로 달려왔어요. 그때는 무사히 넘어갔지만 레오나르도와 저는 머지않아 끔찍한 사건이 벌어지리라는 사실을 분명히 알고 있었어요.

　론더는 살려둘 가치도 없는 사람이었어요. 그래서 레오나르도와 저는 론더를 죽일 계획을 세웠어요. 레오나르도는 아주 영리해서 치밀하게 계획을 세웠어요. 그 계획을 세운 것은 그였어요. 아니요, 레오나르도에게 죄를 뒤집어씌우기 위해서 이런 말씀을 드리는 건 아니에요. 저도 그와 함께 남편을 죽일 생각이었으니. 단 저라면 그처럼 교묘한 계획은 세우지 못했을 거라 생각했던 것뿐이에요.

레오나르도는 우선 끝부분에 납을 넣은 몽둥이를 준비했고 그 끝에 구부러진 못을 5개 박아 넣었어요. 그리고 그 못의 간격을 사자가 발톱을 펼쳤을 때와 같은 폭으로 만들었어요. 다시 말해서 그것으로 머리를 때리면 마치 사자의 앞발에 맞아 죽은 것처럼 보이도록 한 거예요. 그리고 사자를 우리에서 풀어놓으면 누구도 눈치채지 못할 것이라 생각한 거예요.

마침내 그날 밤이 찾아왔어요. 저는 평소와 다름없이 사자에게 먹이로 줄 생고기를 양동이에 담아가지고 론더와 함께 사자 우리로 갔어요. 그날은 한 치 앞도 보이지 않을 만큼 어두운 밤이었어요. 레오나르도는 저희가 지나는 길가에 세워져 있던 짐마차 뒤에 숨어 있었어요. 그곳을 지날 때 일격을 가해 죽일 생각이었어요. 그런데 레오나르도는 결심이 서지 않았는지 저희를 마차 앞으로 그냥 지나가게 내버려두었어요. 그리고 난 뒤에 마음을 다잡은 것인지 가만히 저희를 뒤쫓아 와 뒤에서 론더의 머리를 때린 거예요. 몽둥이 휘두르는 소리를 들은 순간 제 마음은 기쁨으로 가득했어요.

저는 사자 우리로 달려가 문의 자물쇠를 풀었어요. 그때 끔찍한 일이 벌어지고 말았어요. 아실지 모르겠지만 맹수는 피 냄새에 아주 민감해요. 그리고 매우 흥분을 하죠. 신비한 본능으로 사자는 사람이 살해당했다는 사실을 알고 있었어요. 제가 걸쇠를 벗기자 사자는 우리에서 뛰쳐나와 가장 먼저 저를 덮쳤어요. 레오나르도가 저를 구할 수도 있었어요. 바로 달려와서 그 몽둥이로 때렸다면 사자도 물러났을 테니까요.

하지만 레오나르도는 겁을 먹고 말았어요. 두려움에 비명을 지르더니 정신없이 달아나기 시작했어요. 그 순간 사자가 제 얼굴을 문 거예요. 사자의 뜨겁고 기분 나쁜 숨결이 전해져 정신이 아득해져가고 있었기 때문인지 아픔은 느껴지지 않았어요. 뜨뜻미지근한 피가 떨어지는 입을 손바닥으로 밀치면서 저는 필사적으로 소리를 질렀어요. 야영지 쪽에서 사람들 소리가 들려오기 시작했어요. 그리고 레오나르도와 그릭스와 다른 사람들이 달려와 저를 사자의 이빨에서 구해주었다는 사실을 희미하게 기억하고 있어요.

저는 그대로 정신을 잃었고 몇 개월 동안이나 의식불명 상태에 있었어요. 마침내 의식을 되찾았을 때 저는 거울로 제 얼굴을 보았어요. 저는 사자를 원망했어요. 아아, 얼마나 원망했는지! 아니요, 제 아름다움을 앗아갔다고 원망한 것이 아니었어요. 왜 생명을 앗아가지 않은 것인지, 그것을 원망했던 거예요. 제게는 딱 하나의 소망이 남아 있었어요. 그리고 그 소망을 이룰 수 있을 만큼의 돈도 가지고 있었어요.

그래서 저는 그 누구도 얼굴을 보지 못하도록 베일로 가리고 아는 사람들에게 절대로 들키지 않을 만한 곳에 몸을 숨긴 채 조용히 살아가기로 결심했어요. 제가 살아갈 길은 그것밖에 없었어요. 죽음을 기다리기 위해 자신의 무덤으로 돌아간 상처받은 가련한 짐승, 그것이 저 유지니아 론더의 말로예요."

불행한 여성은 이야기를 이렇게 마무리 지었다.

우리는 한동안 말없이 앉아 있었다. 잠시 후, 홈즈가 그 기다란 팔을 뻗어 론더 부인의 손을 잡았다. 홈즈가 그처럼 동정심 가득한 태도를 취하는 모습을 나는 거의 본 적이 없었다.

"가엾게도!"

홈즈가 입을 열었다.

"운명의 신은 참으로 잔혹한 장난을 즐기는군요. 이후 어떤 식으로든 보상을 해주지 않는다면 너무 잔혹한 처사가 될 거예요. 그런데 레오나르도는 그 후 어떻게 되었나요?"

"그 사건 이후 한 번도 보지 못했고, 또 연락도 없었어요. 레오나르도를 이처럼 나쁘게 말하는 것은 잘못된 일일지도 몰라요. 레오나르도는 오히려 저를 더욱 소중히 여겨주었을지도 몰라요. 사자에게 얼굴을 물린 여자는 서커스의 좋은 구경거리가 될 테니까요.

하지만 여자의 사랑은 그렇게 간단히 식지 않는 법이에요. 레오나르도는 저를 사자의 발톱 아래 내버려두고 달아났으며, 도움을 청했는데도 저를 저버렸어요. 그래도 저는 그를 교수대로 보낼 수는 없었어요. 저 자신이야 어떻게 되든 그건 상관없는 일이었지만. 이런 생활에 비하자면 무서운 것은 정말 아무것도 없어요. 그래도 저는 레오나르도를 감싸주고 싶었어요."

"그가 죽었다고 하셨죠?"

"지난 달 신문에, 레오나르도가 마게이트 근처에서 수영을 하다 물에 빠져 죽었다는 기사가 실렸어요."

"그렇군요. 그런데 레오나르도가 살인에 사용했던, 못 5개를 박은 몽둥이는 어떻게 했나요? 그것이 이번 사건에서 가장 재미있고 독창적인 부분인데."

"모르겠어요. 하지만 그 야영지에서 그리 멀지 않은 곳에 이회

암을 판 구멍이 있었어요. 밑에 녹색 물이 고여 있었으니 어쩌면 그 속에라도……."

"그렇군요, 잘 알았습니다. 이제 와서 그런 것은 사소한 일에 지나지 않아요. 사건은 끝났어요."

이렇게 말하더니 홈즈는 자리에서 일어났다.

"네, 모두 끝났어요."

론더 부인이 중얼거렸다.

그 목소리에는 어딘가 이상한 부분이 있었다. 방에서 나오려던 홈즈가 그것을 듣고는 갑자기 몸을 돌렸다.

"당신의 목숨은 당신만의 것이 아니에요. 거기서 손을 떼세요."

"저 같은 것이 살아봐야 무슨 도움이 되겠어요?"

"왜 그런 말씀을 하시는 거죠? 강한 인내심으로 수난을 견뎌내고 있는 당신의 삶은 성급한 세상 사람들에게 참으로 소중한 교훈이 될 거예요."

론더 부인의 대답은 끔찍한 것이었다. 베일을 들고 밝은 곳으로 걸어간 것이었다.

"당신이라면 이런 얼굴을 참을 수 있으실지……."

온몸에 소름이 돋을 정도로 끔찍한 얼굴이었다. 얼굴 자체가 없어졌으니 달리 설명할 길도 없지만. 그 참혹한 상처 속에서 생생하고 아름다운 갈색 눈 2개가 슬프다는 듯 우리를 바라보고 있었다. 그것이 그녀의 얼굴을 한층 더 끔찍한 것으로 만들고 있었다. 홈즈는 깊은 배려심이 느껴지는 모습으로 그런 짓을 해서는 안 된다는 듯 한 손을 들어보였다. 그리고 나를 재촉해 방에서 나왔다.

이틀 후, 나는 홈즈를 찾아갔다. 홈즈가 자랑스럽다는 듯 난로 위 장식장에 놓여 있는 조그만 파란 병을 가리켰다. 독약임을 나타내는 빨간 딱지가 붙어 있는 병이었다. 뚜껑을 여니 아몬드처럼 향긋한 냄새가 풍겨왔다.

"청산이로군."

"맞아. 우편으로 보내왔어. '저를 유혹하는 약을 보내겠어요. 홈즈 씨의 충고에 따르기로 했어요.' 편지에는 이렇게 적혀 있었어. 이보게 왓슨, 우리는 이것을 보낸 용기 있는 여성의 이름을 맞힐 수 있을 거야."

춤추는 인형

The Dancing Men

호리호리한 등을 둥그렇게 만 홈즈는 벌써 몇 시간째 아무런 말도 하지 않고 앉아서 화학실험용 용기 위로 몸을 굽혀 지독한 냄새가 나는 약품들을 조합하고 있었다. 내가 있는 곳에서 보면 가슴 쪽으로 고개를 깊게 파묻은 그의 모습은, 삐쩍 마른 몸에 잿빛 깃, 검은색 벼슬을 가진 기묘한 새처럼 보였다.

"참, 왓슨. 자네 남아프리카의 주식에 투자할 생각은 없는 거지?"

홈즈가 갑자기 질문을 해왔다.

나는 깜짝 놀랐다. 홈즈의 신비한 능력에는 이미 익숙해져 있는 나였지만 이렇게 간단히 마음속 깊은 곳까지 꿰뚫어 보다니 정말 할 말이 없었다.

"그걸 대체 어떻게 안 거지?"

내가 되물었다.

홈즈는 연기가 피어오르는 시험관을 손에 든 채 움푹 들어간 눈을 재미있다는 듯이 반짝이며 앉은 자리에서 몸을 내 쪽으로 돌렸다.

"왓슨, 지금 상당히 당황했다는 사실을 인정하게."

"인정하네."

"그럼, 그 사실을 종이에 쓴 다음 거기에 서명을 해주게."

"왜 그러는 거지?"

"자네는 5분도 지나지 않아서 '뭐야, 그렇게 간단한 거였어.'라고 말할 게 뻔하니까."

"절대로 그렇게 말하지 않겠네."

"그럼 믿고 말하도록 하지."

홈즈는 시험관을 내려놓고 마치 학생들에게 강의하는 교수와 같은 태도로 말하기 시작했다.

"바로 앞서 일어났던 일들 속에서 하나하나의 추리를 이끌어내는 것이 간단한 일이라면 그것들을 하나로 묶는 추리를 이끌어내는 것도 그리 어려운 일은 아니지. 그런 다음 중간의 추리과정은 완전히 배제하고 출발점과 결론만을 듣는 사람 앞에 내놓으면, 이건 속임수라고 할 수 있을지도 모르겠지만, 상대편은 이만저만 놀라는 게 아닐세. 그러니까 자네 왼쪽 손의 검지와 엄지 사이가 움푹 파인 것을 보고 자네가 자네의 얼마 되지 않는 자산을 금광에 투자하지 않기로 결심했다는 사실을 알아내는 것도 그리 어려운 일은 아니지."

"그걸 보고 어떻게 알았다는 건지 이해할 수가 없네."

"그렇겠지. 하지만 밀접한 관계가 있다는 사실을 바로 증명해

보이도록 하겠네. 그 아주 간단한 고리가 빠져 있는 사슬은 다음과 같은 것일세. 첫째, 어제 저녁 자네가 클럽에서 돌아왔을 때, 왼쪽 손 엄지와 검지 사이에 초크자국이 묻어 있었다네. 둘째, 그 초크는 자네가 당구를 칠 때 큐가 미끄러지는 것을 막기 위해서 바른 것이 묻은 거야. 셋째, 자네는 서스톤 이외의 다른 사람과는 당구를 치지 않아. 넷째, 4주일 전에 서스톤이 남아프리카의 한 자산을 살 권리가 있는 선택권을 가지고 있는데 그게 1개월 후면 기간이 만료된다며 자네에게도 투자를 하지 않겠냐고 물어왔다는 얘기를 자네가 내게 했던 걸 기억하고 있나? 다섯째, 자네의 수표책은 내 서랍 안에 있는데 자네는 아직 내게 열쇠를 달라고 하지 않았어. 여섯째, 따라서 자네는 거기에 투자할 생각이 없는 거야."

"뭐야, 한심하군. 그렇게 간단한 일이었나?"

내가 큰소리로 말했다.

"그래. 어떤 문제든 일단 설명을 듣고 나면 어린아이라도 알 수 있는 간단한 문제가 되어버리지. 자, 여기 아직 설명하지 않은 문제가 하나 있네. 어떤가, 왓슨. 여기에 대해서 잠깐 생각해 보지 않겠나?"

홈즈는 조금 화가 난 듯 종이 한 장을 테이블 위에 던져놓고 다시 화학약품과 씨름을 하기 시작했다.

종이를 보니 이상한 그림문자 같은 것이 그려져 있었기에 나는 놀라지 않을 수 없었다.

"홈즈, 이건 애들이 그린 그림 아닌가?"

나도 모르는 사이에 큰소리를 내고 말았다.

"그래? 자네는 그렇게밖에 생각하지 못하겠나?"

"그럼 이게 뭐란 말인가?"

"노퍽 주의 리들링 소프 저택에 살고 있는 힐튼 큐빅 씨가 꼭 알고 싶어 하는 게 바로 그거야. 오늘 아침 일찍 그 수수께끼 같은 그림이 도착했는데 본인도 다음 기차를 타고 온다더군. 왓슨, 벨 소리가 들리는데. 큐빅 씨가 도착할 시간이 되기는 했군."

계단을 오르는 묵직한 발소리가 들리더니 곧 키가 크고 붉은 얼굴에 수염을 깨끗이 깎은 신사가 방 안으로 들어섰다. 그의 맑은 눈과 혈색 좋은 뺨으로 그가 안개 깊은 베이커 가와는 멀리 떨어진 곳에서 생활하고 있음을 알 수 있었다. 그가 방 안으로 들어서자 전신을 자극하는 것 같은 신선하고 상쾌한 동부 해안의 공기가 슥 불어오는 듯한 느낌이 들었다.

우리 두 사람과 악수를 나눈 뒤 자리에 앉으려던 그가 조금 전까지 우리가 보다 테이블 위에 올려놓은 기묘한 그림이 그려진 종이를 바라보았다.

"홈즈 씨, 이 그림에 대해서 어떻게 생각하십니까? 당신은 기묘하고 이상한 것들을 좋아하신다고 들었는데 이보다 더 기묘한 것도 그리 흔치는 않을 겁니다. 제가 여기 오기 전에 이것에 대해서 먼저 생각을 해주셨으면 해서 종이만 우선 보냈던 겁니다."

큐빅 씨가 큰소리로 말했다.

"틀림없이 흥미로운 것이긴 해요. 언뜻 보기에는 단순한 아이들의 낙서처럼 보이죠. 이상하고 조그만 인형들이 늘어서서 춤을

추고 있을 뿐이니까요. 이런 이상한 그림을 왜 그렇게 중요하다고
생각하시는 거죠?"

홈즈가 말했다.

"아니, 제가 아닙니다. 그렇게 생각하고 있는 건 제 아내입니다.
아내는 이 그림을 죽을 만큼 두려워하고 있습니다. 말로 표현하지
는 않지만 눈에 공포의 빛이 역력하게 나타나 있습니다. 그래서
이 문제를 철저하게 조사해야겠다고 생각한 겁니다."

홈즈가 그 종이를 들어 종이 전체에 햇빛이 쏟아지도록 했다.

종이는 수첩에서 찢어낸 것이었으며, 다음과 같은 그림이 연필
로 그려져 있었다.

한동안 주의 깊게 그 종이를 살피던 홈즈가 드디어 조심스럽게
접어 수첩 안에 넣었다.

"이거 아주 흥미롭고 보기 드문 사건이 될 것 같은데요. 힐튼
큐빅 씨, 편지로 대부분의 사정을 듣기는 했지만 친구인 왓슨
박사를 위해서 다시 한 번 처음부터 설명해주실 수 있겠어요?"

홈즈가 말했다.

힘이 넘쳐 보이는 커다란 손을 신경질적으로 놀리며 손님이
말했다.

"말솜씨가 그다지 좋은 편이 아니니 분명하지 않은 점이 있으면
무엇이든지 질문해주십시오. 작년, 제가 결혼했을 때의 일부터
말씀드리도록 하겠습니다. 아, 우선 그 전에 말씀드리고 싶은

것이 있습니다. 부자는 아니지만 저희 일족은 약 5세기 전부터 리들링 소프 저택에서 살고 있었기 때문에 노퍽 주에서는 가장 유명한 집안이라고 할 수 있습니다. 작년, 빅토리아 여왕 즉위 60주년 기념행사(1897년)에 참석하기 위해 런던에 왔을 때 러셀 광장에 있는 하숙집에서 묵은 적이 있었습니다. 저희 교구의 목사인 파커 목사님이 그곳에서 머물고 계셨기 때문입니다.

바로 그 하숙집에 미국 여자가 묵고 있었습니다. 이름은 패트릭……, 엘시 패트릭입니다. 우연한 기회에 저희는 친해지게 되었고 일 개월 동안의 체재가 끝날 무렵 저는 그 여자를 세상 그 누구보다도 사랑하게 되었습니다. 저희는 등기소로 가서 조용히 혼인신고를 한 다음 부부가 되어 노퍽으로 돌아갔습니다. 홈즈 씨, 명문가의 자손이 과거도 가족관계도 전혀 모르는 여자와 이런 식으로 결혼하는 것은 미친 짓이라고 생각하시겠죠? 하지만 그 여자를 만나보신다면, 어떤 여자인지 아신다면 틀림없이 이해하실 수 있을 겁니다.

그런 점들에 있어서 엘시는 매우 솔직했습니다. 제가 마음만 먹으면 언제든지 물러설 수 있도록 기회를 만들어주었으니까요. 그녀는 이렇게 말했습니다.

'저는 과거에 아주 불쾌한 교제를 한 적이 있었어요. 깨끗하게 잊고 싶은 기억이. 지난 일들은 입에 담기도 싫어요. 당신이 저와 결혼한다는 것은, 인격 면에서는 아무런 부끄러움도 없는 여자를 아내로 맞아들인다는 얘기에요. 이건 틀림없는 사실이에요, 힐튼. 하지만 당신은 제가 하는 말에만 만족하시고, 당신의 아내인 제가 과거에 대해서 더 말씀드리지 못하는 것을 용서하셔야만 해요.

만약 이 조건이 너무 엄격한 것이라고 생각되신다면 저를 원래의 고독한 생활로 돌려보내시고 혼자서 노퍽으로 돌아가 주세요.'

그녀는 저희가 결혼하기 하룻밤 전에 이런 얘기를 했습니다. 저는 그녀의 조건에 만족한다고 말했으며, 지금까지도 그녀와의 약속을 굳게 지켰습니다.

저희가 결혼한 지도 벌써 1년이 지났는데 그동안 저희는 매우 행복한 나날을 보냈습니다. 그런데 한 달 전인 6월 말에 귀찮은 일이 일어날 것 같은 조짐이 보이기 시작했습니다. 아내 앞으로 미국에서 보낸 편지 한 통이 도착했습니다. 미국 우표가 붙어 있었거든요. 새파랗게 질린 얼굴로 그 편지를 읽은 아내는 그것을 난로 속으로 집어 던졌습니다. 이후로 아내는 그 일에 대해서 단 한마디도 하지 않았습니다. 저도 약속한 내용이 있었기 때문에 아무런 말도 하지 않았습니다. 하지만 그때부터 아내는 한순간도 편하게 지내질 못했습니다. 얼굴에는 무엇인가 기다리는 듯한 불안한 빛이 끊임없이 떠돌고 있습니다. 제게 모든 걸 털어놓는다 면 제가 누구보다도 가장 커다란 힘이 되어줄 것이라는 사실을 알게 될 겁니다. 하지만 아내가 모든 사실을 먼저 털어놓기 전까지 저는 아무런 말도 꺼낼 수가 없습니다.

홈즈 씨, 아내는 거짓말을 할 줄 모르는 사람입니다. 과거에 무슨 일이 있었는지는 모르겠지만 그건 절대로 아내 책임이 아닐 겁니다. 저는 노퍽이라는 시골의 한낱 지주에 불과합니다만, 가문의 명예를 중히 여긴다는 점에 있어서만은 영국의 누구에게도 지지 않을 자신이 있습니다. 그 점은 아내도 잘 알고 있습니다. 맞습니다. 저와 결혼하기 전부터 아주 잘 알고 있었습니다. 그러니 아내도 가문을 더럽히는 짓만은 하지 않을 겁니다. 저는 그렇게 믿고 있습니다.

지금부터 이 기묘한 사건에 대해서 말씀드리도록 하겠습니다. 일주일 정도 전, 그러니까 정확히 지난 주 화요일이었습니다. 아래쪽 창틀 위에서 이 종이에 그려진 것과 같은 조그맣고 이상한 인형들이 여럿 모여 춤을 추고 있는 그림을 발견했습니다. 분필로 어지럽게 그린 그림이었는데 저는 말을 돌보는 아이가 낙서를 한 것이라고 생각했습니다. 그런데 그 아이는 아무것도 모른다는 것이었습니다. 틀림없이 누군가가 밤새 그려놓은 것입니다. 저는 그것을 지우라고 했고 잠시 후에 아내 앞에서 그 일에 대해 잠깐 언급을 했습니다. 그런데 놀랍게도 아내는 그 일을 매우 심각하게 받아들이며 다음에 그런 것을 발견하면 자신에게도 꼭 보여 달라고 청하는 것이었습니다.

그로부터 일주일 동안 그런 그림은 전혀 눈에 띄질 않았는데 바로 어제 아침에 그 종이가 정원에 있는 시계 위에 놓여 있는 것을 제가 발견했습니다. 엘시에게 보여줬더니 그녀는 그만 기절하고 말았습니다. 이후부터 아내는 두려움이 가득한 눈빛으로 마치 꿈꾸는 사람처럼 멍하게 지내고 있습니다. 홈즈 씨, 그래서 당신에게 편지를 쓰고 그 그림을 보낸 겁니다. 이런 건 경찰에 알려봐야 아무런 소용도 없을 겁니다. 그저 비웃음거리가 될 뿐이죠. 홈즈 씨, 당신이라면 어떻게 해야 좋을지 가르쳐주실 수 있을 겁니다. 저는 부자는 아닙니다만, 사랑하는 아내를 위협하는 일이 있다면 전 재산을 털어서라도 아내를 지킬 겁니다."

멋진 남자였다. 우직하고 올곧으며 부드러운 마음, 순수하며 크고 파란 눈, 옹졸함이라고는 조금도 찾아볼 수 없는 단정한 얼굴이야말로 영국인 중의 영국인이라고 할 수 있을 것이다. 그의 얼굴은 아내에 대한 신뢰와 애정으로 빛나고 있었다. 그의 이야기를 주의 깊게 듣고 있던 홈즈는 이야기가 끝난 뒤에도 한동안 아무 말 없이 생각에 잠겨 있었다.

"글쎄요, 큐빅 씨. 가장 좋은 방법은 당신이 아내에게 직접 부탁해서 비밀을 털어놓게 만드는 것 아닐까요?"

홈즈가 드디어 입을 열었다.

"홈즈 씨, 약속은 약속입니다. 말할 만한 일이면 엘시가 먼저 말했을 겁니다. 그럴 마음이 없는데 제가 억지로 말하게 할 수는 없습니다. 하지만 제가 제 나름대로의 방법으로 알아내는 건 문제 될 게 없을 겁니다. 저는 그렇게 할 생각입니다."

힐튼 큐빅이 크게 머리를 내저으며 말했다.

"그렇다면 내가 기꺼이 도와드리도록 하죠. 우선, 댁의 마을에서 낯선 사람을 봤다는 얘기를 들은 적은 없었나요?"

"네, 없습니다."

"아주 한적한 마을 같으니 새로운 얼굴이 나타나면 틀림없이 사람들 입에 오르내리겠죠?"

"마을에서 아주 가까운 곳이라면 그럴 겁니다. 하지만 마을에서 그다지 멀리 떨어지지 않은 곳에 조그만 해수욕장이 몇 개 있어서 농가에서는 민박을 치기도 하고 있습니다."

"이 그림에는 틀림없이 어떤 의미가 담겨 있어요. 마구잡이로 그린 것이라면 해석할 길이 없겠지만, 어떤 규칙이 숨어 있다면 틀림없이 의미를 밝혀낼 수 있을 거예요. 하지만 이것만 가지고는 숫자가 너무 적어서 도저히 규칙을 밝혀낼 수가 없고, 들려주신 말씀은 너무 막연해서 조사의 토대로 삼을 수가 없네요.

그래서 드리는 말씀인데 우선은 노퍽으로 돌아가셔서 주의 깊게 살펴보시다가 춤추는 인형이 다시 나타나면 그것을 정확하게 베껴두도록 하세요. 창틀에 분필로 그렸던 것을 베껴두지 않은 건 정말 안타까운 일이네요. 그리고 마을에 낯선 사람이 나타나지 않았나 주의 깊게 살펴보시기 바랍니다. 그러다 뭔가 새로운 증거가 발견되면 그때 다시 오시도록 하세요. 힐튼 큐빅 씨, 지금 나로서는 이 정도로밖에 도움을 드릴 수가 없네요. 만약 사태가 급변해서 급박한 상황이 벌어진다면 언제라도 노퍽에 있는 저택으로 내가 직접 달려가도록 하겠습니다."

손님이 돌아간 후, 홈즈는 아주 깊은 생각에 잠겼다. 그리고 그로부터 며칠 동안, 그가 지갑에서 그 종이를 꺼내 거기에 그려져 있는 기묘한 그림을 오랫동안 바라보는 모습을 몇 번이고 볼 수 있었다. 하지만 이 사건에 대해서는 단 한마디의 의견도 밝히지 않았다. 그렇게 이주일 정도 지난 어느 날 오후, 그가 외출하려는 나를 불러 세웠다.

"여기 있는 게 좋을 거야, 왓슨,"

"왜?"

"오늘 아침에 힐튼 큐빅 씨가 전보를 보내왔거든. 기억하고 있지? 그 춤추는 인형을 보여줬던 힐튼 큐빅 씨. 1시 20분에 리버풀 가의 역에 도착한다고 했으니 곧 집으로 올 거야. 전보에 의하면 뭔가 중요한 일이 일어난 듯하네."

우리는 오래 기다리지 않았다. 노퍽의 지주는 역에서 바로 이륜마차를 잡아타고 달려왔다. 너무 걱정된 나머지 기분이 우울한 듯, 눈은 피곤해 보였으며 이마에는 주름이 잡혀 있었다.

"이번 사건이 점점 제 신경을 건드리고 있습니다, 홈즈 씨. 눈에 보이지도 않고 정체도 알 수 없는 녀석들이 저희를 둘러싼 채 어떤 음모를 꾸미고 있다는 생각이 들어 견딜 수가 없습니다. 게다가 녀석들이 아내를 죽이려 조금씩 좁혀 들어오고 있으니 이거 정말 생사람 잡겠습니다. 아내는 점점 여위어가고 있습니다. 제 앞에서 나날이 쇠약해져가고 있습니다."

"부인께서는 아직 아무런 말도 하지 않았나요?"

"네, 아직 아무 말도. 몇 번인가 말해야겠다고 생각한 적이 있었던 듯한데 가엾게도 결심이 서지 않는 듯합니다. 저도 편안하게 얘기할 수 있도록 분위기를 만들어보기도 했지만 방법이 좋지 않았는지 오히려 더 겁을 먹는 듯한 눈치였습니다. 아내가 저희 집안의 내력, 노퍽 주에서의 명성, 오점 없는 가문의 이름에 대한 자부심 등을 얘기할 때면 드디어 문제의 핵심에 접근할 수 있을 것 같다는 생각이 들지만 어쩐 일인지 얘기는 그 부분에서 다른 곳으로 벗어나고 맙니다."

"그렇다면 무엇인가 발견한 게 있으시군요."

"꽤 많은 것들을 찾아냈습니다. 당신이 조사하셔야 할 것 같아서 춤추는 인형의 그림을 몇 장 가지고 왔는데 그보다 더 중요한 사실은 제가 그 사람을 봤다는 점입니다."

"뭐라고요? 그 그림을 그린 사람을요?"

"그렇습니다. 그리는 것을 봤습니다. 그럼 모든 일을 순서에 따라서 말씀드리도록 하겠습니다. 전에 이곳을 방문하고 돌아간 다음 날, 바로 춤추는 인형을 발견했습니다. 잔디밭 옆, 집 정면의 창에서 아주 잘 보이는 곳에 도구를 넣어두는 창고가 있는데 그 창고의 검은 나무문에 분필로 그려져 있었습니다. 이것이 그것을 똑같이 옮겨 적은 것입니다."

그가 접혀 있던 종이를 펴서 테이블 위에 올려놓았다. 그 그림문자는 다음과 같았다.

"대단하군! 정말 대단해! 자, 계속해보세요."
홈즈가 말했다.

"베낀 뒤 그 그림은 바로 지워버렸습니다. 그런데 이틀 뒤에 또 새로운 것이 나타나지 않았겠습니까? 바로 이겁니다."

홈즈가 두 손을 비비며 기쁘다는 듯이 웃었다.

"자료가 점점 늘어나는군."
홈즈가 말했다.

"그로부터 3일 후, 이번에는 메시지를 적은 종이쪽지를 정원의 해시계 위에 돌로 눌러놓은 것이 발견됐습니다. 이게 그겁니다. 보시는 바와 같이 예전 것과 같은 종이입니다. 그래서 저는 잠복을

하기로 결심했습니다. 권총을 꺼내 들고 잔디밭과 정원이 한눈에 내려다보이는 서재의 창가에 앉아서 밤을 새웠습니다.

그날 밤 두 시쯤, 밖에서 달빛이 쏟아지는 곳 외에는 전부 어둠에 잠겨 있었습니다. 가만히 앉아 있자니 발걸음소리가 들려왔습니다. 그곳으로 시선을 돌려보니 가운을 걸친 아내가 서 있었습니다. 아내는 제게 그만 자기를 바란다고 했습니다. 저는 이런 이상하고 나쁜 짓을 하는 것이 누군가 밝혀내려 하는 것이라고 솔직하게 털어놓았습니다. 그러자 아내는 의미 없는 장난이니 신경 쓸 것 없다고 했습니다.

'힐튼, 이번 일이 그렇게 마음에 걸린다면 둘이서 여행이라도 떠나요. 그러면 이런 불쾌한 마음도 사라질 거예요.'

'뭐라고? 이런 악질적인 장난을 하는 녀석 때문에 집을 비우자고? 그럴 순 없소. 노픽 주의 비웃음거리가 되고 말 거요.'

제가 말했습니다.

'어쨌든 이제 주무시도록 하세요. 얘기는 내일 아침에라도 할 수 있으니까요.'

아내가 말했습니다. 이렇게 말하는 아내의 하얀 얼굴이 달빛 속에서 더욱 하얗게 변했으며, 제 어깨에 얹은 손에 힘이 들어가는 것을 느낄 수 있었습니다. 창고 근처에서 무엇인가가 움직이고 있었던 겁니다. 검은 사람의 그림자가 엉금엉금 기듯 창고 모퉁이를 살짝 돌아나와 문 앞에 웅크리는 것이 보였습니다. 권총을 들고 뛰어나가려 하는데 아내가 두 손으로 제게 매달려 엄청난 힘으로 저를 말렸습니다. 저는 아내의 손을 뿌리치려 했지만 아내는 죽을힘을 다해서 제게 매달렸습니다. 간신히 아내를 뿌리

치기는 했지만 서재의 문을 열고 창고 앞으로 달려갔을 때 상대는 이미 모습을 감춘 뒤였습니다.

하지만 그곳에 누군가 있었던 흔적만은 뚜렷하게 남아 있었습니다. 지금까지 두 번 나타나 그 종이에 옮겨 그린 것과 같은 춤추는 인형을 남기고 간 것처럼 이번에도 문 위에 춤추는 인형을 그려놓았습니다. 정원을 샅샅이 살펴보았지만, 그 외의 곳에 사람이 들어왔던 흔적은 남아 있지 않았습니다. 그런데 놀랍게도 제가 정원을 둘러보는 동안 상대는 죽 정원 한구석에 숨어 있었던 듯, 이튿날 아침 제가 다시 그 문 앞을 살펴보니 전날 밤에 봤던 인형에 이어서 새로운 인형이 더 그려져 있었습니다."

"그 새로운 그림도 가지고 오셨나요?"

"네, 아주 짧은 것인데 베껴가지고 왔습니다. 여기 있습니다."

그는 종이 한 장을 더 꺼냈다. 새로운 춤추는 인형은 다음과 같은 형상을 하고 있었다.

"잠깐, 한 가지 물어보겠는데 이건 전의 것과 이어진 것처럼 보였나요, 아니면 전혀 새로운 것처럼 보였나요?"

홈즈가 말했다. 그가 매우 흥분했다는 사실을 눈을 통해서 알 수 있었다.

"서로 다른 판자에 그려놓았습니다."

"역시! 이건 사건을 해결하는 데 있어서 가장 중요한 사실입니다. 커다란 희망이 보이기 시작했어요. 힐튼 큐빅 씨, 당신의 아주 흥미로운 얘기를 계속해주세요."

"더 말씀드릴 것이라고는, 그날 밤 범인을 잡을 기회를 잡았는데 저를 말린 아내에게 화를 냈다는 것 정도입니다. 그 점에 대해서 아내는, 제가 다치기라도 하면 안 된다고 생각해서 말린 것이라고 말했습니다. 하지만 당시 아내가 진심으로 걱정했던 것은 제가 아니라 그 범인이 아니었을까 하는 생각이 문득 머리를 스치고 지나갔습니다. 그렇게 생각한 이유는, 녀석이 어떤 녀석인지 이 기묘한 기호가 어떤 의미인지를 아내가 알고 있는 것 같다는 느낌이 들었기 때문입니다. 하지만 아내의 목소리와 눈빛에는 의심을 용납하지 않겠다는 태도가 서려 있었습니다. 그래서 지금은 아내가 걱정했던 것은 역시 저였다고 생각하고 있습니다.

이것으로 모든 사실을 말씀드렸으니, 이번에는 제가 어떻게 해야 좋을지 당신의 의견을 들려주시기 바랍니다. 저는 정원 나무 밑에 농장의 장정 몇 명을 배치해놨다가 녀석이 다시 나타나면 가죽 채찍으로 후려쳐 두 번 다시 저희의 평화를 해치지 못 하도록 할 생각입니다."

"아니, 이번 사건은 아주 복잡해서 그렇게 간단한 대책으로는 해결할 수 없을 거예요. 언제까지 런던에 머물 생각이시죠?"

홈즈가 말했다.

"오늘 중으로 돌아가야 합니다. 무슨 일이 있어도 아내를 밤에 혼자 내버려둘 수는 없습니다. 신경이 매우 날카로워져서 꼭 돌아와 달라고 애원했으니까요."

"그렇다면 돌아가시는 게 좋겠군요. 만약 더 머무실 수 있다면 나도 내일이나 모레쯤에는 함께 갈 수 있을 텐데. 어쨌든 이 종이는 여기 놓고 가세요. 빠른 시일 안에 댁으로 가서 사건 해결의 방책을 세워보도록 하지요."

설록 홈즈는 손님이 돌아갈 때까지 특유의 냉정한 직업적 태도를 유지했지만, 사실은 매우 흥분한 상태라는 사실을 그를 잘 아는 나는 쉽게 알아볼 수 있었다. 힐튼 큐빅의 넓은 어깨가 문밖으로 사라지자마자 테이블 쪽으로 달려가 춤추는 인형이 그려진 종이를 전부 눈앞에 늘어놓은 내 친구는 복잡하고 어려운 계산을 하기 시작했다.

그로부터 두 시간 동안, 나는 친구가 너무 일에 열중한 나머지 내가 옆에 있다는 사실도 잊은 채 여러 장의 종이에 글자와 숫자를 채워가는 모습을 가만히 지켜보고 있었다. 일이 잘 풀리는 듯 휘파람을 불고 노래를 흥얼거리는 적도 있는가 하면 때로는 생각이 막힌 듯 이마를 찌푸린 채 멍한 눈빛으로 오랫동안 꼼짝도 하지 않고 앉아 있는 적도 있었다. 그러다 드디어 만족스럽다는 듯 소리를 지르고 의자에서 일어나 손을 비비며 방 안을 오가기 시작했다. 그리고 해저전신 신청서에 긴 전문을 썼다.

"왓슨, 만약 내가 보내는 이 전문에 대한 답이 내가 생각했던 것과 같다면 자네는 자네의 사건 기록에 재미있는 사건을 하나 더 추가할 수 있을 거야. 내일 노퍽으로 가서 그 사람이 걱정하고 있는 일의 비밀에 대한 결정적인 정보도 제공할 수 있을 거야."

솔직히 말하자면 이때 나는 호기심으로 가득 넘쳐 있었지만, 홈즈는 자신이 밝히고 싶을 때, 자신이 좋아하는 방식으로만 얘기를 털어놓는다는 사실을 잘 알고 있었기 때문에 그가 밝히고 싶은 마음이 들 때까지는 묻지 않고 기다리기로 했다.

전보에 대한 답장이 늦어져 이틀을 초조하게 기다려야 했는데 그동안 홈즈는 초인종이 울릴 때마다 신경을 곤두세우곤 했다. 이틀째 되던 날 저녁, 힐튼 큐빅 씨로부터 편지가 왔다. 오늘 아침, 해시계 위에서 긴 그림문자를 발견한 것 외에는 특별한 이상이 없다는 내용이었다. 그림문자를 옮겨 적은 것이 동봉되어 있었는데 그것은 다음과 같은 것이었다.

몇 분 동안 이 기괴한 그림을 들여다보던 홈즈가 갑자기 놀란 듯한 소리를 지르며 자리에서 벌떡 일어섰다. 얼굴에는 불안의 빛이 가득했다.

"아무래도 이 사건을 너무 지켜보고만 있었던 것 같아. 아직도 노스 월섬으로 가는 기차가 있을까?"

그가 말했다.

시간표를 살펴본 나는 조금 전에 막차가 출발했다는 사실을 알 수 있었다.

"그럼 내일 아침 일찍 밥을 먹고 첫차로 가기로 하세. 서둘러 갈 필요가 있어. 아, 기다리던 전보가 왔군. 잠깐만 기다려주세요, 허드슨 씨. 답장을 써야 될지도 모르니까. 됐어요. 답장은 필요 없어요. 모든 게 내가 생각했던 대로였어. 그렇다면 더욱 빨리 힐튼 큐빅 씨에게 사건의 정세를 알릴 필요가 있겠는걸. 그 우직한 노퍽의 지주는 지금 예를 찾아보기 힘들 정도로 위험한 음모에 휩싸여 있네."

홈즈가 말했다.

모든 것이 홈즈의 말 그대로였다. 처음에는 어린아이 장난으로밖에 여겨지지 않던 사건이 결국에는 어두운 결말을 맞이하게 되는데, 그 일을 생각할 때면 아직도 그때의 놀라움과 공포가 선명하게 떠오르곤 한다. 독자 여러분에게는 좀 더 밝은 내용을 전달하고 싶지만 이것은 사실에 대한 기록이니 어쩔 수가 없다. 당시 리들링 소프 저택의 이름을 영국 전역에 알렸으며 며칠 동안이나 사람들의 입에 오르내린 이 기묘한 사건을, 그 어두운 위기일발의 순간에 이르기까지 철저하게 기록하지 않으면 안 된다.

우리가 노스 월섬에 도착해서 목적지까지 가는 길을 사람에게 묻는 순간 역장이 허겁지겁 달려와 이렇게 말했다.

"런던에서 오신 탐정이시죠?"

홈즈의 얼굴에는 당황하는 빛이 역력했다.

"그걸 어떻게 아셨죠?"

"지금 막 노위치의 마틴 경감이 이곳을 지나갔습니다. 그리고 선생님은 혹시 외과 의사이십니까? 그녀는 아직 죽지 않았습니다. 조금 전에 들은 얘기에 의하면 그녀는 아직, 서둘러 가시면 그녀를 살릴 수 있을지도 모릅니다. 살린다고 해봐야 결국에는 교수형에 처해지겠지만."

불안한 빛이 홈즈의 얼굴을 스치고 지나갔다.

"지금 리들링 소프 저택으로 가려고 하는데 그곳에서 무슨

일이 있었는지는 아직 아무것도 들은 게 없어요."

그가 말했다.

"정말 끔찍한 사건입니다. 두 사람 모두 총에 맞았습니다. 힐튼 큐빅 씨와 부인 모두. 부인이 남편을 쏜 뒤, 자신도 쏘았다고 하인들은 말하고 있습니다. 힐튼 씨는 돌아가셨고 부인도 살아날 가능성이 거의 없다고 합니다. 노퍽 주 최고의 명문가에서 왜 이런 일이 일어난 건지."

역장이 말했다.

홈즈는 단 한마디도 하지 않고 마차 쪽으로 서둘러 달려갔으며, 마차를 타고 7마일(약 11.2㎞)이라는 먼 길을 가는 동안에도 전혀 입을 열지 않았다. 홈즈가 이처럼 낙담한 모습을 보는 것은 처음이었다. 런던에서 기차를 타고 오는 동안에도 내내 침착하지 못하고 불안한 모습으로 조간을 주의 깊게 읽고 있었는데, 지금 여기에 와서 그가 가장 우려하던 일이 벌어졌다는 사실을 알고 완전히 상심한 듯했다. 그는 좌석 깊이 몸을 묻고 앉아 우울한 듯 생각에 잠겨 있었다.

마차가 영국에서도 보기 드문 전원지대를 달리고 있었기 때문에 우리 주위에는 흥미로운 것들이 헤아릴 수도 없이 많았다. 띄엄띄엄 서 있는 시골집들이 이 지역의 인구가 적음을 상징적으로 알려주고 있었고, 어느 쪽으로 시선을 돌려도 눈에 띄는 사각형의 거대한 탑이 있는 교회가 푸른 들판의 풍경 속에 여기저기 솟아 있어 옛날 동앵글리아 왕국의 영광과 번영을 말해주고 있었다. 곧 노퍽 해안의 나무들 위로 북해가 보랏빛 수면을 조금 드러내자 마부가 채찍을 들어 나무들 사이로 보이는, 벽돌과

목재로 만들어진 두 채의 오래된 저택을 가리키며 말했다.

"저기가 리들링 소프 저택입니다."

기둥이 늘어선 복도와 연결된 현관 앞에 마차가 도착했을 때, 그 정면에 있는 잔디로 된 테니스 코트 옆쪽으로 이미 우리와는 묘한 관계를 맺게 된 검은 창고와 받침대가 있는 해시계가 있음을 알 수 있었다. 깔끔한 복장에 날렵하고 다부진 체구, 기름을 바른 콧수염을 한 사내가 높다란 이륜마차에서 막 내리던 참이었다. 노픽 경찰서의 마틴 경감이라고 자신을 소개한 남자는 내 친구의 이름을 듣더니 매우 놀랐다는 표정을 지었다.

"아니, 홈즈 씨. 범행은 오늘 새벽 3시에 일어났습니다! 어떻게 런던에서 그 소식을 듣고 저와 같은 시간에 현장에 달려오실 수 있었습니까?"

"나는 일이 이렇게 될 줄 알고 있었어요. 그래서 그것을 사전에 막으려고 이렇게 달려온 거죠."

"그렇다면 저희가 알지 못하는 중요한 증거라도 갖고 계시다는 말씀이십니까? 두 사람은 아주 금실이 좋은 부부였다고 하던데."

"춤추는 인형을 가지고 있을 뿐입니다. 그것에 관해서는 잠시 후에 설명하도록 하지요. 어쨌든 비극은 이미 일어나버렸으니 나는 그저 알고 있는 사실들을 동원해서 법이 올바로 행해질 수 있도록 하고 싶을 뿐입니다. 당신과 함께 수사를 해도 괜찮을까요? 아니면 나는 내 나름대로 수사를 하는 게 좋을까요?"

홈즈가 말했다.

"홈즈 씨와 함께 일을 할 수 있다니, 영광입니다."

경감이 진심 어린 투로 말했다.

"그럼 한시라도 빨리 증인들의 이야기를 들어보고 저택 안을 조사하도록 해야겠습니다."

마틴 경감은 꽤 이해심 많은 사람으로, 홈즈가 마음껏 조사를 하게 내버려둔 뒤 자신은 그 결과를 주의 깊게 적어두는 데에만 만족했다. 바로 그때, 마을의 외과 의사인 백발노인이 큐빅 부인의 방에서 내려와 부인의 상처가 깊기는 하지만 치명상은 아닌 것 같다고 말해주었다. 총알이 앞이마를 뚫고 들어갔기 때문에 의식을 회복하기까지는 조금 시간이 걸릴 것 같다고도 말했다. 부인이 다른 사람이 쏜 총에 맞은 것인지, 아니면 스스로 쏜 것인지를 묻는 질문에는 확실히 의견을 밝히려 들지 않았다.

어쨌든 아주 가까이에서 발사된 총알에 맞은 것만은 확실했다. 실내에서 발견된 권총은 한 자루밖에 없었으며, 그 권총의 탄창에는 두 발의 총알이 비어 있었다. 힐튼 큐빅 씨는 심장에 총알을 맞았다. 두 사람의 중간쯤 되는 곳에 권총이 떨어져 있었기 때문에 큐빅 씨가 아내를 쏘고 스스로 목숨을 끊었다고 볼 수도 있었으며 반대로 아내가 총을 쏜 것이라고 볼 수도 있었다.

"큐빅 씨에게 손을 댔나요?"

홈즈가 물었다.

"부인 외에는 어디에도 손을 대지 않았습니다. 부상을 입고 바닥에 쓰러져 있는 사람을 그대로 내버려둘 수는 없었으니까요."

"선생님은 언제 여기에 오셨나요?"

"4시쯤입니다."

"그 외에 다른 사람은?"

"이 경찰이 있었습니다."

"어디에도 손을 대지 않았습니다."

"아주 신중하게 잘 행동하셨군요. 누가 선생님을 불렀죠?"

"손더스라는 하녀였습니다."

"현장을 처음으로 목격한 것도 그녀였나요?"

"네, 요리사인 킹 부인과 함께였습니다."

"두 사람은 지금 어디에 있나요?"

"아마 부엌에 있을 겁니다."

떡갈나무 판자를 댄 벽에 높은 창이 있는 현관 옆의 고풍스러운 응접실이 취조실로 사용됐다. 수척하게 여윈 얼굴로 크고 고풍스러운 의자에 앉은 홈즈의 눈이 날카롭게 빛났다. 나는 그의 눈 속에서 도움을 주지 못한 의뢰인의 복수를 할 때까지는 목숨을 걸고서라도 이 사건을 조사하겠다는 굳은 결의를 읽을 수 있었다. 그런 홈즈와, 말쑥한 차림의 마틴 경감, 새치가 섞인 수염을 기른 시골 의사, 나, 느긋한 성격을 가진 마을의 경찰이 이번 사건을 맡은 기묘한 수사진의 구성원이었다.

두 여자의 진술은 매우 명확했다. 두 사람 모두 총소리를 듣고 잠에서 깨어났으며, 1분쯤 뒤에 두 번째 소리가 들렸다고 했다. 두 사람은 서로 옆방을 쓰고 있는데 킹 부인이 먼저 손더스의 방으로 뛰어들었다고 한다. 함께 계단을 내려와 보니 서재의 문이 열려 있고 테이블 위에 있는 초에 불이 켜져 있었다고 한다. 주인은 방 한가운데 엎어져 있었는데 완전히 숨이 끊어진 상태였다고 한다. 부인은 머리를 벽에 기댄 채 몸을 웅크리고 있었다. 커다란 상처를 입은 듯 얼굴이 피로 빨갛게 물들어 있었다. 괴로운 듯 숨을 헐떡이고 있었고 말도 할 수 없는 상태였다.

방뿐만 아니라 복도에도 연기와 화약 냄새가 가득 들어차 있었다. 창문은 틀림없이 닫혀 있었으며 안쪽에서 걸쇠를 걸어놓은 상태였다. 이 점에 대해서는 두 사람 모두 자신 있게 증언했다. 두 사람은 바로 의사와 경찰을 불러오도록 했다. 그리고 마부와 그의 조수인 소년과 함께 부상을 당한 부인을 침실로 옮겼다. 부부 모두가 사건이 일어나기 전에 침대에 든 흔적이 남아 있었다. 부인은 평상복을 입고 있었지만 남편은 잠옷 위에 가운을 걸치고 있었다. 서재의 물건에는 전혀 손을 대지 않았다. 두 사람이 알고 있는 한 지금까지 단 한 번도 부부싸움을 한 적은 없었다. 모든 사람들이 아주 금실 좋은 부부라고 생각하고 있었다.

이상이 두 하녀가 한 증언의 요점이다. 마틴 경감의 질문을 받은 두 사람은, 모든 문이 안에서 잠겨 있었기 때문에 집 밖으로 도망간 사람은 절대 없을 것이라고 단언했다. 두 사람 모두 가장 위층에 있는 자신들의 방에서 나온 순간부터 화약 냄새가 났다고 말했다.

"이 사실에 주의할 필요가 있을 것 같군요. 그럼, 지금부터 실내를 철저하게 조사하도록 합시다."

홈즈가 경감에게 말했다.

서재는 그리 넓지 않았는데 벽 세 면에 책이 늘어서 있었으며 정원으로 향한 평범한 창문 쪽으로는 책상이 놓여 있었다. 처음 눈에 들어온 것은 바닥에 쓰러져 있는 불행한 지주의 커다란 사체였다. 입고 있는 옷이 흐트러진 것으로 봐서 잠을 자다 급히 일어난 듯했다. 총알은 그의 정면에서 발사되었으며, 심장을

관통한 채 몸 안에 박혀 있었다. 아무런 고통도 없이 즉사한 것임에 틀림없었다. 가운과 손에는 화약의 흔적이 남아 있지 않았다. 마을 외과 의사의 말에 의하면 부인의 얼굴에 화약 흔적이 남아 있었지만 손에는 어떤 흔적도 남아 있지 않았다고 한다.

"손에 조금이라도 화약의 흔적이 남아 있다면 모르겠지만 남아 있지 않다면 그건 아무런 의미도 없는 일이에요. 약협이 꼭 맞지 않아 화약이 뒤로 분출되는 경우가 아니라면 화약의 흔적을 손에 남기지 않고도 몇 발이고 쏠 수 있으니까요. 큐빅 씨의 사체는 이제 치워도 되겠네요. 그런데 선생님, 부인에게 상처를 준 총알은 아직 뽑아내지 않았겠지요?"

홈즈가 말했다.

"그러려면 커다란 수술을 해야 합니다. 하지만 권총에는 총알이 아직 네 발 남아 있습니다. 두 발이 발사되었고 상처가 두 개 남았다면 총알에 대해서는 완벽하게 설명할 수 있는 것 아닙니까?"

"그렇게 생각되시겠죠. 그렇다면 선생님께서는 저 창문틀에 명중한 총알에 대해서도 설명해주실 수 있겠죠?"

이렇게 말한 홈즈가 갑자기 몸을 돌렸다. 그의 길고 가느다란 손가락이 아래쪽 창틀에서 1인치(약 2.54㎝) 정도 떨어진 곳에 뚫린 구멍을 가리켰다.

"아니, 이건! 어떻게 아셨습니까?"

경감이 외쳤다.

"찾고 있었거든요."

"정말 대단하십니다! 말씀하신 그대로입니다. 그러니까 총알이 세 발 발사되었으니 제3의 인물이 있었다는 얘기가 되는군요. 그렇다면 그 사람은 대체 누구이며, 또 어떻게 도망을 쳤을까요?"

시골 의사가 말했다.

"바로 그게 우리가 지금부터 풀어야 할 문제에요. 마틴 경감님, 아직 기억하고 계시죠? 하녀들이 방에서 나온 순간부터 화약 냄새가 났다고 말했을 때 그건 매우 중요한 일이라고 내가 말했던 것을."

홈즈가 말했다.

"네. 하지만 솔직히 말씀드리자면 아직도 그 의미를 잘 모르겠습니다."

"그건 발포될 당시에 이 방의 문뿐만 아니라 창문도 열려 있었다는 뜻이에요. 그렇지 않고서는 화약 냄새가 그렇게 빨리 집 안 전체에 퍼질 리 없으니까요. 그러니까 이 방은 바람이 통하는 상태였던 거예요. 문과 창문 모두가 열려 있었던 시간은 매우 짧은 시간이었을 테지만."

"그걸 어떻게 아십니까?"

"초가 탄 흔적이 그렇게 많이 흔들려 있지는 않으니까요."

"대단해! 정말 대단해!"

경감이 외쳤다.

"이 비극이 일어났을 때 창이 열려 있었던 게 확실하다면, 이 사건에는 제3의 인물이 있고 그 사람이 창밖에서 발포했을 것이라고 생각했어요. 그리고 그 사람을 향해서 실내에서 총을 쐈다면 총알이 창틀에 박혀 있을 가능성도 있다고 생각했죠. 그래서 찾아봤더니 아니나 다를까, 총알자국이 있었어요."

"하지만 창문은 닫혀 있었고 걸쇠도 걸려 있지 않았습니까?"

"여자가 본능적으로 창문을 닫고 걸쇠를 걸었을 거예요. 앗! 이건 또 뭐지?"

홈즈가 발견한 것은 서재의 테이블 위에 놓여 있던 핸드백이었다. 악어가죽에 은장식을 한 조그맣고 세련된 백이었다. 홈즈가 핸드백을 열어 내용물을 끄집어냈다. 고무줄로 묶어놓은 50파운드짜리 지폐가 20장 들어 있을 뿐이었다.

"이건 재판을 할 때 결정적인 증거가 될 테니 잘 챙겨두세요."

홈즈가 핸드백과 지폐를 경감에게 넘겨준 뒤 다시 말을 이었다.

"그럼, 이번에는 세 번째 총알에 주목할 필요가 있을 겁니다. 창틀에 남은 흔적으로 봐서 이건 틀림없이 실내에서 쏜 것이에요. 요리사인 킹 씨에게 다시 한 번 묻겠는데 당신은 틀림없이 커다란 총성을 듣고 잠에서 깨어났다고 말씀하셨죠? 그건 두 번째 들려온 총성보다 더 컸다는 말인가요?"

"글쎄요. 그 소리를 듣고 잠에서 깨어난 것이라 꼭 그렇다고는 말씀드릴 수 없지만 어쨌든 굉장히 큰 소리였어요."

"혹시 두 발이 거의 동시에 발사된 소리라고는 생각되지 않으시나요?"

"그 점에 대해서는 정확히 말씀드릴 수 없어요."

"나는 틀림없이 그랬을 거라고 생각해요. 경감님, 이 방에서 얻을 수 있는 단서는 이제 다 얻은 듯합니다. 괜찮으시다면 함께 정원으로 가시죠. 뭔가 새로운 증거가 있을지도 모르니까요."

서재의 창 밑에서부터 화단이 길게 이어져 있었는데 그곳으로 향하던 우리는 일제히 놀라지 않을 수 없었다. 화단의 꽃들이 짓밟혀 있었으며 부드러운 흙 위 여기저기에 발자국이 남아 있었기 때문이었다. 커다란 남자의 발자국이었는데 끝부분이 이상할 정도로 길고 뾰족했다. 홈즈는 총에 맞아 떨어진 새를 찾는 사냥개처럼 잔디와 나무 사이를 뒤지고 돌아다녔다. 그러다 곧 만족스럽다는 듯한 소리를 지르며 몸을 숙여 놋쇠로 만든 조그만 원통을 주워 올렸다.

"역시, 생각한 대로야. 약협제거장치가 달린 권총을 사용했어. 바로 이게 세 번째 총알의 약협이에요. 마틴 경감님, 어떻게 된 사건인지 드디어 윤곽이 잡혔어요."

홈즈가 말했다.

홈즈의 신속한 수사에 시골마을의 경감은 매우 놀란 듯한 표정이었다. 처음에는 그도 자신의 주장을 개진하고 싶어 하는 표정이었지만 지금은 완전히 감탄해서 홈즈가 이끄는 대로 어디든 따라가겠다는 자세를 보이고 있었다.

"누구를 의심하고 계십니까?"

경감이 물었다.

"그건 나중에 말씀드리도록 하지요. 이번 사건에 대해서 아직 당신에게 설명하지 못한 점들이 몇 가지 있어요. 어쨌든 여기까지 왔으니 우선은 지금처럼 내 방법대로 수사를 한 뒤에 사건 전체에 대한 내용을 한꺼번에 해명하는 게 가장 좋을 것 같아요."

"홈즈 씨, 범인만 잡을 수 있다면 어떤 방법을 쓰셔도 저는 상관없습니다."

"특별히 숨기려는 건 아니지만, 서둘러 수사를 해야 하기에 복잡한 설명을 오랫동안 하고 있을 수가 없어서요. 이 사건의

해결을 위한 단서는 전부 손에 넣었어요. 불행하게도 부인이 이대로 의식을 회복하지 못한다 해도 어젯밤에 있었던 사건을 다시 한 번 구성해서 법이 올바로 집행되도록 할 수는 있을 겁니다. 그 전에 한 가지 알고 싶은 게 있는데 이 부근에 '엘리지'라고 불리는 여관이 있나요?"

바로 사람들에게 물어봤지만 그런 이름을 알고 있는 사람은 아무도 없었다. 그런데 마구간에서 일하는 소년이, 이스트 러스톤 쪽으로 몇 마일쯤 가다보면 그런 이름을 가진 농장 주인이 살고 있다는 사실을 떠올려 문제해결에 빛을 던져주었다.

"그 농장은 마을에서 떨어진 곳에 있니?"

"네, 아주 외진 곳이에요."

"그럼, 그곳 사람들은 어젯밤 이곳에서 있었던 일을 아직 모르겠구나?"

"아마 그럴 거예요."

잠깐 생각에 잠겨 있던 홈즈의 얼굴에 묘한 웃음이 번지기 시작했다.

"얘야, 말을 좀 준비해주겠니? 엘리지 농장으로 편지를 보내야겠다."

홈즈가 주머니에서 춤추는 인형이 그려진 종이들을 꺼냈다. 그리고 그것을 눈앞에 펼쳐놓은 다음 책상에서 한동안 무엇인가를 했다. 잠시 후, 편지 한 통을 소년에게 건네주며 그것을 이름이 적힌 사람에게 직접 전해줄 것과 그 사람이 어떤 질문을 해도 절대로 대답해서는 안 된다고 주의를 주었다. 나는 봉투 겉면에 홈즈의 평소 단정한 글씨와는 달리 비뚤비뚤한 글씨로 받는 사람의 이름이 적혀 있는 것을 보았다.

'노픽 주 러스톤 엘리지 농장, 에이브 슬레이니 씨 귀하'

"경감님, 전보로 호송 담당자들을 부르는 게 좋을 거예요. 내 생각대로라면 당신은 위험하기 짝이 없는 용의자를 주의 형무소로 보낼 수 있을지도 모르니까요. 전보는 이 편지를 전해줄 소년에게 부탁하면 될 거예요. 왓슨, 오후에 런던으로 돌아가는 기차가 있으면 좋을 텐데. 아직 끝내지 못한 화학분석을 끝내고 싶기도 하고, 이번 사건도 거의 해결돼가는 것 같으니 말이야."

소년이 편지를 들고 출발하자 셜록 홈즈가 하인들에게 지시를 내렸다. 힐튼 큐빅 부인을 찾아오는 사람이 있으면, 부인의 용태에 대해서는 아무런 말도 하지 말고 바로 응접실로 안내할 것. 이 점에 대해서 그는 아주 신중하게 주의해달라고 부탁했다.

그런 다음 그는 우리를 응접실로 데려가 당장은 더 이상 할 일이 없으니 앞으로 어떤 일이 일어날지 기다리는 동안 시간을 유효하게 사용하지 않겠느냐고 말했다. 늙은 외과 의사는 다른 환자를 돌보기 위해 돌아갔고 경감과 나만이 그 자리에 남아 있었다.

"지금부터 한 시간 정도, 즐겁고 유익한 시간을 보낼 수 있도록 해드리죠."

의자를 테이블 쪽으로 끌어당긴 홈즈가 기묘한 몸짓의 춤추는 인형이 그려진 종이들을 그 앞에 펼쳐놓으며 말했다.

"왓슨, 자네의 억제하기 힘든 호기심을 오랫동안 채워주지 못하고 내버려둔 죄를 이제 보상하도록 하겠네. 그리고 경감님, 이번 사건은 앞으로 당신의 일에 커다란 참고가 될 것 같습니다.

우선은 힐튼 큐빅 씨가 베이커 가에 있는 나를 찾아왔을 때 있었던 매우 흥미로운 상황에 대해서 말씀드려야겠네요."

홈즈는 앞서 내가 기록한 사실들을 경감에게 간단히 설명했다.

"바로 여기에 그 기묘한 작품들이 있는데 이것이 끔찍한 비극의 전조라는 사실을 모른다면 누구라도 그저 웃어넘길 장난쯤으로 생각했을 겁니다. 나는 온갖 암호문의 형식에 대해 어느 정도 지식을 가지고 있고 그 문제에 관한 조그만 논문을 쓴 적도 있었습니다. 그 논문에서 160종의 암호기법을 분석했는데 솔직히 말하자면 이번 것은 전혀 새로운 기법이었습니다. 이 암호를 생각해낸 사람들은, 틀림없이 이들 기호가 메시지를 전달하고 있는 게 아니라 어린아이의 낙서에 지나지 않는 것이라고 보이고 싶었을 거예요.

하지만 이들 그림이 문자를 나타내는 것이라는 사실을 깨달은 후에, 온갖 형태의 암호문에 통하고 있는 법칙을 적용하여 이것을 해독하는 것은 아주 간단한 일이었어요. 내가 처음으로 본 것은 매우 짧은 것이었기 때문에 조금이나마 자신을 갖고 말할 수 있었던 것은 🕺, 이 그림이 E를 나타낸다는 사실 정도였어요. 아시는 바와 같이 E는 영어의 알파벳 중에서도 가장 많이 사용되는 매우 눈에 띄는 글자로, 짧은 문장 속에서도 가장 많이 볼 수 있는 것이라고 생각하셔도 크게 틀리지는 않아요.

처음 본 암호문은 15개의 기호로 구성되어 있었는데 그 안에 똑같은 기호가 네 개나 들어 있었으니 이것을 E라고 보는 것이 타당할 겁니다. 같은 기호라 할지라도 손에 깃발을 들고 있는 것과 들고 있지 않은 것이 있는데 깃발이 휘날리는 모습으로 봐서 이것은 한 단어가 끝났음을 나타내는 것이라고 생각돼요. 이런 가정하에서 E를 나타내는 것이 ☖일 것이라고 생각했어요.

　다음부터가 이번 연구의 가장 어려운 부분이었어요. 영어에서 E다음으로 많이 쓰이고 있는 문자의 순서를 밝히기란 결코 쉬운 일이 아니거든요. 가령 인쇄물 한 페이지에 대한 평균 순서를 정했다 할지라도 짧은 한 문장 안에서는 그 순서가 뒤바뀌곤 하니까요. 대체적으로 T, A, O, I, N, S, H, R, D, L의 순서로 나타나기는 하지만, T, A, O, I는 거의 같은 빈도로 사용되고 있고, 암호문에서 어떤 의미가 나올 때까지 하나하나 대조를 해나간다면 그건 끝도 없는 일이에요. 그래서 나는 새로운 재료가 손에 들어올 때까지 기다리기로 했어요.

　힐튼 큐빅 씨를 두 번째 만났을 때, 짧은 암호문 두 개와 하나의 단어—깃발이 없는 점으로 봐서—로 보이는 암호문을 새로 받았어요. 이게 바로 그겁니다. 이 한 단어로 된 암호, 다섯 글자로 된 암호인데 그중에서 두 번째와 네 번째의 두 글자는 E라는 사실을 전부터 알고 있었어요. 이 단어는 예를 들자면, Sever(끊다), Lever(지렛대), Never(결코 ~않다)와 같은 단어일 겁니다. 이 암호가 어떤 요청에 대한 답변이라면 Never와 같은 단어가 사용될 가능성이 매우 높으며, 그것은 흔히 있을 수 있는 일이죠. 그리고 이번 사건의 정황들로 미루어봐서 큐빅 부인이 직접 썼을 확률도 매우 높아요. 이 가설이 옳다면 그림문자 ☖ ☖ ☖는 각각 N, V, R을 나타내는 것이라고 볼 수 있을 거예요.

　여기까지 오기는 했지만 그래도 수많은 난관이 남아 있었는데 문득 좋은 생각이 떠올라 다른 몇몇 문자들도 해독해낼 수 있었어요. 만약 이 암호들이, 부인이 젊은 시절 친하게 지내던 사람에게서 온 것이라면 두 개의 E 사이에 글자 세 개가 들어 있는 단어는 부인의 이름인 ELSIE를 나타내는 것이라고 봐도 좋을 것이라고 생각한 거죠. 살펴봤더니 세 번째 보낸 암호문의 끝에 있는 단어가 그런 구조로 되어 있더군요. 이것은 엘시에 대한 어떤 요청임에 틀림없었어요. 이렇게 해서 나는 L, S, I를 찾아냈어요. 그렇다면 대체 어떤 요청이었을까? Elsie 앞에 있는 단어는 겨우 네 글자이고 E로 끝났어요. 이 단어는 틀림없이 COME일 겁니다. 네 글자 단어 중에서 E로 끝나는 단어를 전부 살펴봤는데 이런 경우에 해당되는 다른 단어는 찾을 수 없었으니까요. 이렇게 해서 다시 C, O, M이라는 세 글자를 알게 되었고 그것을 바탕으로 첫 번째 암호문 해독에 들어갔는데 그것을 네 개로 나누고 아직 밝혀내지 못한 기호는 ○로 표시를 했어요. 그랬더니 다음과 같이 되더군요.

　○M ○ERE ○○E SL○NE○

이렇게 해놓고 보니 첫 문자로 올 수 있는 건 A밖에 없었어요. 그런데 그게 이 짧은 문장 안에 세 번이나 나오니 커다란 도움이 되는 발견이었죠. 그리고 두 번째 단어의 비어 있는 부분이 H라는 사실도 확실하게 알 수 있었어요. 그러고 보니 이런 문장이 됐어요.

AM HERE A○E SLANE○

여기에 사람 이름이라고 생각되는 단어의 빠진 부분을 보충해 보니 이렇게 되더군요.

AM HERE ABE SLANEY(에이브 슬레이니가 왔다.)

이렇게 많은 글자를 알아냈으니 두 번째 암호문은 상당한 자신감을 가지고 해독할 수 있었는데 내용은 다음과 같았어요.

A○ ELRI○ES

여기에 조금 생각을 해서 빈칸에 T와 G를 넣어보았어요.

AT ELRIGES(엘리지에서)

그 결과 이건 암호문을 쓴 사람이 묵고 있는 집이나 여관의 이름일 것이라는 생각을 하게 되었어요.”

마틴 경감과 나는 이 어려운 문제를 이렇게까지 완벽하게 밝혀낸 홈즈의 명쾌하기 짝이 없는 해명에 커다란 흥미를 느끼며 깊이 빠져들어 있었다.

“그 다음에는 어떻게 하셨습니까?”

경감이 물었다.

“에이브 슬레이니를 미국 사람이라고 생각할 만한 근거는 충분했어요. 에이브란 아브라함이라는 이름의 미국식 약칭이고 이 모든 일의 시작이 미국에서 온 편지에서 비롯됐으니까요. 그리고 이 사건에 어떤 범죄의 비밀이 숨어 있다고 생각할 만한 이유도 여러 가지가 있어요. 부인이 자신의 과거에 밝히지 못할 부분이 있다고 말한 점, 남편에게 그 비밀을 털어놓으려 하지 않았다는 점 등은 모두 내가 말한 사실을 방증하고 있는 것들이에요.

그래서 나는 뉴욕 경찰국에 있는 친구 윌슨 하그리브에게 전보를 보냈어요. 런던의 범죄에 대해서 내가 여러 차례에 걸쳐서 지혜를 빌려준 친구거든요. 전보로 에이브 슬레이니라는 사람을 아느냐고 물었어요. 여기에 그에 대한 답장이 있는데 ‘시카고에서 가장 위험한 악한’이라고 적혀 있어요. 이 답장을 받은 날 밤,

힐튼 큐빅 씨가 보낸 마지막 암호문이 도착했어요. 내가 알고 있는 글자들을 거기에 대입시켜보니 이런 문장이 나왔어요.

ELSIE ○RE○ARE TO MEET THY GO○

빈칸에 P와 D를 넣어 암호문을 완성해보니,

Elsie Prepare to Meet Thy God(엘시, 신에게 갈 각오를 해라.) 라는 문장이 되더군요. 악한이 설득하기를 포기하고 협박하기 시작했다는 사실을 알게 됐어요. 나는 시카고의 악한들이 어떤 녀석들인지 잘 알고 있었기 때문에 녀석이 바로 범행을 저지를지도 모른다고 생각했어요. 그래서 나는 바로 협력자이자 친구인 왓슨 박사와 함께 노퍽으로 달려온 것인데 불행하게도 이미 최악의 사태가 벌어진 후였어요."

"당신과 함께 사건을 맡게 되다니 정말 영광입니다. 하지만 실례를 무릅쓰고 솔직하게 말씀드리자면 당신에게는 당신 자신에 대한 책임이 있을 뿐이지만 제게는 상사에 대한 책임도 있습니다. 그 엘리지라는 사람의 집에 있는 에이브 슬레이니라는 사람이 살인범이라면, 저는 여기 이렇게 한가하게 앉아 있을 시간이 없습니다. 이러는 동안 그가 도망가기라도 한다면 저는 매우 난처한 입장에 빠지게 되니까요."

마틴 경감이 매우 심각한 표정으로 말했다.

"걱정 마세요. 도망갈 일은 없을 거예요."

"그걸 어떻게 아십니까?"

"도망치면 범죄를 인정하는 꼴이 되고 말 테니까요."

"그럼 체포하러 갑시다."

"조금만 더 기다리면 이리로 올 거예요."

"그가 왜 여기로 온다는 겁니까?"

"편지를 써서 이리로 오라고 했거든요."

"설마, 농담은 아니시겠죠? 당신이 오라고 했다고 녀석이 어슬 렁어슬렁 나타날 거라고 생각하시는 겁니까? 오히려 눈치를 채고 도망가지 않겠습니까?"

"아니, 걱정 마세요. 편지를 조작하는 법쯤은 잘 알고 있으니까 요. 보세요, 내가 잘못 본 게 아니라면 문제의 신사가 차도로 들어섰으니까요."

홈즈가 말했다.

한 남자가 현관으로 통하는 조그만 길을 성큼성큼 걸어오고 있는 모습이 보였다. 키가 크고 가무잡잡한 피부에 잘생긴 남자로 거뭇거뭇 턱수염을 기르고 있었으며 코는 정력적으로 보이는 매부리코였다. 회색 플란넬로 만든 양복에 파나마모자를 쓴 채, 지팡이를 휘두르며 마치 자신의 집에 돌아온 사람이라도 되는 양 당당하게 길을 걸어와서는 아주 자신감에 넘치는 태도로 벨을 커다랗게 울리는 소리가 들려왔다.

"여러분, 문 뒤로 숨는 게 좋겠어요. 저런 녀석을 상대할 때는 충분히 주의할 필요가 있으니까요. 수갑을 사용해야 할 겁니다, 경감님. 녀석과는 내가 얘기하도록 하죠."

우리는 숨을 죽인 채 1분 정도 기다렸다. 영원히 잊을 수 없는 1분이라고 해도 좋을 것이다. 드디어 문이 열리고 남자가 안으로 들어섰다. 그 순간 홈즈가 남자의 머리에 권총을 가져다 댔고, 마틴 경감이 손목에 수갑을 채웠다. 이 모든 일이 순식간에 빈틈없 이 행해졌기 때문에 사내는 채 사태를 파악하기도 전에 몸의

자유를 잃고 말았다. 사내는 부리부리한 검은 눈으로 우리를 차례로 노려보았다. 그러더니 갑자기 커다란 소리로 웃기 시작했다.

"아, 이런. 이번에는 내가 당했군. 이거 완전히 한방 먹었어. 하지만 나는 힐튼 부인이 편지로 불러서 온 거라고 설마 부인까지 한패라고 말할 생각은 아니겠지? 나를 유인하는 데 부인이 도움을 준 건 아니겠지?"

"부인은 중상을 입어 사경을 헤매고 있어."

순간 사내가 집 안 전체가 울릴 만큼 커다란 소리로 비통하게 외쳤다.

"어떻게 그런 일이? 부상을 당한 건 남자지 그녀가 아니야. 내가 사랑스러운 엘시에게 상처를 입혔을 거 같아? 아, 신이시여, 용서하소서! 하지만 나는 사랑스러운 그녀의 털끝 하나 건드리지 않았다고. 지금 한 말을 빨리 취소해! 엘시가 상처를 입었다는 건 거짓말이지?"

사내가 미친 듯이 소리쳤다.

"부인은 중상을 입은 채 죽은 남편 옆에 쓰러져 있었어."

사내는 굵직한 신음소리와 함께 긴 의자에 앉아 수갑이 채워진 두 손에 얼굴을 묻었다. 5분 정도 아무런 말도 하지 않고 있다가 드디어 얼굴을 들어 말을 하기 시작했다. 심한 절망에 빠져 있는 그의 목소리는 오히려 차분하게 들릴 정도였다.

"너희들에게 사실을 숨길 생각은 없어. 틀림없이 내가 그를 쏘기는 했지만 그도 나를 쐈다고. 그러니까 이건 살인이라고 할 수 없어. 그리고 내가 그녀를 쐈다고 생각한다면 그건 그녀와

내가 어떤 사이인지를 모르기 때문이야. 잘 들어. 이 세상에서 나보다 더 엘시를 사랑하는 사람은 없으니까. 내게는 그녀를 차지할 권리가 있어. 그녀는 몇 년 전에 결혼을 맹세했다고. 그런데 그런 우리 사이에 그 영국 놈이 껴든 거야. 그녀에 대해서 나는 우선권을 가지고 있었어! 나는 그저 그 권리를 주장했던 것뿐이야."

그가 말했다.

"그녀는 네가 어떤 사람인지 알았기 때문에 네 곁에서 달아난 거야. 네게서 도망치기 위해 미국에서 벗어나 영국의 그 훌륭한 신사와 결혼한 거라고. 그런데 너는 그녀를 끈질기게 따라다니며 그녀의 생활을 엉망으로 만들어, 사랑하고 존경하는 남편을 버리고, 미워하고 원망하는 너와 함께 도망치도록 만들려 했어. 그래서 결국에는 한 고귀한 인간을 죽게 만들었고 그의 아내를 자살로 내몬 거야. 에이브 슬레이니, 이상이 이번 사건에서 네가 저지른 죄야. 너는 법에 따라서 그에 대한 보상을 해야만 할 거야."

홈즈가 엄격한 어조로 말했다.

"엘시가 죽는다면 난 어떻게 되든 상관없어."

이렇게 말한 미국인이 한쪽 손을 펴서 그 손바닥 안에 있던 꼬깃꼬깃한 종이를 바라보았다. 그러더니 의심스럽다는 눈빛으로 이렇게 외쳤다.

"그럼 이건 어떻게 된 거지? 설마 이런 것으로 나를 협박하려는 건 아니겠지? 엘시가 중상을 입었다면 이 편지는 대체 누가 쓴 거야?"

그가 편지를 테이블 위로 집어던졌다.

"내가 썼어. 너를 이쪽으로 불러들이려고."

"이걸 네가? 춤추는 인형의 비밀은 우리 친구들 말고는 아무도 모른다고. 네가 이걸 어떻게 쓸 수 있었단 말이지?"

"만든 사람이 있으면 푸는 사람도 있는 법이지. 슬레이니, 곧 자네를 노위치로 호송해갈 마차가 도착할 거야. 아직은 시간이 조금 있으니 자네가 저지른 범죄에 대해서 다소나마 보상을 하도록 하게. 지금 힐튼 큐빅 부인이 남편을 살해했다는 혐의를 받고 있다는 사실을 알고 있나? 내가 여기로 왔고, 운 좋게 내가 가지고 있는 지식이 도움이 됐으니 망정이지 아니었으면 그녀는 지금쯤 고소됐을 거야. 남편의 비참한 죽음에 대해서 그녀는 직접적으로든 간접적으로든 아무런 책임도 없다는 사실을 세상에 확실하게 밝혀야 할 의무가 자네에게는 있네."

홈즈가 말했다.

"그건 나도 바라지 않아. 이렇게 된 이상 나 자신을 위해서라도 있는 그대로의 진실을 밝히는 게 좋을 것 같군."

미국인이 말했다.

"직무상 일단 말해두겠는데, 지금의 증언이 자네에게 불리하게 작용할지도 모르네."

경감이 영국 형법의 공정함을 큰소리로 말했다.

슬레이니가 어깨를 들썩였다.

"모든 걸 하늘에 맡기겠네. 가장 먼저 말해두고 싶은 건, 나는 어렸을 때부터 그녀를 알고 있었다는 사실이야. 시카고에 우리 친구가 7명 있는데 엘시의 아버지가 우리의 두목이었지. 그 패트릭이라는 사람, 정말 머리가 좋은 사람이었어. 이 암호를 생각해낸 사람도 두목이었는데 선생이 그 수수께끼를 풀지 못했다면 이 암호는 어린애 장난으로밖에 여겨지지 않았을 거야. 엘시도 우리 일을 조금 배운 적이 있었지. 하지만 끝내 이런 일에 적응하지 못하더군. 그래서 조금 모아둔 돈을 들고 우리 눈을 피해서 런던으로 도망 온 거야.

그녀는 나와 결혼하기로 약속했었어. 만약 내가 다른 직업을 가지고 있었다면 틀림없이 나와 결혼해줬을 거야. 하지만 무슨 일이 있어도 우리 같은 사람과는 관계하고 싶지 않았나보더군. 내가 그녀가 있는 곳을 알아낸 것은 이미 그 영국인과 결혼을 한 뒤였어. 편지를 보냈지만 답장이 오질 않았어. 영국으로 건너온 나는 편지로는 얘기가 되지 않을 것 같아 그녀의 눈에 띌 만한 곳에 그 암호문을 남겼지.

내가 여기에 온 지도 벌써 한 달이 지났지만, 그 농장의 방을 빌린 덕분에 지금까지 누구의 눈에도 띄지 않고 매일 밤 이 집을 드나들 수 있었어. 어떻게든 엘시를 이 집에서 나오게 하려고 여러 가지 방법을 동원했어. 그녀가 내 암호문을 읽고 있다는 사실은 확실히 알 수 있었지. 한 번은 내가 쓴 암호문 밑에 그녀가 답을 해놓은 적도 있었으니까. 그러다 나는 더 이상 참을 수가 없어서 그녀를 협박하기 시작했어. 그녀는, 제발 부탁이니 이곳에서 떠나달라고 부탁하며, 만약 남편에게 좋지 않은 소문이라도 나게 되면 자신은 견딜 수 없는 고통을 받게 될 것이라는 편지를 보내왔어. 그 편지에는 내가 여기서 떠나 더 이상 자신을 괴롭히지 않겠다고 약속해준다면, 남편이 잠든 새벽 3시에 1층으로 내려가 가장 끝에 있는 창문 너머로 이야기를 나눌 수도 있다는 말도 적혀 있었지.

그녀는 약속대로 1층으로 내려왔는데 돈을 들고 와서 그것으로 나를 내쫓으려 했어. 울컥 화가 치민 나는 그녀의 팔을 잡아 창밖으로 끌어내려 했어. 바로 그때 권총을 든 남편이 방 안으로 뛰어들었어. 엘시가 바닥에 쓰러지는 바람에 나는 그 녀석과 정면으로 마주 보게 됐어. 나도 권총을 가지고 있었기에 그것으로 겁을 주고 그 틈에 도망칠 생각으로 권총을 겨눴어.

상대편이 총을 쐈지만 내게 맞지는 않았어. 나도 그와 거의 동시에 방아쇠를 당겼는데 녀석이 쓰러지더군. 나는 정원을 가로질러 도망쳤고 그때 뒤에서 창을 닫는 소리가 들리더군. 이게 사건의 전말이야. 이건 한마디의 거짓도 없는 사실이야. 그리고 말을 타고 온 소년으로부터 받은 편지를 보고 여기에 와서 너희들에게 붙잡히기 전까지는 아무것도 모르고 있었어."

미국인이 이야기를 하고 있는 동안에 호송용 마차가 도착해 있었다. 제복을 입은 경관 두 명이 타고 있었다. 자리에서 일어난 마틴 경감이 슬레이니의 어깨에 손을 얹었다.

"이젠 가야 할 시간일세."

"그 전에 엘시를 볼 수는 없을까?"

"안 돼. 그녀는 의식을 잃었어. 셜록 홈즈 씨, 만약 제가 중대한 사건을 맡게 되었을 때 다시 한 번 당신이 곁에 있어준다면 그보다 더 행복한 일도 없을 겁니다."

우리는 창가에 서서 마차가 사라져가는 모습을 지켜보았다. 뒤돌아보니 조금 전 슬레이니가 꼬깃꼬깃 접어 테이블 위로 내던졌던 종이가 눈에 들어왔다. 홈즈가 범인을 불러들인 그

편지였다.

"왓슨, 자네 이걸 읽을 수 있겠나?"

홈즈가 빙그레 웃으며 말했다.

거기에 글자가 아닌 춤추는 인형이 다음과 같이 한 줄로 늘어서 있었다.

"내가 조금 전에 설명한 독해법을 여기에 적용해보면, 이건 그저 'Come here at once(지금 여기로 와주세요.)'라고 쓴 것일 뿐이라는 사실을 쉽게 알 수 있네. 나는 그 사람이 이 부름에 응하지 않을 리가 없을 것이라고 확신하고 있었지. 부인 이외의 사람이 이걸 썼으리라고는 꿈에도 생각지 못했을 테니까. 언제나 나쁜 일에만 이용되던 춤추는 인형을 결국에는 좋은 일에 도움이 되도록 했고, 자네의 노트에 희귀한 사건을 더해주겠다는 약속도 지킨 듯하네. 3시 40분 기차가 있으니 저녁 식사 전에는 베이커가로 돌아갈 수 있겠지."

끝으로 몇 마디 덧붙이겠다.

에이브 슬레이니는 겨울에 열린 노위치의 순회재판에서 사형을 언도받았다. 하지만 정상참작의 여지가 있고, 힐튼 큐빅이 먼저 권총을 쐈다는 사실이 인정되어 후에 징역형으로 바뀌게 되었다.

힐튼 큐빅 부인은 그 후, 완전히 건강을 되찾았는데 아직도

미망인으로 오직 가난한 사람들을 돕고 세상을 떠난 남편이
남긴 유산을 관리하는 데만 여생을 바치고 있다고 한다.

얼룩 끈
The Speckled Band

지난 8년간 나는 친구인 셜록 홈즈가 해결한 70여 건의 사건을 공책에 기록해왔다. 그 공책을 대충 훑어보면 수많은 비참한 사건, 몇몇 유쾌한 사건, 기묘하다고밖에는 달리 표현할 길이 없는 사건 등 여러 가지 사건들이 있었지만 평범한 사건이라고 부를 수 있을 만한 것은 단 한 건도 없었다. 특별히 보기 드문 사건도 아니고, 어디 하나 특이한 구석도 없는 사건에 대한 수사는 홈즈 자신이 거절을 해왔기 때문이다. 홈즈는 돈을 위해서 탐정 일을 하고 있는 것이 아니라 사건해결 자체를 즐기고 있었던 것이다.

이렇게 수많은 사건들 중에서도 서리 주 스톡 모란에 살고 있던 유명한 로일롯 가 사건이야말로 그 예를 찾아보기 힘들 정도로 보기 드문 사건이었다고 생각한다. 문제의 사건이 일어난 것은 내가 홈즈와 함께 살기 시작한 지 얼마 지나지 않아서였다.

당시는 홈즈와 나, 두 사람 모두 미혼이었기 때문에 베이커 가의 방을 빌려 함께 생활하고 있었다.

로일롯 가 사건을 공표하지 않았던 것은 당시 사건을 비밀에 부치겠다고 약속했기 때문이었다. 그런데 바로 지난달에 그 약속을 했던 부인이 뜻밖에도 갑자기 세상을 떠났기 때문에 사건을 공표해도 상관없게 되어버렸다. 그리고 나는 로일롯 가 사건의 진상을 확실하게 밝히는 편이 오히려 나을 것이라고 생각한다. 그림스비 로일롯 박사의 죽음을 둘러싼 여러 가지 소문이 난무하고 있기 때문이다. 나도 그 소문들을 들은 적이 있는데 실제보다 훨씬 더 무시무시한 얘기로 둔갑해버리고 말았다.

1883년 4월 초의 일이었다. 아침, 내가 눈을 뜨자 셜록 홈즈가 내 침대 곁에 서 있었다. 벌써 옷도 갈아입은 상태였다. 평소 홈즈는 늦잠을 잔다. 그런데 난로 위의 시계를 보니 아직 7시 15분밖에 되지 않았다. 깜짝 놀란 나는 눈을 깜빡이며 홈즈를 올려다보았다. 그리고 나는 언제나 일정한 시간에 일어나기 때문에 조금 화가 나기도 했다.

"잠을 깨워서 미안하네, 왓슨. 오늘도 현관문을 두드리는 소리에 허드슨 부인이 잠에서 깨어난 모양일세. 그래서 부인은 그에 대한 복수로 나를 깨웠고 이번에는 내가 자네를 깨우러 온 거야."

홈즈가 말했다.

"왜 그러나? 응? 불이라도 났나?"

"아니 의뢰인이야. 젊은 여자가 와 있지. 매우 당황한 모습으로 와서는 무슨 일이 있어도 나를 만나야겠다고 고집을 피운 모양이야. 지금 거실에서 기다리고 있네. 틀림없이 급한 일로 찾아왔을 거야. 이렇게 이른 아침에 젊은 여자가 런던 거리를 뚫고 사람을 찾아왔으니 말일세. 그것도 아직 잠에서 깨어나지 않았을 것이라는 사실을 알고 있었으면서도. 흥미 있는 사건이라면 자네도 처음부터 듣고 싶겠지? 그래서 일단 알려주려고 온 걸세."

"그렇다면 나도 놓칠 수 없지."

내가 무엇보다도 흥미를 느끼고 있는 일이 있다. 그것은 홈즈가 탐정 일을 할 때 옆에서 그 모습을 지켜보는 것이다. 홈즈가 신속하게 추리해 나가는 모습을 지켜보면 감탄하지 않을 수가 없다. 직감이 떠오르는 것처럼 일순간에 추리해나간다. 하지만 언제나 확실한 근거를 바탕으로 추리를 한다. 바로 그렇기 때문에 이 방법으로 수많은 사건을 해결할 수 있었던 것이다.

나는 서둘러 옷을 갈아입고 2, 3분 만에 준비를 마쳤다. 그리고 홈즈와 함께 거실로 나갔다. 검은 옷을 입은 여자가 창가의 의자에 앉아 있었다. 얼굴을 베일로 가리고 있었다.

홈즈와 내가 거실로 들어서자 그 여자가 자리에서 일어났다. 홈즈가 빙그레 웃으며 인사를 했다.

"안녕하세요. 이 사람은 내 친구로 함께 일을 하고 있는 왓슨 박사입니다. 이 친구에게 신경 쓸 필요 없어요. 나밖에 없다고 생각하고 말씀하시면 돼요. 오, 허드슨 부인이 우릴 생각해서 난로에 불을 피워줬군. 이렇게 고마울 데가. 자, 불 옆으로 와서 앉으세요. 뜨거운 커피를 부탁해야겠군요. 떨고 계신 것 같으니."

"추워서 떨고 있는 게 아니에요."

낮은 목소리로 이렇게 말한 여자는 홈즈가 권한 난로 옆 의자로 자리를 옮겼다.

"그럼, 어째서죠?"

"무서워서 그래요. 너무나 무서워서."

이렇게 대답하며 여자는 베일을 들어올렸다. 가엾어 보일 정도로 커다란 충격을 받은 듯했다. 두려움에 완전히 굳은 얼굴은 흙빛을 띠고 있었다. 궁지에 몰린 동물처럼 두려움에 떠는 눈빛에서는 차분함이 느껴지지 않았다. 얼굴과 몸매는 30대 여자임에 틀림없었지만, 새치가 눈에 띠고 완전히 여윈 모습이었다.

홈즈가 단숨에 그 여자를 아래위로 훑어보았다. 홈즈는 그것만으로도 많은 것을 알아낼 수 있는 사람이다. 그리고 몸을 굽혀 여자의 손목 부근을 가볍게 두드리며 홈즈가 위로하는 듯한 목소리로 말했다.

"두려워하지 마세요. 걱정하고 계시는 문제를 곧 해결해드리도록 하죠. 오늘 아침에 기차를 타고 오셨죠?"

"저를 알고 계시나요?"

"아니요. 그냥 왕복 티켓의 절반이 보이기에. 보세요, 장갑을 끼고 있는 왼손에 들고 계시잖아요. 아침 일찍 집에서 나오셨나보군요. 하지만 역까지 나오는 데 꽤 시간이 걸렸네요. 이륜마차로 진흙 길을 달려오셨군요."

깜짝 놀란 여자가 당황한 눈빛으로 홈즈를 바라보았다. 홈즈가 미소를 지으며 말을 이었다.

"조금도 이상할 게 없어요. 당신 상의 왼쪽 소매에 일곱 군데 정도 흙탕물이 튀었어요. 오래전에 튄 게 아니네요. 그런 식으로 흙탕물을 튀기는 건 이륜마차밖에 없죠. 그리고 마부 왼쪽에 앉았기 때문에 왼쪽에 튄 거고요."

"이유야 어쨌든 홈즈 씨가 하신 말씀은 전부 사실이에요. 6시도 되기 전에 집에서 나왔고 6시 20분쯤에 레더헤드에 도착해서 첫차를 타고 워틸루 역까지 왔어요. 이렇게 답답한 마음, 저는 더 이상 견딜 수가 없어요. 이대로는 정신이 이상해질 것 같아서. 제게는 문제를 상의할 만한 사람이 한 명도 없어요. 저를 걱정해주는 사람이 한 명 있기는 하지만 그 사람은 그다지 믿음직스럽지가 못해요.

패린토시 부인에게서 홈즈 씨에 대한 얘기를 들었어요. 부인이 커다란 곤경에 처했을 때 당신이 도움을 주었다고 하더군요. 부인을 통해서 홈즈 씨의 주소를 알게 됐어요. 저도 꼭 도움을 얻었으면 해요. 저는 지금 칠흑 같은 어둠 속에 빠져 있어요. 하다못해 희미한 빛이라도 비춰주신다면 저는 도움을 얻을 수

있을 거예요.

지금 당장은 사례를 할 수가 없어요. 하지만 1, 2개월 후에 결혼을 하게 되면 자유롭게 쓸 수 있는 돈이 생기게 돼요. 그때가 되면 제가 배은망덕한 여자가 아니라는 사실을 알게 될 거예요.”

책상 쪽으로 돌아앉은 홈즈가 열쇠로 서랍을 열어 조그만 사건수첩을 꺼냈다.

“패린토시라⋯⋯, 아, 그래 맞아. 생각났어요. 오팔 머리장식과 관계된 사건이었어요. 왓슨, 이때는 아직 자네와 함께 일하기 전이었네. 이것만은 말씀드려야겠군요. 나는 기꺼이 당신의 사건을 맡을 생각입니다. 친구이신 패린토시 부인의 경우와 마찬가지로요.

내게는 일을 맡겨주시는 것이 사례금인 셈이죠. 그래도 그것만으로는 마음이 편하지 않으시다면 나중에 형편이 좋아지셨을 때 내가 사용한 비용만 내주시면 돼요. 자, 우리에게 모든 것을 숨김없이 말씀해보세요. 참고가 될 만한 것은 하나도 남기지 말고요.”

“아, 정말 어떻게 해야 좋을지 모르겠어요. 지금의 제게는 제가 처한 입장을 설명하는 것이 가장 두려운 일이에요. 왜냐하면 무엇이 두려운 건지 확실하게 말씀드릴 수가 없고, 제가 이상하게 생각하고 있는 것들도 전부 다른 사람들이 보기에는 하찮은 것들뿐이기 때문이에요. 제게는 상의를 하고 의지를 해도 좋을 그런 남자가 한 분 계세요. 하지만 제가 무슨 말을 하든 그분조차도 신경이 예민한 여자의 공상에 지나지 않는다고 생각하고 있는 듯해요. 직접 그렇게 말씀하신 건 아니지만 저는 느낄 수 있어요.

그분이 제게서 시선을 돌리시고 위로하는 듯한 표정으로 대답하시는 것을 보면 그걸 알 수가 있어요.

홈즈 씨, 당신은 타인의 마음 깊은 곳까지 꿰뚫어 보실 줄 아는 분이라고 들었어요. 그리고 어떤 음모도 전부 밝혀내신다고도. 저는 위험에 빠졌어요. 도대체 어떻게 하면 좋은 걸까요? 가르쳐주세요."

여자가 말했다.

"우선 어떻게 된 건지 얘기부터 들어봅시다."

홈즈가 대답했다.

"저는 헬렌 스토너라고 합니다. 의붓아버지와 함께 생활하고 있어요. 의붓아버지는 서리 주의 서쪽 끝에 위치한 스톡 모란에서 대대로 살아온 로일롯 가의 후손이에요. 의붓아버지 외에 로일롯 가 사람은 아무도 남지 않았어요. 로일롯 가는 영국에서도 얼마 되지 않는 섹슨 계의 전통 있는 일족이죠."

홈즈가 고개를 끄덕이며 한마디 했다.

"그 이름은 나도 잘 알고 있어요."

"로일롯 가도 한때는 영국의 유복한 집안 중 하나로 손꼽혔었죠. 영지가 주 경계를 넘어서 북으로는 버크셔 주, 서로는 햄프셔 주까지 이어져 있었어요. 하지만 18세기에 들어서면서부터 일족의 장자가 4대 연이어서 낭비벽이 있는 방탕한 사람들이었고 섭정시대(1811~1820)에는 도박을 좋아하는 주인이 나타나 결국 로일롯 가는 완전히 몰락해버리고 말았어요. 남은 것이라고는 몇 에이커의 땅과 지은 지 200년이나 된 낡은 저택뿐인데 그것도 여기저기에 저당 잡혀 있는 형편이고요.

할아버지께서는 그 저택에서 간신히 생활하실 수 있었지만 귀족이라는 것은 허울뿐 비참하기 이를 데 없는 생활을 하셨어요. 그의 외아들, 그러니까 제 의붓아버지는 집안을 다시 일으켜야겠다고 생각했어요. 그래서 친척 중 한 명에게 돈을 빌렸고 그 돈으로 의학박사 학위를 받았죠. 의사가 된 의붓아버지는 인도의 캘커타로 옮겨갔어요. 거기서 의사로서의 실력을 발휘하며 열심히 생활한 덕에 커다란 병원을 개업할 수 있게 되었죠.

그런데 집 안에서 무엇인가가 없어졌고 화가 난 의붓아버지는 인도인 집사를 때려죽였어요. 간신히 사형만은 면했지만 오랫동안 형무소에서 생활해야만 했죠. 그 후, 영국에 돌아왔을 때는 무뚝뚝하고 기력이 없는 사람으로 변해 있었어요. 로일롯 박사는 인도에 있는 동안 스토너 부인과 결혼했어요. 그 스토너 부인이 저희 어머니세요. 어머니는 벵골 포병대의 스토너 소령님과 결혼했었는데 소령님이 돌아가셔서 젊은 나이에 미망인이 되셨어요.

언니인 줄리아와 저는 쌍둥이로 어머니가 재혼하셨을 때는 아직 두 살이었어요. 어머니의 재산은 연 수입 천 파운드가 넘었어요. 어머니는 유언으로 이 재산을 로일롯 박사에게 넘긴다고 했어요. 하지만 거기에는 조건이 있었는데, 저희 자매가 박사와 사는 동안에는 천 파운드 전액을 박사에게 주지만 저희가 결혼을 하면 천 파운드 중 일부를 두 사람에게 나눠주라는 내용이었어요.

영국에 돌아온 지 얼마 되지 않아서 어머니가 돌아가셨어요. 8년 전 크류 근처에서 있었던 기차사고로 돌아가셨죠. 당시 로일롯 박사는 런던에 병원을 열 생각이었는데 어머니가 돌아가시자 그 계획을 중단하고 말았어요. 그리고 우리를 데리고 조상 대대로 내려온 스톡 모란의 저택으로 들어가 버렸죠. 어머니가 남겨주신 유산 덕분에 우리 일가는 별 어려움 없이 생활할 수 있었어요.

그런 행복한 생활이 깨지리라고는 꿈에도 생각지 못했어요. 그 무렵부터 의붓아버지가 전혀 다른 사람처럼 변해버린 거예요. 친구를 만들려 하지도 않았으며, 마을사람들과도 교제하려 들지 않았어요. 처음, 마을사람들은 로일롯 가의 스톡 모란 저택에 사람이 돌아왔다며 아주 기뻐해줬는데 말이에요. 의붓아버지는 저택에만 틀어박혀 있다가 가끔 외출을 하면 닥치는 대로 마을사람을 붙들고 싸움을 하곤 해요.

의붓아버지는 성격이 급한데 그게 조금 광적일 정도에요. 그런 성격은 로일롯 가 남자들에게 대대로 전해 내려오는 것이었죠. 원래 그런 성격인 데다 열대지방에서 오랫동안 생활한 탓으로 그것이 더욱 격렬해진 것 같았어요. 두 번이나 경찰 재판소의 신세를 지기도 했어요. 요즘에는 마을사람들도 의붓아버지를 두려워하는 듯, 의붓아버지가 가까이 다가가려 하기만 해도 줄행랑을 놓곤 합니다. 의붓아버지는 굉장히 힘이 세고 일단 화를 내면 스스로도 자제심을 잃어버리거든요.

지난주에도 스톡 모란의 대장장이를 다리 난간 너머로 던져서 강물에 빠트렸어요. 제가 있는 돈 없는 돈 다 긁어모아서 대장장이에게 건네주고 사건을 무마했죠. 그렇게 하는 것 외에는 달리 방법이 없었어요.

의붓아버지에게는 친구가 전혀 없지만 집시들에게는 로일롯 가의 토지에서 야영을 해도 좋다고 허락을 하셨어요. 몇 에이커 되는 가시나무 숲을 사용하도록 한 거죠. 그에 대한 보답으로

박사는 집시들의 천막에 초대받기도 하고 때로는 몇 주일씩 집시들과 방랑을 하기도 하죠. 그리고 의붓아버지는 인도의 동물들을 좋아해서 편지로 인도의 동물을 보내달라고 부탁하곤 합니다. 지금은 치타와 비비를 정원에 풀어놓고 기르고 있어요. 마을사람들은 그 주인만큼이나 동물들도 무서워하고 있어요.

이미 짐작하셨겠지만, 이런 이유로 언니인 줄리아와 저는 그다지 즐겁지 못한 생활을 하고 있었어요. 하인들도 집에 들어오려 하지 않기 때문에 이미 오랜 전부터 언니와 제가 가사를 나눠서 하고 있었어요. 언니는 서른이라는 젊은 나이에 세상을 떠났어요. 그때부터 벌써 머리가 희끗희끗 세기 시작해서 지금의 저와 별반 다를 바가 없었죠."

"그렇다면 언니는 벌써 돌아가셨단 말인가요?"

"맞아요, 홈즈 씨. 정확히 2년 전의 일이었어요. 제가 말씀드리고 싶은 것도 그 언니의 죽음에 대해서고요. 언니와 저는 조금 전에 말씀드렸던 것과 같은 생활을 하고 있었기 때문에 저희와 나이나 신분이 비슷한 남자를 만날 수 있을 만한 기회가 거의 없었어요. 단, 짧은 기간 동안이라면 가끔 이모를 찾아뵙는 일을 허락해주시곤 했어요. 이모는 어머니의 동생으로 오노리아 웨스트페일이라는 사람이에요. 아직 독신으로 하로 근처에서 살고 있어요.

2년 전 크리스마스에 줄리아는 이모 댁에 갔었어요. 거기서 휴직 중인 해병대 소령을 만나게 되었고 두 사람은 약혼을 했어요. 아버지는 언니가 스톡 모란의 저택에 돌아와서야 두 사람이 약혼했다는 사실을 알게 되었는데 결혼을 반대하시지는 않았어요. 그런데 결혼 2주일 전에 끔찍한 일이 벌어지고 말았어요. 그 사건으로 저는 유일한 혈육을 잃고 말았죠.”

의자에 앉아 있던 홈즈는 그때까지 상체를 뒤로 젖혀 몸을 깊숙이 묻고 있었다. 그리고 눈을 감은 채 머리에 쿠션을 베고 있었다. 그런데 얘기가 여기까지 진행되자 가느다랗게 눈을 떠 여자 손님을 힐끗 쳐다보았다.

“자, 아무리 사소한 일이라 할지라도 빼놓지 말고 정확하게 얘기해주세요.”

“그건 어렵지 않은 일이에요. 당시 있었던 무시무시한 일을 하나도 빠짐없이 생생하게 기억하고 있으니까요.

아까 말씀드렸듯이 스톡 모란의 저택은 매우 낡았기 때문에 우리는 한쪽 편 건물만 사용하고 있어요. 그 건물의 1층을 침실로 쓰고 있고 그 옆에 있는 방, 그러니까 건물 한가운데 있는 방을 거실로 쓰고 있어요. 거실에서 가까운 순서대로 로일롯 박사, 언니, 제 침실이 나란히 늘어서 있죠. 세 개의 침실 모두 하나의 복도로 연결되어 있고 복도를 통하지 않으면 서로 드나들 수가 없어요. 홈즈 씨 이해가 되시죠?”

“아주 잘 알겠어요.”

“세 개의 침실 모두 창문은 잔디가 자라고 있는 정원 쪽으로 나 있어요.

언니가 목숨을 빼앗긴 그날 밤, 로일롯 박사는 평소보다 빨리 자신의 침실로 들어갔어요. 하지만 바로 잠들지는 못한 듯했어요. 언제나 피우고 있는 인도의 독한 담배연기 때문에 언니가 더 이상 견디지 못하고 제 방으로 찾아왔을 정도였으니까요. 두 사람은 의자에 앉아서 머지않아 있을 결혼식에 대해서 한동안 얘기를 나눴어요. 그리고 11시쯤 돼서 자기 방으로 돌아가려고 자리에서 일어나 방을 나서려다 말고 문 앞에 서서 이렇게 말했어요.

'헬렌, 한밤중에 누군가 휘파람 부는 소리를 듣지 못했니?'

'못 들었는데.'

제가 대답했어요.

'설마 네가 자면서 휘파람을 분 건 아니겠지?'

'어떻게 그럴 수 있겠어. 그런데 왜?'

'최근 2, 3일간, 그래 한 3시쯤 되면 언제나 휘파람 소리가 들려오거든. 낮지만 뚜렷한 소리야. 난 깊이 잠들지 못하는 편 아니니? 그래서 그 휘파람 소리에 눈이 떠져. 어디서 들려오는 건지는 모르겠지만, 옆방에서 들려오는 것 같기도 하고 정원에서 들려오는 것 같기도 하거든. 그래서 너도 그 소리를 들었는지 한번 물어본 거야.'

제가 언니에게 말했습니다.

'한 번도 못 들었는데. 틀림없이 숲속에 있는 그 기분 나쁜 집시들일 거야.'

'그럴지도 모르겠다. 하지만 정원에서 들려오는 소리를 네가 못 들었다는 것도 이상하지 않니?'

'어머, 듣고 보니 그것도 이상하네. 그래도 난 언니보다 깊이 잠드는 편이잖아.'

'어쨌든 중요한 일은 아니니까, 아무려면 어떻겠어.'

이렇게 말한 언니는 방긋 웃으며 제 방문을 닫았어요. 그리고

곧 언니가 자기 방문을 잠그는 소리가 들려왔어요."

"그래요? 댁에서는 매일 밤 방문을 잠그는 습관이 있나요?"

홈즈가 말했다.

"네, 언제나 문을 잠가요."

"왜죠?"

"박사가 치타와 비비를 기르고 있다고 했잖아요. 그래서 언니와 저는 문을 잠그지 않으면 걱정이 돼서 잠도 자질 못 했어요."

"그렇겠군요. 자, 이야기를 계속해보세요."

"그날 밤, 저는 좀처럼 잠들 수가 없었어요. 자꾸만 불길한 예감이 들어서요. 언니와 제가 쌍둥이라는 얘기는 조금 전에 했었죠? 쌍둥이는 비슷한 점이 아주 많아서 이상할 정도로 마음이 잘 통해요.

궂은 날이었어요. 밖에서는 바람이 소리 내어 울고 있었고 빗방울이 창을 두드리는 소리가 들려왔어요. 요란스러운 바람소리에 섞여서 갑자기 여자의 외침소리가 들려왔어요. 언니의 목소리였죠. 겁에 질려서 미친 듯 소리 지르고 있었어요. 침대에서 벌떡 일어난 저는 숄을 걸치고 복도로 뛰어나갔어요. 제 방의 문을 여는 순간 언니가 말했던 것과 같은 낮은 휘파람 소리가 들려왔고 뒤이어 쩽그랑하는, 마치 금속 덩어리가 떨어지는 듯한 소리가 들려왔어요.

언니 방 앞으로 달려갔더니 빗장을 벗기는 소리와 함께 천천히 문이 열리기 시작했어요. 너무 놀란 저는 누가 나올지 몰랐기에 그저 멍하니 문을 지켜보고 있었어요. 잠시 후 복도 램프의 불빛을 받으며 빠끔히 열린 문틈 사이로 언니가 나오는 것이 보였어요. 언니의 얼굴은 백지장처럼 하얗게 질려 있었고, 두 팔을 앞으로 뻗어 도움을 청하고 있었으며, 술에 취한 사람처럼 몸을 비틀거리고 있었어요. 제가 달려가 언니를 안았지만, 언니는 그 순간 무너지듯 바닥에 쓰러져버리고 말았어요. 마치 어딘가에 격렬한 통증이 있는 사람처럼 몸을 뒤틀며 괴로워했고 사지를 부들부들 떨고 있었어요.

처음에는 제가 온 것조차도 모르는 줄 알았는데, 제가 몸을 숙이자 언니가 갑자기 외쳤어요.

'아, 이게 어떻게 된 일이니? 헬렌, 끈이야! 얼룩 끈!'

그 목소리를 저는 결코 잊을 수가 없어요.

언니는 계속해서 무엇인가 말하려 하며 박사의 방을 손가락으로 가리켰어요. 하지만 다시 경련이 일어났기 때문에 말을 하지는

못했죠.

저는 커다란 소리로 의붓아버지를 부르며 그의 방 쪽으로 달려갔어요. 바로 그 순간 가운을 입은 아버지가 당황한 표정으로 방 안에서 뛰쳐나왔어요. 의붓아버지와 함께 언니가 있는 곳으로 갔을 때, 언니는 이미 의식을 잃은 상태였어요. 의붓아버지가 언니의 입에 브랜디를 흘려 넣었어요. 그리고 마을로 가서 의사에게 치료를 부탁했지만 아무런 소용도 없는 일이었어요. 언니는 점점 기력을 잃더니 의식도 회복하지 못한 채 그대로 죽음을 맞이했어요. 제 소중한 언니는 그렇게 세상을 떠났어요."

"잠깐만요. 휘파람소리와 금속 덩어리가 떨어지는 듯한 소리를 분명히 들었나요? 틀림없이 들려왔나요?"

홈즈가 여자 의뢰인에게 물었다.

"취조를 할 때 주의 검시관도 같은 질문을 하더군요. 틀림없이 들었다고 생각하지만, 바람이 큰 소리를 내며 불고 있었고 집도 낡아서 바람에 삐걱거리고 있었어요. 그럴 때였으니 어쩌면 착각일지도 모르죠."

"언니는 평상복을 입고 있었나요?"

"아니요. 잠옷을 입고 있었어요. 오른손에는 타다 남은 성냥을, 왼손에는 성냥갑을 들고 있었고요."

"두려운 생각이 들어서 성냥불로 방 안을 살펴보려 했군요. 간과해서는 안 될 중요한 사실이에요. 그런데 검시관은 어떤 결론을 내렸죠?"

"박사는 난폭하기로 주에서 유명했고 검시관도 전부터 그 사실을 알고 있었기 때문에 이 사건을 면밀히 조사해주었어요.

하지만 확실한 사인을 밝혀내지는 못했어요.

언니 방의 문은 굳게 닫혀 있었고 창문의 덧창도 전부 닫혀 있었어요. 그 두 가지 점에 대해서는 제가 확실하게 증언했어요. 덧창은 구형인데 폭이 넓은 걸쇠가 달려 있어요. 매일 밤 이 걸쇠를 단단히 걸어두죠. 벽도 꼼꼼히 두드려가며 조사를 해봤는데 이상한 곳이라고는 조금도 발견되지 않았어요. 바닥도 같은 방법으로 조사해봤지만 벽과 다를 바 없었고요. 굴뚝의 폭이 넓기는 하지만 커다란 U자형 못 4개를 박아놓았기 때문에 그곳으로는 아무도 들어올 수가 없어요.

따라서 그때 언니는 틀림없이 혼자 방에 있었을 거예요. 이 점에는 의심의 여지가 없어요. 그리고 폭행을 당한 흔적도 전혀 없었고요."

"독살의 흔적은 없었나요?"

홈즈가 물었다.

"의사 선생님께서 독약에 대한 검사도 해보셨지만 독은 검출되지 않았어요."

"정말 애석한 일이군요. 그럼 사인은 무엇이라고 생각하나요?"

"언니는 커다란 충격을 받아 완전히 겁에 질려 있었어요. 그것이 원인이 되어 죽은 것이라고 생각돼요. 홈즈 씨, 언니는 대체 무엇 때문에 그렇게 놀랐던 걸까요? 저로서는 도저히 알 수가 없어요."

"당시 숲속에 집시들이 있었나요?"

"글쎄요. 그 근처 어딘가에는 늘 집시 몇 명이 있어요."

"참, 그리고 언니가 끈이라고 말했다고요? 그건 무슨 뜻이었을까요? 얼룩 끈이라는 것은?"

"그때 언니는 제정신이 아니었어요. 그냥 되는 대로 얘기한 거라고 생각했었는데 끈이라고 하면 밴드(band), 즉 몇 사람의 모임이라는 뜻도 되잖아요. 그래서 어쩌면 숲속에 모여 있는 집시를 뜻하는 게 아닐까 하는 생각도 해보곤 했어요. 그렇게 보기에는 얼룩이라는 말이 걸리기는 하지만, 어쩌면 집시들이 곧잘 머리에 두르고 다니는 얼룩무늬 네커치프를 말하는 게 아닐까 하는 생각이 들기도 해요. 언니가 그 네커치프를 뜻하는 말로 했던 걸지도 모르겠지만 정확히는 모르겠어요."

홈즈가 머리를 옆으로 흔들었다. 납득이 가지 않는 모양이었다.

"그렇게 쉬운 문제는 아니군요. 스토너 씨, 얘기를 계속해보세요."

"그로부터 2년이 지났어요. 그간 언니가 살아 있을 때보다 더 외로운 나날을 보냈죠. 그런데 어떤 분이 1개월쯤 전에 제게 청혼을 해주셨어요. 오래전부터 친구처럼 알고 지내던 아미티지, 퍼시 아미티지라는 분이에요. 레딩에서 가까운 크레인 워터에서 살고 있는 아미티지 씨의 차남이에요. 의붓아버지인 로일롯 박사도 이 결혼에 대해서는 한마디의 반대도 하지 않았기 때문에 우리는 이번 봄에 결혼할 생각이었어요.

그런데 이틀 전의 일이었어요. 저택 서쪽에서 수리공사가 시작 됐는데 실수로 제 침실 벽에 구멍을 뚫어버렸어요. 그래서 저는 언니 방으로 옮기지 않을 수 없었죠. 그리고 언니가 쓰던 그 침대에서 잠을 자게 됐어요.

어젯밤, 침대에 누운 저는 언니의 끔찍한 최후에 대해서 생각했어요. 밤이 깊어 주위가 조용해지자 언니가 죽었던 날에 들려왔던 그 낮은 휘파람소리가 들려오는 거예요. 온몸의 털이 곤두서는 듯한 그 공포, 당신도 알고 계시지요? 저는 자리에서 벌떡 일어나 램프에 불을 붙였는데 방 안에는 아무것도 없었어요. 하지만 저는 너무나 무서워서 침대로 돌아갈 수가 없었어요. 그대로 옷을 갈아입고 날이 밝기를 기다렸다가 바로 저택에서 빠져나왔어요.

집 맞은편에 있는 크라운 호텔로 가서 이륜마차를 불러 타고 그 마차로 레더헤드로 달려갔어요. 그리고 홈즈 씨에게 상의드릴 생각으로 바로 이곳으로 달려온 거예요."

"스토너 씨 아주 잘하셨어요. 그런데 얘기는 그것으로 전부 끝인가요?"

홈즈가 말했다.

"네, 끝이에요."

"솔직히 말씀해보세요. 당신은 로일롯 박사를 감싸주고 있어요."

"왜 그런 말씀을 하시는 거죠?"

그 물음에는 답하지 않고 홈즈는 스토너의 무릎 위에 올려놓은 손의 소매 끝에 달려 있는 검은 레이스 장식을 들어올렸다. 하얀 손목에는 엄지와 네 개의 손가락 자국으로 보이는 검푸른 멍이 다섯 개 찍혀 있었다.

"참기 힘든 일을 당하셨군요."

홈즈가 이렇게 말하자 스토너는 얼굴을 붉히며 멍이 든 손목을 가리고 말했다.

"박사는 엄격한 사람이어서 무엇이든 적당히 하는 법이 없어요."

세 사람은 오랫동안 입을 다물고 있었다. 홈즈는 깍지 낀 양손 위에 턱을 올린 채 소리 내며 타오르고 있는 난롯불을 물끄러미 바라보고 있었다.

드디어 홈즈가 침묵을 깼다.

"아주 까다로운 사건이네요. 앞으로 어떻게 해야 할지를 결정 해야겠는데 그 전에 좀 더 자세히 알아보고 싶은 일들이 한두 가지가 아니에요. 그렇다고 해서 우물쭈물하고 있을 시간이 있는 것도 아니고. 오늘 우리가 스톡 모란의 저택으로 간다면 박사에게 들키지 않고 여러분의 방을 조사할 수 있을까요?"

"마침 오늘 아주 중요한 일이 있어서 런던에 오실 거라고 했어요. 밤이 되기 전에는 돌아오시지 않을 테니 방을 조사하셔도 상관없을 거예요. 나이 든 가정부가 있기는 하지만 그다지 머리가 좋지 않으니 제가 잠시 내보낼 수 있을 거예요."

"그거 아주 잘 됐군요. 왓슨, 자네 역시 이 여행이 싫지는 않겠지?"

"물론이지."

내가 대답했다.

"그럼 내가 왓슨과 함께 가도록 하죠. 스토너 씨는 어떻게 하실 생각인가요?"

"두어 가지 런던에서 처리해야 할 일이 있어요. 하지만 늦어도 12시 기차로는 집으로 돌아가도록 할게요. 그렇게 하면 두 분이 기다리시는 일은 없겠죠?"

"왓슨과 나는 오후로 접어들자마자 그곳에 도착할 수 있을 것 같아요. 나도 처리해야 할 일이 두어 가지 있거든요. 바쁘지 않으시다면 함께 아침 식사를 하는 건 어떻겠습니까?"

"아니에요, 홈즈 씨. 그만 가봐야 해요. 걱정거리를 당신에게 전부 털어놓았더니 속이 한결 후련해졌어요. 그럼 오후에 기다리고 있겠어요."

스토너는 두꺼운 천으로 된 검은 베일로 얼굴을 가리고 미끄러지듯 방에서 나갔다.

의자에 앉은 채 등받이에 등을 기대면서 홈즈가 이렇게 물었다.

"왓슨, 조금 전 얘기에 대해서 어떻게 생각하나?"

"아주 불가사의하고 음험한 사건 같아."

"맞아 불가사의하고 음험한 사건이야."

"하지만 말일세, 만약 그 여자의 말대로라면 바닥에도 벽에도 이상은 없었어. 문, 창문 그리고 굴뚝까지 어느 곳을 통해서도 방으로 들어갈 수는 없고. 그렇다면 의문의 죽음을 맞이했을 때 그 여자의 언니는 방 안에 혼자 있었다는 얘기가 되질 않나?"

"그렇다면 한밤중에 들려왔던 휘파람은 어떻게 설명할 건가? 언니가 죽기 직전에 했던 기묘한 말은?"

"글쎄, 나는 뭐가 뭔지 모르겠네."

"잘 생각해보게 왓슨. 몇 가지 힌트가 있어. 한밤중에 들려온 휘파람. 집시들이 있고 그들은 나이 든 의사와 친하게 지내네. 솔직히 말하자면 그 의사는 자신의 딸을 시집보내지 않는 편이 훨씬 더 이득이지. 누구라도 그렇게 생각할 거야. 언니가 죽기 직전에 했다는 '끈'이라는 말. 그리고 헬렌 스토너 씨가 마지막에 들었다던 금속 덩어리가 떨어지는 듯한 소리. 어쩌면 그건 걸쇠에서 났던 소리였을 수도 있어. 모든 덧창의 금속으로 된 걸쇠가 튼튼하게 잠겨 있었다고는 하지만 그중 하나가 떨어지면서 소리를 냈었던 것일 수도 있다는 말이지.

왓슨, 이 정도의 힌트만 있으면 충분하네. 이런 정황들을 바탕으로 수수께끼를 풀어낼 수 있을 것 같다는 생각이 들어."

"그렇다면 집시들은 어떻게 된 거지?"

"그건 잘 모르겠네."

"홈즈, 자네의 추리에 아직 미흡한 점이 많은 듯하네."

"나도 그렇게 생각해. 그래서 오늘 스톡 모란의 저택으로 가려는 것 아닌가? 내 추리가 완전히 빗나갔는지, 아니면 역시 내가 생각한 대로인지 그걸 확인해보고 싶네. 아니! 이게 어떻게 된 일이지?"

친구인 홈즈가 갑자기 소리를 지른 것은, 방문이 벌컥 열리면서 거구의 사내가 문 앞에 떡 버티고 서 있었기 때문이었다.

그 사람은 농민과 의사를 하나로 섞어놓은 듯한 기묘한 복장을 하고 있었다. 검은 실크해트를 쓰고 있었으며, 긴 프록코트를 입고 있었고, 다리에는 각반을 감고 있었고, 말을 타고 사냥할 때 쓰는 채찍을 흔들며 서 있었다. 모자 끝이 문틀 위에 닿을 만큼 키가 컸으며, 양쪽 문설주에 닿을 만큼 어깨가 넓었다. 주름투성이에 검게 그을린, 한눈에도 성질이 급하다는 것을 알 수 있는 커다란 얼굴이 우리를 번갈아가며 바라보았다. 신경질적인 눈, 높고 커다란 코. 사냥감을 노리고 있는 늙은 맹금류를 연상시키는 얼굴이었다.

"누가 홈즈지?"

갑자기 뛰어든 사내가 따지듯 물었다.

"납니다. 하지만 나는 당신이 누군지 모르겠는데요."

홈즈가 조용히 대답했다.

"그림스비 로일롯 박사다. 스톡 모란에 살고 있는."

"그렇습니까? 박사님 들어오셔서 앉으세요."

홈즈가 상냥하게 말했다.

"그런 건 아무래도 좋아. 여기에 내 딸이 왔었지? 내가 다 미행을 했다고. 딸이 무슨 말을 했나?"

"계절에 어울리지 않게 날이 너무 추운데요."

홈즈가 이렇게 말하자 노인이 화를 내며 벌컥 소리를 질렀다.

"딸애가 무슨 말을 했지?"

"크로커스도 곧 필 것 같다더군요."

내 친구는 계속해서 딴청을 피웠다.

"뭐야! 우물쭈물 넘어갈 생각인가? 응?"

남자가 한 발 앞으로 다가서서 손에 들고 있던 채찍을 흔들며 말했다.

"네 녀석에 대해서는 이미 다 알고 왔다, 이 악당 같은 녀석아! 벌써 옛날부터 얘기를 들어왔다고, 남의 일에 참견하기 좋아하는 녀석."

홈즈가 빙그레 웃었다.

"홈즈, 이 감초 같은 녀석!"

홈즈가 더욱 크게 웃기 시작했다.

"홈즈, 이 런던 경찰청의 앞잡이 녀석. 건방 떨지 마."

홈즈는 더 이상 참지 못하고 킬킬대며 웃기 시작했다.

"말씀을 아주 재미있게 하시는군요."

이렇게 말한 홈즈가 한마디 더 덧붙였다.

"돌아가실 때는 문을 꼭 닫고 가주세요. 틈새로 바람이 술술 들어와서요."

"얘기가 끝나면 가지 말래도 갈 거다. 잘 들어. 쓸데없이 우리 일에 참견하지 말라고. 스토너가 여기에 왔었다는 걸 알고 있어. 다 지켜봤다고! 나는 그렇게 만만한 상대가 아니야! 내가 어떤 사람인지 보여주지."

성큼성큼 우리 쪽으로 걸어온 거구의 사내가 부젓가락을 집어 들더니 검게 그을린 커다란 두 손으로 그것을 휘어버렸다.

"알겠나? 내 눈에 띄지 않는 게 좋아."

이렇게 외친 거구의 손님은 휘어버린 부젓가락을 난로 안으로 집어던지고는 다시 성큼성큼 걸어서 방 밖으로 나갔다.

"꽤 상냥한 사람인 듯하군."

홈즈가 웃으며 말을 이었다.

"로일롯 박사만큼 거구는 아니지만 내 완력도 무시할 수는 없지. 조금만 더 시간이 있었다면 내 실력도 보여줄 수 있었을 텐데."

이렇게 말하며 홈즈는 휘어진 부젓가락을 집어 들었다. 그리고 힘을 주어 부젓가락을 원래대로 펴놓았다.

"로일롯 박사가 나를 제멋대로 경찰의 앞잡이라고 부르다니. 하지만 박사가 와준 덕분에 수사가 더 재미있어졌어. 우리의 친구인 그 젊은 여자가 아까 그 난폭한 노인에게 더 이상 미행을 당하지 않았으면 좋겠는데.

왓슨, 어쨌든 아침부터 먹기로 하세. 그런 다음 나는 등기소(결혼허가증, 유언 등의 기록을 보존하고 있는 곳)에 가서 두어 가지 기록을 살펴볼 생각이야. 이번 사건을 해결하는 데 도움이 될지도 모르거든."

셜록 홈즈는 한 시 가까이가 돼서야 외출에서 돌아왔다. 손에는 마구 갈겨쓴 글자와 숫자가 적힌 파란 종이를 들고 있었다.

"죽은 로일롯 박사 부인의 유언장을 보고 왔네. 그 유언장에 실려 있는 유산이 현재 어느 정도의 가치를 지니고 있는지를 살펴보고 왔지. 그렇게 하지 않으면 유언의 의미를 정확하게 알 수 없거든.

부인이 세상을 뜰 무렵에는 유산에서 전부 1,100파운드가 조금 안 되는 돈이 나왔었네. 하지만 지금은 농산물 가격이 내려가서 750파운드 이하로 내려갔지. 딸들은 결혼을 하면 한 사람이 각각 250파운드를 받을 권리가 생겨. 따라서 두 딸이 모두 결혼해 버리면 박사 손에 쥐어지는 돈은 쥐꼬리만 한 금액으로 줄어버리지. 두 딸 중 한 명만 결혼해도 박사는 상당한 타격을 입게 되네. 오전에 한 일이 헛수고는 아닌 듯싶어. 덕분에 박사가 딸들의 결혼을 방해할 만한 아주 커다란 동기를 가지고 있다는 사실을 알게 되었으니까.

왓슨, 사태가 아주 심각해서 더 이상 이러고 있을 시간이 없네. 특히 우리가 관여하기 시작했다는 사실을 그 노인이 알아차렸으니 더욱 서둘러야 할 거야. 자네가 준비를 마치면 마차를 불러서

워털루로 가세. 권총을 주머니에 넣어 가주면 고맙겠는데. 일리형 2번 권총이 좋을 걸세. 상대는 부젓가락을 휘어버릴 정도의 힘을 가진 신사니까. 거기에 칫솔 하나만 더 가져가면 충분할 걸세.

운 좋게도 홈즈와 나는 워털루 역에서 레더헤드 행 열차에 바로 오를 수 있었다. 그리고 레더헤드 역 앞에 있는 여관에서 마차를 잡아타고 서리 주의 싱그러운 시골길을 4, 5마일 정도 달렸다. 더할 나위 없이 상쾌한 날씨였다. 태양이 내리쬐고 있었으며 하늘에는 뭉게구름이 떠 있었지만 그것도 곳곳에 떠 있을 뿐이었다. 수목과 길 옆 울타리에 심어놓은 나무들도 이제 막 파란 이파리를 내밀기 시작했다. 부드럽게 젖은 흙의 냄새가 주위에 가득했다. 봄기운이 느껴져 기분이 좋았다. 하지만 우리를 기다리고 있는 것은 흉악한 사건에 대한 조사였다. 이렇게도 상반되는 일이 한꺼번에 일어나다니 기묘한 일이 아닐 수 없었다.

바로 그때 홈즈가 자리에서 벌떡 일어나더니 내 어깨를 두드렸다. 그리고 목장 건너편을 손가락으로 가리켰다.

"저길 보게나."

넓은 지역에 걸쳐서 나무들이 완만한 경사를 이루며 펼쳐져 있었다. 사면 위로 올라갈수록 밀도가 높아지다 정상부근에서 조그만 숲을 이루고 있었다. 나뭇가지 사이로 낡은 저택의 회색 맞배지붕과 지붕에 걸쳐놓은 마룻대가 솟아올라 있었다.

홈즈가 마부에게 물었다.

"저게 스톡 모란의 저택인가?"

"네, 그림스비 로일롯 박사의 저택입니다."

마부가 대답했다.

"저쪽에 공사를 하는 곳이 보이지? 그곳으로 가고 싶은데."

"마을은 저쪽입니다."

마부가 이렇게 말하며 왼쪽을 가리켰다. 조금 떨어진 곳에 마을의 집들이 서 있는 것이 보였다. 마부가 계속해서 말했다.

"저 저택에 가실 거라면 저쪽 계단으로 올라가서 좁은 길을 따라가는 편이 더 빠를 겁니다. 저기 여자가 보이는 그 길입니다."

홈즈가 태양 빛을 피해서 그쪽을 응시했다.

"아, 저 여자는 스토너 씨가 아닌가? 그래 자네 말대로 하는 게 좋겠어."

우리는 삯을 지불하고 마차에서 내렸다. 마차는 방향을 돌려서 레더헤드 쪽으로 덜컹거리며 달려갔다.

계단을 오르며 홈즈가 말했다.

"마부는 우리가 건축가나 공사관계자인 줄 알 거야. 저 공사 때문에 여기에 온 것처럼 보이는 게 좋을 거야. 어쨌든 저 마부 때문에 소문이 날 것 같지는 않군.

스토너 씨, 안녕하세요? 약속한 대로 우리가 왔습니다."

그날 아침에 런던으로 찾아왔던 사건의 의뢰인이 종종걸음으로 다가와 반가운 표정으로 우리를 맞아주었다.

"언제 오시는 건지 초조해서 견딜 수가 없었어요."

이렇게 말하며 우리 손을 꼭 잡고 악수를 했다.

"모든 일이 생각대로 됐어요. 로일롯 박사는 런던에 가서 저녁까지 돌아오지 않을 거예요."

스토너가 말했다.

"영광스럽게도 박사와는 이미 인사를 나눴죠."

홈즈가 아침에 있었던 일을 간략하게 설명했다. 이야기를 듣는 동안 스토너의 얼굴이 창백해지더니 결국에는 입술까지도 하얗게 질려버리고 말았다.

"어머! 저를 미행했군요."

"그런 것 같아요."

"아주 빈틈이 없는 사람이라 한시도 마음을 놓을 수가 없어요. 홈즈 씨, 의붓아버지가 돌아오면 뭐라고 할까요?"

"틀림없이 박사도 조심할 거예요. 자신보다 한 수 위인 사람이 미행하고 있을지도 모르니까요. 오늘 밤에는 방문을 꼭 잠그고 박사가 절대 안으로 들어오지 못 하도록 하세요. 만약 박사가 폭력을 휘두를 것 같으면 하로에 계신 이모님 댁으로 모셔다드리지요. 그럼, 시간이 얼마 없으니 바로 방을 조사할 수 있도록 해주세요."

스톡 모란의 저택은 석조 건물로 그 돌은 회색이었으며 여기저기에 얼룩이 져 있었다. 건물은 중앙이 높이 솟아 있었으며 그 양쪽으로 곡선을 그리며 두 개의 건물이 게의 집게발처럼 뻗어 있었다. 그 한쪽 건물은 유리창이 깨져 나무판으로 그곳을 막아놓았으며 지붕에도 일부 주저앉은 곳이 있어 을씨년스럽게 보였다. 중앙에 있는 건물은 어느 정도 손을 보기는 했지만 그래도 을씨년스럽기는 마찬가지였다.

이 두 건물에 비해서 오른쪽에 있는 건물은 그래도 깨끗하게 보였다. 창에 덧창이 붙어 있고, 굴뚝에서 푸르스름한 연기가 피어오르고 있는 것으로 봐서 일가는 오른쪽 건물에서 생활하고 있는 듯했다. 오른쪽 끝에 있는 벽에 공사용 골조가 서 있었으며 돌벽에는 구멍이 뚫려 있었다. 하지만 우리가 저택에 도착했을 때 인부들의 모습은 보이지 않았다.

홈즈는 손질도 하지 않은 정원의 잔디밭을 천천히 오가며 건물 창의 바깥쪽을 꼼꼼히 조사했다.

"이 오른쪽 끝에 있는 방이 당신이 쓰는 침실이고 가운데가 언니의 침실이죠? 그리고 그 다음, 거실 바로 옆에 있는 방이 로일롯 박사의 침실이고요."

"맞아요. 하지만 저는 지금 가운데 있는 방을 쓰고 있어요."

"오른쪽 방을 수리하는 동안만이겠죠. 그런데 오른쪽 끝에 있는 벽을 서둘러 수리하지는 않는 것 같군요."

"네. 수리하는 모습을 본 적이 없어요. 제게 언니 방을 쓰게 하려는 의도인 것 같아요."

"그래요? 거기에는 어떤 이유가 있는 것 같군요. 이 긴 건물

뒤편에 복도가 있고 각 방으로 들어가는 문은 전부 복도 쪽으로 나 있다고 했죠? 물론 복도에도 창은 있겠죠?"

"네, 아주 조그만 창이 있어요. 너무 좁아서 사람이 드나들 수는 없어요."

"당신과 언니는 밤이면 문을 걸어 잠그니 복도 쪽으로는 누구도 방에 들어갈 수 없을 거예요. 잠깐 방으로 들어가서 덧창의 걸쇠를 걸어봐 주실래요?"

스토너가 홈즈의 말대로 했다. 홈즈는 우선 열려 있는 창을 면밀하게 관찰했다. 그런 다음 스토너가 걸쇠를 건 창을 어떻게든 열어보려고 여러 가지로 시도를 해보았지만 전부 허사였다. 덧창에는 칼날 하나 들어갈 만한 틈도 없었기 때문에 이를 잡아 뜯기란 불가능한 일이었다. 홈즈는 돋보기를 꺼내 덧창의 경첩에 미심쩍은 부분이 없는지를 조사해보았다. 하지만 경첩은 단단한 철로 만들어진 것이었으며 돌벽에 튼튼하게 붙어 있었다.

"흠!"

홈즈가 조금 당황한 듯한 표정으로 턱을 긁적이며 말했다.

"내 추리도 난관에 부딪힌 것 같군. 걸쇠를 걸어놓으면 그 누구도 이 창문을 통해서 안으로 들어갈 수 없어. 수수께끼를 풀 열쇠가 방 안에 있는지 조사해보도록 하세."

건물 옆으로 난 조그만 문을 통해서 뒤쪽에 있는 복도로 들어가게 되어 있었다. 회반죽을 바른 복도의 하얀 벽면에 세 개의 방으로 통하는 문이 나란히 늘어서 있었다. 홈즈가 세 번째 방은 조사하려고도 하지 않았기에 우리는 바로 가운데 있는 방으로 들어갔다. 가운데 방은 지금 스토너가 침실로 쓰고 있는 방,

즉 언니가 최후를 맞이한 방이었다.

안락해 보이는 조그만 침실이었다. 천장은 낮았으며 벽난로가 커다란 입을 벌리고 있는, 옛날 시골집 분위기를 살린 방이었다. 한쪽 모퉁이에 갈색 옷장이 있었으며 다른 쪽 모퉁이에는 하얀 시트를 씌운 좁은 침대가 놓여 있었다. 창 왼쪽으로는 화장대가 놓여 있었으며 그 외에 조그만 등나무 의자가 두 개. 이 방에 있는 가구는 이것들이 전부였다. 그리고 방의 한가운데 사각형의 갈색 윌튼 카펫이 깔려 있을 뿐이었다. 바닥에 깐 판자와 벽에 댄 판자는 갈색 참나무로 만든 것이었는데 모두 벌레 먹은 흔적이 있었다.

홈즈는 의자 하나를 한쪽 구석으로 가져가 거기에 앉았다. 아무 말 없이 사방을 둘러보고 방 안의 모습을 구석구석 살폈다.

드디어 홈즈가 입을 열었다.

"저 벨은 어디와 연결되어 있나요?"

홈즈는 이렇게 말하며 침대 옆으로 늘어져 있는 벨의 끈을 가리켰다. 둥그렇게 묶어놓은 끈의 끝이 침대 머리맡까지 내려와 있었다.

"가정부의 방과 연결되어 있어요."

스토너가 대답했다.

"다른 물건들 보다 새것 같은데요."

"네, 한 2, 3년 전에 달았어요."

"언니가 원해서 단 건가요?"

"아니요. 언니가 저걸 썼다는 얘기는 한 번도 들은 적이 없어요. 저흰 평소부터 자기 일은 자기가 알아서 했으니까요."

"애초부터 이런 끈을 달아둘 필요가 없었다는 얘기군요. 이곳 바닥을 조사해볼 테니 잠깐만 기다려보세요."

이렇게 말한 홈즈가 돋보기를 손에 들고 바닥에 엎드렸다. 그 자세를 유지한 채 날렵하게 앞뒤로 몸을 움직여 바닥의 널빤지 사이사이를 꼼꼼하게 살펴보았다. 같은 방법으로 벽 안쪽에 붙여놓은 판자들도 조사하기 시작했다. 조사를 마친 홈즈는 침대 쪽으로 다가가 한동안 그것을 바라보다가 벽 쪽으로 시선을 돌려 천장에서부터 바닥까지 구석구석 살피기 시작했다. 그리고 마지막으로 벨에 연결된 끈을 힘차게 잡아당겼다.

"뭐야? 장식이었나?"

홈즈가 말했다.

"안 울리나요?"

"네, 벨과 연결되어 있지도 않아요. 이거 아주 재미있는데요. 잘 보세요, 스토너 씨. 환기구의 조그만 구멍 바로 위에 갈고리가 있고 끈을 거기에 묶어놓은 게 보이시죠?"

"왜 이런 짓을 한 거죠? 전 지금까지 전혀 모르고 있었어요."

"이상한데."

끈을 잡아당기며 홈즈가 중얼거렸다.

"이 방에는 한두 군데 아주 이상한 점이 있어. 예를 들자면 환기구의 끝이 옆방과 연결되어 있다는 점. 멍청이 중에서도 멍청이가 만든 것임에 틀림없어! 이왕 뚫을 바에는 바깥쪽으로 뚫으면 그만 아닌가?"

"그 환기구도 최근에 뚫은 것이에요."

"벨의 끈도 그때 매단 건가요?"

"맞아요, 홈즈 씨. 그때 세심하게 손을 본 곳이 너덧 군데쯤 돼요."

"뭔가 말 못 할 이유가 있었던 듯하군요. 장식으로 달아놓은 벨의 끈, 아무짝에도 쓸모없는 환기구. 스토너 씨 괜찮다면 옆방도 좀 살펴보고 싶은데요."

그림스비 로일롯 박사의 방은 딸의 방보다 조금 더 넓었지만 쓸데없는 가구가 놓여 있지 않다는 점에서는 크게 다를 바가 없었다. 접었다 폈다 할 수 있는 침대와 나무로 만든 조그만 책장이 있었다. 책장에는 책들이 빼곡하게 들어차 있었는데 대부분이 전문서적이었다. 침대 옆에 팔걸이의자가, 그리고 벽 쪽으로 간단한 의자가 하나 놓여 있었다. 그 외에는 원탁과 커다란 철제 금고. 눈에 띄는 가구는 이 정도였다.

홈즈는 천천히 방 안을 돌아다니며 가구를 하나하나 꼼꼼히 조사해나갔다.

"여기엔 뭐가 들어 있죠?"

금고를 두드리며 홈즈가 물었다.

"일에 관한 아버지의 서류가 들어 있어요."

"그럼……. 스토너 씨는 이 안을 본 적이 있단 말인가요?"

"몇 년 전에 딱 한 번. 안은 서류로 가득 차 있었어요."

"이 금고 안에서 고양이 같은 걸 기르고 있는 건 아니겠죠?"

"그럴 리가 있겠어요, 홈즈 씨. 정말 재미있는 생각을 하시네요."

"이걸 한번 보세요."

홈즈가 금고 위에 놓여 있던 우유가 든 접시를 집어 들었다.

　"하지만 고양이는 키우지 않아요. 치타와 비비를 키우기는 하지만."

　"그래, 맞아. 그랬었죠. 치타라면 커다란 고양이라고 할 수도 있겠네요. 하지만 우유 한 접시로 치타가 만족할 것 같지는 않은데요. 어쨌든 조금 더 확실히 해두고 싶은 일이 한 가지 있어요."

　이렇게 말한 홈즈는 목제 의자 앞에 웅크리고 앉아 의자의 바닥 부분을 유심히 살피기 시작했다.

　"이거 실례했습니다. 이제야 대충 알 수 있을 것 같군요."

　이렇게 말한 홈즈는 자리에서 일어나 돋보기를 주머니에 넣었다.

　"야, 여기에 재미있는 물건이 있는데요."

　홈즈의 눈에 띈 것은 침대 옆 한편에 걸어둔, 개를 훈련할 때 사용하는 조그만 채찍이었다. 그런데 그 채찍은 뱀이 똬리를 틀고 있는 듯한 형태로 감긴 채 묶여 있었다.

"왓슨, 저것에 대해서 어떻게 생각하나?"

"글쎄, 어디서나 흔히 볼 수 있는 채찍 아닌가? 그런데 왜 둥글게 말아서 걸어놓은 걸까?"

"어디서나 흔히 볼 수 있는 채찍이라고? 말도 안 돼. 아, 생각하기도 싫어! 머리 좋은 사람이 그 머리를 나쁜 데 쓴다는 건 정말 끔찍한 일이야. 스토너 씨, 방을 더 조사할 필요는 없을 것 같네요. 괜찮다면 잔디밭 쪽으로 나가보고 싶은데요."

조사를 마친 우리는 로일롯 박사의 방에서 나왔다. 이때처럼 쓸쓸하고 어두운 표정을 짓는 홈즈를 나는 본 적이 없었다. 우리 세 사람은 한동안 잔디밭을 걸었는데 스토너와 나는 홈즈가 생각을 정리할 동안 그를 방해하지 않으려 노력했다.

홈즈가 입을 열었다.

"스토너 씨, 당신은 무슨 일이 있어도 내 말대로 행동해야 해요."

"반드시 그렇게 할게요."

"생각보다 사태가 심각해서 조금도 망설일 수가 없어요. 내 말대로 하지 않으면 당신은 목숨을 잃을 수도 있어요."

"무슨 일이 있어도 말씀하신 대로 행동할게요."

"우선, 오늘 밤에는 왓슨과 내가 당신 방에서 묵어야 할 것 같아요."

스토너와 나는 넋을 잃고 홈즈를 바라보았다.

"꼭 그래야만 합니다. 설명하도록 하죠. 저쪽에 보이는 게 마을의 호텔 같은데요."

"네. 크라운 호텔이에요."

"좋았어요. 저 호텔에서도 스토너 씨 침실의 창이 보이겠죠?"

"보일 거예요."

"박사가 돌아오면 당신은 머리가 아픈 시늉을 하고 침실로 들어가세요. 그리고 박사가 침대에 눕는 소리가 들리면 덧창을 열고 걸쇠를 벗겨놓은 뒤 램프를 창틀에 올려놓으세요. 그게 우리들의 신호에요. 그리고 스토너 씨는 필요한 물건들을 정리해서 예전에 사용하셨던 오른쪽 방으로 옮기세요. 수리 중이기는 하지만 하룻밤 정도는 그곳에서 묵어도 상관없겠죠?"

"네 걱정하지 마세요."

"나머지는 우리에게 맡겨두세요."

"홈즈 씨, 어떻게 하실 생각이시죠?"

"당신 방에서 하룻밤 묵으면서 한밤중이면 들려오는 그 소리의 정체를 밝힐 생각이에요."

"홈즈 씨, 벌써 결론을 내리신 듯하군요."

스토너가 홈즈의 소매를 잡으며 말했다.

"그런 것 같아요."

"그럼, 부탁이니 언니가 왜 죽은 건지 그 원인을 들려주세요."

"그걸 말하기에 앞서서 좀 더 확실한 증거를 손에 넣고 싶어요."

"그렇다면 제 생각이 옳았는지, 그것만이라도 알려주세요. 언니는 무엇인가에 놀라서 그 때문에 죽은 건가요?"

"아니요. 내 생각은 조금 다릅니다. 좀 더 복잡한 일이 일어났던 것 같아요. 스토너 씨, 우리는 이만 가봐야 해요. 로일롯 박사가 돌아와서 우리가 여기에 있는 걸 보면 모든 일이 허사가 되어버리고 말 테니까요. 안녕히 계세요. 힘내시고요. 내가 말한 대로 하면 아무런 문제도 없을 거예요. 당신이 느꼈던 두려움을 우리가 제거해드리도록 하죠."

셜록 홈즈와 나는 크라운 호텔로 가서 침실과 거실이 딸린 방을 얻을 수 있었다. 방이 2층에 있었기 때문에 창을 통해서 스톡 모란 저택의 오솔길로 난 문과 가족들이 사용하고 있는 건물을 내려다볼 수 있었다.

땅거미가 질 무렵 그림스비 로일롯 박사가 마차를 타고 지나가는 모습이 보였다. 마부석에 앉아 있는 조그만 소년 옆에 거구의 박사가 자리 잡고 있었다. 소년이 무거운 철문을 열려 했지만 좀처럼 열리지 않았다. 그러자 박사가 갈라지는 목소리로 주먹을 휘두르며 소년을 야단쳤다. 마차가 저택으로 들어간 지 몇 분이 지난 후, 거실의 램프 하나를 밝힌 듯 나무 사이로 불빛 하나가 흘러나오기 시작했다. 땅거미가 내리고 있었다. 홈즈와 나는 아무것도 하지 않은 채 멍하니 시간을 보냈다.

"이보게 왓슨, 솔직히 말해서 오늘 밤에는 자네를 데려가고 싶지 않아. 위험을 감수해야만 하거든."

홈즈가 말했다.

"내가 있는 편이 낫지 않겠나?"

"자네가 옆에 있어 주면 고맙지."

"홈즈, 그렇다면 당연히 나도 가야지."

"정말 고맙네."

"자네 방금 위험하다고 했지? 그 두 방에서 아마도 내가 보지 못한 것을 본 모양이군."

"아니, 나는 그저 자네보다 조금 더 추리력을 발휘했을 뿐이라고 생각해. 내가 본 건 자네도 전부 봤을 테니 말이야."

"특별히 눈에 띈 것은 벨에 달아놓은 끈뿐이었는데. 하지만 솔직히 말하자면 왜 그 끈을 달아놓은 건지 도저히 감도 못 잡겠어."

"환기구도 봤겠지?"

"물론 봤지. 작은 구멍이 방 두 개를 연결하고 있다고 해서 특별히 이상할 건 없지 않나. 너무 작아서 쥐새끼 한 마리 드나들 수 있을 것 같지 않던데."

"스톡 모란의 저택에 오기 전부터 나는 환기구가 있을 거라고 짐작하고 있었네."

"뭐라고?"

"잘 생각해보게. 스토너 씨가 말하기를, 언니가 로일롯 박사의 담배연기 냄새 때문에 자기 방으로 건너왔다고 하지 않았나? 그것을 듣고 바로 알 수 있었지. 두 방 사이에 조그만 구멍이 뚫려 있을 것이라는 사실을. 그것도 아주 조그만 구멍이 아니면 말이 안 되지. 조그만 구멍이 아니었다면 검시관이 조사를 했을 때 분명히 그 점을 지적했을 테니까. 나는 환기구일 것이라고 생각했네."

"하지만 환기구가 있어서는 안 된다는 법도 없질 않은가?"

"그렇긴 하지만 묘하게 시간이 일치한단 말이야. 환기구를 뚫고 벨의 끈을 달고 그 침대에서 자던 여자가 죽었다. 뭔가 떠오르는 게 없나?"

"글쎄, 나는 그것만 가지고는 잘 모르겠는데."

"그리고 그 침대 말인데, 왓슨. 아주 특이한 점이 있다는 사실을 알아차리지 못했나?"

"전혀."

"꺾쇠로 바닥에 고정을 시켜놨다네. 침대를 그런 식으로 고정해놓는 걸 본 적이 있나?"

"없네."

"언니는 침대를 움직일 수가 없었네. 침대는 환기구와 벨의 끈에 대해서 언제나 일정한 위치에 놓여 있었다는 얘기지. 그러니까 그건 그냥 끈이라고 불러도 좋을 거야. 벨을 울리는 데 사용하려고 매단 게 아니니까."

"홈즈, 자네가 하고 싶은 말이 무엇인지 어렴풋하게나마 알 수 있을 것 같네. 교묘하고 무시무시한 범죄를 막기 위해 우리가 가까스로 때를 맞춰 왔다는 얘기군."

"참으로 교묘하고 무시무시한 범죄야. 의사가 나쁜 마음을 먹기 시작하면 최고의 범죄자가 되지. 의사란 대담하고 지식도 풍부하니까. 아내와 형제를 독살한 팔머, 아내와 새어머니를 독살한 프릿차드와 같은 사람들은 의사로서도 최고였어. 로일롯 역시 그 두 사람에게 뒤지지 않을 정도야. 하지만 왓슨, 우리는 그 의사를 이길 수 있을 거야. 어쨌든 오늘 밤에는 굉장히 무시무시한 일을 당하게 될 거야. 조용히 담배를 피운 다음 두어 시간 정도 좀 더 즐거운 일에 대해서 생각하기로 하세."

9시경, 나무 사이로 보이던 불빛이 꺼지자 저택은 암흑 속으로 사라졌다. 그로부터 두 시간 정도 지루한 시간이 흘렀다. 11시를 알리는 시계의 종소리가 들려오기 시작했을 때 갑자기 불 하나가 오른쪽에서 빛을 발했다.

"신호다."

홈즈가 자리에서 일어났다.

"저건 가운데 방의 창에 켜놓은 불이야."

호텔을 나서면서 홈즈는 여주인에게 잠깐 말을 건넸다. 밤늦게 친구를 만나러 가게 됐는데 오늘 밤에는 거기서 묵게 될 것 같다는 말이었다. 그런 다음 우리는 바로 호텔에서 나왔다. 밤길을 걷다보니 차가운 바람이 얼굴에 와서 부딪쳤다. 어둠을 뚫고 앞쪽에서 노란 불빛이 반짝이고 있었다. 우리는 그것에 의지해서 우울한 일을 하기 위해 앞으로 나아갔다.

정원을 둘러싸고 있는 울타리는 낡아서 여기저기 틈새가 있었지만 수리도 하지 않은 채 그냥 내버려두었기 때문에 우리는 별 어려움 없이 저택 안으로 들어갈 수 있었다. 수목에 몸을 숨겨가며 정원의 잔디밭이 있는 곳까지 접근했다. 우리는 잔디밭을 가로질러 창을 통해서 방 안으로 들어가려 했다. 그때였다. 조그만 월계수 나무가 늘어서 있는 곳에서 갑자기 못생긴 어린아이와도 같이 끔찍한 모습을 한 무엇인가가 뛰쳐나왔다. 그것은 풀 위에 누워 사지를 건들건들 흔들더니 다시 일어나 재빠르게 잔디밭 건너편의 어둠 속으로 사라져버렸다.

"우와! 자네도 봤겠지?"

내가 작은 목소리로 물었다.

그 순간, 홈즈도 나만큼 놀란 모양이었다. 내 손목을 있는 힘껏 쥐었다. 하지만 곧 낮은 목소리로 웃으며 내 귀에 대고

이렇게 말했다.

"저것도 이곳의 멋진 가족 중 하나지. 비비라네."

나는 박사가 기묘한 동물을 기르고 있다는 사실을 까맣게 잊고 있었다. 그러고 보니 박사는 치타도 기르고 있다고 했다. 어쩌면 그 치타가 등 뒤에서 우리를 덮칠지도 모를 일이었다.

솔직히 말하자면 나는 홈즈를 따라서 구두를 벗고 침실 안으로 들어가서야 마음을 놓을 수 있었다. 홈즈는 소리가 나지 않도록 가만히 덧창을 닫았다. 그리고 램프를 테이블 있는 곳으로 가져오더니 방 안을 한 바퀴 둘러보았다. 모든 것이 낮에 봤던 그대로였다. 발소리를 죽여서 내게 다가온 홈즈가 두 손을 둥글게 말아 내 귀에 대고 가만히 속삭였다. 간신히 알아들을 수 있을 정도로 작은 소리였다.

"조금이라도 소리를 내면 우리 계획은 엉망이 되네."

알았다는 신호로 나는 고개를 끄덕였다.

"우리는 불을 끄고 가만히 기다리고 있어야 하네. 환기구를 통해 스며든 불빛으로 박사가 눈치를 챌지도 모르니까."

나는 다시 고개를 끄덕였다.

"잠들면 안 돼, 왓슨. 목숨이 걸린 일이야. 만약을 위해서 권총을 준비해두게나. 나는 침대에 앉아 있겠네. 자네는 저쪽에 있는 의자에 앉아 있게나."

나는 권총을 꺼내서 테이블의 한쪽에 올려놓았다. 홈즈는 얇고 기다란 지팡이를 가지고 있었는데 그것을 침대 위에 올려놓았다. 그리고 그 옆에 성냥갑과 짧은 초를 올려놓은 다음 램프를 껐다. 우리는 어둠 속에서 그대로 조용히 앉아 있었다. 소름 끼치는 이 불침번을 나는 결코 잊지 못할 것이다. 아무런 소리도 들려오지 않았으며 숨소리조차 들려오지 않았다. 하지만 홈즈는 틀림없이 자리를 지키고 있을 터였다. 내게서 2, 3피트도 떨어지지 않은 곳에서 눈을 뜬 채로 자리를 지키고 있을 터였다. 그는 긴장으로 신경이 날카로워져 있었으며 나 역시도 긴장을 느끼지 않을 수 없었다.

덧창이 안으로 들어오는 빛을 완전히 차단하고 있었기 때문에 우리는 새까만 어둠 속에서 기다려야만 했다. 밖에서 때때로 밤새의 울음소리가 들려왔다. 우리가 기다리고 있는 방의 창가 부근에서 고양이 울음소리와도 같은 긴 울음소리가 한 번 들려왔다. 그 소리를 듣고 박사가 진짜로 치타를 풀어서 기르고 있다는 사실을 알 수 있었다. 저 멀리서 15분마다 때를 알리는 교회의 종소리가 굵고 낮게 울려 퍼지고 있었다. 그 15분이 왜 그렇게도 길었는지! 12시, 1시, 2시, 3시. 그래도 우리는 조용히 앉아서 무슨 일이 일어나기만을 기다리고 있었다.

천장의 환기구에서 갑자기 불빛이 번쩍했다. 하지만 그것은 곧 사라져버렸다. 뒤이어 기름이 타는 냄새와 금속이 뜨거워졌을 때 나는 냄새가 코를 찌르기 시작했다. 옆방에서 누군가가 갓을 씌운 램프에 불을 붙인 것이다. 무엇인가 조용히 움직이는 소리가 들리는가 싶더니 다시 조용해졌다. 그러는 동안에도 냄새는 더욱 강렬해졌다. 30분 동안 나는 가만히 귀를 기울이고 있었다.

갑자기 새로운 소리가 들려오기 시작했다. 아주 희미하고 조심스러운 소리로, 주전자가 쉴 새 없이 수증기를 뿜어 올리는 듯한 느낌을 주는 소리였다. 그 소리를 들은 순간 홈즈가 침대에서 몸을 피하더니 성냥불을 켜고 마치 미친 사람처럼 지팡이로 벨의 끈을 내리치기 시작했다.

"왓슨, 보이지?"

홈즈가 외쳤다. 그리고 다시 한 번.

"보이지 않나?"

하지만 내 눈에는 아무것도 보이지 않았다. 홈즈가 성냥불을 켠 순간 낮고 뚜렷한 휘파람 소리가 들려왔다. 그러나 어둠에 익숙해져 있던 눈에 불빛이 너무 밝아서 홈즈가 무엇을 그렇게 미친 듯이 때리고 있던 것인지는 보이지 않았다. 단, 홈즈의 얼굴만은 볼 수 있었다. 그의 얼굴은 죽은 사람처럼 하얗게 질려 있었으며 공포와 증오로 가득했다.

홈즈가 손을 멈추고 환기구를 올려다보고 있을 때였다. 갑자기 온몸의 털이 곤두설 것 같은 끔찍한 비명소리가 밤의 정적을 찢어놓았다. 평생 그런 비명소리는 처음 들어봤다. 그 갈라진 신음소리는 점점 커졌는데, 괴롭고 겁을 먹었으며 화가 난 듯한 그런 소리가 한데 섞여 있는 끔찍한 외침이었다. 나중에 들은 얘기지만 저택에서 내려다보이는 마을과 멀리 떨어져 있는 목사의 저택에까지 그 소리가 들려 사람들의 잠을 깨웠다고 한다. 그 소리를 들은 우리는 몸이 얼어붙는 것 같았다. 나는 자리에서 일어나 홈즈를 바라보았으며, 홈즈도 나를 바라보았다.

드디어 외침의 마지막 울림이 밤의 어둠 속으로 빨려 들어가 버렸다.

"어떻게 된 거지?"

내가 간신히 홈즈에게 물었다.

"그러니까 모든 것이 끝났다는 얘길세. 결국 이렇게 된 게 제일 잘 된 건지도 모르겠군. 권총을 들고 따라오게 함께 로일롯 박사의 방으로 가보세."

홈즈가 긴장한 표정으로 램프에 불을 붙였다. 그리고 앞장서서 복도를 지나 옆방으로 갔다. 박사의 침실 문을 두 번 두드렸지만 대답이 없었다. 홈즈가 문의 손잡이를 돌려 안으로 들어섰다. 나도 손에 장전한 권총을 들고 홈즈의 뒤를 따라 들어갔다.

기괴하기 짝이 없는 광경이 우리 앞에 펼쳐졌다. 테이블 위에 갓을 씌운 랜턴이 놓여 있었는데 그 갓이 반쯤 벗겨져 있었다. 그 랜턴의 불빛이 철제 금고를 눈부시게 비추고 있었다. 금고의 문이 조금 열려 있었다. 테이블 옆에 나무의자가 있고 그림스비 로일롯 박사가 거기에 앉아 있었다. 박사는 긴 회색 가운을 입고 있었는데 그 끝으로 발목이 드러나 보였다. 맨발에 빨간 터키풍 슬리퍼를 신고 있었다. 무릎 위에는 채찍의 손잡이가 옆으로 놓여 있었다. 우리가 오늘 낮에 봤던 그 긴 채찍이었다.

박사는 턱을 앞으로 내민 채 무시무시한 눈빛으로 천장의 한쪽 모퉁이를 가만히 바라보고 있었다. 눈썹 부근에 갈색 얼룩무늬가 들어간 기묘한 노란색 끈이 단단히 감겨 있었다. 우리가 방으로 들어섰는데도 박사는 미동조차 하지 않았으며 소리 하나 내지 않았다.

"끈! 얼룩 끈이야!"

홈즈가 중얼거렸다.

내가 박사 쪽으로 한 걸음 다가선 순간 박사의 머리에 감겨 있던 기묘한 끈이 움직이기 시작했다. 그 끈은 박사의 머리카락

속에서 평평한 마름모꼴의 커다란 머리를 들어올려 부풀어 오른 목을 내밀고 있었다.

"연못독사야!"

홈즈가 외쳤다.

"인도에서도 가장 위험한 뱀이지. 박사는 저 뱀에 물린 지 10초도 안 돼서 죽었을 거야. 타인에게 해를 가하면 자신에게 그것이 돌아오고, 타인을 함정에 빠뜨리려 하면 그것이 자신의 무덤이 된다는 말도 있지 않은가? 우선 이 녀석을 우리 안에 넣어두세. 그런 다음에 스토너 씨를 다른 안전한 곳으로 데리고 가도록 하지. 이 모든 일이 끝난 다음에 주의 경찰에 알려도 늦지는 않을 거야."

이렇게 말하면서 홈즈는 죽은 사람의 무릎 위에 놓여 있던 채찍을 얼른 집어 끝에 매듭을 하나 만들었다. 그리고 그 매듭을

뱀의 머리 쪽으로 던져 죽은 자의 머리 위에 있던 뱀을 바닥으로 끌어 내렸다. 홈즈는 뱀이 가까이 오지 못 하도록 하면서 철제 금고까지 끌고 가 금고 안으로 뱀을 집어던지고는 문을 닫아버렸다.

이상이 스톡 모란 저택의 그림스비 로일롯 박사의 죽음에 대한 진상이다. 얘기가 너무 길어졌으니 그 이후의 경과에 대해서 길게 늘어놓지는 않겠다. 두려움에 떨고 있던 젊은 여자에게 이 슬픈 소식을 전하고 그날 아침 기차로 하로까지 가서 다정한 이모님 댁으로 데려다주었다. 수사에 혼선을 빚던 경찰은, 결국 박사가 위험한 애완동물과 놀다가 부주의로 죽음을 맞이하게 된 것이라는 결론을 내렸다.

나는 이 사건에 대해서 몇 가지 이해할 수 없는 점들이 있었는데 이튿날 집으로 돌아오는 기차 안에서 홈즈가 그 궁금증을 풀어주었다.

"나는 완전히 잘못된 결론을 내리고 있었네, 왓슨. 어떤 경우에라도 불충분한 자료를 바탕으로 추리를 한다는 게 얼마나 위험한 일인지 다시 한 번 뼈저리게 느꼈어. 그 가엾은 여자가 '끈'이라고 말했다고 했었지? 그것도 잔뜩 겁에 질려서 성냥불에 비춰본 것을 '끈'이라고 표현했던 것이네. 거기에 집시들이 있었다는 말. 이 두 가지 말만을 듣고 나는 잘못된 추리를 했었어.

단, 그 어떤 사람도 창이나 문을 통해서 안으로 들어가 방에 있는 사람을 해칠 수 없다는 사실을 알자마자 바로 자신의 추리를 수정했다는 점만은 자랑해도 좋을 듯하네. 전에도 말했던 것처럼 환기구와 침대 위로 늘어져 있는 벨의 끈이 가장 먼저 눈에 띄었네. 살펴보니 끈은 장식에 불과했고 침대는 바닥에 고정되어 있더군. 그 사실을 안 순간 뭔가 좀 이상하다는 느낌이 들었어. 끈은 환기구의 구멍에서부터 침대까지 무엇인가를 보내기 위한 다리 역할을 하고 있는 게 아닐까 하는 생각이 들더군.

순간 머리에 뱀이 떠올랐지. 거기다 박사가 인도의 동물들을 구해다 기른다는 말도 들었던 차라 내 추리가 드디어 앞뒤가 맞아떨어지기 시작했다는 느낌이 들었어. 머리가 좋고, 냉혹하며 동양에서 의사생활을 했던 사람일세. 화학적인 검사로도 발견되지 않는 독살법이라고 하면 당연히 뱀이 떠오르지 않겠나? 그리고 그런 종류의 독은 효과가 매우 빠르다는 점도 박사에게는 아주 유리한 점이었지. 아주 날카로운 검시관이 아니면 뱀에 물린 검고 조그만 이빨자국 두 개를 발견해낼 리도 없고.

그리고 다음에는 휘파람을 떠올렸다네. 박사는 날이 밝기 전에 독사의 희생양이 된 사람의 방에서 뱀을 불러들여야만 했지. 그래서 박사가 불러들이면 되돌아오도록 뱀을 훈련시켰을 거야. 아마 우리가 봤던 그 우유를 이용했을걸세. 적당한 시간을 노리고 있다가 뱀을 환기구 안으로 들여보내면 뱀은 끈을 타고 내려와 정확히 침대 위에 이르게 되네. 뱀이 여자를 물 수도 있고 물지 않을 수도 있어. 하지만 언젠가는 틀림없이 희생양이 될 수밖에 없지."

홈즈가 계속해서 말했다.

"박사의 방에 들어가기 전까지 이런 결론들을 내리고 있었네. 방 안으로 들어가 의자를 살펴보니 박사가 자주 의자 위에 올라갔

었다는 사실을 알겠더군. 의자에 올라가지 않으면 환기구에 손이 닿지 않았겠지. 금고, 우유가 담긴 접시, 둥글게 말아놓은 채찍. 이런 것들을 보니 더 이상 의심의 여지가 없더군. 스토너 씨가 들었다던 금속이 떨어지는 듯한 소리는 틀림없이 금고의 문을 닫는 소리였을 걸세. 박사가 금고 속에서 기르고 있던 무시무시한 짐승을 서둘러 그 안에 가둬버린 거지.

이런 결론을 내린 뒤에 내가 어떤 방법으로 사건을 해결했는지는 자네도 잘 알고 있겠지? 왓슨, 틀림없이 자네도 들었을 거라 생각하네. 뱀이 쉭쉭하며 움직이던 소리를. 나는 바로 불을 켜고 뱀을 공격했지."

"그렇게 해서 뱀을 환기구 안으로 다시 몰아넣은 건가?"

"맞아. 환기구 너머에 있는 주인에게 되돌아가도록. 뱀은 내 지팡이에 수도 없이 얻어맞았어. 그 때문에 자신의 소굴로 가던 중에 본능이 머리를 쳐든 거지. 그래서 처음 만난 사람에게 덤벼들었던 거야. 그러니 그림스비 로일롯 박사가 죽은 건 간접적으로 내 책임이기도 해. 하지만 양심의 가책에 시달릴 것 같지는 않네."

노란 얼굴

The Yellow Face

　나는 친구 홈즈의 특이한 재능에 대해서 듣기도 하고, 때로는 기괴한 사건의 해결에 실제로 가담하기도 해왔다. 그리고 사건을 바탕으로 짧은 이야기들을 여럿 써왔다. 그 글들 속에서는 홈즈가 실수를 한 이야기보다 멋지게 수수께끼를 푼 이야기에 중점을 두어왔는데, 그것은 어찌 보면 당연한 일이었다. 그렇게 한 것은 홈즈에 대한 평판을 생각했기 때문이 아니다. 홈즈의 정력과 풍부한 재능은 어려운 사건일수록 더욱 빛을 발하기 때문이다.

　그렇지 않다 할지라도 홈즈가 실패한 사건은, 다른 누가 수사에 착수한다 할지라도 실패하는 경우가 많았으며 사건도 미해결인 채로 끝나버리는 경우가 많았다. 그런데 홈즈가 해결에는 실패했지만 사건의 수수께끼가 풀린 경우도 있었다. 그런 사건을 나는 대여섯 개 정도 알고 있다. 그중에서는 「제2의 얼룩」과 지금부터 이야기할 사건이 가장 재미있다.

셜록 홈즈는 그저 운동을 하려고만 할 뿐, 운동은 하지 않는 사람이다. 그래도 홈즈보다 센 근력을 가진 사람은 많지 않으며 내가 지금까지 본 가운데서는 그 체급에서 가장 뛰어난 권투선수 중 하나다. 그런데 홈즈는 아무런 목적도 없이 운동하는 것은 에너지의 낭비라고 생각하고 있다. 그리고 직업을 위해서, 그러니까 탐정을 위해서 도움이 되지 않으면 운동을 하지 않는다. 사건에 임해서는 몸 움직이기를 싫어하지 않으며 피곤하다고도 말하지 않는 사람이다.

평소 운동을 하지 않으면서도 좋은 컨디션을 유지한다는 것은 놀라운 일이다. 그런데 홈즈의 식사는 대체로 간소한 것이었고, 일상생활도 고행에 가까울 정도로 간소한 것이다. 가끔 코카인을 하는 것 외에 나쁜 습관은 없다. 그러나 그것도 사건이 없어서 신문이 재미없을 때 무료함을 달래기 위해서 하는 것에 지나지 않는다.

이른 봄의 어느 날, 홈즈는 아주 편안한 마음으로 나와 함께 하이드 파크를 산책한 적이 있었다. 느릅나무의 새싹이 돋아나기 시작하고 있었으며, 번질번질한 창처럼 생긴 칠엽수의 새싹이 다섯 장짜리 잎으로 모습을 바꾸려 하고 있었다. 2시간 동안 우리는 함께 걸었다. 친한 사이인 두 사람에게는 어울리는 일이지만, 거의 아무런 말도 하지 않고 걸었다. 베이커 가로 돌아왔을 때는 5시에 가까운 시간이었다.

"어서 오세요. 뵙고 싶다며 찾아온 분이 계셨었습니다."

문을 열어준 급사가 말했다.

홈즈가 나를 원망스럽다는 듯 바라보며 말했다.

"산책 같은 건 하는 게 아니었어. 그럼 그분은 돌아가셨나?"

"네, 돌아가셨습니다."

"방으로 안내를 했었나?"

"네, 안내를 했었습니다만……."

"얼마쯤 기다렸지?"

"30분쯤 기다렸습니다. 아주 침착하지 못한 분으로 머무는 동안 내내 방 안을 걸어 다녔습니다. 저는 방 밖에 있었는데 손님이 방 안을 걸어 다니는 발소리가 들려왔습니다. 그러다 복도로 나오시더니 이렇게 말씀하셨습니다.

'그 사람, 대체 돌아오기는 하는 건가?'

이건 그 사람이 말씀하신 그대로입니다.

'조금만 더 기다려보세요.'

저는 이렇게 말씀드렸습니다. 그랬더니,

'그럼 밖에서 기다리기로 하지. 숨이 막힐 것 같아. 잠시 뒤에 다시 오겠네.'

이렇게 말씀하시고는 서둘러 밖으로 나가셨습니다. 여러 가지로 말려보았지만 헛수고였습니다."

"알았어. 네게 잘못은 없어."

방으로 들어가며 홈즈가 말했다.

"하지만 안타깝군. 나는 사건에 굶주려 있었는데. 그 사람이 안절부절못한 걸 보니 중요한 일인 듯해. 아아, 저건! 테이블 위에 있는 건 자네 파이프가 아닌데. 조금 전에 왔던 사람이 놓고 간 거로군. 오래 써온 멋진 브라이어 파이프야. 담배 상인들이 호박이라 부르는 길고 훌륭한 물부리가 달려 있군. 런던에

진짜 호박 물부리가 몇 개나 되는지 의심스러워. 날벌레가 들어간 것이 진짜라고 말하는 사람도 있어. 하지만 가짜 호박에 가짜 날벌레를 넣는 것은 참으로 간단한 일이지. 소중한 파이프를 놓고 가다니, 꽤나 혼란스러운 모양이군."

"소중하게 여겼다는 걸 어떻게 알 수 있지?"

"이 파이프에 가격을 매기자면 아마 7실링 6펜스 정도는 될 거야. 그걸 두 번이나 고쳤어. 한 번은 나무로 된 담뱃대, 또 한 번은 호박 부분이야. 두 번 모두 은을 감아서 고쳤어. 두 번 수리할 만큼의 돈을 주면 새로운 것을 살 수도 있는데 이 사람은 파이프를 소중히 생각하고 있기 때문에 수리를 한 거지."

"그 외에는?"

내가 물었다. 홈즈는 들고 있던 파이프를 이리저리 돌려가며 언제나처럼 생각에 잠긴 듯한 표정으로 바라보았다. 홈즈는 파이프를 높이 들어올려 대학교수가 뼈에 대한 설명이라도 하는 것처럼 길고 가느다란 검지로 톡톡 두드리며 말했다.

"파이프란 때로 아주 재미있는 것이기도 하지. 회중시계와 구두끈을 제외한다면 이것만큼 그 사람의 개성을 잘 보여주는 것도 없어. 이 파이프를 통해서도 주인의 개성을 알 수는 있지만 그렇게 특징적인 것도, 또 중요한 것도 아니야. 이 파이프의 주인은 힘이 아주 센 왼손잡이고 치열이 고른 사람이야. 또 조심스러운 성격은 아니지만 상당한 부자야."

홈즈가 휙 물건이라도 던지듯 아무렇지도 않게 말했다. 그리고 자신의 추리를 이해할 수 있겠냐는 듯 시선을 위로 들어 나를 바라보았다.

"7실링짜리 파이프를 쓴다고 해서 부자라고 생각한 건가?"

내가 물었다. 홈즈가 손바닥에 담뱃재를 톡톡 털며 대답했다.

"이건 1온스(약 28.35g)에 8펜스나 하는 그로브너 혼합담배야. 그 반만 있어도 맛있는 담배를 피울 수 있으니 이 사람은 절약할 필요가 없는 남자라고 할 수 있지."

"그 외에는?"

"이 사람은 램프나 가스의 불로 파이프에 불을 붙이는 습관을 가지고 있어. 한쪽만 심하게 그을려 있지? 물론 성냥을 쓰면 이렇게는 되지 않아. 파이프 옆으로 성냥을 가져가는 사람이 있을 리 없으니. 하지만 램프를 이용하면 담배통을 그을리지 않고는 불을 붙일 수가 없어. 그런데 파이프의 오른쪽이 그을려 있어. 그래서 왼손잡이라고 생각한 거야. 램프로 불을 붙여보게.

자네는 오른손잡이이니 당연히 파이프의 왼쪽을 불로 가져간다는 사실을 알 수 있을 거야. 때로는 반대로 가져가는 경우도 있을 테지만 그런 버릇을 가진 사람은 아마 없을 거야. 이 파이프는 언제나 오른쪽을 불로 가져가고 있어. 그러니까 왼손잡이야.

그리고 호박 물부리에 심하게 씹은 흔적이 있어. 이렇게 하는 건 몸이 튼튼하고 정력적인 남자로 치열도 고른 사람이야. 아아, 그 사람이 계단을 올라오는 모양이군. 파이프를 살펴보기보다 본인을 만나보면 더 재미있는 사실을 알 수 있을 거야."

바로 문이 열리더니 키가 크고 젊은 남자가 방으로 들어왔다. 수수하지만 고급스러운 진회색 옷을 입고 손에는 챙이 넓은 갈색 중절모를 들고 있었다. 나는 서른 살쯤이라고 생각했으나 실제로는 더 많았다.

"실례합니다……."

남자가 미안하다는 듯이 말했다.

"노크를 해야 하는 줄은 알고 있었지만……, 물론 노크를 했어야만 합니다만. 그러나 마음이 너무 급해서, 용서해주십시오."

거의 넋을 잃은 사람처럼 이마를 비볐다. 그리고 의자에 쓰러지듯 앉았다.

"한두 밤 정도 잠을 못 주무셨군요."

홈즈가 언제나처럼 남자에게 상냥히 말했다.

"잠을 자지 못하는 것은 일을 하거나 노는 것보다 더 신경에 자극을 줍니다. 어쨌든 용건을 들어볼까요?"

"도움을 주셨으면 합니다. 어떻게 해야 좋을지 모르겠습니다. 제 생활이 엉망이 되어버릴 것 같습니다."

"나를 고문 탐정으로 고용하고 싶으신 건가요?"

"그것뿐만이 아닙니다. 생각이 깊으시고 세상물정에 밝은 분이시니 의견도 듣고 싶습니다. 제가 지금부터 어떻게 해야 하는지 가르쳐주실 수 있으리라 생각했기에."

남자는 조그맣지만 날카로운 어투로 감정을 듬뿍 담아 말했다. 말하는 것조차 상당히 괴로운 듯했으나 억지로 참고 있다는 사실을 알 수 있었다.

"일이 참으로 미묘합니다. 처음 뵙는 분에게 가정 내의 일을 말씀드린다는 것은 썩 기분 좋은 일이 아닙니다. 특히 저를 모르는 두 분에게 제 아내에 대해서 말한다는 것은 참으로 괴로운 일입니다. 두렵습니다. 하지만 이미 한계에 도달했습니다. 조언을 듣고 싶습니다.

"그랜트 먼로 씨……."

홈즈가 이렇게 말하자 남자는 의자에서 벌떡 일어났다.

"뭐라고요! 제 이름을 알고 계셨나요?"

홈즈가 미소 지으며 말했다.

"이름을 감추고 싶다면 모자의 뒷면에 이름을 쓰지 마시든지, 이야기를 할 때 상대방에게 모자의 앞면만 보이도록 하세요. 내가 하고 싶은 말은, 나와 친구는 이 방에서 여러 가지 기괴한 비밀을 들었고 다행히도 고민을 해결해 줄 수 있었다는 점이에요. 우리는 당신에게도 도움을 줄 수 있을 거예요. 일각을 다투는 일인 듯하니 더 늦기 전에 사실을 말씀하세요."

얘기하기가 무척 괴로운지 손님은 다시 이마로 손을 가져갔다. 그 동작이나 표정으로 봐서 이 남자가 내성적이고 말이 없는

사람이라는 사실을 알 수 있었다. 자신의 수치를 드러내기보다는 감추고 싶어 하는, 조금은 자부심 강한 남자라는 사실도 알 수 있었다. 그러다가 남자는 갑자기 불끈 쥔 주먹을 세차게 휘두르더니 결심한 듯 이야기를 시작했다.

"홈즈 씨, 사실은 이렇게 된 겁니다. 제게는 아내가 있습니다. 3년 전에 결혼했습니다. 지난 3년 동안 남들만큼은 사랑도 해왔고, 행복한 생활도 누리고 있었습니다. 사고, 말, 행동, 무엇을 놓고 봐도 엇갈림은 없었습니다. 그런데 지난 주 월요일부터 갑자기 둘 사이에 벽이 생겨버리고 말았습니다. 아내는 이제 길거리에서 스쳐 지나가는 여자와 다를 바 없습니다. 아내의 생활, 생각에 제가 알지 못하는 부분이 있다는 사실을 깨달았습니다. 저희 사이에 커다란 간격이 생기고 말았습니다. 그 이유를 알고 싶습니다.

홈즈 씨, 그 이야기를 하기에 앞서 분명히 해두고 싶은 것이 한 가지 있습니다. 아내 에피는 저를 사랑한다는 사실입니다. 그 점에 대해서는 오해 없으시기 바랍니다. 그녀는 진심으로 저를 사랑하고 있습니다. 저는 그 사실을 알 수 있으며, 또 느끼고 있기도 합니다. 그것만은 분명합니다. 여성이 사랑을 해주면 남자는 금방 알 수 있는 법입니다. 하지만 저희들 사이에는 비밀이 있습니다. 그것이 사라지기 전까지는 일심동체가 될 수 없습니다."

"그럼 사실을 들려주세요."

홈즈가 약간 조바심을 내며 재촉했다.

"그럼 제가 알고 있는 대로 에피의 과거를 말씀드리도록 하겠습니다. 처음 만났을 때는 아직 젊은 스물다섯 살이었으나 미망인이었습니다. 옛날 성은 헤브론이었습니다. 그녀는 어렸을 때 미국으로 건너가 애틀랜타에서 살았는데 거기서 헤브론이라는 남자와 결혼했습니다. 헤브론이라는 남자는 실력 있는 변호사였다고 합니다. 아이가 하나 있었는데 애틀랜타에서 황열병이 돌아 남편과 아이 모두를 잃고 말았습니다. 저는 제 눈으로 헤브론의 사망진단서를 보았습니다.

남편과 아이를 모두 잃었기에 미국이 싫어져서 영국으로 돌아와 미혼인 숙모와 함께 미들섹스 주의 핀너에서 살았습니다. 죽은 남편이 넉넉하게 살아갈 수 있을 만큼의 재산을 남겨준 듯, 4천 500파운드의 돈을 가지고 있었습니다. 그것을 꽤 괜찮은 곳에 투자했는지 연 7% 정도의 이자를 받고 있었습니다. 아내가 핀너에 살기 시작한 지 6개월쯤 뒤에 저희는 만났습니다. 서로를 사랑하게 되었고 몇 주일 뒤에 결혼을 했습니다. 저는 호프를 운영하고 있는데 1년에 칠팔 백 파운드의 수입이 있어서 커다란 부담이 되지 않을 것 같았기에 노벨리에 있는 근사한 집을 80파운드에 빌렸습니다.

도심에서 가까운 것치고는 한적한 곳입니다. 약간 북쪽에 여관 하나와 민가 2채가 있고, 저희 집 앞에 있는 밭을 사이에 두고 조그만 별장이 한 채 더 있습니다. 그 외에 역으로 가는 길 중간쯤까지 집은 한 채도 없습니다. 계절에 따라서 일 때문에 도심으로 나가는 경우도 있지만 여름에는 한가하기 때문에 시골의 집에서 아내와 더할 나위 없이 행복한 시간을 보냈습니다. 그리고 혹시나 해서 말씀드리는데, 이 혐오스러운 사건이 일어나기 전까지 저희 사이에 어두운 그림자가 드리운 적은 없었습니다.

애기를 계속하기에 앞서 한 가지 더 말씀드려야 할 것이 있습니다. 결혼할 때, 아내는 전 재산을 제게 맡겼습니다. 저는 반대했습니다만…… 제 일이 제대로 풀리지 않았을 때 문제가 될 것이라고 생각했기 때문입니다. 하지만 꼭 맡겨야겠다고 하기에 결국은 받고 말았습니다.

그런데 6주일 전이었습니다. 아내가 제게 와서 다음과 같이 말했습니다.

'잭, 우리가 결혼할 때 제 재산을 당신께 드렸었죠. 그때 돈이 필요하면 말하라고 하셨잖아요.'

'맞아. 그건 전부 당신의 돈이야.'

'저, 100파운드가 필요한데요.'

그 말에는 저도 약간 놀랐습니다. 새 드레스 같은 것이 필요한 것이라고 생각하고 있었으니까요.

'대체 어디에 쓸 건데?'

그러자 아내가 농담처럼 말했습니다.

'당신은 저의 은행이라고 말씀하셨잖아요. 은행은 질문 같은 거 하지 않는 법이에요.'

'정말 필요하다면 물론 줘야지.'

'정말 필요해요.'

'하지만 어디에 쓸 건지는 말하고 싶지 않단 말이지?'

'언젠가는 말할게요. 하지만 지금은 말할 수 없어요.'

이상하다고 생각하기는 했지만 어쩔 수 없었습니다. 이때 처음으로 저희 사이에 비밀이 생긴 겁니다. 저는 아내를 위해서 수표를 끊어주었고, 그 일에 관해서 더 이상은 생각하지 않기로 했습니다. 물론 이것은 그 이후의 사건과 관계없는 일이라 생각되지만 혹시나 해서 말씀드린 겁니다.

어쨌든 조금 전, 저희 집 앞에 조그만 별장이 있다고 말씀드리지 않았습니까? 그 집과는 밭을 사이에 두고 있는데 그곳에 가려면 밭을 돌아가야만 합니다. 우선은 약간 커다란 길을 따라가다 거기서 그 집으로 이어진 좁은 길로 들어서야 합니다. 그 집 너머에 넓지는 않지만 멋진 소나무 숲이 있는데 그 부근으로 산책 나가는 것을 저는 좋아했습니다. 숲이라는 것은 언제나 친근함을 느끼게 해주니까요. 그 별장은 지난 8개월 동안 비어 있었습니다. 안타까운 일입니다. 고풍스러운 현관문 지붕에 인동 덩굴이 얽혀 있는 2층짜리 집입니다. 저는 몇 번이고 멈춰 서서, 여기라면 아담하고 편안한 집이 될 텐데, 라고 생각하곤 했습니다.

지난주 월요일 저녁, 그 길을 산책하다 빈 짐마차가 좁은 길을 따라오는 것을 보았습니다. 그리고 현관문 옆의 잔디 위에는 여러 장의 카펫과 물건들이 쌓여 있었습니다. 그 집에도 드디어 사람이 세 든 것입니다. 저는 할 일이 없는 사람처럼 그곳을 지나친 뒤, 멈춰 서서 힐끔 바라보았습니다. 저희 집 근처로 이사 온 사람은 대체 누구일까 궁금했던 것입니다. 그렇게 바라보다 문득 2층 창에서 저를 쳐다보는 사람이 있다는 사실을 깨달았습니다. 홈즈 씨, 그 사람이 어떻게 생겼는지는 분명히 말씀드릴 수 없지만 등골이 오싹해지는 듯한 기분이 들었습니다. 약간 거리가 있었기에 얼굴을 분명히 알아보지는 못했습니다. 하지만 그 얼굴은 부자연스러워서 사람이라고는 생각되지 않았습니다.

제가 받은 인상은 그랬습니다.

저를 바라보고 있는 사람을 좀 더 가까이서 봐야겠다는 생각이 들어 서둘러 다가갔습니다. 그런데 집에 다가가자 그 얼굴이 홀연 사라지고 말았습니다. 방의 어둠 속으로 빨려들어간 것이 아닐까 생각될 정도로. 그 사실을 생각하며 저는 5분 정도 그 자리에 서 있었습니다. 제가 받은 인상을 분석하려 했던 것입니다. 그 얼굴이 남자였는지 여자였는지조차 알 수 없었지만 가장 강한 인상을 받은 것은 그 얼굴의 색이었습니다. 핏기가 없는 흙빛으로 어딘가 경직된 듯한 부분이 있었으며 매우 부자연스럽다는 느낌이 들었습니다. 저는 혼란스러웠습니다. 그랬기에 그 집에 새로 이사 온 사람을 좀 더 자세히 봐야겠다고 생각했습니다. 저는 가까이 다가가서 문을 두드렸습니다. 그러자 키가 크고 마른 몸에 무뚝뚝한 얼굴의 여자가 바로 문을 열었습니다.

'무슨 일이시죠?'

북쪽 지방의 사투리로 말했습니다.

'저는 옆집에 사는 사람입니다만…….'

저는 집을 턱으로 가리키며 말했습니다.

'새로 이사 오신 듯한데, 뭐 도와드릴 만한 일은 없을까 싶어서…….'

'도움이 필요하면 말씀드리도록 하겠습니다.'

이렇게 말하고는 문을 닫아버렸습니다. 그 시골사람의 무례한 거절에 화가 나기는 했으나 저는 그냥 집으로 돌아왔습니다. 그날 밤, 저는 앞서 있었던 일을 더는 생각하지 않으려 노력했으나 아무래도 창에 나타났던 그 얼굴과 무례한 여자를 잊을 수가

없었습니다. 그 얼굴에 관해서 아내에게는 아무런 말도 하지 않기로 했습니다. 아내는 신경이 예민한 편이어서 아주 쉽게 흥분을 합니다. 그랬기에 제가 받은 불쾌한 인상을 아내에게 주고 싶지 않았던 것입니다. 하지만 잠을 자기 전에, 그 집에 사람이 들어왔다는 사실만은 아내에게 말했습니다. 그에 대해서 아내는 아무런 대답도 하지 않았습니다.

저는 평소 깊이 잠을 자는 편입니다. 밤에는 무슨 일이 있어도 깨지 않는다고 집안사람들이 놀리곤 했습니다. 그러나 그날 밤은 그 사소한 일 때문에 약간 흥분했던 걸지도 모르겠습니다. 평소처럼 깊이 잠들지 못했던 모양입니다. 비몽사몽간에 누군가가 방 안을 돌아다닌다는 것을 희미하게 의식했습니다. 잠시 후, 아내가 외출을 위해 망토를 두르고 모자를 쓴 것이라는 사실을 깨달았습니다. 그런 늦은 시간에 왜 외출 준비를 하는 것인지 놀랍기도 하고 화가 나기도 해서 잠에서 깨어나지 못한 채로 무슨 말인가를 중얼거린 듯했습니다. 그런데 촛불이 비춰진 아내의 얼굴이 갑자기 눈에 들어와 꿈이 아니라는 사실을 알고 이번에는 깜짝 놀라서 아무런 말도 할 수가 없었습니다.

아내의 얼굴은 지금까지 본 적이 없는 표정을 하고 있었습니다. 아내가 그런 표정을 지을 수 있으리라고는 꿈에도 생각지 못했습니다. 아내는 죽은 사람처럼 창백한 얼굴로 망토의 끈을 묶으며 제가 일어나지나 않을까 침대 쪽을 힐끔힐끔 쳐다봤습니다. 그러다 제가 잠을 자고 있는 것이라 생각한 것인지 살금살금 방에서 빠져나갔습니다. 그 바로 뒤에 무엇인가가 삐걱거리는 소리가 들려왔습니다. 그것은 틀림없이 현관문의 경첩이 내는 소리였습니다.

　침대에 일어나 앉은 저는 꿈이 아닐까 하고 주먹으로 침대의 난간을 두드렸습니다. 그런 다음 베개 밑에서 회중시계를 꺼냈습니다. 오전 3시였습니다. 그런 시간에 아내는 무엇을 하러 외출한 걸까요? 한 20분쯤, 아내가 왜 그런 행동을 한 것인지 생각하며 앉아 있었습니다. 생각하면 생각할수록 이상한 일이었습니다. 더욱 영문을 알 수 없었습니다. 마침내 문이 다시 닫히는 소리가 들리더니 아내가 계단을 올라오는 발소리가 들려왔습니다. 그때 저는 아직 이런저런 생각을 하며 괴로워하고 있었습니다.

　'에피, 대체 어디에 다녀온 거야?'

　아내가 침실로 들어왔기에 제가 물어보았습니다. 그러자 아내는 크게 놀라며 괴로워하는 듯한 소리를 올렸습니다. 그 외침, 놀라는 모습은 참으로 이해할 수 없는 것이었습니다. 놀라서 소리를 지른 것은 아내의 마음속에 떳떳하지 못한 부분이 있기 때문이라고 생각했습니다. 아내는 언제나 정직하고 숨기는 것이 없는 성격이었습니다. 그런 아내가 자신의 방에 몰래 들어와 자신의 남편이 말을 걸자 소리를 지르며 당황할 줄이야. 저는 그런 아내의 모습을 보고 등줄기가 오싹해졌습니다.

　'깨셨어요?'

　신경질적인 웃음소리를 올리며 아내가 말했습니다.

　'무슨 일이 있어도 깨지 않을 사람이라고 생각했었는데.'

　'어딜 갔던 거지?'

　제가 먼저보다 강한 어조로 물었습니다.

　'놀라는 것도 당연하겠죠.'

라고 아내는 말했는데 망토의 끈을 푸는 손가락이 떨리고 있다는 사실을 알 수 있었습니다.

'지금까지 이런 일은 없었으니까요. 사실은 숨이 막힐 것 같아서 신선한 공기를 마시고 왔어요. 밖에 나가지 않으면 정신을 잃을 것만 같았어요. 현관 근처에 2, 3분 정도 서 있었더니 다시 기분이 좋아졌어요.'

이 말을 하는 동안 아내는 저를 쳐다보지 않았습니다. 목소리도 평소와는 전혀 달랐습니다. 거짓말을 하고 있다는 사실을 분명히 알 수 있었습니다. 저는 아무런 말도 하지 않고 벽을 가만히 바라보며 괴로워했습니다. 도저히 좋은 쪽으로는 생각할 수가 없었습니다. 아내는 제게 대체 무엇을 숨기려 했던 걸까요? 그런 시간에 살금살금 나가서 아내는 대체 어디를 갔던 걸까요? 그것을 알기 전까지는 마음이 편하지 않을 것이라 생각했습니다. 하지만 거짓말이라도 대답을 들었으니 다시 묻기도 망설여졌습니다. 저는 밤새도록 뒤척이며 온갖 상상을 다 했습니다. 그 생각도 점점 이상한 쪽으로 흘러갈 뿐이었습니다.

저는 그날 런던으로 나올 일이 있었습니다. 그러나 너무나도 혼란스러워서 일에 대해 생각할 수 있을 것 같지 않았습니다. 아내도 저와 마찬가지로 혼란스러워했습니다. 탐색하는 듯한 눈빛으로 저를 힐끔힐끔 쳐다봤기에, 자신이 한 변명을 제가 믿지 않는다는 것을 알고 당황스러워하고 있다는 사실을 느낄 수 있었습니다. 아침을 먹는 동안, 서로 말을 하지 않았습니다. 식사를 마치자마자 저는 바로 산책을 나갔습니다. 상쾌한 아침 공기를 마시며 어떻게 된 일인지 생각하고 싶었기 때문입니다.

저는 크리스탈 팰러스까지 갔다가 잔디밭에서 1시간쯤 보낸 뒤 1시에 노벨리로 돌아왔습니다. 집 앞의 조그만 별장 곁을 지날 때, 전날 저를 바라보고 있던 그 기묘한 얼굴을 다시 볼 수 있지 않을까 싶어 멈춰 서서 창을 올려다보았습니다. 그렇게 거기에 서 있다가, 홈즈 씨, 놀라지 않을 수 없었습니다. 그 집 문이 갑자기 열리더니 제 아내가 나온 것이었습니다. 아내를 본 저는 깜짝 놀라서 아무런 말도 할 수가 없었습니다. 하지만 눈이 마주쳤을 때 아내가 놀라던 표정, 거기에 비하자면 제 놀라움은 아무것도 아니었습니다. 순간 아내는 그 집 안으로 다시 들어가고 싶어 하는 듯한 모습을 보였습니다. 그러나 숨어도 소용없는 일이라고 생각한 듯했습니다. 하얗게 질린 얼굴로 눈동자에 떠오른 놀라운 빛을 감추려 입술에 미소를 지으며 제 쪽으로 다가왔습니다.

'잭, 옆집에 이사 온 사람들에게 우리가 도와줄 일은 없는지 물어보고 오는 길이에요. 왜 그런 얼굴로 저를 보는 거죠? 화가 난 건 아니겠죠?'

'어젯밤 당신이 다녀온 곳이 이 집은 아니겠지?'

저는 이렇게 말했습니다. 그러자 아내가 커다란 목소리로 말했습니다.

'뭐라고요?'

'당신은 여기에 왔었어. 틀림없어. 그런 시간에 몰래 만나러 오지 않으면 안 될 사람이란 대체 누구지?'

'저, 여기에 온 거 처음이에요.'

'거짓말인 줄 알면서 왜 그런 소리를 하는 거지? 당신의 목소리도 평소와는 다르잖아. 내가 당신한테 무엇인가를 숨긴 적이 있었나? 내가 이 집으로 들어가서 전부를 파헤치겠어.'

'안 돼요, 안 돼. 잭, 제발 부탁이에요.'

아내는 감정을 억누르지 못하고 괴로워했습니다. 제가 문으로 다가가자 아내가 소매를 잡더니 있는 힘껏 잡아당겼습니다.

'부탁이에요, 잭. 언젠가는 전부 말씀드릴게요. 이 집에 들어가도 그 결과는 비참해질 뿐이에요.'

제가 그녀를 뿌리치고 들어가려 하자 아내는 미친 사람처럼 제게 매달리며 애원했습니다.

'저를 믿어주세요, 잭! 이번만은 믿어주세요. 결코 후회하지는 않을 거예요. 당신을 위해서 숨기려 하는 거예요. 저희의 생활은 여기에 걸려 있어요. 저와 함께 이대로 돌아가 주신다면 모든 일이 다 잘 끝날 거예요. 무슨 일이 있어도 이 집을 살펴봐야겠다면 저희는 그것으로 끝장이에요.'

아내의 말하는 태도가 너무나 열성적이기도 했고 필사적이기도 했기에 저는 문 앞에 서서 어떻게 해야 좋을지 망설였습니다.

'그럼 믿겠지만 한 가지 조건이 있소. 딱 한 가지 조건이 있소.'

저는 마침내 이렇게 말했습니다.

'이런 비밀은 이번이 마지막이오. 비밀을 갖는 것은 자유요. 하지만 두 번 다시 밤에 이 집에 오지 않겠다고, 내게 숨기고 무엇인가를 하지 않겠다고 약속해 주시오. 두 번 다시 하지 않겠다고 약속해준다면 지금까지의 일은 기꺼이 잊도록 하겠소.'

'믿어주실 거라 생각했어요.'

어깨의 짐을 던 것처럼 아내가 말했습니다.

'말씀대로 하겠어요. 그만 돌아가요. 집으로 돌아가요.'

다시 소매를 잡아당겨 저를 그 별장에서 멀어지게 했습니다. 아내에게 끌려가며 뒤를 돌아보니 그 노란 흙빛 얼굴이 2층의 창에서 바라보고 있었습니다. 그 괴물과 아내 사이에 대체 어떤 관계가 있는 것인지? 전날 만났던 무례한 여자와 아내와는 대체 어떤 관계가 있는 것인지? 기묘한 수수께끼입니다. 그 수수께끼를 풀 때까지 마음은 풀리지 않을 겁니다.

그 뒤로 이틀 동안 저는 집에 있었습니다. 아내도 약속을 충실히 지키고 있는 것 같았습니다. 제가 알고 있는 한 아내는 집 밖으로 나가지 않았습니다. 그런데 3일째 되는 날의 일이었습니다. 마음 속으로 그처럼 굳게 맹세했건만 그 맹세도 소용없는 것이었습니다. 그 비밀은 강력한 힘을 가지고 있어서 아내를 남편에게서도, 아내로서의 의무에서도 멀어지게 했습니다. 맹세라는 것이 무력하다는 증거를 신물이 날 정도로 맛보았습니다. 그날 저는 도회로 나갔습니다. 그리고 늘 타던 3시 36분 기차가 아닌 2시 40분 기차로 돌아갔습니다. 집에 들어가니 하녀가 놀라서 현관으로 뛰어나왔습니다.

'집사람은 어디에 있지?'

제가 묻자 하녀가 대답했습니다.

'산책 나가셨습니다.'

순간 의심이 마음속에 피어올랐습니다. 저는 아내가 집에 없다는 사실을 확인하기 위해서 2층으로 뛰어 올라갔습니다. 그리고 우연히 2층 창을 통해서 밖을 내다보니 지금 얘기를 나눴던 하녀가 밭을 가로질러서 조그만 별장으로 황급히 가는 것이

보였습니다. 하녀가 왜 서두르는 것인지는 물론 알고 있었습니다. 아내는 그 집으로 갔고, 혹시 제가 돌아오면 부르러 오라고 부탁한 겁니다.

분노로 몸을 떨며 저는 아래층으로 내려갔습니다. 그날을 마지막으로 이번 사건을 확실히 매듭지을 생각으로 저는 발걸음을 서둘렀습니다. 그러자 아내와 하녀가 좁은 길을 따라 급히 오는 것이 보였습니다. 저는 멈춰 서려고도, 또 말을 걸려고도 하지 않았습니다. 저희 생활에 어두운 그림자를 드리우는 비밀이 그 집에 있습니다. 무슨 일이 있어도 더는 비밀을 참을 수 없다고 생각했습니다. 그 집에 도착하자마자 저는 노크도 하지 않고 문을 열어 복도로 달려 들어갔습니다.

1층은 쥐 죽은 듯 고요했습니다. 부엌에서는 불에 올려놓은 주전자가 소리를 내고 있었습니다. 크고 검은 고양이가 바구니 안에 웅크리고 있었습니다. 하지만 전에 보았던 여자는 어디에도 없었습니다. 다른 방에도 들어가 보았으나 거기에도 사람은 없었습니다. 저는 2층으로 뛰어 올라갔습니다. 그러나 그곳의 방 2개도 모두 텅 비었다는 사실을 알게 되었을 뿐이었습니다. 집 안은 텅 비어서 아무도 없었습니다. 가구와 그림 등은 평범한 싸구려였으나 그 기묘한 얼굴이 창문을 통해서 내다보았던 방만은 다른 곳과 달리 훌륭하게 꾸며져 있었습니다. 그곳은 안락하고 우아한 방으로 난로 위 선반에 아내의 전신사진이 놓여 있었습니다. 그것을 보자 의심이 불꽃처럼 격렬하게 피어올랐습니다. 그 사진은 3개월쯤 전에 제가 권해서 찍게 한 것이었습니다.

저는 면밀히 살펴보고 집이 완전히 비었다는 사실을 확인했습니다. 지금까지 그처럼 어두운 기분이 들었던 적은 없었습니다. 무거운 마음으로 그 집에서 나왔습니다. 저희 집으로 돌아가자 아내가 현관으로 나왔습니다. 그러나 아무런 말도 하고 싶지 않았기에 아내를 밀치고 저는 제 서재로 들어갔습니다. 문을 닫기 전에 아내가 제 뒤를 따라서 서재로 들어왔습니다.

'약속을 어겨서 죄송해요. 사정을 알게 되면 용서해주실 거예요.'

'그럼, 모든 사실을 털어놓으시오.'

'안 돼요, 잭. 그럴 수 없어요.'

'저 집에 살고 있는 건 누구인지, 사진을 준 게 대체 누구인지, 당신이 얘기해줄 때까지 믿을 수 없소.'

그렇게 말하고 아내가 말리는 것도 뿌리친 채 저는 집에서 나왔습니다. 홈즈 씨, 그게 어제의 일이었습니다. 그 이후 아내도 만나지 않았으며 그 기괴한 사건이 어떻게 되었는지도 모릅니다. 저희 사이에 그림자가 드리운 것은 이번이 처음으로, 저는 마음이 매우 혼란스럽습니다. 어떻게 해야 잘 해결할 수 있을지도 모르겠습니다. 오늘 아침, 당신만이 제가 어떻게 하면 좋을지를 가르쳐줄 유일한 분이라는 생각이 갑자기 들었기에 서둘러 온 것입니다. 이것으로 전부를 얘기한 셈입니다. 분명하지 않은 점이 있으면 질문을 해주시기 바랍니다. 그리고 어떻게 하면 좋을지 한시라도 빨리 말씀해주시기 바랍니다. 저는 이처럼 비참한 상황을 더는 견딜 수가 없습니다."

홈즈와 나는 이 기묘한 이야기를 커다란 흥미를 가지고 들었다. 남자는 매우 흥분한 탓인지 단속적으로 이야기를 했다. 홈즈는

한동안 턱을 괸 채 생각에 잠겨 있었다.

잠시 후 홈즈가 입을 열었다.

"창가에 나타났던 얼굴이 남자였다고 단언할 수 있습니까?"

"언제나 멀리서만 봤기에 확실히 그렇다고는 말씀드릴 수 없습니다."

"하지만 불쾌한 인상이었던 듯하군요."

"이상한 색이었습니다. 그리고 표정이 아주 굳어 있었습니다. 제가 다가가자 갑자기 사라졌습니다."

"부인께서 100파운드가 필요하다고 한 지 얼마나 지났죠?"

"거의 2개월 지났습니다."

"전남편의 사진을 본 적이 있었나요?"

"아니요. 아내가 미망인이 된 직후 애틀랜타에 커다란 불이 나서 서류는 물론 전부가 불에 탔다고 합니다."

"그런데 사망진단서는 있었단 말이죠? 보셨다고 하셨으니."

"네, 불이 난 뒤 사본을 손에 넣은 것이라고 합니다."

"미국에서 부인과 알고 지내던 사람을 만난 적이 있었나요?"

"아니요."

"영국에 돌아온 뒤 부인이 다시 애틀랜타에 갔었다는 말을 들은 적은 없었나요?"

"없었습니다."

"그렇다면 미국에서 오는 편지는?"

"저는 모릅니다."

"고마워요. 조금 더 생각해봐야겠어요. 그 별장이 계속 비어 있는 채라면 일이 약간 어려워질 것 같네요. 하지만 가능성은 이쪽이 더 높을 듯해요. 어제 당신이 온다는 말을 듣고 그 집에 사는 사람들이 달아난 것이라면 지금은 돌아와 있을지도 몰라요. 그렇다면 해결은 아주 쉬워지죠. 그러니 노벨리로 돌아가서 그 집의 창을 다시 한 번 살펴보도록 하세요. 거기에 지금 사람이 살고 있는 것 같다고 믿을 수 있을 만한 증거가 발견되면 당신이 억지로 들어가려 하지 말고 우리에게 전보를 치세요. 전보를 받으면 1시간 이내로 우리가 가서 곧 진상을 밝히도록 하겠습니다."

"만약 아직 아무도 없다면?"

"그때는 우리가 내일 찾아가서 말씀드리도록 하겠습니다. 그럼 오늘은 이만. 어쨌든 아직 분명하지 않은 일로 고민하지 말도록 하세요."

그랜트 먼로 씨를 배웅한 뒤 홈즈가 말했다.

"정말 까다로운 사건이군, 왓슨. 자네는 어떻게 생각하나?"

"불길한 사건 같아."

나는 이렇게 대답했다.

"맞아. 아무래도 공갈·협박이 있는 것 같아."

"그렇다면 누가 협박을 하는 거지?"

"그 별장 안에 잘 꾸며놓은 방이 하나 있다고 했지? 그 방에 사는 사람, 그리고 먼로 씨 부인의 사진을 난로 위에 장식해놓은 작자야. 왓슨, 창을 통해서 내다본 그 흙빛 얼굴에 무엇인가가 감춰져 있어. 이것만은 확실해."

"뭔가 추론은 있나?"

"있지. 가설에 지나지 않지만……. 하지만 빗나가면 놀라지 않을 수 없을 거야. 그러니까 먼로 부인의 전남편이 그 집에 있는 거야."

"왜 그렇게 생각하는 거지?"

"그렇지 않다면 그녀가 왜 남편을 집에 들이지 않으려고 애를 썼겠나? 내 생각에 의하면 진상은 이렇게 된 거야. 그 부인은 미국에서 결혼했어. 그런데 남편이 뭔가 견딜 수 없는 성격을 드러내기 시작했어. 아니, 어떤 끔찍한 병, 나병이나 정신박약에 걸린 걸지도 몰라. 그래서 결국은 전남편에게서 도망쳐 영국으로 돌아온 거야. 그리고 이름을 바꾸고 새로운 생활을 시작해야겠다고 그녀는 생각했지. 3년 전에 재혼해서 이제 안전하다고 믿었어. 그리고 남편을 안심시키기 위해서 다른 사람의 사망진단서를 보인 거야.

그런데 갑자기 여자가 사는 곳이 전남편이나 환자를 불쌍히 여긴 분별없는 여자에게 알려진 거야. 그 사람은 여자에게 편지를 보내고 또 찾아가기도 해서 비밀을 폭로하겠다고 협박했어. 먼로 부인은 100파운드를 마련해서 건네주고 오지 말라고 애원했어. 그래도 녀석은 찾아왔어. 그 집에 이사 온 사람이 있다고 남편이 이야기한 순간 어떤 이유로 녀석이라고 느꼈어. 남편이 잠들기를 기다렸다가 평화를 깨지 말라고 부탁하러 갔어. 그때 이야기가 원만하게 마무리 지어지지 않았기에 이튿날 아침 다시 찾아갔어. 그 광경을 먼로 씨가 이야기한 것처럼 남편에게 들키고 말았어.

남편에게는 두 번 다시 가지 않겠다고 약속했으나 이틀 후, 어떻게 해서든 그 혐오스러운 이웃에게서 벗어나고 싶었고, 또 상대방이 사진을 요구하기도 했기에, 다시 찾아갔어. 이야기를 나누는 중에 하녀가, 남편이 왔다고 말하러 왔어. 남편이 바로 올 것이라는 사실을 알았기에 그 집 사람들을 뒷문으로 해서 근처에 있는 소나무 숲으로 달아나게 했어. 이렇게 해서 먼로 씨는 거기서 아무도 발견할 수 없었던 거야. 하지만 먼로 씨가 오늘 밤 살펴보면 틀림없이 돌아와 있을 거야. 어떻게 생각하나, 내 해석을?"

"전부 추측뿐이군."

"하지만 적어도 이것으로 모든 사실에 대한 설명은 할 수 있어. 이것으로 설명할 수 없는 새로운 사실이 발견되면 그때는 생각을 고쳐야겠지. 지금은 노벨리에서 소식이 올 때까지 아무것도 할 일이 없어."

그러나 오래 기다리지는 않았다. 오후의 차를 막 마시고 났을 때 전보가 왔다.

「그 집에 사람 아직 있음. 창문에 얼굴 나타남. 7시 기차로 오기 바람. 도착까지 손대지 않겠음.」

열차에서 내리자 먼로 씨가 승강장에서 기다리고 있었다. 역 램프의 불빛으로 흥분해서 몸을 떨고 있으며 얼굴이 창백하다는 사실을 알 수 있었다.

"녀석들은 아직 있습니다, 홈즈 씨."

먼로 씨가 홈즈의 손을 잡으며 말했다.

"오는 도중에 보니 그 집에 불이 켜져 있었습니다. 깨끗이 해결해버리기로 합시다."

어두운 가로수길을 걸으며 홈즈가 말했다.

"그렇다면 당신의 계획은?"

"어떻게 해서든 그 집 안으로 들어가서 누가 사는지 제 눈으로 확인할 생각입니다. 두 분께서도 증인으로 입회해주시기 바랍니다."

"부인께서는 수수께끼를 풀지 않는 편이 좋을 거라고 말씀하셨는데, 그래도 실행하실 생각인가요?"

"네. 결심했습니다."

"그래요, 당신이 틀리지는 않았을 겁니다. 설령 그것이 어떤 사실이라 할지라도 불확실한 의혹에 시달리는 것보다는 나을 테니까요. 바로 가보기로 합시다. 물론 법률로 따지자면 변명의 여지가 없는 행동을 하는 것이지만, 일단 해볼 만한 가치는 있을 겁니다."

매우 어두운 밤으로 양쪽에 깊은 마차 바퀴 자국이 파인 좁은 길에 들어섰을 때는 보슬비가 내리기 시작했다. 그래도 그랜트 먼로 씨는 성큼성큼 앞으로 걸어 나갔고 우리는 발을 헛디디며 뒤를 따라가기에 정신이 없었다.

"저희 집의 불빛입니다."

먼로 씨가 늘어선 나무들 사이로 깜빡이고 있는 불빛을 가리키며 중얼거렸다.

"그리고 여기가 지금부터 들어가야 할 집입니다."

먼로 씨가 이렇게 말한 것은 모퉁이를 막 돌아 좁은 길로 들어서려던 순간이었다. 바로 옆에 건물이 있었다. 한 줄기 노란 불빛이 어두운 지면으로 쏟아지고 있었다. 문이 꼭 닫혀 있지 않았던 것이다. 그리고 2층 창 중 하나가 밝게 빛나고 있었다. 올려다보니 차양에 흐릿하고 검은 그림자가 움직이는 것이 보였다.

"저 괴물입니다!"

그랜트 먼로 씨가 커다란 목소리로 말했다.

"저기에 누군가 있는 것이 보였죠? 자, 따라오세요. 모든 진실을 밝히고 말겠습니다."

우리는 문으로 다가갔다. 그러자 갑자기 여자 하나가 어둠 속으로 달려 나왔다. 여자는 문틈으로 새어 나오는 램프의 불빛 속에 멈춰 섰다. 어두워서 얼굴은 보이지 않았으나 여자는 애원하듯 팔을 벌리고 있었다.

"부탁이에요, 잭! 이러지 마세요. 오늘 밤에 당신이 올 것 같은 예감이 들었어요. 저를 믿어주세요. 결코 후회하지 않을 거예요."

"너무 많이 믿었어, 에피."

먼로 씨가 화난 목소리로 말했다.

"막아서지 마! 밀치고라도 들어갈 거야. 여기에 계신 친구분들과 내가 깨끗하게 결론을 내고 말겠어."

먼로 씨는 아내를 옆으로 밀쳤다. 우리는 그 바로 뒤를 따라갔다. 그가 문을 활짝 열자 중년 여자가 달려와서 앞을 가로막았다. 그 여자를 밀치고 우리는 곧 계단을 올랐다. 그랜트 먼로 씨가 2층의 불이 켜진 방으로 뛰어들었다. 우리도 바로 뒤를 따라 들어갔다.

그곳은 안락하게 보였으며 좋은 가구들이 놓인 방이었다. 테이블 위에 2개, 난로 위 선반에 2개, 촛불이 밝혀져 있었다. 그 한쪽 구석에 있는 책상을 향해 어린 소녀 같은 모습이 앉아 있었다. 들어갔을 때 소녀는 얼굴을 다른 쪽으로 향하고 있었다. 소녀는 빨간 옷을 입고 있었으며 희고 긴 장갑을 끼고 있었다. 소녀가 우리 쪽으로 휙 얼굴을 돌린 순간 나는 너무나도 오싹해서 소리를 지르고 말았다.

우리 쪽으로 돌린 그 얼굴은 참으로 기괴한 흙빛, 아무런 표정도 없는 것이었다. 하지만 수수께끼는 바로 풀렸다. 홈즈가 웃으며 아이의 귀로 손을 가져갔다. 가면이 벗겨지고 얼굴이 드러났다. 흑인 소녀가 하얀 이를 드러내고 있었다. 놀란 우리를 향해 웃고 있는 것이었다. 그 아이가 웃는 것도 당연한 일이라는 듯 나도 껄껄 웃었다. 그러나 그랜트 먼로 씨는 자신의 목을 손으로 잡은 채 소녀를 가만히 바라보고 있다가 잠시 뒤 이렇게 외쳤다.

"어떻게 된 일이지? 이게 대체 무슨 일이야?"

"설명할게요."

자랑스럽다는 듯 안정을 되찾은 표정으로 먼로 부인이 방에 들어왔다.

"얘기하지 않을 수 없게 되었네요. 이렇게 된 이상 저희는 이 사태를 좋은 쪽으로 풀어갈 수밖에 없어요. 전남편은 애틀랜타에서 죽었지만 아이는 살아 있었어요."

"당신의 아이란 말이오?"

부인이 가슴에서 은으로 된 커다란 로켓을 꺼냈다.

"당신은 이 안을 보지 못하셨죠?"

"열리는 건 줄 몰랐소."

부인이 스프링을 만졌다. 그러자 경첩이 연결되어 있어 그

앞쪽이 열렸다. 안에는 남자의 초상이 들어 있었다. 매우 지적이고 잘생긴 남자였으나 그 얼굴에는 틀림없이 아프리카의 피가 흐르고 있었다.

"이 사람이 애틀랜타의 존 헤브론이에요. 이 세상에서 가장 고결한 남자였어요. 이 사람과 결혼하기 위해서 백인과는 인연을 끊었어요. 하지만 그가 살아 있는 동안 한 번도 후회한 적은 없었어요. 단 아이가 제 피보다는 흑인의 피를 더 진하게 물려받은 것은 불행한 일이었어요. 이런 결혼에는 흔히 있는 일이에요. 이 루시는 아버지보다 훨씬 더 피부가 검어요. 하지만 피부가 검든 하얗든 이 아이는 저의 사랑스러운 딸, 어머니에게는 더없이 소중한 아이예요."

부인이 이렇게 말했다. 어린 딸은 이 말을 듣자 달려가서 부인의 옷에 몸을 기댔다. 부인이 다시 말을 이었다.

"이 아이를 미국에 남겨두고 온 것은 몸이 약해서 물이 바뀌면 좋지 않을 것이라고 생각했기 때문이에요. 그랬기에 우리 집에서 일하던 스코틀랜드 출신의 충실한 여성에게 맡겼어요. 이 아이를 버리겠다는 생각은 단 한 번도 한 적이 없었어요. 그런데 우연히 당신을 알게 되었고, 당신을 사랑하게 되었지만 저는 당신에게 이 아이에 대해서 이야기할 용기가 나지 않았어요. 나쁜 여자예요, 저는. 당신과 아이 중에서 한 사람을 택해야 할 입장에 놓인 저는 아이를 버렸어요.

3년 동안 아이가 있다는 사실을 숨겨왔어요. 유모가 보낸 편지로 아이가 무사하다는 사실은 알고 있었어요. 그런데 어떻게 해서든 아이를 한번 보고 싶어졌어요. 끝까지 참아보려 했으나 그럴 수가 없었어요. 위험한 줄은 알았지만 단 몇 주 동안만이라도 아이를 곁에 두기로 결심했어요. 유모에게 100파운드를 보내고 제 아이라는 사실이 절대로 알려지지 않도록 몰래 옆집으로 이사를 오라고 했어요. 그리고 이 집에 대해서 알려주었어요.

낮 동안에는 아이를 집 안에만 두고, 창문으로 아이를 본 사람이 근처에 흑인 아이가 살고 있다는 소문을 퍼뜨리지 않도록 아이의 얼굴과 손을 감추라고 유모에게 주의를 주었어요. 이런 일은 하지 않는 편이 좋았을지도 모르겠네요. 당신에게 진실을 들키고 마는 게 아닐까, 얼마나 마음고생을 했는지. 처음 이 집에 이사 온 사람이 있다고 얘기한 것은 당신이었어요. 그때 저는 아침까지 기다려야 했어요. 하지만 흥분돼서 잠을 잘 수가 없었어요. 당신은

한번 잠들면 쉽게 일어나지 못하는 사람이었기에 과감하게 집을
빠져나갔어요. 그런데 당신은 모든 것을 보고 있었어요. 그때부터
저의 고민은 시작되었어요. 이튿날, 당신은 저의 비밀을 알게
되셨어요. 그래도 신사답게 그 이상은 추궁하지 않으셨어요.

그로부터 3일 뒤, 유모와 이 아이는 당신이 현관으로 뛰어들
것이라는 말을 듣고 뒷문으로 간신히 빠져나갔어요. 그리고 당신
은 오늘 밤 모든 사실을 알게 되셨어요. 이 아이와 저는 어떻게
되는 거죠? 말씀해주세요."

먼로 부인은 두 손을 꼭 쥐고 대답을 기다렸다. 그랜트 먼로

씨가 입을 열기까지는 2분쯤이나 되는 긴 시간이 필요했다. 지금 생각해봐도 그 대답은 기분 좋은 것이었다. 먼로 씨는 아이를 안아 올려 키스를 한 뒤 아이를 안은 채 한 손을 부인에게 내밀며 문 쪽으로 향했다.

"집으로 돌아가서 좀 더 편하게 얘기하기로 하지. 나는 자랑할 만한 남자는 아니야, 에피. 하지만 당신이 생각하고 있는 것보다는 괜찮은 남자일 거야."

홈즈와 나는 그들의 뒤를 따라서 좁은 길로 나갔다. 밖으로 나오자 홈즈가 내 소매를 잡아끌며 말했다.

"이제 노벨리에서 해야 할 일은 없지 않은가? 런던으로 돌아가세."

이 사건에 대해서 홈즈는 아무런 말도 하지 않았으나 밤이 깊어 촛불을 들고 침실로 들어가려 할 때 이렇게 말했다.

"왓슨, 내가 약간 자만에 빠졌다거나 일을 대충 처리한다고 생각되면 '노벨리'라고 속삭여주게. 그렇게 해주면 정말 고마울 거야."

등이 굽은 사내
The Crooked Man

결혼 이후 몇 개월이 지난 어느 여름날 밤, 나는 집의 난로 옆에 앉아 그날의 마지막 파이프를 피우며 소설을 읽을 생각이었으나 졸음을 참지 못하고 거듭 고개를 꾸벅이고 있었다. 하루 종일 정신없이 일해서 지칠 대로 지쳐 있었던 것이다. 아내는 이미 침실로 들어갔으며, 조금 전에 현관문 잠그는 소리가 들려왔으니 하인들도 방으로 들어간 듯했다.

자리에서 일어나 파이프의 재를 털고 있는데 갑자기 현관의 벨 소리가 들려왔다. 나는 벽시계를 바라보았다. 12시 15분 전. 이렇게 늦은 시간에 손님이 올 리 없었다. 당연히 환자이리라. 어쩌면 오늘 밤에는 잠을 자지 못할지도 모르겠군. 나는 얼굴을 찡그리며 현관으로 가서 문을 열었다. 그런데 놀랍게도 문 앞에 서 있는 사람은 셜록 홈즈였다.

"아아, 왓슨. 아직 잠자리에 들지 않았기를 빌었어."

"이게 누구야. 자, 어서 들어와."

"놀란 듯하군, 그럴 만도 하지! 환자가 아니라 안심이 되기도 한 모양이군! 흠! 자네는 독신 시절과 마찬가지로 아카디아 담배를 여전히 애용하고 있나? 옷에 묻은 솜털 같은 재를 보면 틀릴 리가 없지. 자네가 군복에 익숙해져 있었다는 점도 금방 알 수 있어. 손수건을 소매에 감는 버릇을 고치지 않는 한, 군대를 경험한 적이 없다고 말해봐야 아무도 믿지 않을 거야. 오늘 밤 여기서 자고 가도 될까?"

"물론이지."

"일인실이 하나 있다고 들었는데 오늘은 찾아온 신사가 없는 모양이군. 그 정도는 모자걸이를 보면 알 수 있어."

"자네가 자고 간다는 건 나도 기쁜 일일세."

"고마워. 그럼 비어 있는 모자걸이를 좀 쓰겠네. 어, 얼마 전에 공사하는 사람을 집에 들였던 모양이군. 설마 배수관이 고장 났던 건 아니겠지?"

"아니야. 가스관이야."

"그런가? 리놀륨 바닥의 빛을 받아 반짝이는 부분에, 구두에 박은 징 두 개의 흔적을 남겨놓고 갔군. 아니, 괜찮아. 저녁은 워털루에서 먹고 왔어. 하지만 담배라면 기꺼이 같이 피우겠네."

내가 담배 상자를 건네주자 그는 맞은편 의자에 앉아 한동안 말없이 담배를 피웠다. 중요한 일이 아니면 이런 시간에 찾아올 사람이 아니라는 점을 잘 알고 있었기에 나는 상대가 입을 열 때까지 참을성 있게 기다렸다.

"일이 꽤 바쁜 모양이군." 그가 날카로운 시선으로 나를 바라보

았다.

"맞아, 굉장히 바쁜 하루였어. 아주 한심하다고 생각할지 모르겠지만 어떻게 그런 추리를 한 건지 전혀 모르겠는데."

홈즈가 재미있다는 듯이 웃었다.

"왓슨, 내게는 자네의 습관을 아주 잘 알고 있다는 강점이 있어. 자네는 왕진의 거리가 얼마 되지 않을 때는 걸어 다니지만, 여기저기 돌아다녀야 할 때는 이륜마차를 이용해. 저 부츠를 보면 신은 흔적은 있는데 더러워진 곳은 전혀 없지 않은가? 그건 곧, 자네가 마차를 타야겠다고 생각했을 정도로 요즘 바빴다는 얘기지."

"정말 대단해!" 내가 커다란 소리로 말했다.

"간단한 일이야. 무엇이든 논리적으로 생각하는 사람은 이렇게 다른 사람의 눈에는 훌륭하게 보이는 효과를 거둘 수 있어. 추리의 기본이 되는 하나의 조그만 사실을 그 사람이 놓치고 있기 때문이야. 자네가 쓴 작품이 주는 효과에 대해서도 같은 말을 할 수 있을 거야. 자네는 사건의 몇몇 요점을 손에 쥔 채 독자에게는 알려주려 하지 않아. 그것으로 사람들을 깜짝 놀라게 하는 저속한 효과를 거두고 있어.

그런데 나는 지금 그런 독자들과 똑같은 입장에 놓여 있어. 머리를 아주 혼란스럽게 하는 이상한 사건이 일어났는데 상당한 단서를 쥐고 있지만 생각을 정리하기까지는 아직 한두 가지 부족한 점이 있어. 하지만 그걸 손에 넣고 말겠어, 왓슨. 반드시 손에 넣고 말 거야!"

그의 눈이 반짝이고 그을린 뺨에 붉은 기운이 살짝 감돌았다.

잠깐 날카롭고 열정적인 성격을 가리고 있던 베일이 벗겨졌으나 그것은 한순간에 지나지 않았다. 내가 다시 한 번 잘 봐야겠다고 생각한 순간에는 이미 인디언처럼 무표정한 평소의 얼굴로 돌아와 있었다. 그가 인간이 아니라 기계라고 여겨지기 쉬운 것은 그런 표정 때문이다. 그가 말을 이었다.

"흥미로운 특징이 있는 사건이야. 아주 흥미로운 특징이 있다고 해도 좋을 정도야. 나는 이미 조사에 착수해서 해결 일보 직전까지 왔다고 생각하고 있어. 마지막 조사를 같이해준다면 내게 아주 커다란 도움이 될 거야."

"나도 꼭 돕고 싶네."

"내일 올더숏까지 갈 수 있겠나?"

"환자는 잭슨이 봐줄 테니, 문제없어."

"다행이군. 워털루에서 11시 10분에 출발하는 기차를 타고 싶은데."

"그럼 시간은 충분하군."

"실제로 일어났던 사건과 지금부터 해야 할 일에 대해서 대충 이야기하고 싶은데 졸리지는 않은가?"

"자네가 오기 전까지는 졸렸어. 하지만 지금은 잠이 다 달아났어."

"사건의 중요한 부분은 빠짐없이 얘기하겠지만 가능한 한 간단히 얘기를 하지. 자네도 신문에서 이번 사건을 읽었을지도 모르니. 지금 조사하고 있는 것은 올더숏에 주둔하고 있는 로열 먼스터즈 연대의 바클레이 대령이 살해당한 것이라 여겨지는 사건이야."

"그런 얘기는 들어본 적조차 없는데."

"아직은 지역 사람들만 화제로 삼고 있을 뿐, 세상에는 널리 알려지지 않았으니까. 겨우 이틀 전의 사건이야. 경위는 이렇다네.

자네도 알다시피 로열 먼스터즈 연대는 영국 육군 중에서도 아일랜드 인 연대로 유명하지. 크림전쟁과 인도의 대폭동 때 커다란 활약을 했고, 그 후에도 여러 번의 기회에서 이름을 떨쳐왔어. 연대를 지휘한 것은 월요일 밤까지는 제임스 바클레이라는 인물이었어. 그는 경험이 풍부하고 용감한 군인이었어. 처음에는 일개 병사에 지나지 않았으나 인도 대폭동 때 공을 세워 장교에 임명되었고, 결국에는 자신이 예전에 병사로서 총을 쥐고 있던 연대의 지휘관이 되기까지 출세를 했어.

바클레이 대령이 결혼한 것은 하사관으로 있을 때였어. 부인의 결혼 전 이름은 낸시 드보이, 같은 연대의 군기호위 하사관으로 있던 사람의 딸이었지. 두 사람 모두 신분이 높은 편은 아니었기에 당시 젊었던 두 사람이 새로운 환경에 놓이게 되었을 때는 사람을 사귀는 데 약간의 문제도 있었어. 물론 그들은 곧 주위에 적응을 한 듯해. 아내는 연대의 부인들 사이에서, 남편은 장교들 사이에서 인기를 끌었던 모양이야. 한 가지 더 덧붙이자면, 바클레이 부인은 굉장한 미인이었고, 결혼한 지 30년 이상이 지난 지금까지도 사람들의 이목을 집중시킬 정도의 미모를 유지하고 있어.

바클레이 대령의 가정생활은 풍파가 전혀 일지 않는 행복한 것이었어. 내게 이 얘기를 해준 머피 소령에 의하면 부부싸움을 했다는 소리는 한 번도 들어본 적이 없다고 하더군. 전체적으로 봐서 바클레이 부인에 대한 사랑이, 부인의 바클레이 대령에 대한 사랑보다 깊었다고 머피 소령은 생각하고 있어. 그는 부인과 단 하루라도 떨어져 있으면 불안해서 견딜 수 없었던 모양이야. 부인은 배려심 깊고 충실하기는 했지만 그렇게까지 노골적으로 애정을 드러낸 적은 없었어. 어쨌든 두 사람은 연대 안에서 이상적인 중년부부로 여겨졌어. 이번에 일어난 비극을 예상케 할 만한 일은 두 사람 사이에 전혀 없었어.

바클레이 대령의 성격에는 약간 특이한 점이 있었던 듯해. 평소에는 시원시원하고 쾌활한 노군인이었지만 마음에 들지 않는 일이 있으면 난폭해지기도 하고 또 집요해지기도 하는 모습을 순간순간 보이는 경우가 있었어. 하지만 그러한 일면을 아내에게는 결코 보이지 않았던 모양이야. 그리고 머피 소령뿐만 아니라 내가 이야기를 듣고 온 장교 5명 중에서 3명이나 이상하게 생각한 점은 그가 때때로 아주 우울한 모습을 보였다는 사실이야. 머피 소령의 말을 빌리자면 모두가 농담을 나누며 즐겁게 식사를 하고 있는 도중에 눈에는 보이지 않는 손이 그의 입가에서 미소를 지워버린 것이 아닐까 여겨진 적이 몇 번인가 있었다고 해.

그렇게 한번 기분이 가라앉으면 그는 며칠이고 지독한 우울증에 시달렸다네. 바클레이 대령의 성격 중에서도 장교들의 눈에 띄었던 이상한 성격 가운데는 이 외에도 미신을 깊이 믿었다는 점이 있어. 그는 혼자 있는 것을, 특히 어두워진 뒤에는 혼자 있기를 아주 싫어했다고 해. 어딜 봐도 남자다운 성격이었는데 이처럼 어린아이 같은 면이 있었기에 이런저런 소문이 나돌았고, 또 이상하게 여겨지기도 했던 모양이야.

로열 먼스터즈 연대의 1대대—옛날에는 제117연대였다네—는 몇 년 전부터 올더숏에 주둔하고 있었어. 결혼한 장교들은 영외에서 살고 있다네. 바클레이 대령이 살던 곳은 부대에서 북쪽으로 0.5마일(800m) 정도 떨어진 곳에 있는 라신 저택이었어. 집은 정원으로 둘러싸여 있지만 서쪽 부분은 도로에서 겨우 30야드(약 27.5m) 정도밖에 떨어져 있지 않아. 하인은 남자가 하나, 여자가 둘. 라신에서 사는 사람은 그들과 주인, 그리고 여주인뿐이었어. 바클레이 부부에게는 자녀가 없고 오랫동안 묵어가는 손님도 거의 없었거든.

이제 월요일 밤 9시에서 10시 사이에 라신에서 일어났던 사건에 대해서 이야기하기로 하지. 바클레이 부인은 가톨릭교도인 듯 와트 가의 교회와 관계가 있는 단체에서 가난한 사람들에게 필요 없어진 옷을 나눠주는 것을 목적으로 하는 세인트 조지 협회 설립을 위한 활동에 적극적으로 참여하고 있었어. 그날 밤에는 8시부터 협회의 모임이 있었는데 바클레이 부인은 거기에 참석하기 위해 서둘러 저녁 식사를 마쳤어. 집에서 나설 때 아주 평범한 말을 남편에게 하고 금방 돌아오겠다고 약속하는 것을 마부가 들었어. 그런 다음 그녀는 옆집의 모리슨 양이라는 젊은 여자를 데리러 갔고, 함께 모임에 참석했어. 모임은 40분 동안 계속되었고 바클레이 부인은 돌아오는 길에 모리슨 양을 데려다 준 뒤 9시 15분에 집에 돌아왔어.

라신에는 낮 동안 거실로 쓰는 방이 있어. 그곳은 도로에 면해 있는데 양쪽으로 열리는 커다란 창을 통해서 잔디밭으로 나갈 수 있지. 잔디밭은 담까지의 거리가 30야드이고, 도로와의 사이에

는 위에 철봉을 질러놓은 낮은 담이 있을 뿐이야.

집에 돌아온 바클레이 부인은 그 방으로 들어갔어. 밤에는 거의 쓰지 않는 방으로 블라인드는 내려져 있지 않았는데, 바클레이 부인은 스스로 램프를 켜고 벨을 울려서 하녀인 제인 스튜어트에게 차를 가져다 달라고 했어. 평소 부인의 습관에서는 찾아볼 수 없는 행동이었어. 대령은 식당에 앉아 있었는데 부인이 돌아오는 소리를 듣고 거실로 향했지. 현관홀을 가로질러 그 방으로 들어가는 모습을 마부가 보았다고 해. 대령이 살아 있는 모습을 보인 건 그때가 마지막이었어.

10분 후, 하녀가 차를 들고 갔어. 그런데 문 가까이에 갔더니 주인 부부가 격렬하게 언쟁을 벌이는 소리가 들려왔기에 하녀는 깜짝 놀랐어. 노크를 해도 대답이 없었고, 손잡이도 돌려봤지만 안에서 잠겨 있었어. 하녀는 서둘러 요리하는 하녀에게 사실을 알리러 갔고, 여자 둘에 마부까지 더해서 여전히 계속되고 있는 언쟁을 문밖에 서서 듣고 있었어. 세 사람 모두 들려온 것은 바클레이와 부인의 목소리뿐이었다고 망설임 없이 단언하고 있어. 바클레이는 낮은 목소리로 가끔씩만 말을 했기 때문에 뭐라고 하는지 전혀 알아들을 수가 없었어. 반대로 부인은 말투가 훨씬 더 신랄했기에 소리를 높일 때면 내용이 분명하게 들려왔어.

'비겁한 사람!'이라고 그녀는 몇 번이고 외쳤어. '이제 와서 어쩌라는 거예요? 제 인생을 돌려주세요. 더 이상은 당신과 같은 하늘 아래서 살기 싫어요! 비겁한 사람! 비겁한 사람!'

이런 대화가 드문드문 들려오던 중에 갑자기 남자의 끔찍한 비명과, 무시무시한 소리와, 여자의 높다란 비명이 울려 퍼졌어. 뭔가 비극적인 일이 벌어진 것이라 생각한 마부는 필사적으로 문을 부수려 했어. 그러는 동안에도 방에서는 계속해서 비명이 들려왔어. 그러나 아무리 몸을 부딪쳐도 문은 꿈쩍도 하지 않았어. 두 하녀는 겁을 먹어서 당황하기만 했을 뿐, 아무런 도움도 되지 않았어. 마부는 순간 생각이 떠올라, 현관으로 해서 밖으로 달려나가 커다란 창문 쪽의 잔디밭으로 돌아갔어. 여름이어서 마침 창문의 한쪽이 열려 있었기에 방으로 들어가는 것은 아주 간단했어.

조금 전까지 비명을 지르고 있던 부인은 기다란 의자 위에 정신을 잃고 쓰러져 있었어. 그리고 불행한 군인은 두 다리를 안락의자 옆에 걸고 머리를 난로 부근의 바닥에 떨어뜨린 채 자신이 흘린 피 속에서 숨이 완전히 끊어져 있었어. 주인의 몸은

이미 어떻게 해볼 수 있는 상황이 아니었기에 마부는 우선 문부터 열려고 했어. 그런데 여기서 생각지도 못했던, 또 영문을 알 수 없는 번거로운 상황에 부딪히고 말았어. 열쇠가 방문의 안쪽에 꽂혀 있지 않았을 뿐만 아니라 방 어디에서도 보이지 않았던 거야. 그는 어쩔 수 없이 다시 창을 통해서 밖으로 나와 경찰과 의사를 불러왔어.

당연한 일이지만 가장 강한 의심을 받고 있던 부인은 정신을 잃은 채 침실로 옮겨졌어. 대령의 사체를 소파로 옮긴 뒤 비극의 현장을 꼼꼼하게 살펴보았어. 늙은 군인에게 고통을 준 것은 후두부에 남아 있는 길이 2인치(약 5㎝) 정도의 찢어진 상처였어. 둔기로 세차게 얻어맞았을 때 생기는 상처야. 게다가 무엇이 흉기였는지 금방 짐작할 수 있었어. 사체 옆의 바닥 위에 조각을 한 딱딱한 나무에 뼈로 된 손잡이가 달려 있는 몽둥이가 나뒹굴고 있었어.

대령은 전쟁에 참가했던 나라에서 가지고 온 무기를 집에 모아두었기에 경찰은 그 몽둥이도 그러한 전리품 중 하나일 것이라고 생각했어. 하인들은 한 번도 본 적이 없다고 말했지만 집에는 진귀한 물건들이 아주 많으니 못 봤다고 해도 이상할 건 없지. 경찰의 조사에 의하면 방에서 다른 중요한 물건은 발견되지 않았어. 그리고 바클레이 부인이나 피해자의 몸에서도 또 실내의 어디에서도 열쇠는 발견되지 않았다는, 아무래도 설명할 수 없는 사실만이 남게 되었지. 결국에는 올더숏의 열쇠공을 불러 방문을 열었다고 하더군.

나는 화요일 아침에 머피 소령의 부탁으로 올더숏에 가서 경찰의 조사를 도왔는데 그때의 상황은 대략 지금 말한 대로일세, 왓슨. 지금까지 이야기한 것만으로도 충분히 재미있는 사건이라고 생각하고 있겠지? 그런데 내가 직접 가서 관찰을 해보니 이번 사건은 참으로 특이해서 처음 받은 인상보다 훨씬 더 재미있다는 사실을 바로 알 수 있었어.

나는 방 안을 살펴보기에 앞서 하인들에게 여러 가지로 질문을 해보았지만 그들에게서 들은 내용은 대부분 이미 알고 있는 사실들이었어. 단, 하녀인 제인 스튜어트가 흥미를 끌 만한 조그만 사실을 기억해내 주었어. 그녀가 말다툼하는 소리를 듣고 다른 하인들을 부르러 갔다는 사실은 기억하고 있겠지? 처음 혼자 있었을 때는 주인 부부의 목소리가 아주 낮아서 무슨 말인지 알아들을 수 없었지만 그 말투 때문에 다툼을 하는 것이라 생각했다고 했어. 그런데 내가 되풀이해서 질문을 하는 동안 그녀는 바클레이 부인이 두 번 정도 '데이비드'라고 말했다는 사실을 떠올렸어. 이건 갑작스러운 말다툼의 원인을 밝혀내는 데 필요한 가장 중요한 단서야. 왜냐하면 대령의 이름은 제임스니까.

이번 사건에서 하인과 경찰 모두의 마음에 깊이 각인된 사실이 하나 있어. 그건 대령의 일그러진 표정이야. 그들의 이야기에 의하면 인간의 얼굴이 그렇게까지 될 수 있을까 싶을 정도로 깜짝 놀란 듯한, 끔찍한 공포의 표정이었다고 해. 잠깐 본 것만으로도 혼비백산한 사람이 한둘이 아니었다고 할 정도로 그 표정은 끔찍했던 모양이야. 대령은 틀림없이 자신의 운명이 어떻게 될지를 알고 커다란 공포를 느꼈던 걸 거야.

물론 이 사실이 경찰에서 내린 사건에 대한 판단을 뒤집을 수 있는 건 아니야. 자신을 살해하려고 덤벼든 아내를 보았기 때문이라고 설명할 수도 있으니까. 상처가 머리의 뒷부분에 난 것도, 공격을 피하기 위해 도망쳤기 때문이라고 생각하면 앞뒤가 맞아. 부인은 급성 뇌염에 걸려서 정신 상태가 이상해졌기 때문에 아무런 얘기도 들을 수가 없어. 경찰의 이야기에 의하면, 그날 밤 바클레이 부인과 함께 모임에 갔었던 모리슨 양은 부인이 집에 가서 불쾌해했던 원인에 대해서는 전혀 짚이는 바가 없다고 말했다고 해.

이런 사실들을 끌어모은 뒤, 나는 쉴 새 없이 담배를 피우며 사건 해결에 필요한 것과 그렇지 않은 것들을 구분해 나갔지. 그 가운데서도 가장 눈에 띄고 또 어떤 이유가 있을 것처럼 여겨진 사실은 문의 열쇠가 사라졌다는 이상한 사실이야. 아주 세심하게 방 안을 찾아보았지만 끝내 열쇠는 나오지 않았어. 그러니 열쇠는 방 밖으로 옮겨진 것이 틀림없어. 하지만 대령과 그의 아내가 그렇게 했을 리는 없어. 그렇다면 답은 말하지 않아도 알겠지? 다시 말해서 제3의 인물이 방에 들어갔었던 거야. 그것도 창문으로 들어갔다고 볼 수밖에 없어.

방과 잔디를 주의 깊게 살펴보면 이 수수께끼의 인물이 남긴 흔적을 발견할 수 있을 것이라 나는 생각했어. 내가 어떤 방법으로 살펴보는지는 잘 알고 있겠지, 왓슨. 그 방법들을 전부 시도해 보았어. 역시 흔적은 남아 있었지만 예상했던 것과는 전혀 다른 것이 손에 들어왔어. 방 안에는 남자가 하나 있었어. 도로에서 잔디를 통해 들어왔더군. 아주 뚜렷한 발자국을 5개 찾아냈어. 그가 낮은 담을 넘은 장소의 도로 위에서 하나. 잔디에서 둘.

열린 창문 곁의 더러워진 판자 위에 희미하게 남아 있던 것이
둘. 아무래도 잔디 위를 달려온 듯, 발가락 부분이 뒤꿈치 부분보
다 훨씬 더 깊이 파인 자국이 남아 있었어. 하지만 내가 놀란
것은 그 남자 때문이 아니야. 그가 데리고 온 것 때문이야."

　"데리고 온 것이라고?"

　홈즈는 주머니에서 커다란 종이를 꺼내 무릎 위에 가만히
펼쳐놓았다.

　"이게 뭔지 알겠나?" 그가 물었다.

　종이에 옮겨놓은 것은 어떤 작은 동물의 발자국이었다. 다섯
개의 두툼한 발가락과 기다란 발톱이 달린, 디저트용 수저 크기만
한 발자국이었다.

　"개의 발자국이로군." 내가 말했다.

　"커튼을 기어 올라가는 개가 있다는 말을 들은 적이 있나?

이 짐승이 그런 행동을 취한 흔적이 뚜렷하게 남아 있었어."

"그럼 원숭이인가?"

"원숭이의 발자국이 아니야."

"그럼 뭐란 말인가?"

"개도 아니고, 고양이도 아니고, 원숭이도 아니고, 우리가 흔히 알고 있는 동물은 어느 것도 해당되지 않아. 나는 길이를 측정하는 방법으로 이 짐승의 모습을 생각해봤어. 여기에 있는 건 이 녀석이 가만히 서 있었을 때 생긴 네 다리의 흔적이야. 보라고, 앞다리에서 뒷다리까지의 거리가 15인치(약 38㎝)나 돼. 거기에 목과 머리의 길이까지 더하면 몸 전체가 2피트(약 60㎝)는 될 거야. 꼬리가 있다면 더 길겠지.

그런데 여기를 좀 보라고. 짐승이 움직일 때의 발자국이니 보폭을 알 수가 있어. 어떤 경우에도 보폭은 3인치(약 7.5㎝) 정도밖에 되지 않아. 다시 말해서 몸이 길고 다리가 아주 짧은 동물인 셈이야. 정말 매정한 놈으로 털 하나 남겨놓지 않고 떠났어. 하지만 전체적인 모습은 내가 상상한 것에서 크게 벗어나지 않을 거고, 커튼을 기어오를 수 있는 육식성 동물이야."

"그걸 어떻게 알 수 있지?"

"커튼을 기어올랐기 때문이야. 창가에 카나리아가 든 새장이 있었는데 그것을 노린 듯해."

"그럼 대체 어떤 동물이지?"

"그 이름을 알 수 있다면 사건 해결을 향해서 훨씬 더 다가갈 수 있을 거야. 여러 가지 면을 고려했을 때 족제비나 담비 종류인 것 같아. 물론 그런 종류 중에서 이렇게 큰 것은 아직 본 적이 없지만."

"그런데 범죄와는 어떤 관계가 있는 거지?"

"그것도 아직 모호한 점이야. 하지만 꽤 많은 것들을 알아내지 않았나? 우선 한 남자가 도로에서 바클레이 부부의 싸움을 보고 있었다는 점, 블라인드가 올려져 있고 방에 불이 켜져 있었으니까. 다음으로 그 남자가 정체불명의 동물을 데리고 잔디를 뛰어서 방으로 들어가 대령을 때렸거나, 혹은 그를 보고 깜짝 놀란 대령이 넘어져 난로의 모서리에 머리를 부딪쳤을 것이라는 점. 마지막으로 방에 들어간 남자가 왜 열쇠를 가지고 갔을까 하는 점."

"그런 발견들 덕분에 사건이 더욱 어려워진 것 같은 느낌이 드는데."

"맞아. 이번 사건은 틀림없이 처음 생각했던 것보다 훨씬 더 복잡해. 나는 한동안 머리를 쥐어짠 끝에 다른 방향에서 이번 사건을 조사해야 한다는 결론에 도달했어. 아아, 왓슨, 너무 늦게까지 얘기를 했군. 나머지는 내일 올더숏에 가면서 이야기하도록 할까?"

"고마운 말이기는 한데, 여기까지 얘기해놓고 그만두는 건 너무 잔혹하지 않나?"

"버클레이 부인이 7시 반쯤 집에서 나섰을 때 남편과의 사이에 이렇다 할 문제가 없었던 것은 틀림없는 사실이야. 앞서 얘기한 것처럼 노골적으로 애정을 표현하는 사람은 아니지만 대령과 사이좋게 대화하는 것을 마부가 들었으니까. 그런데 이것도 틀림없는 사실이지만, 집에 돌아온 그녀는 남편의 얼굴을 보지 않아도 되는 방으로 가장 먼저 가서 흥분한 여성들이 흔히 하는 것처럼 바로 차를 내오라고 명령했고, 심지어는 남편이 방에 들어오자 화난 어조로 그를 몰아붙였어.

그러니까 7시 반에서 9시 사이에 남편에 대한 마음이 완전히 바뀔 만한 일이 일어났던 거야. 그 1시간 반 동안 모리슨 양이 그녀와 함께 있었어. 따라서 모리슨 양은 경찰에게 그렇게 말했지만 사실은 무엇인가를 틀림없이 알고 있을 것이라고 나는 생각했어. 처음에는 그 젊은 여성이 대령과 사귀고 있는데 그 사실을 부인에게 털어놓은 것이 아닐까 생각했어. 그렇다면 부인이 화가 나서 집에 돌아온 사실도, 모리슨 양이 짚이는 것이 아무것도 없다고 말한 사실도 설명할 수 있으니까. 하인들이 엿들었다고 하는 말다툼의 내용도 대부분이 이 설에 해당되는 듯해.

그런데 앞뒤가 맞지 않는 것은 데이비드가 어쩠다고 했다는 부인의 말과 모든 사람들이 인정하고 있는 대령의 아내에 대한 사랑, 그리고 말할 필요도 없이 참담한 결과를 가져다준 또 다른 남자의 등장이야. 이 수수께끼의 인물에 대해서는, 지금까지의 경과와는 관계가 없는 사람이라고 생각할 수도 있지만. 나아가야 할 방향을 결정하는 것은 쉬운 일이 아니었으나, 대령과 모리슨 양 사이에 교제가 있었다는 설은 버리기로 했어. 하지만 바클레이 부인이 남편을 미워하게 된 원인에 대해서 그 젊은 여성이 단서를 쥐고 있을 것이라는 확신은 더욱 강해졌어.

나는 모리슨 양의 집을 갑자기 찾아갔어. 그리고 그녀가 무엇인가를 알고 있을 것이라 생각한 이유를 설명했어. 그리고 이 사실이 분명히 밝혀지지 않는 한, 친구인 바클레이 부인은 살인죄로 재판을 받게 될 것이라고도 말했어. 모리슨 양은 깡마르고 조그만

사람으로 내성적인 눈과 금발을 가지고 있었는데 상황판단이 빠르고 상식도 갖추고 있는 듯했어. 내 말을 듣더니 한동안 말없이 생각에 잠겨 있다가 마침내 결심한 듯 뜻밖의 이야기를 시작했어. 자네를 위해서 중요한 부분만 간추려서 얘기하도록 하겠네.

'그 사실은 누구에게도 절대로 말하지 않겠다고 친구에게 약속했어요. 약속은 약속이에요.'라고 그녀가 말했다네. '하지만 그처럼 커다란 의심을 받고 있는데 가엾게도 병에 걸려서 해명을 할 수 없다면, 또 제가 정말로 도움을 줄 수 있다면 약속을 깨도 틀림없이 용서해줄 거예요. 월요일 밤에 있었던 일을 전부 말씀드릴게요.

저희가 와트 가의 교회에서 나온 것은 9시 15분 전쯤이었어요. 돌아올 때는 허드슨 가를 지나야만 해요. 그곳은 아주 한적한 거리에요. 가로등은 왼쪽에 하나가 있을 뿐인데 그쪽을 향해서 걸어가고 있자니 남자가 다가왔어요. 그 사람은 등이 심하게 굽었고 상자 같은 것을 한쪽 어깨에 메고 있었어요. 계속 고개를 숙인 채 양 무릎을 구부려 걷고 있었으니 몸이 불편한 사람이었겠지요. 서로 스쳐 지날 때 그가 얼굴을 들어 가로등 불빛을 받고 있는 우리를 보았어요. 그 순간 섬뜩한 목소리로 외쳤어요. '오오, 낸시 아닌가!'라고.

바클레이 부인은 파랗게 질려서 그 무시무시한 모습을 한 사람이 몸을 붙들어주지 않았다면 땅바닥에 쓰러졌을 거예요. 저는 경찰을 부를까도 싶었지만 바클레이 부인이 그 사람에게 정중하게 말했기에 깜짝 놀랐어요.

'당신은 30년 전에 돌아가신 줄 알았는데요, 헨리.'라고 말했는데 목소리는 떨리고 있었어요.

'맞아요, 죽었었죠.'라고 그가 섬뜩한 목소리로 말했어요.

아주 새까맣고 무서운 얼굴을 하고 있었는데 그 번뜩이는 눈이 나중에 꿈에 나올 정도였어요. 머리카락과 구레나룻에는 백발이 섞여 있었고, 얼굴 전체가 주름투성이여서 시든 사과랑 똑같았어요.

'먼저 가고 있으세요.'라고 바클레이 부인이 제게 말했어요. '이분하고 얘기를 하고 싶어요. 조금도 무서워할 거 없어요.'

그녀는 용기를 내려 애를 쓰고 있었으나 얼굴은 여전히 창백했으며 입술이 부르르 떨려서 말이 잘 나오지 않는 듯했어요. 제가 그녀의 말대로 하자 두 사람은 한동안 이야기를 나누었어요. 잠시 후 그녀가 뒤따라왔는데 눈빛이 예사롭지가 않았어요. 몸이 불편한 그 사람은 가로등 곁에 선 채 화라도 난 것인지 두 주먹을 휘두르고 있었어요. 우리 집 문에 도착할 때까지 그녀는 한마디도 하지 않았는데 헤어질 때가 되어서야 제 손을 잡고 이 일은 누구에게도 얘기하지 않았으면 좋겠다고 부탁했어요. '그 사람은 예전에 알고 지내던 분인데 지금은 아주 가엾은 처지에 놓였어요.'라고 말했어요.

누구에게도 결코 말하지 않겠다고 약속했더니 그녀는 제게 키스를 해주었어요. 그 후부터는 한 번도 만나지 못했어요. 이것으로 사실을 전부 얘기했어요. 경찰에게 말하지 않았던 건, 그때는 친구에게 그런 위험이 닥친 줄 몰랐기 때문이에요. 이제는 모든 사실을 분명히 하는 것이 그녀를 위한 길이라는 점을 납득했기에.'

모리슨 양의 이야기는 이런 것이었어, 왓슨. 상상할 수 있겠지만, 내게는 어두운 밤에 한 줄기 빛이 비치는 것과도 같은 얘기였어. 전까지는 서로 연관성이 없는 것처럼 보였던 일들이 그 순간에 전부 분명해져서 사건 전체의 윤곽이 흐릿하게나마 보이기 시작한 거야. 다음에 해야 할 일은 물론, 바클레이 부인에게 그처럼 강한 감동을 준 사람을 찾는 일이었어. 그가 여전히 올더숏에 머물고 있다면 그렇게 어려운 일은 아닐 듯했어. 그 거리에 민간인은 얼마 되지 않으며, 몸이 불편하니 틀림없이 사람들의 시선을 끌었을 거야.

나는 하루 종일 찾아 헤매다 밤에—바로 오늘 밤이라네, 왓슨—그 남자를 찾아냈어. 이름은 헨리 우드인데 여자들과 만났던 허드슨 가에서 하숙을 하고 있어. 거기에 온 지는 아직 5일밖에 지나지 않았어. 나는 선거권이 있는 사람의 명부를 작성하는 사람처럼 꾸미고 찾아가 하숙집 아주머니에게서 아주 흥미로운 이야기를 들을 수 있었어. 그의 직업은 마술사인데 저녁이 되면 병사들이 드나드는 술집을 돌아다니며 간단한 마술을 한다고 하더군. 동물을 상자에 넣어가지고 다니는데 아주머니는 지금까지 본 적이 없는 것이라며 아주 무서워하는 듯했어. 마술을 할 때 쓰는 동물이겠지.

그 외에도 아주머니는 몸이 그렇게 뒤틀려 있으니 살아 있는 것이 신기하다는 둥, 때때로 외국어를 내뱉는다는 둥, 지난 이틀 밤은 자신의 방에서 괴로운 한숨을 쉬기도 하고 울기도 했다는 둥, 그런 얘기를 들려주었어. 금전적인 면은 깔끔한 편이지만 계약금으로 건네준 플로린 은화(영국에서 한때 사용되었던 화폐)

가 가짜인 것 같다고 하더군. 그것을 보여달라고 했더니, 왓슨, 인도의 루피 은화였다네.

자, 여기까지 이야기했으니 조사의 상황과 내가 자네를 필요로 하는 이유를 분명히 알 수 있겠지? 그 남자는 여자들과 헤어진 뒤 거리를 두고 뒤따라가서 창 너머로 바클레이 부부가 싸우는 것을 보고 방으로 뛰어든 것이 틀림없어. 그때 동물이 상자 밖으로 튀어나온 거야. 여기까지는 틀림없을 거라 생각해. 하지만 그 방에서 있었던 일을 정확하게 이야기할 수 있는 사람은 세상에 그 한 사람밖에 없어."

"그걸 그에게 물어볼 생각인가?"

"맞아. 단, 증인이 있는 앞에서."

"내가 증인이 되어야 하는 거로군!"

"자네만 괜찮다면. 그가 순순히 대답을 해준다면 별문제 없을 거야. 물론 얘기하기를 거부한다면 그를 체포할 수밖에 없겠지."

"하지만 우리가 찾아간들, 여전히 같은 곳에 있을까?"

"그 점을 간과했을 리 있겠나? 베이커 가 특수대의 사내아이 하나를 감시원으로 붙여놓았어. 그 남자가 어디를 가든 찰싹 달라붙어 있을 거야. 내일 허드슨 가에 가면 만날 수 있겠지. 그건 그렇고 왓슨, 이 이상 자네를 자지 못하게 한다면 내가 범죄자라는 소리를 듣게 될 거야."

우리는 다음 날 정오 무렵에 비극의 현장에 도착했다. 그리고 홈즈의 안내로 곧장 허드슨 가로 향했다. 홈즈에게는 감정을 겉으로 드러내지 않는 능력이 있지만 필사적으로 흥분을 억누르고 있다는 사실이 자연스럽게 전해져왔다. 나도 그의 조사에 가담할 때면 언제나 느끼는, 반은 모험적이고 반은 지적인 즐거움 때문에 가슴이 설레었다.

"이 거리야." 이렇게 말한 그는 평범한 2층 벽돌집들이 늘어서 있는 짧은 길로 들어섰다. "아아, 심슨이 보고를 하러 오는군."

"걱정할 거 없어요. 저기에 있어요, 홈즈 씨." 꼬맹이 부랑자가 달려와서 커다란 목소리로 말했다.

"잘했다, 심슨!" 홈즈가 그 아이의 머리를 가볍게 두드려주었다.

"그럼 가볼까, 왓슨. 저 집이야."

그는 자신의 명함에 중요한 일로 찾아왔다는 말을 덧붙여 그에게 전해달라고 부탁했다. 우리는 거의 기다리는 시간 없이 목표로 한 남자와 얼굴을 마주했다. 따뜻한 날씨였음에도 그는 불 옆에 웅크려 앉아 있었으며 좁은 방 안은 오븐 속처럼 뜨거웠다. 뒤틀린 몸을 의자 위에 웅크리고 앉아 있는 남자는 말로 표현할 수 없을 정도로 심한 불구자였는데, 우리 쪽으로 돌린 얼굴은 야위고 검게 탔지만 예전에는 틀림없이 아름다웠을 것이라 여겨질 만큼의 용모를 갖추고 있었다. 그는 간이 좋지 않다는 것을 알려주는 누런 눈으로 경계하듯 우리를 바라보더니 말도 하지 않고, 자리에서 일어나지도 않고 손짓으로 의자 2개를 권해주었다.

"전에 인도에 계셨던 헨리 우드 씨시죠?" 홈즈가 정중하게 말을 시작했다. "바클레이 대령이 돌아가신 일 때문에 찾아왔습니다만."

"내가 뭔가를 알고 있을 거라 생각하는 거요?"

"그 점을 분명히 하고 싶습니다. 아시겠지만 이 문제가 해결되

지 않으면 당신의 옛 친구인 바클레이 부인이 살인죄로 재판을 받게 될 거예요.”

남자가 심하게 몸을 떨었다.

“누구신지는 모르겠소만,” 남자가 외쳤다. “어떻게 그런 사실을 알고 있는 거요? 지금 한 말, 거짓이 아니라고 맹세할 수 있소?”

“네. 그녀는 정신을 차리게 되면 바로 체포될 거예요.”

“어떻게 그런 일이! 경찰이시오?”

“아닙니다.”

“그럼 당신이 관여할 일이 아니잖소?”

“사람은 누구나 정의가 행해지는 것을 보아야만 합니다.”

“믿어줬으면 좋겠소만, 그녀는 무죄요.”

“그렇다면 죄가 있는 건 당신인가요?”

"아니, 그렇지 않소."

"그렇다면 제임스 바클레이 대령을 살해한 건 누구죠?"

"신께서 그 사람의 목숨을 앗으신 거요. 하지만 내가 마음속에서 그리고 있었던 것처럼 이 손으로 그의 머리를 깨뜨렸다 할지라도 녀석은 당연한 응징을 받은 것에 지나지 않소. 녀석이 자신의 죄를 의식해서 목숨을 잃게 되지 않았다면 내 스스로가 녀석을 응징하는 역할을 맡았을 거요. 어떻게 된 일인지 알고 싶소? 알겠소. 내게는 감춰야 할 것이 아무것도 없으니.

사실은 이렇게 된 거요. 보다시피 지금은 등이 낙타와 다를 바 없고 갈비뼈가 완전히 틀어졌지만 예전에는 헨리 우드 하사도 제117보병 연대에서 가장 스마트한 남자였소. 그때는 인도에 주둔하고 있었소. 막사가 있었던 도시의 이름은 그냥 바티라고 해두겠소.

이번에 죽은 바클레이는 나와 같은 부대의 중사였는데 연대의 꽃은—아아, 그렇게 아름다운 미인은 어디에도 없었을 거요—군기 조장의 딸인 낸시 드보이였소. 두 남자가 그녀를 사랑했고 그녀는 그중 한 명을 사랑했소. 이렇게 불 옆에 쭈그리고 앉아 있는 초라한 내가 남자다운 모습으로 그녀에게 사랑을 받았다고 한다면 당신들은 틀림없이 비웃겠지? 어쨌든 그녀의 마음에 든 것은 나였소만, 그녀의 아버지는 바클레이와 결혼시킬 생각이었소. 나는 미래의 일 따위 생각하지 않는 무모한 젊은이였으나 그는 교육도 받았고 뛰어난 군인이라는 평가도 얻고 있었으니. 그래도 낸시의 마음은 변하지 않았기에 언젠가는 틀림없이 내 것이 되리라 생각하고 있었소.

그 무렵 벵골 병사들의 반란이 일어나 인도 전역이 지옥처럼 변해버리고 말았소. 우리 연대는 포병대의 절반, 시크교도 병(인도의 한 종파이나 당시에는 영국군에 가담했다)의 중대, 그리고 여자까지 포함된 수많은 영국 민간인들과 함께 바티에 갇혀버리고 말았소. 1만 명이나 되는 반란군들이 도시를 감싸고 쥐를 잡기 위해 모여든 테리어처럼 짖어대고 있었소. 이주일쯤 지나자 마실 물이 떨어졌기에, 내륙에서 진격을 계속하고 있던 닐 장군의 부대와 연락을 취할 수 있느냐 없느냐가 관건이 되었소.

여자들을 데리고 적 사이를 돌파하기는 어려울 테니 달리 방법이 없었소. 그래서 나는 우리가 처한 위험을 닐 장군에게 알리기 위해 가겠다고 나섰소. 그렇게 하라는 허락이 떨어졌기에 그 부근의 지리에 가장 밝은 바클레이 중사와 함께 상의하여 반란군 사이를 교묘하게 빠져나갈 수 있을 만한 길을 생각해냈소. 나는 그날 밤 10시에 출발했소. 1천 명이나 되는 사람들의 목숨이 걸린 일이었지만 성벽을 미끄러져 내려간 내 머릿속에는 오직 한 사람밖에 없었소.

말라붙은 강을 따라 전진하면 적의 보초병에게 들키지 않고 전진할 수 있을 것이라 생각했는데 놀랍게도 모퉁이를 돌자마자 6명의 적들이 어둠 속에 웅크린 채 나를 기다리고 있었소. 그들에게 맞아 나는 순식간에 정신을 잃었고 손발을 묶였소. 하지만 진짜 타격을 입은 곳은 머리가 아니라 마음이었소. 왜냐하면 정신을 차리고 그들의 말을 드문드문 들은 것만으로도, 하필이면 나의 전우가—어느 길을 따라가야 할지를 결정해준 남자가—원주민 하인을 통해서 나를 적의 손에 팔아넘겼다는 사실을

분명히 알 수 있었기 때문이오. 그에 관한 이야기를 자세히 할 필요는 없을 듯하오. 제임스 바클레이가 무슨 짓을 할지 모르는 사람이라는 점은 잘 아셨을 테니.

바티는 이튿날 닐 장군에 의해 구원을 얻었지만 나는 퇴각하는 반란군에게 끌려가고 말았소. 그로부터 몇 년 동안은 백인의 얼굴조차 볼 수 없었소. 나는 고문을 당했고 도망치려다 잡혀서 다시 고문을 받았소. 그래서 지금 보고 있는 것과 같은 몸이 되어버리고 말았소. 반란군 중 일부가 네팔로 달아날 때 나도 끌려가게 되었고 그 후, 다지링을 지나게 되었소. 반란군들이 그곳의 주민들에게 살해당했기에 이번에는 그들의 노예가 되었다가 마침내 도망을 쳤는데 남쪽으로는 갈 수 없었기에 어쩔 수 없이 북쪽으로 가서 아프가니스탄으로 들어갔소. 그 나라에서 몇 년 동안을 방황하다 마침내 펀자브로 돌아가게 되었고 그때부터는 거의 원주민들과 섞여서 생활했었소. 배워서 익힌 마술로 생계를 꾸려가고 있었소.

이렇게 심한 불구자가 되었으니 영국으로 돌아가서 예전의 동료들과 재회한들 또 무슨 소용이 있겠소? 복수하고 싶다는 마음은 있었으나 도저히 돌아갈 마음이 들지 않았소. 나는 낸시나 옛 친구들에게 지팡이에 의지하여 침팬지처럼 기어 다니는 모습을 보이기보다, 헨리 우드는 곧게 편 등을 한 채 죽은 것이라고 여겨지는 편이 낫다고 생각한 것이오. 사람들 모두 내가 죽은 줄로만 알고 있었으며 나도 언제까지고 그렇게 내버려둘 생각이었소.

바클레이가 낸시와 결혼했다는 사실도, 연대 안에서 점점 출세를 하고 있다는 사실도 전부 듣기는 했으나 그렇다고 해서 진상을 밝혀야겠다고는 생각지 않았소. 하지만 사람이란 나이를 먹으면 고향이 그리워지는 법이오. 나는 오랜 세월 초록빛으로 밝은 영국의 들판과 산울타리를 꿈에서까지 보았소. 그러다 결국은 죽기 전에 고국으로 돌아가야겠다고 결심한 것이오. 나는 여비를 모아 군인들이 많은 이 도시로 이주해왔소. 군인들이라면 심리를 잘 알고 있고 즐겁게 해주는 법도 잘 알고 있으니 먹고살아갈 만큼은 벌 수 있을 것이라 생각했기에."

"정말 흥미로운 이야기였습니다." 셜록 홈즈가 말했다.

"당신이 바클레이 부인을 만나서 서로가 상대방을 확인했다는 사실은 이미 들었어요. 아마도 당신은 그녀의 뒤를 따라가 남편과 다투는 모습을 창문 너머로 보았겠지요. 그녀는 그때 당신에 대한 남편의 행동을 따져 물었을 거예요. 걷잡을 수 없는 감정에 휩싸인 당신은 뛰어서 잔디밭을 가로질러 방 안으로 뛰어들었겠지요."

"그렇소. 그 남자는 나를 보자마자 지금까지 본 적이 없을 정도로 섬뜩한 표정을 지으며 뒤로 쓰러져서 머리를 난로의 모서리에 부딪친 것이오. 하지만 녀석은 쓰러지기 전에 이미 죽어 있었소. 그곳의 난로 위에 걸려 있는 성경 구절을 읽을 수 있는 것처럼 분명하게 그 얼굴에서 죽음을 읽을 수 있었소. 내 모습 자체가 총알처럼 녀석의 죄 많은 마음을 관통한 것이오."

"다음은 어떻게 되었지요?"

"낸시가 기절했기에 그 손에 들려 있던 열쇠로 문을 열어 도움을 청하려 했소. 그런데 순간 생각이 바뀌고 말았소. 이대로 떠나는 것이 좋지 않을까, 불리한 입장이라고 하지 않을 수도 없었으며 또 붙잡히면 나에 관한 비밀이 사람들에게 알려지고 말 테니. 나는 서둘러 열쇠를 주머니에 찔러 넣고 커튼을 뛰어오르고 있던 테디를 잡으려다 지팡이를 떨어뜨리고 말았소. 빠져나온 상자에 테디를 다시 집어넣은 뒤, 가능한 한 빨리 그곳에서 벗어난 거요."

"테디라는 건?" 홈즈가 물었다.

남자가 몸을 내밀어 방의 한쪽 구석에 놓여 있던 우리 같은 것의 앞면을 위로 들어올렸다. 그러자 붉은빛이 도는 갈색의 아름다운 동물이 밖으로 나왔다. 가냘프고 유연하고, 담비와 같은 발과 가느다란 코와, 다른 동물과는 비교도 되지 않을 만큼 아름답고 빨간 눈을 가지고 있었다.

"몽구스잖아!" 내가 외쳤다.

"그렇게 부르기도 하고 이크뉴먼이라고 부르기도 하지. 나는 뱀 잡는 족제비라고 부르고 있소. 테디는 정말 날렵하게 코브라를 잡지. 여기에 독니를 뺀 코브라가 한 마리 있는데 테디는 매일 밤 그 녀석에게 달려들어 술집의 손님들을 기쁘게 해주고 있소. 더 묻고 싶은 것이 있소?"

"글쎄요. 바클레이 부인이 난처한 입장에 놓이게 되면 다시 한 번 찾아봬야 할 것 같습니다."

"그때는 물론 내가 먼저 나설 생각이오."

"하지만 그런 일이 벌어지지 않는 한, 틀림없이 나쁜 짓을 한 사람이기는 하지만 이제 와서 죽은 사람의 추문을 들출 필요는 없다고 생각합니다. 그는 죽기까지 30년 동안 자신의 악행 때문에

심한 양심의 가책을 느끼며 살아왔고, 그 사실을 안 것만으로도 당신은 조금이나마 만족하실 수 있을 테니까요. 어, 머피 소령이 맞은편 길을 지나가고 있군. 그럼 안녕히 계세요, 우드 씨. 어제 이후로 새로운 일이 일어나지 않았는지 물어봐야 하니까요."

우리는 소령이 모퉁이를 돌기 전에 간신히 따라잡았다.

"아아, 홈즈 씨. 벌써 들으셨을지 모르겠지만 이번 소동은 결국 싱겁게 끝나버리고 말았습니다."

"무슨 말씀이시죠?"

"조금 전에 검시심문이 끝났는데 사체를 해부한 결과 그는 의심의 여지도 없이 졸중으로 죽은 것이라는 사실이 밝혀졌습니다. 결국은 단순한 사건이었습니다."

"그야말로 까마귀 날자 배 떨어진 격이로군요." 홈즈가 미소를 지으며 말했다. "그만 가기로 하세, 왓슨. 이제 올더숏에서 우리가 할 수 있는 일은 아무것도 없을 듯해."

"한 가지 이해할 수 없는 부분이 있는데." 역으로 가는 도중에 내가 홈즈에게 물어보았다. "남편의 이름은 제임스였고, 또 다른 사람은 헨리였는데 어째서 데이비드라는 이름이 나온 걸까?"

"그 한마디만으로도 사건의 전부를 꿰뚫어 보았어야만 했어, 왓슨. 자네가 즐겨 묘사하는 것처럼 내가 정말로 뛰어난 추리가였다면. 그건 비난의 말이었던 거야."

"비난의 말이었다고?"

"맞아. 그 데이비드(구약성경에 등장하는 이스라엘의 왕 다윗을 말함. 영어로 읽으면 데이비드가 된다)는 종종 인도에서 벗어난 행동을 하지 않았나? 한번은 제임스 바클레이 중사와 똑같은 짓을 하기도 했지. 우리아와 밧세바(다윗은 우리아의 아내 밧세바와 결혼하기 위해 일부러 우리아를 위험한 전지로 내몰아 전사하게 했다)의 이야기를 기억하고 있겠지? 성경 내용을 속속들이 기억하고 있는 건 아니지만 그 이야기는 틀림없이 사무엘상서인가 사무엘하서에 실려 있을 거야."

붉은 원

THE RED CIRCLE

1

"그러니까, 워렌 부인. 특별히 걱정할 만한 이유가 있는 것도 아니고, 귀중한 시간을 쪼개서 내가 직접 관여해야만 할 일도 아닌 것 같아요. 나도 아주 바쁘거든요."

이렇게 말한 셜록 홈즈는 다시 커다란 스크랩북을 들여다보기 시작했다. 홈즈는 최근의 신문기사 등 자료를 정리하여 색인을 만들고 있는 중이었다.

하지만 그 여자 집주인도 여성에게서 흔히 볼 수 있는 끈질김과 약삭빠름 모두를 갖추고 있었다. 무슨 일이 있어도 물러서지 않겠다는 듯한 태도였다.

"작년에는 우리 집에서 하숙하고 있던 사람을 위해서 사건을 해결해주셨잖아요. 그 왜, 페어데일 홉스 씨의."

"네, 맞아요. 아주 단순한 사건이었죠."

"하지만 그 사람은 아직도 그 일에 대해서 이야기해요. 당신이 얼마나 친절한 사람이며, 수수께끼 같은 사건을 어떻게 멋지게 해결했는지. 이번 일로 제가 곤경에 처하게 되었을 때 가장 먼저 떠오른 게 그 사람의 말이었어요. 마음만 먹는다면 홈즈 씨는 틀림없이 이번 문제를 해결해주실 수 있을 거예요."

홈즈는 칭찬에 매우 약했으며 다정함에도 매우 약한 사람이었다. 이 두 가지 힘으로 공략하면 천하의 홈즈도 곧 손을 들어버리고 만다. 홈즈는 포기한 듯 한숨을 쉬며 풀을 묻혔던 붓을 내던지고 의자를 뒤로 밀었다.

"네, 네. 알겠습니다, 워렌 부인. 그럼 자세한 얘기를 들어보도록 하죠. 담배를 피워도 괜찮겠죠? 고마워요. 왓슨, 성냥 좀 주지 않겠나?"

담배에 불을 붙인 홈즈가 다시 말을 이었다.

"그러니까 부인은 댁에 새로 들어온 하숙인이 방에 틀어박혀서 밖으로 나오지 않는 게 걱정이란 말이죠? 하지만 워렌 부인, 만약 내가 댁에서 하숙을 했다 하더라도 몇 주일이나 방에서 나오지 않는 일이 아주 흔히 있었을 거예요."

"네, 틀림없이 그럴지도 모르죠. 하지만 그 사람은 여느 사람과는 느낌이 달라요. 홈즈 씨, 너무 무서워서 잠도 제대로 못 잔다니까요. 아침 일찍부터 밤늦게까지 방 안을 서성이는 소리가 들리는데 얼굴은 한 번도 볼 수가 없다니. 저는 도저히 견딜 수가 없어요. 남편도 저처럼 마음에 두고 있기는 하지만 그 양반은 하루 종일 밖에서 일하기 때문에 저만 불안에 떨고 있어요. 그 사람은 왜 남몰래 숨어 있는 걸까요? 대체 무슨 일을 저지른 걸까요?

집에 일하는 여자아이가 한 명 있기는 하지만 그 아이를 제외하면 집에는 저와 그 하숙인 단둘이 있는 거예요. 불안해서 견딜 수가 없어요. 온 신경이 다 곤두섰다니까요."

홈즈가 몸을 앞으로 내밀어 길고 여윈 손가락을 워렌 부인의 어깨 위에 얹었다. 그는 최면술을 걸듯 상대방의 마음을 안정시키는 힘을 가지고 있다. 이번에도 홈즈가 그렇게 어깨에 손을 얹고 있는 동안 워렌 부인의 눈에서 두려움이 사라지고, 흥분했던 얼굴도 점점 평온해져 평소의 표정으로 되돌아가는 것을 볼 수 있었다. 그리고 홈즈가 가리킨 의자에 부인이 앉자 그는 다시 얘기를 하기 시작했다.

"내가 일에 착수하려면 아주 사소한 점까지도 다 알아두어야만 해요. 그러니까 침착하게 생각해보세요. 아주 사소한 일이 가장 중요한 단서가 될 수도 있으니까요. 그 사람은 열흘 전부터 하숙을 시작했는데 그때 식비를 포함한 2주일 치 하숙비를 선불로 지불했단 말이죠?"

"네, 하숙비가 얼마냐고 묻기에 저는 일주일에 50실링이라고 대답했어요. 집 가장 위층에 있는 거실과 침실이 딸린 조그만 방인데 필요한 물건들이 전부 갖춰져 있어요."

"그래서요?"

"그 사람은 '제가 원하는 조건대로 빌릴 수 있다면 일주일에 5파운드씩 내겠습니다.'라고 말했어요. 저는 그렇게 돈이 많은 사람이 아니고 남편의 벌이도 시원찮기 때문에 일주일에 5파운드는 큰돈이에요. 그는 바로 10파운드 지폐 한 장을 꺼내더니 그 자리에서 제게 내밀었어요. 그리고 '조건만 지켜주신다면 앞으로도 계속해서 2주일 간격으로 같은 금액을 지불하겠습니다. 못 지키시겠다면 더 이상 얘기할 필요도 없겠지요.'라고 말하는 거예요."

"그 조건이란 어떤 것이었나요?"

"네. 우선 자신에게도 집 열쇠를 하나 달라는 것이었는데 그건 전혀 문제 될 게 없었어요. 하숙인에게 집 열쇠를 주는 건 아주 흔히 있는 일이니까요. 그리고 한 가지 더. 자기 혼자서만 있고 싶으니 무슨 일이 있어도 다른 사람이 방 안에 들어와서는 안 된다는 것이었어요."

"특별히 놀랄 만한 주문도 아니었군요."

홈즈가 말했다.

"그게 통상적으로 이해할 수 있는 수준이었다면 저도 놀라지는 않았을 거예요. 하지만 그는 전혀 달랐어요. 열흘 동안 계속 방 안에 틀어박혀서 남편도 저도 그리고 일하는 아이도 그 사람의 모습을 본 적이 한 번도 없었으니까요. 아침, 저녁으로 그리고 낮에도 어쨌든 하루 종일 분주하게 방 안을 오가는 발소리가 들려요. 그런데도 첫날밤을 제외하면 집 밖으로 나간 적이 한 번도 없었어요."

"오, 첫 번째 밤에는 외출을 했단 말인가요?"

"네. 저희가 모두 잠든 늦은 밤에 돌아왔어요. 방을 빌리기로 한 뒤에 그날 밤에는 늦게야 돌아올 것 같으니 현관문의 빗장은 걸지 말아 달라고 제게 부탁했어요. 저는 그날 밤, 늦게 계단을 올라가는 발소리를 들었어요."

"그럼 식사는 어떻게 하고 있나요?"

"그 사람이 만든 특별한 규칙이 있어요. 자기가 벨을 울리면 식사가 담긴 쟁반을 들고 와서 문밖에 있는 의자 위에 그것을 올려놓으라는 거예요. 식사를 마치고 나면 다시 한 번 벨을 울리는데 그러면 저희가 가서 그 의자 위에 올려놓은 쟁반을 들고 내려와요. 그리고 식사 외에 필요한 것이 있으면 종이에 적어 의자 위에 올려놓는데 그는 활자체를 사용해요."

"활자체?"

"네. 흔히 쓰는 필기체가 아니라 연필로 또박또박 쓴 활자체를 사용해요. 그것도 단어 하나만 달랑 적혀 있을 뿐, 다른 말은 전혀 쓰여 있지 않아요. 여기요. 보여드리려고 가져왔어요. 우선, 여기에는 '비누'라고 적혀 있죠? 그리고 여기에는 '성냥', 이건 처음 맞은 아침에 적어놓은 것인데 '데일리 가제트'라고 적혀 있어요. 저는 매일 아침 이 신문을 아침 식사와 함께 의자에 올려놓아야 해요."

"흠……, 왓슨."

홈즈는 커다란 흥미를 느꼈는지 워렌 부인이 건네준 풀스캡 종이를 유심히 바라보며 말을 이었다.

"확실히 이건 좀 이상하군. 방 안에만 틀어박혀 있다는 것 자체는 그리 이상할 것도 없는 일이야. 하지만 왜 일부러 활자체를 쓰는 것일까? 활자체로 한 글자 한 글자 쓴다는 건 아주 귀찮은 일일 텐데. 어째서 필기체를 쓰지 않는 걸까? 대체 왜 그러는 것 같나?"

"필체를 숨기고 싶은 거겠지."

"하지만 왜? 워렌 부인이 필체를 안다고 해도 그에게 문제

될 건 아무것도 없지 않나? 어쨌든 그건 자네 말이 맞을지도 몰라. 그래도 한 단어만으로 뜻을 전하다니, 왜 이런 식으로 메모를 남긴 걸까?"

"그건 나도 잘 모르겠는걸."

"이거 이리저리 생각을 해봐야 할 문제인걸. 단어는 전부 어디서나 흔히 볼 수 있는, 심이 두꺼운 보라색 연필로 썼어. 보게, 다 쓴 다음에 이쪽을 찢어낸 것 같아. SOAP(비누)의 S자가 조금 잘려나갔잖아. 여기에는 무슨 이유가 있을 것 같은데."

"일부러 이렇게 찢었다는 말인가?"

"맞아, 아마 지문이나 그 사람의 정체를 밝혀낼 만한 어떤 흔적이 묻어 있었기 때문에 그랬을 거야. 워렌 부인, 이 사람은 키가 중간 정도에 피부가 가무잡잡하고 콧수염을 기르고 있다고 말씀하셨죠? 나이는 얼마나 돼 보였나요?"

"젊어요. 서른 살도 되지 않았을 거예요."

"그래요? 다른 사람과 구별될 만한 이 사람만의 특징이 있나요?"

"영어를 유창하게 구사하기는 했지만, 억양으로 봐서 외국사람 같았어요."

"옷차림은 좋은 편이었나요?"

"네, 아주 멋진 옷차림을 한 훌륭한 신사였어요. 검은색 옷에……, 그 외에 특별히 눈에 띄는 점은 없었어요."

"이름은 밝히지 않았나요?"

"네."

"그 사람에게 온 편지나 손님도 없었나요?"

"없었어요."

"그래도 아침에는 부인이나 일하는 아이가 들어가서 방을 정리하겠죠?"

"아니요. 그 사람은 모든 일을 스스로 알아서 해요."

"그래요? 정말 이상하군요. 그렇다면 그 사람의 짐은?"

"커다란 갈색 가방 하나만 들고 있었을 뿐, 그 외에는 아무것도 없었어요."

"흠. 그렇다면 특별히 단서가 될 만한 게 없을 것 같군. 그 방에서 밖으로 나온 물건은 거의 없다는 말씀이네요?"

홈즈가 이렇게 말하자 부인이 가방 속에서 봉투 하나를 꺼냈다. 봉투를 열어보니 타다 남은 성냥 두 개와 궐련 꽁초 하나가 나왔다.

"오늘 아침에 나온 쟁반 위에 이게 있었어요. 홈즈 씨는 아주 사소한 것들 속에서 중요한 사실을 밝혀낸다는 말을 들은 적이 있기에 이걸 들고 왔어요."

홈즈가 난처하다는 듯 어깨를 들썩였다.

"이것으로는 아무것도 알아낼 수 없겠는데요. 이 성냥들은, 궐련에 불을 붙이기 위해서 사용한 거예요. 성냥의 타들어간 부분이 짧은 걸 보면 알 수 있죠. 파이프나 잎담배에 불을 붙이려면 좀처럼 불이 붙질 않아서 성냥의 반 정도는 타들어가는 법이니까요. 아니, 이게 어떻게 된 일이지? 이 담배꽁초 조금 이상한걸. 그 사람 수염을 길렀다고 말씀하셨죠?"

"맞아요."

"그렇다면 정말 이상한데. 수염을 길렀다면 담배를 이렇게 끝까지 피우지는 못할 텐데. 왓슨, 수염이 그리 길지 않은 편인 자네라도 담배를 여기까지 피우면 수염이 타버리겠지?"

"파이프에 끼워서 피운 게 아닐까?"

내가 말했다.

"아니, 그건 아닐세. 끝부분에 입에 문 흔적이 남아 있어. 설마 그 방에 두 사람이 있는 건 아니겠지요? 워렌 부인."

"그럴 리가 없어요. 식사도 아주 조금밖에 하지 않기 때문에 그렇게 먹고 잘도 버틴다는 생각이 들 정도니까요."

"그렇다면 단서가 될 만한 것이 모일 때까지 조금 더 기다릴 수밖에 없겠네요. 어쨌든 지금으로써는 부인이 불평을 할 만한 이유는 없을 것 같아요. 하숙비는 전부 냈고, 조금 이상한 행동을 하기는 하지만 다른 사람에게 피해를 주는 그런 하숙인은 아니니까요. 돈을 듬뿍 주며 자신의 정체를 숨기려는 사람이 있다 해도 부인이 왈가왈부할 입장은 아닌 것 같네요. 범죄와 관련된 사람이라고 여겨질 만한 어떤 이유가 없는 한, 그 사람의 사생활에 간섭할 권리는 없으니까요.

어쨌든 이번 건은 내가 맡기로 하겠어요. 잊지 않고 꼭 기억하고 있을 테니 새로운 변화가 있으면 언제든지 알려주세요. 내 힘이 필요할 때면 언제든지 달려가도록 하지요."

워렌 부인이 조금은 편안해진 듯한 모습으로 돌아가자 홈즈가 말했다.

"왓슨, 이번 사건에는 틀림없이 재미있는 부분이 몇 군데 있어. 물론, 단지 그 사람의 성격이 조금 이상한 것일 뿐 사건이라고 할 수도 없는 사건일 수도 있어. 하지만 겉으로 보이는 것보다 훨씬 더 복잡한 사정이 있는 사건이라고 생각할 수도 있어. 우선 첫 번째로 생각할 수 있는 가능성은, 지금 그 방에 있는 인물이 방을 실제로 빌리러 온 사람과 전혀 다른 인물일지도 모른다는 사실이야. 이건 흔히 있을 법한 얘기야."

"왜 그렇게 생각하지?"

"이 담배꽁초도 담배꽁초지만 그보다는 하숙인이 딱 한 번 외출을 했는데 그게 방을 빌린 직후였다는 사실에는 뭔가 의미가 있을 거야. 그 남자, 라고 해야 하나, 어쨌든 그 사람은 집안사람 모두가 잠들어 아무도 자신을 볼 수 없는 시각에 집으로 돌아왔어. 그러니 돌아온 사람이 나갔던 사람과 동일인물이라는 증거는 어디에도 없는 셈이지.

그리고 방을 빌리러 온 사람은 유창하게 영어를 구사한다고 했어. 그런데 이 하숙인은 성냥을 쓸 때 MATCHES라고 복수로 써야 하는데도 단수인 MATCH라고만 썼어. 아마 사전을 찾아서 쓴 것 같아. 명사의 경우 사전에는 단수밖에 실려 있지 않으니까. 단어 하나로만 된 메모를 남긴 것도 영어를 모른다는 사실을 숨기기 위해서겠지. 맞아, 왓슨. 하숙인이 바뀌었다고 생각할 만한 충분한 이유가 여러 가지 있어."

"그렇다면 무엇 때문에 그런 행동을 하는 걸까?"

"바로 그거야! 바로 그것이 우리가 풀어야 할 문제야. 문제를 풀 좋은 방법이 한 가지 있지."

이렇게 말한 홈즈가 선반에서 커다란 파일을 꺼냈다. 런던의 여러 신문에 실렸던 통신광고를 매일 모아놓은 파일이었다.

홈즈가 파일을 넘기며 말했다.

"이야, 이렇게 보니 신음소리와 절규, 울부짖음으로 이루어진 합창을 듣고 있는 기분이군. 마치 기묘한 일들로 가득 찬 자루를 보고 있는 것 같아! 하지만 그 이상한 사건을 연구하고 있는 사람에게는 더할 나위 없이 좋은 사냥터야.

어쨌든 그 문제의 하숙인은 방에서 혼자 지내고 있어. 다른 곳에서 편지로 연락하면 그렇게도 숨기고 싶어 하는 정체가 탄로 나버리게 되지. 그렇다면 바깥소식이나 연락은 어떤 방법으로 알리고 있을까? 틀림없이 신문광고를 통해서 하고 있을 거야. 그 외에 다른 방법이 있을 것 같지는 않아. 다행스럽게도 내가 조사해봐야 할 신문은 딱 한 가지야. 조금 전의 메모에 있었던 『데일리 가제트』지. 여기에 지난 2주일 동안 모아놓은 광고가 있네. 읽어보도록 하지.

「검은 모피로 된 목도리를 두르고 프린스 스케이트 클럽에 있던 여자」

이런 건 아무래도 상관없어.

「지미야, 더 이상 어머니를 슬프게 하지 말아라.」

이것도 관계없을 거야.

「만약, 브릭스턴 승합마차 안에서 실신했던 여자가」

이런 여자에게는 볼일 없어.

「하루하루, 내 마음은 사랑의 불꽃에 타들어가」

가슴 아프군, 왓슨. 정말 가슴 아픈 사연들뿐이야! 아, 이건 조금 그럴듯한데. 들어보게.

「조금만 더 참고 기다릴 것. 좀 더 확실한 연락방법을 찾아보겠음. 그때까지는 이 광고로 - G」

이건 워렌 부인 집에 하숙인이 든 날로부터 이틀 후에 발행된 신문이야. 가능성이 있어 보여. 베일에 싸인 하숙인은 단어 하나도 제대로 못 쓰지만, 영어를 읽을 만한 능력은 있는 모양이군.

이 광고에 이은 광고가 있는지 찾아보기로 하세. 아, 여기 있네. 3일 뒤야.

「만사형통. 주의 깊게 참고 기다릴 것. 구름은 걷힐 것이다. - G」

그 뒤로 일주일 동안은 아무것도 없어. 좀 더 확실한 것이 나왔군.

「길이 열렸다. 기회를 봐서 신호 보내겠다. 약속해둔 신호를 잊지 말 것. 1은 A 2는 B이다. 곧 보내겠음. - G」

이건 어제 신문이고 오늘 신문에는 아무것도 실리지 않았어. 워렌 부인 집의 하숙인에게 꼭 어울리는 내용 아닌가?

왓슨, 시간이 조금만 더 흐르면 이 사건에 대해서 좀 더 확실한 것을 알아낼 수 있을 것 같아.”

일이 홈즈의 말대로 진행된 듯했다. 다음 날 아침, 내가 그를 보았을 때 그는 등을 난로 쪽으로 향한 채 아주 만족스럽다는 듯한 미소를 짓고 있었다.

“왓슨, 이것에 대해서 어떻게 생각하나?”

큰소리로 이렇게 말한 홈즈가 테이블 위에 있던 신문을 집어 읽기 시작했다.

“「하얀 돌로 장식한 높고 붉은 집. 4층. 왼쪽에서 두 번째 창. 해가 진 후. - G」

틀림없어. 아침을 먹고 나서 워렌 부인 집 근처를 조금 둘러보기로 하세. 어? 워렌 부인 아닙니까? 뭔가 새로운 일이라도 있었나요?"

갑자기 부인이 방 안으로 뛰어들었다. 그녀의 태도로 봐서 뭔가 중요한 새로운 사실이 일어난 것이 틀림없었다.

부인이 외치듯 말했다.

"홈즈 씨! 더 이상 참을 수가 없어요. 이젠 경찰에 알려야겠어요. 그 사람에게 당장 짐을 챙겨서 나가라고 하겠어요. 바로 위층으로 달려 올라가서 그 사람에게 그렇게 말하려 했지만, 우선은 홈즈 씨에게 사정을 설명하고 의견을 듣는 게 예의인 것 같아 이리로 먼저 달려온 거예요. 어쨌든 더 이상은 참을 수가 없어요. 우리 남편까지 폭행을 당했으니……."

"워렌 씨가 폭행을 당했나요?"

"아주 고약한 일을 당했어요."

"대체 누가 그런 거죠?"

"바로 그거예요. 제가 알고 싶은 게 바로 그거라고요! 오늘 아침이었어요. 남편은 토트넘 커트 거리에 있는 모턴 앤 웨이라이트 상회에서 작업시간을 관리하는 일을 하고 있기 때문에 매일 아침 7시 전에 집에서 나가요. 그런데 오늘 아침, 집을 나서서 채 열 발짝도 떼기 전에 뒤에서 따라온 두 남자가 얼굴에 외투를 뒤집어씌워 길옆에 서 있던 영업용 마차로 남편을 밀어 넣었대요. 그들은 한 시간 정도 마차를 몰고 가다 문을 열어 남편을 밖으로 밀쳐냈다고 하더군요. 남편은 그대로 도로에 떨어져 정신을 잃었기 때문에 마차가 어디로 갔는지는 모르겠대요. 간신히 정신을 차리고 보니 거기는 햄스테드 히스였다고 해요.

　그 후, 남편은 영업용 마차를 타고 집으로 돌아왔어요. 지금
소파 위에 누워 있는데 저는 이 사실을 알리려고 바로 이리로
달려왔어요."

　"아주 흥미로운 얘기로군요. 남편이 그 사람들의 얼굴을 보지
못했나요? 혹시 목소리라도?"

　홈즈가 말했다.

　"아니요. 남편은 완전히 제정신이 아니었어요. 알고 있는 것이
라고는 마법처럼 마차에 실렸다가 마법처럼 마차에서 떨어졌다
는 사실뿐이래요. 적어도 두 명은 있었고 어쩌면 세 명이었을지도
모른다고 했어요."

　"그러니까 남편이 습격을 받은 것이 그 하숙인과 관계가 있다고
생각하신다는 거죠?"

"네. 지금까지 거기서 15년 동안 살아왔지만 그런 일은 단한 번도 없었어요. 그런 사람 이젠 넌덜머리가 나요. 돈도 필요 없어요. 오늘 당장 나가라고 그 사람에게 말하겠어요."

"워렌 부인, 잠깐만이요. 서두르지 마세요. 이번 사건은 처음 생각했던 것보다 훨씬 더 커다란 문제일지도 모르겠다는 생각이 들기 시작했어요.

부인 집에 있는 하숙인에게 어떤 위험이 닥친 것만은 틀림없어요. 또 한 가지 틀림없는 사실은 부인의 집 근처에 숨어 있던 사람들이 아침 안개 때문에 앞이 잘 보이지 않아서 하숙인인 줄 착각하고 남편을 덮쳤다는 사실이에요. 나중에서야 잘못 본 것을 확인하고 남편을 내팽개친 거예요. 만약 그들이 실수를 범하지 않고 하숙인을 잡아갔다면 어떻게 했을지. 이 점에 대해서는 상상에 맡길 수밖에 없지만요."

"그렇다면, 홈즈 씨. 제가 어떻게 하면 좋겠어요?"

"어떻게 해서든 그 하숙인을 꼭 한번 보고 싶은데요, 워렌 부인."

"저는 어떻게 해야 좋을지 모르겠어요. 문을 부수고 안으로 들어간다면 모르겠지만. 아, 그러고 보니 제가 식사가 담긴 쟁반을 놓고 계단을 내려갈 때쯤이면 언제나 방문을 여는 소리가 들려요."

"쟁반을 방 안으로 들이려면 당연히 그렇게 해야겠죠. 내가 어딘가에 숨어 있으면 반드시 그 남자의 모습을 볼 수 있을 거예요."

워렌 부인이 잠시 생각에 잠겼다가 말했다.

"맞아, 그 방 맞은편에 창고로 쓰는 방이 있어요. 거기에 거울을 걸어놓을 수 있으니 그 사람의 방문 뒤에 숨어 있으면……."

"정말 좋은 생각이에요. 몇 시에 점심을 먹죠?"

홈즈가 물었다.

"1시쯤이요."

"그럼 그때쯤 왓슨 박사와 함께 찾아가도록 하지요. 그때까지 조심하세요, 워렌 부인."

12시 30분경, 우리는 워렌 부인의 집 앞에 도착했다. 집은 대영박물관의 북동쪽에 위치한 그레이트 옴 가라는 좁은 도로 옆에 있었다. 높고 폭이 좁은 노란 건물이었다. 거리의 모퉁이에 서 있었기 때문에 하우 가가 한눈에 내려다보였다. 하우 가에는 좀 더 세련된 집들이 나란히 늘어서 있었다. 그 집들을 바라보고 있던 홈즈가 킥킥 웃으며 한 곳을 가리켰다. 그곳에는 단번에 눈에 들어올 정도로 높다란 아파트가 우뚝 솟아 있었다.

"보게 왓슨! '하얀 돌로 장식한 높고 붉은 집'이야. 틀림없이 저기서 신호를 보내겠지. 장소도 알았고, 신호도 알고 있어. 일이 간단하게 풀릴 것 같은데. 저 창문에 '대여'라는 푯말이 붙어 있네. 그 하숙인의 친구가 들어가려는 방이 틀림없이 저 방일거야. 안녕하세요, 워렌 부인. 준비는 다 됐나요?"

"전부 다 준비해놨어요. 들어오셔서 계단 쪽에 구두를 벗어놓으시면 바로 안내해드리도록 할게요."

부인이 마련한 곳은 숨어 있기에 안성맞춤인 곳이었다. 거울이 놓인 장소도 아주 적합해서, 어둠 속에 숨어서 바라보면 반대쪽 문이 아주 잘 보였다. 우리가 거기에 앉고 워렌 부인이 모습을 감추자 곧 따르릉, 따르릉 하는 소리가 들려왔다. 그 베일에 싸인 하숙인이 벨을 울린 것이었다.

워렌 부인이 바로 식사가 담긴 쟁반을 들고 나타났다. 그리고 문 옆에 있는 의자 위에 쟁반을 올려놓고 커다란 발소리를 내며 밑으로 내려갔다. 우리는 문에서 보이지 않는 곳에 웅크리고 앉아서 거울을 뚫어져라 쳐다보았다. 여주인의 발소리가 사라지자 곧 빗장을 벗기는 소리가 들리고 손잡이가 돌아가고 야윈 두 손이 나타나더니 의자 위에 있던 쟁반을 들어올렸다. 그러다 쟁반을 의자 위에 다시 내려놓았다. 그 순간 피부가 가무잡잡하고 아름다운 얼굴이 겁먹은 표정으로 창고의 좁은 문을 바라보는 모습이 보였다.

문이 쿵하고 닫히더니 빗장을 거는 소리가 들렸다. 그리고 주위는 정적 속으로 빠져들었다. 홈즈가 내 옷깃을 잡아끌어 우리는 발소리를 죽여가며 조용히 계단을 내려왔다.

"저녁에 다시 한 번 와야겠어요."

기다리고 있던 부인에게 홈즈가 말했다. 그리고 내게 이렇게 말했다.

"왓슨, 우선은 우리 방으로 돌아가서 진지하게 얘기를 나눠보는 게 좋을 것 같아."

"자네도 본 것처럼 내 생각이 틀리지 않았어."

베이커 가의 방에서 안락의자에 몸을 깊이 묻으며 홈즈가 말했다.

"하숙인은 다른 사람이었어. 단, 내가 예상하지 못했던 것은

그 다른 사람이 여자라는 점, 그것도 보통 여자가 아니라는 점이
야."

"그 여자가 우리를 봤지?"

"맞아. 무엇인가를 보고 깜짝 놀랐어. 그것만은 틀림없어. 이것
으로 사건의 대부분이 확실해지지 않았나? 남녀 한 쌍이 자신들에
게 닥친 무시무시한 위험을 피해서 런던으로 도망왔어. 그 위험이
얼마나 무시무시한 것인지는 그들의 엄중한 경계를 보면 알
수 있어.

남자에게는 꼭 해야만 할 어떤 일이 있기 때문에 그것을 끝낼
때까지는 여자를 절대 안전한 곳에 숨겨두어야 했어. 그건 결코
쉬운 일이 아니지만 남자는 아주 좋은 방법을 생각해냈지. 식사를
가져다주는 워런 부인조차도 그 방에 여자가 있다는 사실을
모를 정도로 좋은 방법이야. 이것으로 확실해졌는데 쪽지에 활자
체를 사용하는 것은 필체 때문에 자신이 여자라는 사실을 들키지
않기 위해서지.

남자는 여자에게 접근할 수가 없어. 그러면 적들을 여자에게
안내하는 셈이 되니까. 편지를 보내거나 직접 연락을 할 수 없기
때문에 신문 광고란을 이용한 거야. 여기까지 모든 일이 분명해졌
어."

"그렇다면 이 모든 일들의 원인은 무엇일까?"

"아, 원인 말인가? 자네는 언제나 현실적인 의미를 추구하는군.
이 모든 일들의 원인은 무엇일까? 처음에는 워런 부인의 조금
특이한 이야기에 지나지 않았던 것이, 우리의 조사가 진행됨에
따라서 점점 커다란 문제로 변하더니 이제는 불길한 예감까지

느껴지기 시작했어.

이번 사건은 어디서나 흔히 볼 수 있는 사랑의 도피 행각은 아니야. 적어도 그것만은 확실하게 말할 수 있어. 여자의 겁먹은 얼굴을 자네도 봤겠지? 그리고 워렌 씨가 습격을 받았던 사건도 있었어. 그건 틀림없이 하숙인을 노리고 한 짓이야. 그렇게 겁을 먹고 떠는 모습이나 필사적으로 비밀을 지키려고 하는 점으로 봐서 이건 생사가 달린 문제라는 걸 확실하게 알 수가 있어. 그리고 집주인인 워렌 씨가 습격을 당한 것으로 봐서, 그 녀석들이 어떤 녀석들인지는 모르겠지만 하숙인이 바뀌었다는 사실을 모르고 있는 것이 틀림없어. 정말 기묘하고 복잡한 사건이야, 왓슨."

"그런데 왜 그렇게까지 이번 사건에 깊이 관여하는 거지? 이 사건을 통해서 뭘 얻을 수 있단 말인가?"

"뭘 얻다니? 말하자면 예술을 위한 예술이라고 할 수 있지. 자네도 환자를 볼 때는 머릿속이 병에 대한 생각으로만 가득하지 후에 받을 돈에 대해서는 전혀 신경을 쓰지 않지 않나?"

"그건 나를 위한 공부가 되기 때문이야."

"맞아. 그리고 공부에는 끝이 없지. 끝없이 연구가 계속되고 끝에는 다시 커다란 연구가 찾아오지. 이번 사건은 연구에 도움이 되는 사건이야. 돈이나 명예를 얻을 수는 없지만 꼭 한번 해결해보고 싶은 사건이야. 해가 떨어지면 우리의 조사도 커다란 진전을 보일 거야."

우리가 워렌 부인의 하숙집을 다시 찾았을 때는 잿빛 커튼과도 같은 짙은 어둠이 겨울 런던에 두껍게 드리우기 시작한 때였다.

색을 잃어버린 듯한 어두운 세계 속에서 집의 창을 통해 흘러나오는 사각형의 노란 불빛과 가스등의 희미한 불빛만이 뚜렷하게 도드라져 보였다. 우리는 하숙집 거실의 불을 끄고 밖을 가만히 바라보았다. 그러자 어둠 속 높은 곳에서 반짝반짝 빛나는 불빛이 보였다.

창문에 야윈 얼굴을 붙인 채 열심히 밖을 내다보고 있던 홈즈가 말했다.

"저 방에 누군가 있어. 저기 좀 봐, 사람의 모습이 보여. 또 나타났어! 손에 촛불을 들고 있는데. 지금 밖을 내다보고 있어. 여자가 보고 있는지 확인하는 것 같은데.

앗, 반짝이기 시작했어. 왓슨, 자네도 신호를 읽어주기 바라네. 나중에 맞춰보기로 하자고. 한 번 반짝였어. 틀림없이 A일거야. 아, 또 반짝이기 시작했어. 이번에는 몇 번이었지? 스무 번? 나도 그렇게 봤어. 그러니까 T를 말하는 거군. 두 개를 합치면 AT. 그래 말이 되는데.

이번에도 T야. 여기부터 새로운 단어겠지. 그 다음은, TENTA 야. 어? 멈췄는데. 이걸로 끝인가? ATTENTA라, 대체 뭘 뜻하는 거지? AT TEN TA(10시에 TA)라고 세 개의 단어로 나누어서 생각해봐도 TA가 인명을 나타내는 머리글자가 아닌 한 아무런 뜻도 없는 것 같은데. 앗, 다시 시작했다! ATTE? 뭐야, 아까랑 똑같잖아. 이상한데, 왓슨. 정말 이상해. 또 시작했어! AT……. 또 똑같아. 똑같은 걸 세 번이나 반복했어. ATTENTA를 세 번! 대체 몇 번을 반복할 셈이지? 이제 끝난 것 같은데. 사람의 모습이 사라졌어. 어떻게 생각하나, 왓슨?"

"암호를 이용한 통신이야."

순간 무엇을 알아낸 것인지 홈즈가 웃기 시작했다.

"암호는 암호인데 그다지 어렵지 않은 암호로군. 이건 이탈리아어야. 단어 끝에 A가 온 것은 상대방이 여자라는 사실을 말해주고 있는 거야. 그러니까 '조심해, 조심해'라는 뜻이지. 어떤가?"

"자네 말이 맞는 것 같아."

"틀림없어. 세 번이나 반복한 걸 보면 아주 급한 모양이군. 그런데 뭘 조심하라는 거지? 잠깐 다시 창가에 사람이 나타났어."

몸을 웅크린 남자의 희미한 모습이 나타나더니 창문 너머로 가느다란 빛이 나타났다 사라졌다 하며 다시 신호가 시작됐다. 이번에는 신호를 바꾸는 속도가 전보다 훨씬 더 빨라져서 의미를 생각할 틈도 없이 신호를 읽어가기에 바빴다.

"PERICOLO. 이탈리아어로 이게 무슨 뜻이었더라? 위험이라는 단어 아니었나? 맞아, 위험신호를 보내고 있는 것이로군. 아, 다시 시작했어. PERI……. 어? 어떻게 된 거지?"

갑자기 신호가 끊기더니 창 너머로 흘러나오던 사각형의 노란 불빛도 사라져버리고 말았다. 다른 층의 창들은 밝게 빛나고 있는데, 4층만이 어두운 띠를 두르고 있는 듯한 모습이었다. 마지막 경고가 갑자기 사라진 것이다. 도대체 왜? 누구에 의해서? 홈즈도 나와 같은 생각을 한 듯, 웅크리고 앉았던 창가에서 벌떡 몸을 일으켰다.

"큰일 났어, 왓슨. 뭔가 좋지 않은 일이 일어난 거야! 아니면 신호가 저런 식으로 끊길 리가 없지. 이번 사건을 런던 경찰청에 알려야겠네. 그런데 문제가 너무 긴박해서 우리가 이곳을 떠날 수 없는 상황이란 말이야."

홈즈가 큰소리로 말했다.

"내가 혼자 가서 경찰에게 알릴까?"

"아니, 상황을 좀 더 확실하게 할 필요가 있어. 어쩌면 범죄가 아닌 아주 간단한 사건일지도 모르니까. 왓슨, 우선은 저쪽으로 가서 조사해보기로 하세."

2

하우 가를 서둘러 걸어가며 나는 지금 나온 건물을 되돌아보았다. 가장 위층 창문으로 희미하게 사람의 머리가 비쳤다. 그 여자 하숙인이 가만히 밤의 어둠 속을 내려다보고 있는 모습이리라. 끊어져버린 신호가 다시 나타나기를 초조한 마음으로 기다리고 있는 것이리라.

목도리와 외투로 몸을 감싼 한 남자가 하우 가에 있는 아파트 입구의 난간에 기대 서 있었다. 우리의 얼굴이 현관의 불빛 속으로 들어서자 그 남자가 깜짝 놀라며 큰소리로 말했다.

"홈즈 씨 아니십니까?"

"아니, 그렉슨 씨."

이렇게 말하며 홈즈는 런던 경찰청의 경감과 악수를 나눴다.

"'여로의 끝에 연인들의 만남'이라는 셰익스피어 연극의 대사가 있죠? 무슨 일 때문에 여기 계신 건가요?"

"아마 당신이 여기에 온 것과 같은 이유일 겁니다. 당신이 어떤 경로를 통해서 여기까지 오셨는지는 모르겠지만."

그렉슨이 말했다.

"서로 다른 실을 따라서 왔지만 결국 하나로 엉킨 실타래였군요. 나는 신호를 보고 따라왔어요."

"신호?"

"그래요. 저 창을 통해서 보낸 신호가 도중에 끊겼거든요. 하지만 당신이 이번 건을 맡고 있었다니 내가 더 이상 관여하지 않아도 되겠네요."

"잠깐만 기다려주세요! 홈즈 씨, 솔직히 말해서 당신이 옆에 계셔주시면 언제나 마음이 든든합니다. 이 아파트에는 입구가 하나밖에 없으니 그 녀석도 더 이상 도망가지는 못할 겁니다."

그렉슨이 진심 어린 목소리로 말했다.

"그 녀석이라니, 누굴 말하는 거죠?"

"이런, 이번만은 제가 한발 앞선 듯하군요. 드디어 제가 당신을 앞지른 듯합니다."

경감이 손에 들고 있던 지팡이로 지면을 날카롭게 두드리며 말했다. 그러자 길 건너편에 서 있던 사륜마차에서 손에 채찍을 든 마부가 내리더니 이쪽을 향해 성큼성큼 걸어왔다.

"셜록 홈즈 씨를 소개하겠네."

경감이 마부에게 말했다.

"홈즈 씨, 이 사람은 핀커튼 아메리카 탐정사의 레버튼 씨입니다."

"롱 아일랜드 동굴사건의 영웅 아닙니까? 이렇게 뵙게 돼서 정말 반갑습니다."

홈즈가 말했다.

그 미국인은 조용하지만 날렵한 느낌을 주는 청년이었다. 홈즈가 칭찬을 하자 수염을 깨끗하게 깎은 갸름한 얼굴이 붉게 물들었다.

"홈즈 씨, 저는 지금 목숨을 건 추격을 벌이고 있습니다. 고르지아노를 잡을 수만 있다면……."

"뭐라고? 그 '붉은 원'의 고르지아노를 말하는 건가요?"

"녀석의 이름이 유럽에까지 알려졌나요? 녀석이 미국에서 저지른 일에 대해서는 철저하게 조사를 해뒀습니다. 50건이나 되는 살인사건의 배후에 녀석이 있다는 사실을 알아냈습니다. 하지만 결정적인 증거를 잡을 수가 없습니다. 저는 뉴욕에서부터 계속 녀석의 뒤를 밟아왔습니다. 런던에서도 벌써 일주일 동안 따라다니며 체포할 구실이 생기기를 기다리고 있었습니다.

오늘은 그렉슨 경감과 둘이서 녀석을 미행하다 이 커다란 아파트까지 오게 된 것입니다. 출입구는 하나밖에 없으니 독 안에 든 쥐나 다름없습니다. 녀석이 들어간 뒤에 세 명이 밖으로 나왔는데 그중에 녀석은 없었습니다."

"홈즈 씨, 아까 신호라고 말씀하셨는데 이번에도 역시 우리가 모르는 것들을 여러 가지로 조사하신 듯하네요."

그렉슨 경감이 말했다.

우리가 지금까지 조사해온 것들을 홈즈가 간단하게 설명했다. 미국인이 안타깝다는 듯이 손뼉을 쳤다.

"그럼 녀석이 눈치챘다는 말이군요."

레버튼이 큰소리로 말했다.

"왜 그렇게 생각하죠?"

"그렇게 생각할 수밖에 없지 않겠습니까? 녀석이 여기서 동료에게 신호를 보낸 겁니다. 런던에도 일당들이 몇 명 있거든요. 그리고 말씀하신 대로 동료에게 위험신호를 보내던 중에 갑자기 신호가 끊겼습니다.

그건 녀석이 창을 통해서 우리의 모습을 봤거나 어쨌든 위험이 코앞에 닥쳤다는 사실을 눈치챘다는 얘깁니다. 그래서 도망치기 위해 바로 행동을 취했다고 보는 게 가장 타당할 겁니다. 어떻게 하면 좋겠습니까, 홈즈 씨."

"바로 올라가서 우리 눈으로 확인해보죠."

"하지만 영장이 없습니다."

"범죄의 혐의가 있는 녀석이 빈집에 들어갔어요. 우선은 그것만으로도 충분합니다. 먼저 체포한 다음 뉴욕에 연락해서 구류기간을 연장받도록 합시다. 지금 체포하는 것에 대한 책임은 제가 전부 지겠습니다."

그렉슨이 말했다.

지성이라는 면에서 경찰은 그리 믿음직하지 못하지만, 용기라는 면에서만큼은 참으로 놀라울 정도였다. 흉악무도한 살인범을 잡으러 가는데도 그렉슨 경감은 경찰청의 계단을 오를 때와 마찬가지로 침착하고 재빠르게 계단을 오르기 시작했다. 핀커튼 사의 탐정이 어떻게든 경감을 따라잡아보려 했지만 경감이 팔꿈치로 그를 밀쳐냈다. 런던에서의 범죄는 런던의 경찰이 맡아야 한다고 말하기라도 하듯.

계단을 올라 세 번째 복도에 도착해보니 왼쪽에 있는 방의 문이 열려 있었다. 그렉슨이 그 문을 열었다. 방 안은 캄캄했으며 쥐 죽은 듯이 고요했다. 내가 성냥을 그어 경감이 들고 있던

랜턴에 불을 붙였다. 처음에는 가물가물하던 불이 곧 활활 타오르기 시작했다. 그리고 방 안이 보이기 시작한 순간 우리는 깜짝 놀라 자신도 모르게 숨을 들이쉬었다. 카펫을 깔지 않은 소나무바닥 위로 새빨간 선혈이 점점이 떨어져 있었다. 핏자국은 발자국 모양을 하고 있었는데 그 피 묻은 발자국은 안쪽에 있는 또 다른 방에서부터 우리를 향해 있었다.

그 방문을 힘차게 열어젖힌 그렉슨이 랜턴을 앞으로 내밀었다. 우리는 일제히 경감의 어깨너머로 방 안을 들여다보았다. 텅 빈 방 한가운데 거구의 사나이가 몸을 웅크린 채 천정을 보고 쓰러져 있었다. 수염이 없는 가무잡잡한 얼굴은 보기에도 끔찍한 표정으로 일그러져 있었다. 머리 주위에는 소름이 돋을 정도로 새빨갛고 끈적끈적한 피가 둥그렇게 고여 있었고, 하얀 바닥 위에 두 무릎을 세운 채 고통스럽다는 듯이 두 팔을 벌리고 있었다.

위를 향한 갈색의 굵은 울대뼈 한가운데 나이프가 꽂혀 있었다. 있는 힘껏 찔러 넣은 듯 하얀 손잡이 부분만이 눈에 띄었다. 제아무리 거구의 사내라 할지라도 이처럼 끔찍한 일격을 당했다면 도살장의 소처럼 꼼짝없이 쓰러졌을 것이다. 그리고 시체 오른쪽 옆 바닥에는 짐승의 뿔로 손잡이를 만든 섬뜩한 양날 단검이 나뒹굴고 있었으며 그 가까이에는 검은 장갑이 한쪽 떨어져 있었다.

"앗! 이건 검둥이 고르지아노잖아. 이번에는 누군가가 선수를 쳤군."

미국의 탐정이 외쳤다.

"창가에 초가 있습니다, 홈즈 씨. 뭐 하시는 겁니까?"

그렉슨이 말했다.

방을 가로질러 창가로 다가간 홈즈가 초에 불을 붙이더니 창문 높이에서 초를 앞으로 내밀기도 하고 뒤로 당기기도 하면서 한동안 촛불을 움직였다. 그런 다음 어둠 속을 한참 주시하다 촛불을 끄고 그것을 바닥에 내던졌다.

"이렇게 해두면 후에 도움이 될 거예요."

홈즈는 이렇게 말하며 우리 쪽으로 걸어왔다. 그리고 미국의 탐정과 경감이 사체를 살펴보는 동안 그 옆에 서서 가만히 생각에 잠겼다가 다시 말을 꺼내기 시작했다.

"당신들이 밑에서 기다리고 있는 동안 이 집에서 세 사람이 나갔다고 했죠? 확실히 봤나요?"

"네."

"그중에 서른 살 정도에 검은 피부, 검은 수염을 기른 중간 정도 체구의 사내도 있었나요?"

"네, 마지막에 나온 사람이 그랬습니다."

"그 녀석이 범인입니다. 인상은 내가 알고 있고 여기에 뚜렷하게 발자국이 남아 있으니 충분히 잡을 수 있을 거예요."

"그렇게 간단하지 않을 겁니다. 런던에는 수백만이라는 사람들이 살고 있어요."

"그렇죠. 바로 그렇기 때문에 저 여자의 협력을 얻는 것이 가장 좋을 듯싶어요."

그 말은 들은 우리는 일제히 뒤를 돌아보았다. 문 앞에 키가 크고 아름다운 여자가 액자 속 그림처럼 서 있었다. 워렌 부인의

집에서 묵고 있는 베일에 싸인 하숙인이었다.

여자가 천천히 안으로 들어왔다. 두려움과 불안 때문에 파랗게 질린 얼굴이 딱딱하게 굳어 있었다. 눈을 동그랗게 뜨고 바닥에 쓰러진 사체를 가만히 내려다보고 있었다.

"당신들이 이 사람을 죽였나요? 아, 신이시여. 당신들이 이 사람을 죽였나요?"

그녀가 낮은 목소리로 말했다. 그리고 크게 숨을 들이쉬더니 기뻐서 참을 수 없다는 듯 자리에서 펄쩍 뛰었다. 박수를 치며 춤추듯 방 안을 맴돌았다. 검은 눈은 기쁨으로 반짝반짝 빛나고 있었으며, 입술에서는 아름다운 이탈리아어가 끊임없이 쏟아져 나왔다. 이렇게 끔찍한 사체 앞에서 아름다운 여자가 춤을 추는 모습은 섬뜩한 전율을 느끼게 했다. 갑자기 자리에 멈춰서더니 여자가 이상하다는 듯한 표정으로 우리를 둘러봤다.

"당신들, 당신들 경찰 아닌가요? 당신들이 주세페 고르지아노를 죽인 거죠? 아닌가요?"

"우린 경찰이 맞습니다."

그녀가 어두운 방 안을 한 바퀴 둘러보았다.

"그럼 제나로는 어디에 있나요? 제나로 루커는 제 남편이에요. 저는 에밀리아 루커에요. 우린 뉴욕에서 왔어요. 제나로는 어디 있죠? 그 사람이 조금 전에 이 창을 통해서 저를 불렀기에 서둘러 달려온 거예요."

"내가 부른 겁니다."

홈즈가 말했다.

"당신이 불렀다고요? 어떻게 그럴 수가 있죠?"

"당신들의 암호는 그리 어려운 게 아니니까요. 당신을 이곳으로 불러야만 할 이유가 있었어요. VIENI(와라)라는 신호를 보내기만 하면 틀림없이 올 것이라고 생각하고 있었어요."

아름다운 이탈리아 여자가 존경과 두려움이 섞인 눈빛으로 홈즈를 바라보았다.

"당신이 그 사실을 어떻게 알았는지는 모르겠지만, 저 주세페 고르지아노는 대체 어떻게……?"

여기서 말을 끊은 여자의 얼굴에 갑자기 기쁨과 자랑스러운 빛이 감돌기 시작했다.

"알았다! 나의 제나로야! 아, 멋지고 아름다운 제나로. 어떤 위험에서도 나를 지켜줬던 그이가 그 억센 팔로 이 괴물을 찌른 거야. 아, 제나로. 정말 멋있는 사람이야! 그렇게 멋진 사람에게 어떤 여자가 어울리겠어?"

"그런데, 루커 부인."

낭만적인 구석이라고는 눈을 씻고 찾아봐도 없는 그렉슨이 감정이 섞이지 않은 동작으로 부인의 팔목을 잡았다. 그것은 노팅 힐의 불량소녀들을 상대할 때의 모습이었다.

"당신이 누구이며 어떤 사람인지는 잘 모르겠지만 방금 한 말을 들어보니 경찰청으로 함께 가는 것만은 피할 수 없을 것 같네요."

"잠깐, 그렉슨. 우리가 알고 싶어 하는 것만큼 부인도 우리에게 사정을 들려주고 싶을 거예요. 부인, 보셔서 아시겠지만 남편은 여기에 있는 남자를 죽인 일로 체포되어 재판을 받게 될 거예요. 그러니 당신이 여기서 한 말은 증거로 사용될 수도 있어요. 하지만 만약 남편이 합당한 이유가 있어서 저지른 일로 그 이유를 다른 사람들에게도 설명하고 싶다면 우리에게 모든 이야기를 해주세요. 그러는 것이 남편을 위해서도 가장 좋을 거예요."

"고르지아노가 죽었으니 더 이상 무서울 게 없어요. 저 사람은 악마였어요. 그런 사람을 죽였다고 해서 남편을 벌할 재판관은 이 세상에 한 명도 없을 거예요."

"그렇다면 이렇게 하는 건 어떨까요? 이 방은 문을 잠가 현장을 그대로 보존하도록 하지요. 그리고 부인의 방으로 가서 이야기를 전부 들은 후에 의견을 종합하기로 하는 겁니다."

홈즈가 말했다.

30분 후, 우리 네 사람은 루커 부인이 사용하고 있는 조그만 거실에 앉아 있었다. 그리고 부인이 들려주는 이 끔찍한 사건에 관계된 이야기에 귀를 기울이고 있었다. 우리는 우연히 그 사건의 결말 부분만을 목격한 상태였다.

부인은 빠른 어조로 막힘없이 술술 이야기를 해나갔다. 하지만 문법적으로 틀린 부분이 많았기 때문에, 이후의 내용은 부인의 이야기를 내가 바로잡아 실은 것이다.

"저는 나폴리 근처에 있는 포실리포에서 태어났어요. 아버지는 그 지방의 수석 판사인 아우구스토 바렐리인데 예전에 국회의원을 지낸 적도 있었어요. 제나로는 아버지가 고용한 사람이었는데 저는 그 사람을 사랑하게 되었어요. 여자라면 누구라도 사랑하지 않을 수 없을 정도로 멋진 사람이에요.

돈도 지위도 없는 그가 가진 것이라고는 미모와 힘과 용기뿐이었어요. 그래서 아버지는 우리의 결혼을 승낙하지 않으셨죠. 하는 수 없이 우리는 남부 이탈리아의 바리 시로 도망가 거기서 결혼했어요. 그런 다음 제가 가지고 있던 보석을 팔아 돈을 마련해 미국으로 건너갔어요. 그게 4년 전의 일이었어요. 이후로 우리는 뉴욕에서 생활했어요.

처음에는 아주 운이 좋았다고 해야 할까요? 한 이탈리아 신사가 제나로를 고용해줬어요. 바우어리라는 곳에서 불량배들에게 협박당하고 있던 그 신사를 남편이 구해줬고, 그 이후로 아주 친한 친구가 되었거든요.

그 사람의 이름은 티토 카스탈로테, 뉴욕에서도 손가락 안에 드는 과일 수입회사인 카스탈로테 앤 잠바 사의 사장이었어요. 또 다른 경영자인 잠바 씨가 병에 걸렸기 때문에 종업원이 300명 이상이나 되는 그 회사를 카스탈로테 씨 혼자서 운영하고 있었어요. 카스탈로테 씨는 제나로를 한 부서의 책임자로 고용해주는 등 여러 가지로 친절을 베풀어주었어요. 혼자 사시던 카스탈로테 씨는 제나로를 자기 아들처럼 생각하고 있었던 것 같아요. 저희도 카스탈로테 씨를 아버지처럼 따랐어요.

브루클린에 조그만 집을 마련한 우리는 가재도구도 갖춰놓고 생활을 할 수 있게 됐어요. 그렇게 행복한 나날을 보내던 우리들 위에 검은 구름이 몰려들기 시작하더니 순식간에 우리를 뒤덮고 말았어요. 어느 날 밤, 일을 마친 제나로가 한 이탈리아인과 함께 집으로 왔어요. 고르지아노라는 사람이었는데 우리와 마찬 가지로 포실리포 사람이었어요.

여러분도 사체를 보셔서 아시겠지만, 굉장히 큰 사람이에요.

그리고 몸만 거인처럼 큰 게 아니라 모든 것이 섬뜩한 느낌을 줄 정도로 이상하게 크고 무시무시했어요. 우리의 조그만 집 안에서 그의 목소리는 마치 천둥소리처럼 울렸어요. 말을 하면서 굵은 팔을 붕붕 휘둘렀기 때문에 우리는 어디에 있어야 할지도 모를 정도였어요. 그 사람의 생각하는 것이나 사물을 바라보는 눈도 전부 과장된 것이어서 마치 괴물을 보는 듯한 느낌이었어요. 그 사람이 울부짖는 짐승처럼 말을 꺼내면 다른 사람들은 그 위세에 짓눌려서 말의 홍수에 휩쓸려버리게 돼요. 그 사람이 불똥이 튈 듯한 눈으로 노려보면 누구든 그 사람의 말대로 움직일 수밖에 없게 돼요. 어쨌든 무시무시하고 말로 형용할 수 없는 사람이었어요. 그의 죽음을 신에게 감사드립니다.

그날 이후로, 그는 우리 집에 자주 찾아왔어요. 그런데 제나로도 저처럼 그 사람을 싫어하는 듯한 눈치였어요. 가엾은 남편은 언제나 창백한 얼굴로 고르지아노가 떠들어대는 정치나 사회문제에 관한 얘기를 멍하니 듣고만 있었어요. 제나로는 아무런 말도 하지 않았지만 남편을 잘 알고 있는 저는 그가 지금까지 느끼지 못했던 감정을 느끼고 있다는 사실을 확실히 알 수 있었어요. 처음에는 미움과도 같은 마음일 것이라고 생각했어요. 하지만 그 후에 그것이 미움을 넘어선 감정이라는 사실을 점점 알게 됐어요. 깊고 은밀하며 소름 끼치는 두려움의 감정이었던 거예요.

그날 밤, 그러니까 제가 남편의 공포심을 느낀 그날 밤, 저는 모든 얘기를 들려달라고 남편에게 매달리며 사정했어요. '우리의 사랑에 걸고, 또 당신이 소중하게 여기는 모든 것에 걸고 제발 숨김없이 얘기해주세요. 그 거인이 왜 당신을 괴롭히는 건지 가르쳐주세요.'라며 매달렸어요. 그러자 남편이 얘기를 들려줬어요. 그 얘기를 듣는 동안 제 마음은 얼음장처럼 차가워져 갔어요.

젊고 혈기왕성했던 시절, 일이 뜻대로 풀리지 않고 부당한 대우를 받았던 가엾은 제나로는 한때 온전한 사고를 하지 못했어요. 그때 그는 카르보나리 당(19세기 초, 이탈리아에서 조직된 정치적 비밀결사)과 연관이 있는 나폴리의 비밀결사 '붉은 원'에 가입했어요. 이 결사에서는 맹세와 비밀을 아주 중히 여기기 때문에 일단 가입하면 절대로 빠져나올 수가 없어요.

둘이서 미국으로 도망쳤을 때, 제나로는 이것으로 '붉은 원'과도 영원히 작별이라며 안심했어요. 그런데 그날 밤, 나폴리에서 남편을 결사에 넣었던 거인 고르지아노와 길에서 우연히 마주친 거예요. 남편이 얼마나 공포에 떨었을까요? 거듭되는 살인으로 팔꿈치까지 새빨갛게 피로 물들어 남부 이탈리아에서는 '저승사자'라는 이름으로 불리던 사람이었으니까요. 이탈리아 경찰의 수사망을 피해 뉴욕으로 건너온 것인데 거기서도 그 무시무시한 결사의 지부를 만들 준비를 시작하고 있었어요.

이 모든 얘기를 들려준 제나로는 그날 받았다며 결사에서 보낸 호출장을 제게 보여줬어요. 위쪽에 붉은 원이 그려져 있고, 언제 지부의 회합이 있으니 반드시 참석할 것을 명한다는 내용이 었어요. 그것만으로도 걱정이 태산 같았는데 상황은 더욱 좋지 않은 쪽으로 움직였어요.

고르지아노가 거의 매일 밤 집으로 찾아왔는데 그는 언제나 저를 붙들고 얘기를 했어요. 남편에게 말을 할 때도 그의 짐승 같이 번뜩이는 눈빛은 저를 향하고 있다는 사실은 그 전부터 깨닫고 있었어요. 그러던 어느 날 밤, 그 남자가 무슨 생각을 하고 있는지 확실하게 알게 됐어요. 고르지아노는 저에 대한 '사랑'이라고 말했지만 그건 짐승의 사랑, 야만인의 사랑이었어요.

그가 왔을 때, 제나로는 아직 집에 돌아오지 않았어요. 성큼성큼 집 안으로 들어선 고르지아노가 그 굵은 팔로 갑자기 저를 잡아 곰처럼 끌어안고는 정신없이 키스를 해대며 함께 도망가자고 저를 설득했어요. 제가 필사적으로 저항하며 비명을 지를 때 제나로가 집 안으로 들어왔어요. 남편이 고르지아노에게 달려들었지만 그는 제나로에게 주먹을 휘둘러 남편을 기절시킨 뒤 집에서 뛰쳐나갔어요. 그날 이후로 두 번 다시 집으로 찾아오지는 않았어요. 하지만 우리는 무시무시한 적을 두게 된 셈이었어요.

그 일 이후 2, 3일 뒤가 지부의 회합이 있는 날이었어요. 회합에서 돌아온 제나로의 얼굴을 보고 뭔가 끔찍한 일이 있었다는 사실을 저는 바로 알 수 있었어요. 얘기를 들어보니 사태는 제가 생각했던 것보다 훨씬 더 좋지 않았어요.

결사에서는 돈 많은 이탈리아인들을 협박해서 자금을 끌어모으고 있었어요. 우리의 친구이자 은인인 카스탈로테 씨도 그들의 표적이 된 듯했어요. 하지만 카스탈로테 씨는 그들의 협박에 지지 않고 협박장을 경찰에게 보여줬어요. 그래서 결사에서는 다른 사람들이 카스탈로테 씨처럼 하지 못하도록 본을 보이기 위해서 그를 혼내주기로 결정했다는 거예요. 카스탈로테 씨를 집과 함께 다이너마이트로 날려버리겠다는 거였어요.

누가 그 일을 할지 결정하기 위해 제비뽑기를 했어요. 제나로가 제비를 뽑기 위해 자루 안에 손을 넣었을 때, 고르지아노가 잔혹한 웃음을 짓고 있는 모습을 봤다고 했어요. 틀림없이 속임수였을 거예요. 제나로가 뽑은 제비가 붉은 원이 그려진 원판, 즉 살인을 명령하는 것이었으니까요.

제나로는 은인이자 친구인 카스탈로테 씨를 죽이느냐, 자신과 저를 녀석들의 손에 넘기느냐 하는 문제에 직면하게 됐어요. 그 일당은 무서워하거나 미워하는 사람을 벌할 때, 본인뿐만 아니라 그가 사랑하는 사람들에게까지 상처를 입히거든요. 그 끔찍한 규율을 잘 알고 있었기 때문에 가엾은 제나로는 잔뜩 겁에 질려 미쳐버릴 듯한 불안에 떨고 있었어요.

그날 밤, 우리는 꼭 끌어안고 서로를 격려했어요. 다음 날 저녁에 계획을 실행해야만 했기에 우리는 그날 정오에 런던행 배에 올랐어요. 물론 출발하기 전에 카스탈로테 씨에게 사정을 설명하고 주의하라고 알린 뒤, 경찰에도 신고를 해서 그의 안전을 지켜달라고 부탁했죠.

그 후의 일에 대해서는 당신들도 잘 알고 계실 거예요. 적들이 우리 뒤를 그림자처럼 따라왔다는 사실을 알게 됐어요. 고르지아노에게는 개인적인 원한도 사고 있었는데, 그가 얼마나 잔혹하고 집념이 강한 사람인지는 우리도 잘 알고 있었어요. 이탈리아와 미국에는 그가 얼마나 무서운 사람인지 잘 알려져 있어요. 그가 자신의 힘을 전부 짜내면 모든 게 끝장이에요.

서둘러 출발한 덕분에 2, 3일 정도는 안전하게 지낼 수 있었어요. 남편은 그 시간을 이용해서 제가 위험에 처하지 않도록 이렇게 은신처를 마련해줬어요. 그는 미국이나 이탈리아의 경찰과 바로 연락을 취할 수 있도록 자유롭게 있고 싶다고 했어요. 저도 남편이 어디서 무엇을 하고 있는지 전혀 알지 못했어요. 제가 알고 있는 건 신문광고를 통해서 얻은 정보뿐이에요. 그런데 한 번은 창밖을 내다보니 두 이탈리아 사람이 이 집을 바라보고 있는 모습이 보였어요. 어떤 수를 썼는지는 모르겠지만 고르지아노가 이 집을 찾아낸 거예요.

그러자 제나르가 신문광고를 통해 저 집 창에서 신호를 보내겠다고 알려왔어요. 그런데 저쪽에서 온 신호는 '조심해'라는 말의 반복이었어요. 그것도 중간에서 끊겨버렸고. 지금 생각해보고 안 일인데, 남편은 고르지아노가 가까이 있다는 사실을 깨닫고 그와 마주칠 때를 대비해서 미리 준비를 해뒀던 거예요.

여러분 한 가지 묻겠는데 우리는 법률의 심판을 두려워해야 할까요? 제나르가 한 행동을 유죄라고 판결할 재판관이 과연 이 세상에 존재할까요?"

"어떻습니까? 그렉슨 씨. 이곳 영국인들은 어떻게 생각할지 모르겠지만, 뉴욕에서라면 사람들은 이 부인의 남편에게 감사할 겁니다."

미국인이 경감의 얼굴을 바라보며 말했다.

"어쨌든 이분을 모시고 경찰청으로 가서 윗사람을 만나도록 해야겠습니다. 이 분의 말이 사실이라면 부인과 남편은 아무것도 두려워하지 않아도 될 겁니다. 그건 그렇고, 홈즈 씨. 당신이 왜 이번 사건에 손을 댔는지 저로서는 도저히 이해할 수가 없습니다."

그렉슨이 말했다.

"공부요, 공부를 위해서죠. 대학이라고 말할 수 있는 이 세상에서 나는 아직도 지식을 찾아 헤매고 있으니까요.

왓슨, 이번 사건으로 자네의 수집품 목록에 비극에 넘친 기괴한 표본을 하나 더 추가할 수 있게 됐군. 이런, 아직 8시도 되지 않았네. 지금 코벤트 가든에서 바그너의 오페라를 상연하고 있을 거야. 서둘러 가면 2막부터는 볼 수 있겠는데."

국내 미출간 소설

스무 살 청년과 간호사의 풋풋한 사랑이야기
판도라의 상자 / 다자이 오사무 지음
'죽음은 좋은 것이다.'
그것은 참으로 숙련된 항해자의 여유와도 비슷하지 않은가? 새로운 사내에게 생사에 관한 감상은 없다네.

제2회 나오키상 수상작가가 그려낸 이에야스의 내면
젊은 날의 도쿠가와 이에야스 / 와시오 우코 지음
'강해지고 싶다!'
줄줄 눈물이 흘렀다.
훗날, 유명한 오케하자마 전투 직후 맺어진 오다·도쿠가와 동맹이 바로 이 순간에 싹튼 것이다.

병든 당신의 영혼을 위한 서점주 미프린 씨의 처방전
유령서점 / 크리스토퍼 몰리 지음
사람은 마음에 커다란 상처를 입거나 병에 걸려 위험을 느끼기 전에는 서점에 오지 않는 법일세.
그런 상태에 빠지고 나서야 비로소 서점을 찾지.

세상에 염증을 느낀 열아홉 청춘의 번뇌

갱 부 / 나쓰메 소세키 지음

사실을 소설가 따위가 쓸 수 있을 리 없으며 썼다 할지라도 소설이 될 염려는 없을 것이다. 진짜 인간은 묘하게 정리하기 어려운 법이다. 신이라 할지라도 애를 먹을 정도로 정리하기 어려운 물체다.

사회에 대한 신랄한 비판을 토로한 또 하나의 걸작

태 풍 / 나쓰메 소세키 지음

다카야나기 군은 말이 없었다. 과거를 돌아보면 죄가 있었다. 미래를 바라보면 병이 있었다. 현재에는 빵을 위해서 하는 필사(筆寫)가 있었다.
도야 선생이 다카야나기 군의 귀 옆으로 입을 가지고 와서 말했다.
"당신은 자기 혼자만이 외톨이라고 생각할지 모르겠지만 저도 외톨이입니다. 외톨이는 숭고한 것입니다."

히치콕 감독 영화의 원작소설

하숙인 / 마리 벨록 로운즈 지음

"번팅 부인 잠깐 이쪽으로 와보시겠습니까?"
그 말은 슬루스의 입술에서 발음되었다기보다 그곳에서 새어나온 숨결처럼 들렸다.
여주인은 두려움을 느끼면서 그 쪽으로 한발 다가갔다.

일본 탐정소설계의 3대 거성, 고가 사부로 단편집

혈액형 살인사건 / 고가 사부로 지음

두 사람을 그렇게 잠들게 하지 않았다면 선생님의 목숨을 건질 수 있었을까요?
설마 그렇지는 않았겠죠. 선생님은 각오를 하시고 자살하신 것이니. 아니면
시미즈가 더욱 크게 의심을 받게 되어 그 기계장치가 그렇게 빨리 발견되지는
않았을까요? 그도 아니면 우치노 씨가 의심을 받게 되어 일이 더욱 복잡하게
되었을까요?

여자 다자이 오사무라 불리는 작가의 단편집

몇 번인가의 최후 / 구사카 요코 지음

그는 또, 아내에 대해서 아내를 하나의 도구로밖에 생각하지 않는다. 도구에는
도구의 성능이 있기 마련, 그러나 아내는 첫 번째 성능인 아이를 만들지 않는다.
만들지 못하는 것이다. 두 번째 성능, 집 안을 청소하고 음식을 만들어 남편이
돌아오기를 기다리는 일도 하지 않는다. 아내로서는 실격.

조선을 위해 싸우다 투옥된 작가의 경험을 바탕으로 한

붉은 흙에 싹트는 것 / 나카니시 이노스케 지음

자신의 땀과 노력으로 정성껏 기른 농작물을 여기에 갑자기 나타난 이민족이
아무렇지도 않게 밟아댄 것을 그는 얼마나 증오스러운 눈길로 바라보았을까!
그가 지닌 잠재의식이 거기에 얼마나 강하고 날카롭게 기름을 들이부었을까!
그 격정적인 민족이 잘도 내게 달려들어 쥐고 있던 커다란 낫을 휘두르지
않았군.

식민지 조선을 한없이 사랑했던 두 일본인의 공저

사형수와 그 재판장 / 후세 다쓰지 · 나카니시 이노스케 지음

인간, 심판받지 않는 자 어디 있겠는가?

재판하는 자여! 너희도 역시 심판받을 것이다. 참으로 우습게도 그들은 그 형사재판의 모습을, 자신들이 재판하고 있는 피고로부터 심판받고 있다. 보라, 그들이 유죄인지 무죄인지 판단에 애를 먹고 있는 사건의 진상을 누구보다 잘 알고 있는 것은 바로 그 피고다.

치명적 매력으로 역사를 뒤흔든 여인들

대륙의 꽃 / 요네다 유타로 지음

서태후와 중국 4대 미인들. 권력을 손에 쥔 여인들의 욕망.

광서제는 아직 어렸다. 천하는 서태후 자희의 뜻대로 되었다.

단, 그녀의 뜻대로 되지 않았던 것은 외국과의 교섭과 일본과의 전쟁과 도둑떼와 태감 이영연이 진짜 사내가 아니었다는 점들이었다.

* 문학의 숲 *

다자이 오사무의 대표작과 이채로운 작품을 한 자리에
인간실격 · 정의와 미소 / 다자이 오사무 지음

화려한 물질문명을 누리고 있는 우리는 과연 행복할까?
간소한 삶 / 샤를르 바그네르 지음

일본 대표작가들이 들려주는 달콤하고 쌉싸름한 사랑이야기
이별 그리고 사랑 / 아쿠타가와 류노스케 외 지음

『간소한 삶』의 신장판. 행복으로 가는 지름길
들꽃은 무엇을 입을까 고민하지 않는다 / 샤를르 바그네르 지음

엄선하여 뽑은 세계 문호들의 서스펜스 단편 걸작선
세계 서스펜스 추리여행2 / 너대니얼 호손 외 지음

동서양의 명탐정들이 펼치는 치열한 지략 대결!
세계 3대 명탐정 단편 걸작선 / 아서 코난 도일 · 에드거 앨런 포
에도가와 란포 지음

* 인문의 숲 *

장대한 의학의 역사를 인간미 넘치는 시선으로 그린 역작
위대한 의사들 / 헨리 지거리스트 지음

다자이 선생의 생명을 건 작품 전부가 자전이라고 해도 과언이 아니다
다자이 오사무 자서전 / 다자이 오사무 지음 · 다나카 히데미쓰 엮음

한 권으로 깨우치는 인생의 비밀. 인류의 스승들이 펼치는 사상의 향연
인류의 스승 인생을 이야기하다 / 나카니시 이노스케 지음

독재는 어떻게 태어나는가? 파시즘을 위한 변명
무솔리니 나의 자서전 / 베니토 무솔리니 지음

옮긴이 **김진언**
대학에서 국문학을 전공 하고 세상 곳곳을 돌아다니며 삶의 경
험을 쌓았다. 그 경험을 바탕으로 지금은 인류가 남긴 가치 있는
책들을 찾아 우리말로 번역 중이며 문학과 삶에 대한 탐구를 계
속해 나가고 있다. 옮긴 책으로는『세계 3대 명탐정 단편 걸작
선』,『무솔리니 나의 자서전』,『들꽃은 무엇을 입을까 고민하지
않는다』,『위대한 의사들』,『신을 찾아서』,『삶의 지혜』등이 있
다.

셜록 홈즈의 여인들 II

1판 1쇄 인쇄 2016년 11월 10일
1판 1쇄 발행 2016년 11월 15일

지은이 아서 코난 도일
옮긴이 김진언
펴낸이 박현석
펴낸곳 玄 人
표지디자인 김창미

등 록 제 2010-12호
주 소 서울시 도봉구 덕릉로 62길 13, 103-608호
전 화 010-2012-3751
팩 스 0505-977-3750
이메일 gensang@naver.com

ISBN 978-89-97831-87-6